许开祯 精选集

菜子黄了

许开祯 ◎ 著

重庆出版集团
重庆出版社

图书在版编目(CIP)数据

菜子黄了/许开祯著. —重庆：重庆出版社，2012.8
ISBN 978-7-229-05439-7

Ⅰ.①菜… Ⅱ.①许… Ⅲ.①长篇小说—中国—当代
Ⅳ.①I247.5

中国版本图书馆 CIP 数据核字(2012)第 152611 号

菜子黄了
CAIZI HUANGLE

许开祯 著

出 版 人：罗小卫
统筹策划：高　岭　温远才
责任编辑：吴向阳　肖化化　余音潼
责任校对：郑　葱
装帧设计：重庆出版集团艺术设计有限公司·王芳甜　黄　杨　卢晓鸣

重庆出版集团　出版
重庆出版社

重庆长江二路 205 号　邮政编码：400016　http://www.cqph.com
重庆出版集团艺术设计有限公司制版
重庆市鹏程印务有限公司印刷
重庆出版集团图书发行有限公司发行
E-MAIL:fxchu@cqph.com　邮购电话：023-68809452
重庆出版社天猫旗舰店
cqcbs.tmall.com
全国新华书店经销

开本：720mm×1 000mm　1/16　印张：20　字数：330 千
2012 年 8 月第 1 版　2012 年 8 月第 1 次印刷
ISBN 978-7-229-05439-7
定价：32.00 元

如有印装质量问题，请向本集团图书发行有限公司调换：023-68706683

版权所有　侵权必究

序
文学不死

　　文学到底是什么？

　　这个问题越来越困扰我。从十八岁发表作品，一路走来，我写过传统，写过诗，写过散文，也写过畅销作品，到现在，被稀里糊涂戴上一顶"著名官场作家"的帽子，可是对文学的思考，对文学的理解，却远不如青年时代那样清晰。

　　这不怪我，每一个有文学情怀的人，大都活在这种纠结中。人到中年，突然发现，爱上文学其实是一件挺麻烦的事。从事文学创作，更是一件麻烦不断的事。这麻烦，一是源自心灵。我们的心灵常常游离于我们的肉体之外，心灵对物质世界的感知或妄想，跟肉体对物欲世界的感受常常横起冲突，矛盾不断，以至于我无法作出判断到底该向着哪一方。二是文学与现实的冲突，尤其是文学主张与文学实践的冲突。在文学观念横行，文学实践却严重滞后的今天，这种冲突尤为严重，以至于我不得不发出这样的诘问：现在还有文学吗？我们从事的，是一种叫文学创作的劳动吗？这种劳动到底有没有价值？价值何在？

　　有一种声音说，文学已死。在这个娱乐至死或泛娱乐化的年代，任何有精神价值追求的东西，都遭到了碰壁，文学受伤最重。也有一种声音说，文学的边缘化已成铁定事实，网络的出现、现代传媒的发达抢占了文学原有的山头，让文学处于从未有过的尴尬境地。为此太多的作家长吁短叹，或转行，或弃笔，或也加入时尚文化、俗世文化的传播中。

这些都不重要，重要的，是我们到现在，到底有没有搞清"文学"两个字，有没有搞清文学跟大众的关系。还有，我们过度关注文学外部环境的同时，是否也在扪心自问，我们缺少了什么？

坦诚，和对文学本有的敬畏和尊重。

我觉得，当下所有的中国作家，最缺少的就这两样，包括我。文学是我们内心真实的书写，是自由的表达，是灵魂在挤压与扭曲中的顽强挣扎，是干净！而我们给文学强加的东西太多，文学不但在我们手中变了形，变了味，到现在又多了一样世俗的累赘，就是靠文学换取不该换取的名利。当文学一次次地被拉进名利场，被名利和私欲分割与瓦解的时候，还有文学吗？

这个问题值得我们思考。

文学说穿了就是人学，文学什么时候都脱不开研究人，我说的是研究，而不是教化。当文学被强加上教化的功用后，它就变成了某些人或某些力量的工具，这样的工具是没有生命力的。文学照样不是精神鸦片，太多的日子里，我们让文学充当了麻醉剂。

文学到底是什么？没人能回答清楚，其实也用不着回答。当我们面对稿纸，想把自己心里的痛心里的乐心里的苦表达出来，倾诉出来，并通过一定方式传播出去的时候，文学就已产生。在我看来，文学就是人与人的交流、沟通、碰撞，更是自己与自己的交流，是自己内心的舒展与精神的奔流，是人类共有的语言温暖。

从少时开始到现在，在文学这条道上，奔走了大半辈子，写下了一大摞文字，也赢得了读者一定的厚爱。但我仍然觉得，自己是愧对文学的。一则，我没有十足的勇气做到坦诚；二来，我的文字到现在仍然不能称得上十分干净。这次应重庆出版集团之约，将我认为"合格"的文字精挑细选，整理成册，结集出版，名为精选集，其实是对自己创作过程的一次总结，一次反思和回望。

人到中年，是该回头望一望的。不管是谁，不管做什么职业，都应该停下脚步，回头反观，看看哪些路走错，哪些步子还歪着拧着，哪些力量还不够坚强，哪些品质还含着杂质，心灵的哪个地方还有污有锈。然后头一甩，继续上路。因为我们的使命还没有结束，我们的人生某种意义上才叫开始。文学也是如此，有反思才有进步，有检讨才有推动。以一颗小学生的心，虔诚地面对文学，是我对文学作出的终生选择。

这次选入精选集的，一是短篇，这些年陆续写的，有些发在文学期刊上，有些写完，就藏在电脑里，舍不得示人。它们在某一时段，掏空了我，让我经历了一次次的生与死，让我觉得，作家的能力是那么有限，明明遇到你强烈想表达的，就是表达不出来，明明遇到你必须钻透的，就是钻不进去。人性是有厚度的，包裹着非常牢实的壳，这是我那个时候的想法。写这些作品的时候，我在寺院，正在经历一种叫修行的日子。后来从寺院出来，我决定破壳，决定用一种磁铁般的目光，去吸牢生活，吸牢大地。这个时期我写出了《菜子黄了》，写出了一个女性的艰难与挣扎，写出了心里藏了许久的故乡，还有那片金黄金黄的油菜花。我在故乡的油菜花上舞蹈，我在人性的扭曲里呻吟或狂叫。我知道故乡只是一个梦，一个睡一生都不愿醒来的梦。这个梦，其实就是文学追求的极致，故乡不死，作家的生命力就不死，文学也就不死！可惜，所有的作家都是精神上的游子，自故乡来，永远也回不去，这才是文学最大的尴尬与困境。

至于《大兵团》，那是我的另一种尝试，写惯了乡土，突然去触摸军事,触摸那一段特殊的历史,我兴奋不已。我像一匹西北的孤狼,在茫茫狂野上,吼啊吼,终于从烟雾迷漫苍苍茫茫中,为历史拂去了一层厚尘,摸到了那一颗滚烫的心。坚韧、不屈、永不放弃,这是那一代人的灵魂,是我们永恒的精神。记住大西北,记住那一代垦荒人。

  这次筛选中,刻意没有将官场小说收录其中。一是官场小说名声不好,读者追捧,主流嗤之以鼻,争议声至今不断。不选它,不是说我看不起它,作家对自己的生活有筛选权,对自己的作品有呵护权。暂时不拿出来,并不等于永远不拿出来。所以忍痛割爱,只是想告诉读者,作家不是被外界定位的,作家永远归属于自己的心灵,归属于自己的文字,当然,也归属于读者。让读者看到我的另一面,读到我的另一面,是出版这套文集的本意。

  感谢重庆出版集团,让一个远离了所谓"传统"的作家,再一次回到传统中。传统是根,传统是本,传统才是文学最深最深的魂。

  文学不死。

  人类的价值不死,精神不死,文学,就永远有栖身之地。

2012.5.29

目录 CONTENTS

1	序	文学不死
1	第一章	冲喜
53	第二章	阴云
104	第三章	过年
133	第四章	谢土
153	第五章	意外
182	第六章	借种
199	第七章	除恶
211	第八章	天灾
235	第九章	人祸
255	第十章	淫乱
270	第十一章	错爱
294	第十二章	痛失
308	尾声	

第一章
冲　喜

1

后山半仙刘瞎子神神乎乎说了句话,让菜子沟下河院东家庄地作出重要的决定。他要给十五岁的儿子命旺成亲。

菜子沟下河院少东家命旺不行了。半月前管家六根从沟外请来六个道士,杀了三只羊宰了一头猪,白杨橼子搭起三丈高的道台,大有做一场空前绝后的道场的架势,引得一沟人跑来看热闹。谁知说好五天的道场做到一半时道士全惊跑了,连银子都没顾上要。晕死在道台上的命旺半夜里一个猛乍醒来,奇怪地从道台上跳下,瘫到院里,口吐白沫,鼻孔流血,两手冲天上乱抓一气,渐渐垂软下去。更奇的是裆里猛地一柱擎天,其势非骡马能比,惊得众人作鸟兽散,六道士更是失魂落魄,四散逃命。

谁都知道,少东家命旺是庄地的命线线。东家庄地前后娶了三房老婆,每一房都如花似玉,能把半条沟照亮,却独独生下这么一个儿子。许是老天真不开眼,命旺打生下来,就病恹恹,不像是东家庄地的种。庄地费了九牛二虎之力,总算将他养到现在,没想,一场大病下来,就留了半丝气。

东家庄地原本是把希望寄托到管家六根身上的,六根说,沟外的孙老道赛过神仙,驱鬼安神样样儿精,年前他亲眼望见过,沟外刘麻子家的老二就让孙老道救活了。刘麻子庄地知道,他家老二也是个病秧子,死了好几回,有次做道场,庄地也在场,那阵势,庄地还是头次见。如今听说刘家老二真让孙老道给救了,前几日还娶了媳妇,庄地忽就抓住六根的手,这事你去办,只要能把我娃的命救下,钱花多花少,不在乎。

管家六根领命而去,道场是设了起来,没想,事情成了这样。

当夜,菜子沟下河院乱成一团,东家庄地更是六神无主,差一点急得背过气去。若不是奶妈仁顺嫂,场面怕是不可收拾。

大惊过后,奶妈仁顺嫂抱着气息奄奄的命旺,泪流满面,躲在西厢房不肯出来。一沟人顿叹东家庄地不幸,菜子沟百年老院将面临断子绝孙的险境。谁知后山半仙刘瞎子无意来到沟里,病急乱投医的庄地即刻磕头相迎,后山半仙刘瞎子进了上房,黑魆魆的双眼煞有介事地环顾了下四周,支开管家六根,关上门攘眼了一夜。第二天早起,后山半仙刘瞎子神神秘秘冲东家庄地说,娶新人冲喜,越快越好。

风声传出,沟里沟外养女子的人家纷至沓来,大有挤破门的阵势。他们忘了先前骂过庄地的话,也忘了曾蹲在菜子地埂上对下河院的诅咒,更是不顾女子前脚进门后脚就成寡妇的危险境地,使出浑身解数讨好庄地。东家庄地这一次倒是冷静得很,打定主意肥水绝不外流,后山半仙刘瞎子关于姻路在后山一带的指向很快让他将目光锁定在十年未曾谋面的后山老舅身上,经过一番慎思,后山舅家大女子灯芯就摆到了桌面上。同样因了刘半仙一句话,东家庄地多少还有些犹豫。后山半仙说,冲过来他就是条龙,冲不过来,怕也是天意如此,往后……后山半仙闭了眼,半天,突然道,不管咋样,新人只许进不许出,做牛做鬼都是她的命;再者,一次冲不好二次冲,二次冲不好三次……后山半仙做了个果断的姿势,面目一冷,斩钉截铁地说,要想保住这院,就不能怕麻烦。说着,悄悄塞给庄地一道符,有了这东西,遭殃的只能是娶进门的外人,你家命旺,伤不到的。记住,想救你儿,就不能心软,更不能怕多几个替死鬼! 一句话惊得东家庄地差点没栽过去。毕竟同是血亲,要真应了半仙的话,咋个跟死去的三房交代?! 谁知命旺他舅坚决得很,媒人一来二去地撮合中,他表现出空前的积极,连招八字送聘礼几抬花轿迎娶等这些至关重要的事都一一省去了,只急着让妹夫定日子。

庄地直叹,老舅就是老舅,虽说过去恨过怨过,到了关键时候,心还是向着他的。

一切准备就绪,管家六根带着二拐子和四个轿夫,天一黑上了路。这一天是民国十六年阴历四月初五,后山半仙特意交代,花轿天黑出发,四更前进门,两头都不能见日。这趟路顿让人觉得沉甸甸的。管家六根最先也不想去,老婆柳条儿要生了,弄不好就在今夜,他急着知道结果。要是能生个带把的,再险的路他也不在乎,可老婆肚里的货实在难说,他没一点信心。柳条儿嫁过来五年生了三个带叉的,弄得管家六根谈生色变。无奈东家庄地说得坚决,非要他去,说对二拐子不放心,凡事还是交给他稳当些。管家六根不好推辞,一上路他便心事重重,跟二拐子一句话都不说,那样儿就像东家庄地硬逼他踩上了鬼门关。二拐子倒不在乎,早就听说后山的灯芯美得跟妖精一样,恨不得立马飞到后山,自个背了回来。

路是山路,崎岖得很。日前偏偏又下了雨,路上的泥泞还未干,走不多远便有轿夫摔了跤,二拐子让轿夫脚底绑了麦草,说等会儿到了山上,万万不能摔,摔下了山崖就是收命的地儿。轿夫们本就心虚,通往后山的路白日里走都让人脚心冒汗,黑夜加上泥泞,还不让掌火把,就有了撂挑子的心。管家六根只好说,一趟算两趟。轿夫们这才狠着心,往前走。摸黑走了一个多时辰,还不见月亮探出头,浓黑的乌云压了一切,山气湿扑扑的,说不定雨很快又要来。

管家六根止住步,很想卷根烟抽,黑灯瞎火的,怕只有烟能给人提精神。管家六根显然缺少某种精神,这段日子他总是神神经经,表现跟往常大为不同。人们说他可能是让柳条儿的肚子给弄慌了,也难怪,像他这样的人,要是真生不下个带把的,这日子,可就算是奔到了头。他总不能也学东家庄地一样,二房三房接着地娶。要知道,在沟里,讨一房老婆并不是件容易的事,纵是管家六根,怕也只有守着柳条儿,过一辈子的命。管家六根手在衣裳里摸半天,才发现洋火用光了,只好掏出烟沫,放鼻尖下闻了闻。身后猛然爆出二拐子的笑,尖丝丝的,像鬼叫。大约又讲了荤段子,轿夫们也跟着笑。管家六根是不喜欢二拐子的,尤其他嘴里一天到晚喷的那些粪,能把人熏死。二拐子别的嗜好没有,讲荤段子说下流话,一绝。下河院四处传播的那些个炕上被窝里的事,怕都是他说的。管家六根其实不喜欢下河院每一个人,包括东家庄地,可他喜欢下河院,所以他装出喜欢他们的样子,对二拐子更是这样。

二拐子也不理他,只顾跟轿夫们讲荤段子。他真是有精神,后响喝了三碗糊糊,按说一泡尿就该放空了,到这时他也没喊饿。幸亏有他,管家六根想,这山险路滑的,又伸手不见五指,没他讲段子,轿夫们要是一丢盹,不敢想。

二拐子赶上来说:"要不歇缓缓,吃点腰食?"六根收起烟,说:"两个时辰的路走了这么长时间,再缓赶四更能回去?"二拐子不屑地说,赶不上不赶,迟了能咋的。六根很不高兴,一听二拐子说这话,六根想起

3

上路时东家庄地说的话,这趟路跑回来,打发二拐子走,这人靠不住。六根并没想过要打发二拐子,东家庄地的话他也只是听听,他有自己的主意,现在看来,这牛日还真是靠不住。

许是没让歇缓,二拐子有了脾气,嘴里的话也稀落了,后来索性闭了嘴。面前就是黑鸡岭,路更是陡峭得很,鬼见愁。没走几步,一个轿夫就踩空了,要不是二拐子眼疾手快拽住他,怕就到崖底了。管家六根说小心点,过了这岭就到了。话刚说完轿子就翻了,这次摔的是二拐子,他妈呀一声,半个身子已到了崖下,手死死地抓着轿栏。六根闻声折回来,自己一慌张也绊了一跤,头重重磕地上,还好,他摔在了路里边。路滑得使不上劲,几个轿夫手忙脚乱,嘴里惊喊着,想把二拐子拽上来,轿子咯吱咯吱,栏杆一断二拐子就完了。这牛日,死到临头还说要摸新娘子屁股,六根真想让他摔死,可他更想让新娘子摔死。

一想新娘子抬进门命旺就有可能活过来,六根的心猛就黑了。这是六根的秘密,下河院怕是没人知道。更没人会想到,请孙老道做道场也是个阴谋,本来说好了要让命旺死在道台上,大约事到中间孙老道怕了,这才多出娶亲这档子破事。

六根站在黑夜,心思恍惚了一会儿,突然就坚定了。他脱下衣裳,让二拐子抓住,嘴里骂,你个牛日,看你还敢想女人,几个人合力一拽,二拐子爬了上来。

终于翻过岭,远远听见咳嗽声,管家六根说放慢些,叫他们多抬段儿。二拐子心里不乐意,恨不得能三步两脚过去,又怕管家六根骂他,便佯装撒尿,站在了山坡上。心,却早让对方轿里的新人给捉了去。

迎娶的方式都是事先说好了的,新人不在娘家上轿,怕娘家的三魂四鬼跟上,娘家负责将新人抬上道,边走边拿铁锨把路斩断,千万不可留回头路。中间换轿更要小心,一不能回头,二不能落地,——事项东家庄地都再三做了叮嘱。六根这阵像是突然给忘了,迎了头,头件事就是跟对方讨洋火,点了烟,还想多要几根,对方恨恨地说,当是芨芨棍?六根心里骂,黄花闺女往死路上送都舍得,几根洋火你就心疼?把你个猪脑子家的!

说话间,二拐子跟轿夫吃了腰食,开始接人。夜墨黑,二拐子循着香味儿,掀开帘子,颤着手往里一摸,软绵绵触到一个嫩人儿。这差事真是美极了,美得二拐子永远想做这差事。沟里谁家摊上这事儿,二拐子跑得比狗还积极。迟疑间他忍不住就探了一下手,吓得里面差点叫出声。二拐子也不敢太过放肆,咽了口唾沫,伸手抱了新人,说勾紧点,话刚出,一双手就揽上了他脖子。二拐子猛地一悸,顿觉一片酥软,骨头都发着呻吟,新人儿触到他身子的感觉竟是那般奇美,那般妙不可言。二拐子一路等的就是这一刻,所以接人时间就多了点,看不清他做了些什么,但摸一把大腿是决然少不掉的,这点管家六根想得出。管家六根咳嗽一声,二拐子这边的动作就快了点。等放好人,换了礼品,再上了路,二拐子话就多了。他紧紧地守护着轿子,说出的话跟轿子的气氛十分吻合。管家六根却想,二拐子的手一定在轿里,在她腿上,趁颠轿的空,窜到裆里也说不准。去年抬沟里一个新媳妇,他就摸了人家一裆水。

这牛日!

管家六根突然就没话了,有意跟轿子拉开距离,远远跟在后头,像是在等什么事。

一路艰险。

许是新娘子命大,管家六根这晚的想法没能实现,他十二分的沮丧。这时候他再次想起自个的女人柳条儿,一股不祥涌上来,不知怎么突然就认定这次又是个带叉的。管家六根呸了一口,恨得鼻子都有些歪。

下了山,顺沟往上走一袋烟工夫,突然就望见一片火,轿子抖了起来,轿夫们精神骤起,二拐子狼野着嗓子,吼起了花轿歌:

我抬呀抬,我把你打娘怀里抬过来

我抖呀抖,我抖得让你合不了口

我唱呀唱,我唱得叫你骚又浪

我颤呀颤,我颤得你心肝肉儿酥又软

……

熊熊火光中,菜子沟百年老院充满了期待。

雨恰是在这时落下来,沥沥淅淅,裹着油菜花的清香,沁人心脾。管家六根怕也是被火光中那气势宏伟的深宅大院给震醒了,忙忙地收起心思,脸上堆出他惯有的殷勤,跑前跑后,跟轿夫说笑着,进了村。

奶妈仁顺嫂早早地等在火堆旁,她今天也是格外打扮了一番,一袭大红棉袄十分艳,衬托得丰腴的身子越发饱满,胸脯更是高耸如挺。头上还裹了块红头巾,火光一映,那张脸儿便红扑扑诱人。颠着一双小脚,手里挥条红方巾儿,忙里忙外地指挥着下人。这个下河院最有成就的奶妈此时已完全一副主人架势,她的利落和对婚事的熟谙引得沟里看热闹的人群接二连三发出赞叹。有人就喊,仁顺嫂,是你娶媳妇儿啊?就是,眼热了?奶妈仁顺嫂大大方方回过去一句,让那个心怀不轨的喊话者反讨了没趣。也有人想讨她便宜,仁顺嫂,看上去你倒更像个娇娘子。像吗?仁顺嫂故意拿捏了个姿势,丰腰一摆,鼓鼓的臀往后一扭,哧一笑,嗔骂道,馋死你个属猫的,朝后看看,你家屋里的盯着哩。

说笑间,轿子到院门口停下,管家六根还没来得及跟仁顺嫂打招呼,就听说柳条儿生了,果真是个带叉的。脸色瞬间僵了。仁顺嫂跑过来,问路上平安吧?管家六根没好气地就说,没死!

呸!仁顺嫂吐了一口,这啥日子,你也不嫌……话说这儿,突地就望见六根一张灰脸,这才想到了柳条儿。话一转说,还愣着做甚,快去看看你屋里的,是母是公还不知道呢。管家六根恨不得吐仁顺嫂一口,知道她这阵心里正笑得锅滚。他独自恨了一阵,才愤愤地走了。

这边就由了仁顺嫂,内心里巴不得六根这挨刀的走掉哩。奶妈仁顺嫂虽是个寡妇,这种事儿上却少不了她,再说了,东家庄地那儿,她是有特殊身份的。这事儿,庄地能交给外人?管家六根大约正是恨这个,一直拿仁顺嫂当眼中钉肉中刺。恨不得老天爷打个雷,把这个不守妇道的骚母猪给劈死。仁顺嫂却不拿六根当回事,养不下带把的赖谁哩,哼,还想子孙满堂哩,羞死你先人,也不想想你家先人死时裆里揣了个甚?奶妈仁顺嫂吓了一跳,忙忙把心里话咽下去,一门心思迎起了新人。她也毕竟见过世面,又跟着东家走南闯北的,指挥得还算顺当。二拐子吆喝着让轿子重新抖起来,四位轿夫此时也铆足了劲,知道挣赏钱的时机来了,晃着脚步,摆着八字,一起一伏地绕火堆转了三圈。仁顺嫂早已点燃香纸,跪地上,边烧边吟吟有词,燎三了,燎四了,冤魂野鬼燎尽了,新人进门冲喜了,下河院的风水燎旺了……

燎过三遍,宰过鸡,杀了羊,又从院里端出一火盆,稳稳当当放门中间,就等着新人下轿了。

众人忙乱中,奶妈仁顺嫂溜过去,左右一瞧,趁人不备,快快往火盆里丢了什么,然后装做不慌不忙的样子,溜出了人堆。

二拐子早已不耐烦,冲装模作样的仁顺嫂喊,抱人哩,抱人哩,三鸡儿早叫了,再磨四鸡儿又叫了。后山半仙再三叮嘱,新人务必四鸡儿叫前进洞房,错过这时辰,想冲也冲不了。仁顺嫂听见喊,这才转过身说,人哩?

按乡俗,抱人是新姑爷的事,可少东家命旺躺在炕上,爬不起来。说好让油房新来的小巴佬七驴儿抱,七驴儿跟命旺同庚,个头也一般齐,且不知乡俗,这阵却没了影。仁顺嫂七驴儿七驴儿叫了几声,没人应,立刻就慌了,扯上嗓子骂,穿了衣裳拿了赏钱,这阵倒跑了,害人鬼,明儿非说给马巴佬才行。外面骂着,里面早等不住了,东家庄地一遍遍唤,四鸡儿叫了,四鸡儿叫了。仁顺嫂干急没办法,谁都知道半夜里抱新人不吉利,况且又是替命旺这么个半命鬼,弄不好惹祸上身,十万个划不着,这一沟的人,怕是没谁肯帮这个忙。

轿子搁在那里,谁都干望着。

轿里的人更是一片焦急。

东家庄地院里跳起了蹦子,大骂仁顺嫂办事不力。奶妈仁顺嫂急得要哭,七驴儿这挨刀的,害人没个轻重,叫他一辈子娶不上女人。

"赏二斗菜子,谁抱?"奶妈仁顺嫂一急就乱作起了主。

没人应声,人们全都失了声,心里头却窃笑,知道有好戏看了。

"三斗,三斗抱不?"仁顺嫂已经顾不上了,三斗菜子值三个月工钱,可还是没人应声。

天呀,东家庄地打心里面喊了一声,他不是心疼菜子,再要拖延,四鸡儿真就叫了。

"一石!"仁顺嫂喊出了一个吓死人的数字。天老爷,抱个新人值一石,没听过!

人们一下让这个数字吓住了,连气都不敢出一声。死静!东家庄地急得想扑出来,恨不得自个抱了往屋里跑。

就在这时候,突然炸出一声:"我抱!"

声音还没落,仁顺嫂已惊得掉了手中的包袱。喊这话的不是别人,正是二拐子。奶妈仁顺嫂"妈呀"一声,她可就这一个命线线,平日里胡作非为倒也罢了,要是真敢犯了这个忌,那不是要她命哩。仁顺嫂刚要阻止,二拐子已掀开帘子,火光映出新人的脸,竟是没罩盖头的!一双莹莹的眼直直地望着二拐子,二拐子一惊,怔住了。等看清眼里亮晶晶的东西,二拐子不再犹豫了,他伸出双臂,勾住她腰,趁势一捏,一团软软的绵就握在手里。那脸急了一下,渗出羞恼来,眼神却是带着鼓励的。二拐子另只手就摸住了屁股,一团热燃了全身,仁顺嫂的话再也听不到了。众人巨大的惊诧里,二拐子给新人蒙上盖头,胸贴住两团云一般的绵软,结结实实将她抱起来,大步跨过火堆,越过火盆,嘴里唤着"新人过火堆,霉气全燎尽,富贵进了门,添子又添孙……"

　　二十二岁的老姑娘灯芯就这样带着雨星被二拐子抱进了下河院。

　　仁顺嫂早已昏倒在地,嘴里无声地哭喊:"天呀——"

2

　　下河院是很有些年成的,至于最早缘于啥时,菜子沟活着的人没谁能说清,就连东家庄地,顶多也就记着前两辈的事,可下河院远不止两代。管家六根就听爷爷说过,爷爷的爷爷就在下河院当过长工。

　　这沟是条深沟,东西约有百里长。最早这儿曾是一片荒芜之地,乱草长得能掩过人头。沟里常有黄羊和野驴出没,偶尔地,也有狼群在争食。那时,沟里是看不见人烟的,一沟两洼,除了疯长的野草和芨芨,再就是些野生灵在游荡。

　　庄地的祖先曾在北边沙漠一带,一个叫土门子的地方,那儿是丝绸之路的一个小驿站,穿梭于北部沙漠的驼队和马帮常常在那儿歇脚,将丝绸和大烟带到镇子上,也把南来北往的信息留给人们。庄地的先祖爷庄福便弃开农田,做起了生意。一日,庄福赶着马队往北山走,经过人烟稀少的黑峡口时,突然地杀过来一帮土匪,土匪姓麻,在北山一带很有名,未等庄福闹个明白,土匪便席卷了他的马队,一根长枪斜刺里冲他挑来,眼看就要将他挑下马,庄福这才醒过神,知道财物是保不住了,就连另匹马上驮的刚刚拿大烟换来的水灵灵的女人,也保不住,双腿一夹,策马而飞。麻土匪见状,哈哈大笑,他的志趣不在杀人,除非迫不得已,他瞅一眼枣红马上吓得抖索的美人儿,嗓子里骂了句鸟人,飞身下马,一把掠过美人,就在她吓得发紫的嘴唇上咬了一口。

　　先祖爷庄福因为一个女人得救,逃过了一劫,受惊的白雪飘骑驮着他,飞过黑峡口,飞过北山几十里草原,将他驮到一座叫老鹰嘴的崖上。此时已是第二天正午,饥肠辘辘的庄福晕头转向,根本搞不清白马将他驮到了哪。庄福下马,站在了山崖上,明艳的太阳下,菜子沟一望无际,春日的暖阳映得沟里一派墨绿,微风掠过,那墨绿一脉儿一脉儿的,能把人的心掀起来。庄福吸了一口气,又吸了一口,感觉胸腔就荡漾起来。天呀,世上竟有这等仙美的地儿。他的疲惫瞬间没了,牵了白马,就往沟里奔。一队黄羊惊起,高昂着头颅,打他眼前电闪一般刷地划过。庄福还未看清,一头野驴扬起脖子,冲他吼了一声。后面的白马耐不住了,四蹄腾起,就要奔野驴而去。

沟中间,草丛里,一条河哗哗流过,水清清澈澈的,能映出白马的影。庄福"呀"了一声,土门子是个缺水的地方,沙漠把啥都吞没了,水就成了银子。庄福打生下来,一直就盼着有这么一河水,渴了能扑向它,热了能跳进去。算命先生曾说,他命中缺水,如果能偎水而居,伴河而作,这日子,怕想不滋润都不成。庄福当下撒开白马,扑向河水,只一口,庄福便明白,此生,怕是舍不下这河了。

这河叫沙河,打远处的祁连山来,脉袭可追溯到青海雪域高原,后来又说流的就是布达拉宫的圣水。一年四季,绵绵不断,滋养得这一路,便比仙景还美。庄福饱饮一通,顿觉困乏全无,麻土匪带来的恐惧和恨恼,也瞬间荡然无存。恨不得当下扒了衣裤,跃入河中,好好泡它一顿。这时候,就听天际里彻出一声响,先祖庄福猛抬起头,惊讶讶就见带他而来的白马,猛腾起四脚,朝天长吼一声,然后化作一缕白烟,寻天而去。湛蓝湛蓝的天,一下变绿,跟沟一个颜色,再望,云从北山顶上漫过来,瞬间便遮蔽天日。天地合为一气,雨乘势而下,噼噼啪啪中,沟谷成了另番景色。

庄福心愕成一片,恍恍惚惚中,就觉自己来了该来的地方,与命同在的地方。

当然这是传说,不足可信。可这沟里,自此有了人烟。

紫禁城里慈禧奶奶垂帘那阵儿,曾有一个留长辫子穿长袍马褂的官爷来到菜子沟,他是循着油菜花香进来的,一路惊讶讶着,跟兵卒说,跑过了整个大西北,咋就没见过这么迷死人的地儿呢?那时庄地还小,也就七八岁,穿着小青袍,戴顶瓜皮帽,跟下人们院里玩。中间有个叫小和福的拽了下他的辫子,把他给拽疼了,庄地一把拧过小和福的脖子:"你敢拽我,看我不打死你。"小和福哆了嘴唇儿,脸吓得青紫,半天,缩着脖子说:"你甭打我了,往后,你没处去了,我家要你。"

"你拉屎,我家这么大,我跑都跑不过来呢,凭啥要去你家?"

"我听……我听上房说,那个带兵的官爷爷要买了你家。"

"拉屎,拉屎,臭死了。"庄地一把扔了小和福,就往上房跑。按庄家的礼节,大人在上房接待贵客时,小娃子是不能乱闯入的。那天庄地闯了进去,他叔叔都拦挡不住,吓得黄了脸在院里喊:"打屁股呀,爹爹——"

如果不是光绪爷要继位,说不定这座院子早就不姓庄,那位官爷真真实实看上了,也是诚心买,掏出的银子据说能把整条沟买下。因为突然光绪爷要继位,官爷不敢久留,急着回紫禁城,这事就先搁下了。不过那天七岁的庄地喊了句话,着实让紫禁城来的官爷骇了几骇,过后他摸着七岁庄地的脸,说,这娃有骨气,往后,这院能昌盛!

庄地那天也是急了,一看爹跟官爷唯唯诺诺,又是作揖又是哈腰,真像是要把院子让出去,破口就喊:"我看见白龙了,谁敢打我家的主意,白龙饶不了他!"

白龙?官爷当下一惊,等弄清庄地说的白龙就是他先祖爷乘过的那匹白雪飘骑时,捻着胡须沉吟半天,最后叹道:"怪不得我一进沟,就觉有股仙气在荡,原来是这样。"当下,吩咐手下,将随身带的银两全部留下,如此这般安顿一番,对着庄氏祖宗的牌位重重磕了三个响头,急着回紫禁城为慈禧奶奶解忧去了。

这院因了光绪爷,加上小庄地一句话,算是给保住了,不但保住,官爷留下的银子,还有嘱咐,在紫禁城乱得一塌糊涂,慈禧奶奶大为光火的那些年里,让下河院着实扩张了一番。南院、北院、还有西院的草园子,外加几座厢房,都是那些年新扩的。下河院猛看上去,真就成了一座城,四四方方,颇为壮观。据说比凉州府还大,还结实。一沟人花两个夏天拿石夯夯起来的新院墙,足足有丈二宽,上面能跑马。庄地上去过,院墙上不但能翻跟斗,还能跟十几个碎娃坐圆了玩丢手绢。院墙往下看,下河院就像拿层层叠叠的屏障护起来的一座宫殿。丈二宽的新围墙里头,是一排排青丢丢的钻天杨,往里是二道墙,五尺宽,庄地爷爷手上打的,据说当年为这院墙还死过人,为争两件羔子毛皮袄而被打死的。二道墙里,是两丈宽的菜园子,种着一院人春夏秋冬要吃的菜,庄地父亲手上,还种过一阵子罂粟,说是菜园子种的罂粟花鲜、果嫩,抽起来格外过瘾。菜园子里头,又是一道子墙,窄、矮,墙上四处留了洞,种菜人进出方便。矮墙里头,就是新扩的南院和北院,南北两院大约是遵了紫禁城官爷的吩咐,加上请的工匠正好是修了凉州城牛家花园的有名的胡家班,修出来气势就格外不一般。各是三间正殿,又称上房,檐下是四根松木明柱,上有凉州城最好的工匠雕刻成八龙八凤,跟檐上的飞禽鸟兽浑成一体。东西各是厢房,四间,带着小廊。南面是库房,用来藏闲物或是供亲朋小住。南北院各带了花园,花是从南北二山移来的,有百合、野菊、牡丹、金打碗,更多的则是马兰花,虽不名贵,香味却扑鼻。南北二院靠一回廊相连,曲径通幽,远看似一青蛇,盘来伏去,蛇首蛇尾终还在下河院正院里。更有那从南北二山觅来的各色根雕,沿廊摆放,倒成了另番风景,常引得下人们大惊小叫。其中最多的,是一种类似于男人胯下那物的根雕,下人们私下议论的,怕就是这事。下河院缺乏阳气,早已不是什么秘密,就连沟里三岁小孩都晓得。

南北二院往里,才是先人留下的真正的下河院。

车门一进,是正门,两条弯曲的青石路面如同两条绵软的女人手臂,温柔地搂住了整个院落。这青石路面打远处的菜子地伸来,一进车门,拐成两条,朝左通向车房,朝右伸向马房。平日里由两个人专门打扫。庄家祖训,青石路面留不得半点污渍,年代一远,青石路面便发出一层幽幽的青光,能照得见人影儿。

跟南北二院的鲜活气息相比,中间这院就显得多了份死气。院里光线阴暗不说,单是那八根乌黑的柱子,就陡添了不少煞气。谁也想不出,当初先人为啥要把八根柱子油成黑漆,这漆还不是一般的黑,是后山松油的那种贼黑,猛一看,就跟渗了油的黑炭一般,让人的心哗一下能暗下来,细瞅,也不尽是黑,黑漆中间,隐隐还夹杂着几道乌铜色,只是年代久了,那乌铜便越发地没了亮光,倒把这黑衬得,比棺材头上那道黑还亮。除了廊下的八根柱,连屋顶的吊檐也是黑的,这就越发的怪,谁家能把飞檐涂成黑的呢?怕是这个谜,再也解不开了。不过后山的刘半仙曾经说过半句,没这黑,怕是这院,早没了。半仙虽没把话说透,但其中意味,下河院的人多少也能猜点,保不准先人修这院时,逢了哪路高人来指点,要不风摇地动,百年间菜子沟少说也经历了一二十场饥荒,加上土匪连年骚扰,瘟疫隔三间五地闹,下河院却是一副雷打不动的样。就连凉州城的牛家花园,也没风光上它的这些年头,如今更成了一片废墟。听说慈禧奶奶一垂帘,还专门问过此事,那个牛家花园还在么?

按沟里人的看法,庄家祖先留下的下河院,更像是座庙,八根柱子支撑着八间廊房,中间只有丈二宽的空隙漏着阳光。八间房倒是清一色的松木椽子松木梁,盖得也有些低矮,廊下也少了点缀,从中可以看出,庄氏祖先当时在盖房上也是颇算计了一番的。倒是独独西厢房盖得亮堂,还带个小院,外加一条长廊。据说这儿最早曾藏着一个打凉州城花钱请来的戏子,戏子一见这沟、这院,便有几分割舍不下。后来三番五次地,跟了马帮往菜子沟来,来了先是小住几日,也不唱戏,也不闹腾,就跟庙里修心的尼姑一样,安静得很。后来沟里人才听说,那戏子头次认识下河院的东家,便染了身孕,三番五次地来,只是想生下那个种。也有说不是,戏子是凉州城五爷的姘头,岂是外人轻易敢染指的。甭管咋说,这西厢是充满了神秘的,奶妈仁顺嫂就说,大凡下河院的冤魂,都跟这西厢有关。

甭管咋说,下河院就是下河院,院里的风景包括院里的人和事,沟里人是无法看清楚的。比如说庄地的爹为啥要花那么大代价修南北二院,修了为啥又空落落搁着,从不送进去个脚踪?里面的隐情怕绝不是庄家人丁不旺、没人去住这么简单。南北二院到底藏着什么,怕是跟庄地最亲最近的人也难以知晓。何况下河院也绝不只藏着这么一点儿秘密。要说整条沟里,对下河院的秘密,除了奶妈仁顺嫂和管家六根多少还能说出一点的,怕就只有一个和福。可惜和福老了,加上长久地不跟下河院来往,这院里的事,怕是也说不出个子丑寅卯。

但是,有一点却清清楚楚,下河院是一天比一天颓败了,尤其到了这两代,下河院就像烂了根的老树,说倒就倒下了。庄地的爹还弟兄三个,可两个让土匪打死了,连婆娘也抢了去。庄地的爹也被打坏了命根子,幸亏庄地生得早,这脉才没断。霉气却跟定了庄地,连娶两个婆娘都死了,直到四十娶了三房,虽说也死了,可留下了命旺。

只是这命旺……

3

菜子开花的时日,下河院的朱漆大门"吱呀"一声,新娘子灯芯一袭红袄走出来。一双绣花鞋载着灵巧的身子,从菜子沟最气派的豪宅深院走向绿莹莹的菜地。这是个新鲜事。按说新娘子是不该这么快就出门的,至少要在深院藏到开怀的时候。沟里人登时圆了眼,齐齐地盯住那一袭水红,看碎小的脚步怎样踩过长长的青石路面。雨后的青石路泛着油光,积水在上午的阳光下宛若镜面,将新人袅袅的身姿映衬出来。有一刻新人的脚步停在了泛动的水处,好像瞄了一眼水中倒影,很快又迈开了。没有下人陪伴,奶妈仁顺嫂也不在身边,这就让看的人更为好奇。直到脚步停在地埂上,一眼的菜花映住她整个身子时,人们才松口气,原来不是去寻短见。不过也还是奇怪,不就一个菜花,有什么看头,值得犯这个忌?

这忌是个大忌,沟里人看来,新娘子灯芯赶在开怀前往外奔,无外乎两个缘由:一是想死,逃开那个只剩了一把骨头的男人;另一个缘由,还是想死,逃开东家庄地。可新娘子灯芯悠然自得甚至带了几分陶醉的样子真是让人惊慌,她咋个能这样,咋个能这样呀?一点点想死的意思都没有,妈妈哟,不想死她犯这个忌做甚,不想死她这么快跑出来又做甚?

沟里人牢牢地把眼睛贴了上去。

新娘子灯芯自然不知人们在盯着她望。她是让满世界的花香引到这儿的,一到地埂上,眼立刻直了。五月的阳光下,菜花像天女散花般铺满了世界,雨水清洗过的菜子满溢着碧绿,碧绿从眼前盛开,一直延伸到望不到头的南北二山。一沟两山的菜地像一块巨大的棉被,网住了她的眼睛。花瓣上的露水晶晶透亮,耀眼得很。忍不住伸出葱一般的嫩手轻轻一碰,就有大片的水珠落下,湿了她的绣花鞋,湿了她的绿裤。空气是那样的宜人,扑鼻的香气从她一走出院门就围在身边,用力吸了一口,就觉由身到心清爽得不行。

难道这真是自家的拥有?爹的话忽在耳边响起:"福路是指给你了,那可是铺满金子的路,守得住守不住就全看你了。"

新娘子灯芯顾不上细想爹的话,从她坐上花轿那一刻,她就认定自个坐在了金毡上,一条巨大无边的金毡上。现在,她又觉自个正站在金子上。

哦,金子,耀眼的金子!

二十二岁的老姑娘灯芯是后山中医刘松柏的独苗。中医老婆死得早,是他尿一把屎一把将灯芯拉大的,不只拉大,还教了她许多。灯芯的记忆里,爹教她最多的,除了怎样识中药,就是菜子,油坊,还有煤。

起初灯芯并不清楚爹教她这些做甚,后来长大,耳朵里慢慢多出一个词——下河院。灯芯那时就想,爹是忘不掉姑姑哩。姑姑嫁到下河院,据说一天好日子也没过,守着那么大一座金山,居然连吃药的钱都没有。爹可能是气不过,常常拿这些说给自个儿女儿听,也好让她记住,守着金山并不等于真就有金子。后来,长大的灯芯便觉得不这么简单,爹的话里,偶尔地会多出些东西,一层怪怪的味儿,悟不透,却能感觉得出。灯芯也猜过,可爹不让她乱猜,爹只说,凡事都有路数,只要按路数来,到时候,不是你的都由不得。只是,爹突然话锋一转,紧张着脸说,这路是独木桥,踩上了,就没有回头,更不可错失一步,一步错,身边就是深渊,掉下去摔死都没个响声。

爹的话总是这般危言耸听,这般令人出冷汗。可灯芯像是习惯了,她习惯了爹的打爹的骂,也习惯了爹站在山巅上朝山下凝望的目光。灯芯知道,爹的目光尽头,就是这座下河院,就是这一沟两洼的菜子,还有,就是她早逝的姑姑,爹唯一的亲人松枝!

这个上午灯芯一直站在菜花里,中间她试着往里走了几步,露水顷刻间湿了她的裤子,豆牙似的花瓣染她一身,芬芳着实令她陶醉。可毕竟是新媳妇,她还不敢走得太深,齐腰的菜子没住她的时候,身子忍不住发出一片战栗,觉得有轻柔的手掌撩在腿上,撩在她女儿家神秘的地方。她猛地想起娶亲那夜窜进花轿的那只手,身子禁不住打了个哆嗦。天呀,那只手一路上撩拨着她,有意无意的,借着轿子的颠簸要往深里去,弄得她忽儿羞臊忽儿晕眩忽儿气恼。后来,后来她仅忍不住握了那只手一下,只一下,就把女儿家的本分全给握走了。那一路,生里死里的,灯芯都没记住,记住的,反倒成了那双手,那双救了她羞了她又抱了她的手,那是第一个伸向她的男人的手啊……

菜地里灯芯脸粉红成一片,身子下边,竟生出一股难以言说的奇妙。

后来她想到了那张脸,那张在火光里抱她时映出的麻瘦脸,片刻间掠过一层灰蒙蒙的失望,要是那脸能清爽些,倒是情愿让他多抱抱的。

可惜了。

新娘子灯芯在菜地里惆怅了一会儿,拔腿出来,她要趁机多看看。爹在上路前跟她说过好些地方,每个地方都梦一样萦绕在脑里,让她夜夜不能成眠,让她总渴望着能亲眼见一见。此时,这个梦想就要成真了,新娘子灯芯忍不住一阵激动,脚步子也欢快起来。顺着地埂往南走不多时,哗哗的河水声就飞进耳际。奶妈仁顺嫂惊叫着让下人四处寻她的时候,她已站在了沙河边。雨后的沙河水涨了不少,清澈的河水从极远处奔腾而来,发出松涛般的轰响。松涛的声音她是熟悉的,可那是望不见的声音,现在有了欢快的河水,就觉沟里的世界真是比后山要美。溅起的浪花再次打湿她的绣花鞋,裤子湿在腿上,痒得难受。禁不住再次想起抱她进院的男人,到现在还不知他叫啥名,院里封闭得很,她和命旺的西厢房是用雕了花的木廊隔住的,除了奶妈仁顺嫂,还没一个人进去过。她想他是下人,只有下人才有那样粗糙的脸,才有那样牛似的力气。

直到站累了腰,才寻到那盘让爹描述过无数遍的水磨,它掩在一大片杨树影里,"吱吱嘎嘎"的声音穿过婆娑的树影钻进她耳朵,宛若歌谣,动听得很。新娘子灯芯欣喜若狂,刚要迈步,就听见奶妈仁顺嫂的声音。

奶妈仁顺嫂真是吓死了,她刚回自家跟二拐子吵了几句,就听下人跑来说,少奶奶不见了。死了好!奶妈仁顺嫂正在气头上,儿子二拐子真是个不成器的东西,你猜怎么着,他竟把院里一刚来的使唤丫头给压在了菜园子里,若不是东家庄地正好去菜园子,怕是这祸就闯大了。"你个挨刀的,你个短命的,啥事不能做,偏要做这畜生做的事。"仁顺嫂揣着一肚子气撵来,进门就骂。你猜二拐子咋说?他笑了几笑,不阴不阳说:"你好,你干净,你干净得苍蝇都叮不进。"说完,拿起他爹留下的那把杀猪刀,磨刀石上霍霍磨了起来。仁顺嫂像是让儿子扇了个嘴巴,不,捅了一刀,哭也不是,骂也不是,正拿衣襟蒙了脸呜咽,下人便进了门。

骂过那句,仁顺嫂还是快快往下河院去,路上她跟下人喝叹着说:"耳朵夹紧点,那话我是骂二拐子哩,你可甭往少奶奶身上想。"下人哪敢乱想,在下河院做事,耳朵和嘴巴都得夹紧,听了不该听的说了不该说的后果都一样,轻者撵出门,一年的工钱不发;重者,这沟里怕你待不成。

到西厢房一看,新媳妇灯芯果然不在,命旺傻呆呆坐炕上。看见仁顺嫂,命旺两手挥舞,嘴里哇哇着,眼睛死死瞅住仁顺嫂青布汗褂里紧裹着的高耸的奶子。仁顺嫂骂了句馋死你个短命的,就往外跑,刚出西厢小院,跟迎头赶来的东家庄地撞个满怀。东家庄地破口大骂,"反了,反了,这才娶进来几天,不知轻重就乱跑。"仁顺嫂刚应了句"就是,"庄地突地转向她,"你个挨千刀的,咋操的心?跟你说了多少遍,新人进门,要先把礼数、讲究跟她交代清,你吐道了没?"

仁顺嫂让庄地骂了个满面红,这些日子,她没少说灯芯,可她左耳进右耳出,心思压根就没在礼数上。下河院那些个讲究,她更是听不得,仁顺嫂说两句,她反驳三句,哪像个刚进门的新媳妇。可这话,她哪敢跟东家讲,新媳妇灯芯绝不是个好惹的货,要是让她知道她跟东家反舌弄嘴,往后这日子,少不了她吃的亏。

"还愣着做甚,找呀!"庄地一捣拐棍,口气几乎要把仁顺嫂吃了。

仁顺嫂再找时,心里就有了恨。一想刚才庄地骂她的话,心就疼得咯咯响,好你个没良心的,这才娶了个替死鬼,能不能冲过去还很难说,你就敢拿这么毒的话剜我的心窝子。挨猪刀的,这话也是你骂得出口的?一路呜咽着,嘴里却在虚张声势地喊,刘家的,后山刘家的,你倒是应个声啊——

仁顺嫂的高嗓子惊得干活的人全停下来,人们并不告诉她刚才看见过新娘子,只是冲她喊,仁顺嫂,哭爹喊娘的,找谁哩?

找谁?还能找谁?吃上花样子草了,进门才几天,红都没见,就敢往外跑。仁顺嫂这句话,无疑是告诉沟里人,娶进来的灯芯至今还没破身,红还没见哩。沟里人马上会意,十五岁的少东家果真成了废人,要不,守着那么葱绿的新娘子,能饶下?

奶妈仁顺嫂一路找一路喊,把能喊的都喊了出来,还不过瘾,心里骂,跑,天天跑才好哩,叫你讲究,叫你攮眼,叫你把后山的瞎子当亲爹。正恨着,一抬眼就望见了新娘子灯芯,树影绰绰中,那一抹红格外地显眼。仁顺嫂大约是气急了,顺口就道,后山刘家的,有没有点规矩,这门是你乱出的么?

灯芯的兴头忽然被人打断,脚步猛地停下,转身冷着脸道:"你才唤我什么?"

奶妈仁顺嫂知道漏了嘴,低头嗫嚅道:"人家一急,唤错了。"

"唤错了就再唤!"灯芯冷冷丢过一句,"站着等。"

仁顺嫂知道躲不过去,哑着嗓子道:"少奶奶,东家唤你回去哩。"

灯芯鼻子里哼了一声,脚步一拔,也不理仁顺嫂,自个寻着方向,打沟沿上跃过去,往森严壁垒的下河院去。刚进车门,正好跟管家六根打了个照面。六根止住步,弓腰说声少奶奶好。灯芯心里生奶妈仁顺嫂的气,没理他,进去了。刚错过身子,就听管家六根说,少奶奶是不该到处走的。灯芯本不想理他,更不想听他什么话。这阵却忽地想起爹跟她说过的话,猛地折转身子,一双尖利的眼睛盯在了管家六根脸上。

管家六根本不想提醒,事实上新娘子出门他是看见了的,他故意装没看见,他巴不得她到处乱走疯走,越坏规矩越好,越犯忌越开心。这时见奶妈仁顺嫂跟在后面,不能不提醒。没想遭了白眼,那一眼望得有点恶毒,他打个寒噤,牢牢地记住了。

进了西厢房,男人命旺还在炕上。出门时是给他穿好的,还特意在裆里衬了棉布,这阵却全脱了,赤条条钻在被窝里。奶妈仁顺嫂跟进来,要给命旺穿,灯芯说你走开,我的男人,我来。便拿起裤子哄孩子般哄他穿,命旺却猛一下捉住她奶子,嚷着要吃。这个动作把灯芯吓坏了,无端地就红了脸,羞臊得不知往哪放。若不是碍着奶妈仁顺嫂面,她会一巴掌扇过去,看他还敢乱碰自己。奶妈仁顺嫂看她窘,走过来,哗地解开衣服,熟练地将奶子递给命旺。这个动作刺痛了灯芯,灯芯却又奈何不得。打她娶进门第一天,这样的动作便天天望见,有时半夜里,奶妈仁顺嫂还会跑过来,就像哄孩子一样哄自个男人。灯芯望见奶妈白生生的大奶很快吮进男人嘴里,羞恼地转过身,心里旋起一团黑云,先前的快意荡然无存。仁顺嫂却说,奶子是要给他吃的,吃足了他才能乖。

男人吮足后满意地睡了,奶妈开始了说教,无非是这不准那不许的,仿佛每个规矩都是冲她而来。尤其说到刚出门的事儿,仁顺嫂更是一惊三叹,说下河院再不能出事了,指望着你给冲喜哩,你再不听劝东家可就全没指望了。那口气俨然她是东家的人。灯芯心说不是想二次三次地冲么,我倒要看看,嘴上却说往后不了。

奶妈刚要问句什么,东家庄地来了。自打进了门,公公这是头次踏进西厢房。奶妈快快系好扣子,一脸温顺地给东家庄地让过地方。

灯芯就听公公问:"你去了哪?"

灯芯落落大方道:"去菜子地看了看。"口气里完全没有一点错的意思,坦然劲儿反把东家庄地给噎住了。

庄地的脸阴了许多,嘴唇抖着,半天却不知怎么发火,末了,冲奶妈仁顺嫂吼:"讲究,讲究你们懂不?"

奶妈仁顺嫂忙道:"东家,少奶奶已说知错了,往后她会小心的,你就甭拿这事儿气自个儿了。"

"往后,往后,能有几个往后?"东家庄地的拐棍捣得咯咯响。

"没几个往后,要打要骂随你。"灯芯突然甩过来一句,目光直直地逼住庄地。庄地哑巴了,虽说是新娶的儿媳妇,按理该严加管教才是,可她怎么也是三房的内侄女,算得上半个骨肉,他又如何下得了狠心。

最后还是奶妈仁顺嫂打圆场,将这事暂且遮掩过去了。

东家庄地收起怒,目光从儿子脸上慢慢放下,又在西厢房四下巡了一遍,虽是添了人,屋里的气氛却跟先前没甚两样,这让他失望,失望得很,禁不住又想起后山半仙的话。他知道三次是冲定了,便也不多说什么,自顾自地叹出口气。那悲伤的气息很快弥漫开,惹出奶妈仁顺嫂两滴眼泪。这期间灯芯只做一件事,就是盯住公公不放,她的目光在公公脸上停顿了好久,还是看不出这样一张脸有什么特别。她倒不是跟公公较劲儿,事儿过去就过去了,她绝不会纠缠住不放。再怎么说,不叫他公公还得叫他姑爹哩,心里,她是将他当一家人的,这一点怕是奶妈仁顺嫂不会想到。其实这阵她心里想的,是这大的一份家业,他靠什么撑着,难道就是那个六根?

这个晌午让灯芯多了思考,公公和奶妈走后很长时间,她都沉浸在妄想里醒不过来。下河院新一代女主人灯芯的思维完全脱开了一般女人的轨迹,一丝儿都没在男人身上滞留,她想到了一沟两山金色的菜子,想到了绿树掩映下的水磨,还有没来得及看的许多,最后在公公庄地那张老脸上停留下来。久长久长,少奶奶灯芯才想,他是老了,比她想象的还要老。

4

同样的正午给了管家六根更多不安。

那夜轿子没能在山路上出事,管家六根心里就装了噩梦。要知道,在翻过黑鸡岭新人换轿的时候,他在轿子上是做过手脚的。那是瞬间的事,可这谋算却在心里藏了很久,几乎是从东家庄地确定要娶后山的灯芯做儿媳那一刻就有的。为做到万无一失,管家六根在心里反复思量过,包括几时上路,路上走多快,几时过黑鸡岭,他都在心里算计得好好的。如果不是二拐子这牛日,他的把握会更大些,做得也定会更从容。当然,他开始没想到东家庄地会让二拐子去,上路时心里还有些紧张,怕二拐子这牛日看出破绽。幸好,这牛日只顾了讲荤段子,只顾了摸新人儿大腿,没给他出太多难题。要不然,他的主意会落空。轿子上做手脚是他计划的第一步,只要这一步做成,就难保不出事,那么……其实在轿子上做手脚并不是个难事,多的人都会,就看你有没那个狠心。管家六根知道自己不缺这个狠,而且他必须狠。轿子临出门时,他在轿夫抬的杆子中间留了个活结,留得很小心,怕是轿夫都察觉不到。二拐子在野鸡岭那边抱新人上轿时,管家六根快速闪到轿前,手一伸,猛一拽,眨眼的工夫,那活结便开了。开了活结的绳索并不马上松散,它还能支撑一阵子,因为活结外面还有个套。按六根的估计,它能撑过野鸡岭。一过野鸡岭,那路极尽险要,加上新人的重量还有轿子的颠簸,再撑就是妄想。轿杆会在某个转弯处突然断裂,失重的轿子不但能轻易把轿里的人摔下山崖,就连沿山崖走的那两个轿夫,也甭想活命。大约正是因了这个缘由,管家六根解活扣时心有过那么一抖,不过很快,他就又镇定了。对两个轿夫的意外,他早想好了说辞,无非就是多赔些银两。对下河院来说,灾难却是致命的,管家六根不可能因了两个不值钱的轿夫而放弃这次机会。

　　管家六根对东家庄地要娶灯芯的决定简直恨到了骨髓里,换上娶别人,管家六根大可不必动用如此歹毒的伎俩,甭说冲三次,冲十次又能奈何?可灯芯不同。管家六根对这个来自后山的老姑娘有着十二分的惧怕,这不是说二十二岁的老姑娘灯芯多么了不起,关键是她后面藏着个人。管家六根认为庄地在无意中捞了一根稻草,这根稻草就是看上去不怎么起眼实则老谋深算的后山老舅。

　　这是个老狐狸!太多的日子里,管家六根被这个想法折磨着。一想起中医刘松柏那双眼睛,管家六根就要打个战,想一回打一回,打得他身子都有了毛病,一想难肠事儿和折磨人的事儿身子就打战,控制不了。管家六根曾跟中医刘松柏有过几次交道,一次是为了女人柳条儿生儿子的事,一次跟老姑娘灯芯有关。两次他都吃了亏,大亏,按沟里人的说法,亏得老驴淌眼泪,亏得哑巴挨炮,有亏喊不出来。不过两次之后,管家六根算是把中医刘松柏记死了,记硬了。当时他就想,你等着,刘家先人你等着,有你老驴日的后悔的时候。管家六根要是恨起人,啥脏话都能骂出口,牛日、驴日,甚至猪日,看见啥他骂啥日。骂着还不过瘾,还要把对方的先人抬出来,想到驴上、猪上、狗上。这样他就有了平衡,认为对方不过是个畜生干的,再狠再毒也还是斗不过他。但是对于这个刘松柏,他骂一次怵一次,从来就没在心里胜过,他认为刘老狐狸太老辣了,太能沉得住气了,不是一般人能比得了的。你想想,他能把女儿养到二十二还不嫁出去,这是个什么野心?后山包括整条菜子沟,谁家的女子养过了十六?就算瘸的、拐的、聋的、瞎的,撑死了也就养到十七八,再大,哟嘿嘿,那不叫人骂断脊梁骨,舍不得嫁人又不留着自己用,那还叫人么?呸!

可这个刘狐狸,他就不怕骂,他就硬是养到了二十二!六根那次就带着商量的口气说,实在你要有难处,我就带了去,做个小。你要是觉得屋子空,我给你把沟里的麻秀撮合过来,麻秀尽管腿有点病疾,你是中医,不怕的,再说了,人家麻秀怎么说也才十七。

呸!没等他说完,中医刘松柏就吐了他一口,直直地吐到鼻梁上。气得他当下就想日中医个娘。中医刘松柏竟还不罢休,抄起驴后棍就打他。边打边骂,吃了草的六根,我妹夫咋就瞎了眼,看上你这个断后鬼做管家!

六根的"断后鬼"就是刘松柏骂出的,不知怎么就传到了沟里。这话太毒,断后鬼,他是成心不让我六根生带把的了,他要灭掉我六根家的香火哩。这狼日!

不只如此,六根认为灯芯的进门足以破坏他五年的谋略,甚至让他功亏一篑。五年的光景别人兴许一晃而过,管家六根却是从刀尖上走过的。沟里上上下下几千口子人,包括那些个新来的逃荒户,谁个不知这个管家他六根争得不容易,当得就更是下贱,连个奶妈他都治不住,要看她脸色。好在他六根不是个轻易能灰心的人,想想偌大的下河院正在一天天到他手中,他有时还兴奋得很,兴奋得想叫,冲望不见头的深沟叫,冲川流不息的沙河叫,冲一沟两汊的菜子叫。总之,六根就是想叫。谁知后山半仙刘瞎子耍出这么个馊主意,成心坏他的好事。

管家六根不能不有所行动。他是个眼睛里掺不得沙子的人,更是个别人一放屁他就想拉屎的人。看你狠还是我狠,别的比不过,比狠六根还没输给过谁!他呸了一口,算是把对刘松柏还有后山半仙刘瞎子的鄙视一同呸了出去,一番精心算计后,他开始等待好事发生。

新人一过野鸡岭,六根的心就突突跳,黑夜里能看到他脸上的火星子。二拐子这牛日,照旧有说有笑,笑得还淫浪得很。六根想他定是摸到了啥,摸新人裆里也说不定,听那笑声,嘎嘎的,就跟叫驴一样。当下他就想,挨刀的二拐子,让你一同掉沟里摔死!

可人算不如天算,六根走了一路,等了一路,也急了一路,期待中的事居然没能发生。

它居然没能发生!日他个天爷的,这咋个可能?

直到望见火光,直到新娘子安安全全抬到门上,六根还是处在惊奇中,不可能,绝对不可能!

六根那夜往自家走的时候,脑子还恍恍惚惚的,不敢确认新娘子灯芯是摔死了还是活着抬回来了。有一刻他确信是摔死了,就摔死在野鸡岭往下走二百步处,那儿正好叫鬼见愁,后山中医刘松柏的女人就摔死在那断崖口。六根笑了,总算把她娘俩打发到了一起。刚咧开牙,就听见二拐子喊:抱人了,抱人了,四鸡儿叫了!六根心刷地一凉,没死,活着抬来了。他抬起一脚,将一泡猪屎踢到了远处。

那夜六根一进门,先是美美捶了一顿柳条儿。柳条儿刚生下娃娃,身上还染满血,人更是个气丝丝,六根不管,抓住就捶,边捶边骂:我叫你活,我叫你这个害人鬼活着回来!捶累了,捶得柳条儿没气了,六根才看见炕上的血泡泡,那是柳条儿刚生下来的货,隐隐约约的,像一团血肉。六根这才明白,女人柳条儿给他又添了一张嘴,六根扒开血泡泡一看,双腿中间那光片片立刻让他心灰意冷,由不得就又来了气,比先前更大,更猛。他再次抓过柳条儿,我日你柳家的先人,你成心让我断后哩,你比后山的刘狐狸还狠毒。骂着,拳头雨点般落下,后来竟连脚也用上了,直把柳条儿从昏死中再次捶醒过来,六根听见闷腾腾一声喊:你个断后鬼,想让老娘死,没那么便宜!

那个夜晚六根气急败坏地想了一夜,他实在想不出哪儿出了问题,上苍再保佑也不可能再把松开的绳结给系上,就算是神仙,也不可能知道他六根做了什么。天明时他忽然想到了二拐子。

这个畜生!

六根猛地跳下炕,惊乍乍就往下河院跑。一进院,就歇斯底里喊:"二拐子,二拐子,你个挨千刀的,死哪了?"

六根那天打定主意要狠狠收拾一顿二拐子的:敢跟我玩心计,敢坏老子的事,看我不弄死你牛日才怪。

二拐子哈欠连天揉着惺松的双眼进来,问:"管家你喊我?"

"二拐子!"管家六根切齿道。

"啥事?"二拐子问话间抠下一块眼屎,拿手里细玩。他的样儿漫不经心,一点没把管家六根的脾气当回事。

管家六根啊啊了几声,却忽然想不出惩罚二拐子的理由。是啊,总不能把那夜的事说出来,说是他发现的活扣,救了少奶奶灯芯?

"你个牛日,干的好事!"管家六根咬牙骂了一声,心里急着想主意。

二拐子伸了个懒腰,昨黑他睡在了马房里,跟马房的伙计吹了一黑牛,其间还说到了少奶奶灯芯。他跟伙计打赌,说少奶奶的奶子有瓷碗大,伙计不信,说顶多有喝茶的青花碗那么大。二拐子骂,青花碗那么大,那种奶子是猪奶子,少奶奶的一定是马奶子,说不定比马的还大。两人为此争了半宿,后来还打赌,真要是有伙计吃饭的瓷碗那么大,伙计冬天穿的那双毛袜子归他。因为睡得晚,这阵还糊里糊涂的,想不起做错了啥,惹得管家清早八时扯狼声。

管家六根这阵已想起花轿上路时东家庄地跟他说过的话,"这趟回来,就打发了他。"猛地一黑脸,底气很足地说:"二拐子,你牛日没安好心,下河院这份钱,你挣到头了。卷起铺盖,回你的猪窝去。"

二拐子一惊:"凭啥子?"

"凭啥子? 就凭老子看不惯你牛日!"

二拐子从迷混中醒过神,知道管家六根没说玩笑话,他黑紫的脸还有一大早就没明没白发出的驴脾气让二拐子懂得,这叫驴在冲他撒野。二拐子并没急,甭看他有时也是个驴脾气,关键时刻,他却比管家六根沉得住气。

"嘿嘿,嘿嘿,管家,你看你,"二拐子笑道,"清早八时的,你跟谁摆威风?"

"跟你!"

"嘿嘿,人说 X 肿了赖媒人,我不信。今儿个我算见识了,你女人没本事,一下一个母猪,赖我?"

二拐子的话捅到了管家六根痛处,六根最怕别人提这个,二拐子偏偏又哪处疼咬哪处,一句话就把管家六根咬得失去了理性。

"二拐子,我日你娘,你个有人生没人养的,嘴里喷个啥粪?"

这话骂别人行,骂二拐子,重了。且不说二拐子的娘就在下河院,说不定这阵正躲在某处听哩,单是"有人生没人养"这句话,就足以让二拐子把杀父之恨发泄出来。

果然,管家六根的骂刚落了地,二拐子猛一个老虎扑食,恶毒地就冲六根裆下扑来。二拐子人瘦,力气也不是太大,但自小受惯了沟里孩子的欺负,也练就了一手防身本领。特别是他扑人家下身的功夫,更是不一般。如果他真想要你的命,老虎扑食就是先兆。

管家六根还没看清,裆里便被狠毒地一捏,"妈呀"一声大叫起来。二拐子大约也是平日里积攒了不少对管家六根的恨,苦于找不到机会发出来,今儿个这一出手,便格外有点狠。一头撞向六根肚子时,手已牢牢捏住了六根的命根子,六根再想骂,就力不从心了。他疼得嗷嗷叫,六根那东西过去就伤过,还不止一次。若不是当年后山中医刘松柏给了他一服祖传的药引子,怕是那玩意早成了废物。这阵让二拐子连抓带捏,就觉整条命儿让他拿捏到了手里。他拼足力气,喊:"二拐子,放开我,你再敢捏,我……我……"

"我叫你日,你本事大得很,谁的娘你也想日,今儿个你就给我日走。"二拐子说着,也不松手,就像牵驴一样牵六根去仁顺嫂的住处。这时间,院里干活的下人还有长工全都围过来,见是管家六根跟二拐子,也不拦挡,只管围着看景儿。见二拐子捏了六根的蛋,还说要去见仁顺嫂,全都拿眼神加着油。二拐子主动权在握,加上他向来就不把仁顺嫂当回事,也不怕这样闹丢自家的人,看景的人一多,越发有了劲。六根憋青着脸,弯着身子,有劲没处使,此时看上去有点活不成。

东家庄地突然出现了,一看这情形,轻轻咳了一声,变换了下脸色,道:"放开。"

二拐子这才松了手。一松手,六根就又活过来,他岂容二拐子如此下毒手,眨眼间,使足了劲就冲二拐子一拳,不偏不倚捣在了鼻梁子上。二拐子的鼻梁软,血哗地喷出来,染了一脸。六根第二拳刚要捣过去,就听人堆里响出一声哭,"不活了,欺负得人没法活了。"奶妈仁顺嫂扑进来,一看儿子满脸是血,不管三七二十一,老母鸡扑食般扑向六根。幸亏六根躲得及时,要不,这一次要是让仁顺嫂捏住,那蛋儿非碎不可。

东家庄地一看仁顺嫂也掺和了进来,不怒不行了,脸一黑,声音威严地道:"都给我住手,大清早的,成什么体统!"说完又冲围观的下人们怒:"干活去,吃了五谷不干人事,围这里看什么?"

下人们哗一下散开时,二拐子从仁顺嫂手里挣开,扑向六根,这次他没向六根使毒手,只是瞪住他的眼睛说:"叫驴家的你给我听着,今儿个这事没完,你再敢乱喷一个字,小心爷把你干的丧天良的事全给抖出来!"

管家六根脸色骤然一黄,浑身一下软下来,吃惊地瞪着二拐子,不敢再言半个字。

东家庄地没听清二拐子说了什么,气咻咻道:"二拐子,你太无理了。过一会儿你到上房来。"

惩罚二拐子的事就这样闹了个虎头蛇尾,六根非但没讨到一点便宜,反倒让二拐子一句话种下了心病。那个晌午二拐子是到了东家庄地的上房,六根一颗心上上下下跳了好几个时辰,才见二拐子满脸喜色地出来。到今儿他也不晓得牛日家的到底跟东家反了什么舌,反正东家见了他怪怪的。二拐子非但没被撵出下河院,东家庄地还赏了他一条裤子。第二天六根见到东家庄地,庄地只是平淡地说,念他抱了新人进门,让他到南山煤窑去吧。

这段日子六根总是疑神疑鬼,见谁都觉得有毛病,偶尔地看见下人们聚一起,不由得就会竖起耳朵,但听来听去,还是听不见一丝儿自个想要的东西。

这一天,下河院新娘子在院里意味深长剜他的那一眼,让管家六根足足想了一个正午。难道二拐子真就把风声透了出去?难道后山老舅早就猜到他要下一步险棋?种种可能排除后,管家六根脑子里只剩一个想法——新娘子灯芯完全有备而来。

那么自己面对的不再只是一个行将就木的老朽,风姿妖娆眉里藏刀的新娘子灯芯将是他今后又一个噩梦。

此时正是菜子开花的季节,一沟两山的菜子用不着管家六根天天张望,思来想去,六根觉得坐地等死毕竟不是办法,他得及早争取主动。他想借这个空闲去一趟南山。想法一出,跟东家随便编了个理由,神不知鬼不觉地踩着一路的青草消失了。

这一消失,又不知会给下河院带来什么?

这天夜黑,少奶奶灯芯将刚刚给男人命旺喂完奶的奶妈仁顺嫂留在了屋里。两个人闭上门,开始了新娘子灯芯进门以来的第一场谈话。之前仁顺嫂一点准备都没有,所以灯芯一张口,她便心紧得浑身哆嗦。将近半夜时分,奶妈仁顺嫂拖着虚空了的身子,还有一脊背冷汗,怀抱灯芯给她的东西,钻进了厨房。

这个夜晚,对下河院来说意义非同寻常,甚至它掀开了这座神秘老院新的一页。奶妈仁顺嫂路过长廊的时候,接连打了几个冷战,一想到少奶奶灯芯对她的叮嘱,还有那些个绵中带刺的威胁,腿就抖得支撑不住身子。经过上房的时候,她凄凄哀哀朝东家庄地的睡房望了一眼,那一眼望得有些惆怅,望得有些无奈,更透着一份不甘心。她在离睡房很近的地儿驻足了一会儿,似乎有片刻的迟疑,或是别的企图,但最终,她还是离开了那儿。怀着说不清道不明的一份心思,摸黑打开厨房。她在厨房里呆立了好久,心里泛过许多往事,泛过许多伤心。眼睛在那一刻不由得湿润,流了好多清泪。最后她牙一咬,从怀里掏出少奶奶灯芯交给她的东西。这时候她脑子里飞过下河院的禁忌,飞过三房松枝的惨死。她轻哼了一声,就像是跟谁赌气似的把那东西倒进了罐中。不大工夫,一股子怪味儿飘出厨房,弥漫在下河院的上空。这味儿起初很淡,淡得你不用心就闻不出来,慢慢,它变得浓了,那是一种似曾有过的味儿,一种熟悉的味儿,但却长久地在下河院消失。不只是消失,自从庄地做了东家,这味儿就成了一种毒气,死活不能在下河院有,谁敢造出这味儿,谁的命就跟三房松枝一样。那是很惨的一种结果,比沟里那些个穷人家的死还要惨出十分。

奶妈仁顺嫂有点怕,脑子里挥之不去的是三房松枝的死。那是一个噩梦,凡是下河院跟东家亲近过的人,都被那个噩梦缠绕着,一生轻松不得。

味儿越发浓了,它掺在沁人心脾的菜子香里,和在雨后潮湿的空气里,想流走,却又流不走,使得这院的空气一下浓重起来。大约刚刚下过雨的缘故,空气里过重的湿气使它本来的味儿淡了许多,但它确实改变着下河院那惯有的闷腾腾的香味儿,使得这院有了某种活气,有了某种与人相关的稠糊糊的味儿。

那是什么味儿呢?

少奶奶灯芯和奶妈仁顺嫂都清楚,那是中药味儿。

下河院是见不得中药味儿的,可这夜,下河院有了这味儿。

淡淡的中药味先是从厨房天窗里冒出来，袅袅地飞到空中，很快跟芬芳的清香搅到一起，弥漫在下河院上空。后来，这味儿就像是被压着，藏着，偷偷摸摸挤出来。那是奶妈仁顺嫂害怕出事，拿把扇子死劲扇呢。甚至她在灶台上点了几支松香，想借松香的味儿把它给压下去。

　　整个过程看上去很平静，奶妈仁顺嫂和少奶奶灯芯啥都不说，各干各的事，可心里，却是惊心动魄。等一切完毕，两个人都是香汗淋漓，仿佛生死了一场。

　　喂完药回到耳房，奶妈仁顺嫂再也睡不着觉了。她怎么也想不到藏了二十年的秘密瞬间让新来的少奶奶抖出来，连根带底，一点儿面子也没给她留。她顿时变成一条让人牵住了尾巴的狗，连叫唤都不敢出一声，只能顺着她指的路，低着头往下走。一想往后的日子，奶妈仁顺嫂破天荒地有了把自个儿掐死的念头。

　　夜风吹来，卷进了院里，菜子沟百年老院发出些微的颤动。西墙下几棵老杨树，叶子不住地瑟瑟作响。响声沙沙的，像有几双脚步在走动，那是冤魂的脚步，还是仁顺嫂听错了声音？一只猫头鹰想落下来，瞅瞅院里昏黄的灯，掠翅飞走了。那只猫头鹰也是飞得怪，空中盘旋了几个来回，最后，竟奇怪地一头落到沙河边六根的泥巴院里。天呀，六根家落进猫头鹰了！就在六根女人柳条儿翻身喂奶的空儿，猫头鹰一个乍起，抖了几下翅膀，再一次扎下身，落到六根家屋檐上。这一次，猫头鹰看清了这家院子，院子有点破，有点小，甚至还弥散着一股邪气。猫头鹰扑腾了几下翅膀，狰狞地叫了几声。

　　六根的第四个女子招弟就在这时候发出了哭，本来她嘴里含着奶，是发不出声音的，可她在襁褓中挣扎了几下，吐出了柳条儿脏兮兮的奶头，那哭就发了出来。很小，猫叫似的。

　　沟里沟外一派宁静。

5

　　三个月后，下河院新一代女主人灯芯堂堂正正走出朱漆大门，高挑曼妙的身子紧裹在水红色对襟衫里，下身着一条墨绿裤子。红衫绿裤在阳光下映衬得她越发动人，像一只金丝鸟从洞穴中飞出，一下捉住了人们的眼睛。她头裹一块粉巾，带着花案的粉巾只在头顶盘着，却不学其他媳妇把整个脸都掩起来,这就让人们有幸看清了她的真面目。一沟人的眼都惊了,都说后山娶来的新人是个老姑娘,还以为真就黄鼻赖眼,见不得人,没想这阵一望,才知啥叫个新人了。人们在惊叹她脸的粉白和鼻子的小巧时,同时也看清了她藏在镰刀似的浓眉下灼明的眼睛,还有从那深不见底的眸子里发出的道道光亮。

那光亮是沟里任何女人都不能发出的,它接近于男人却又比男人的多了层露水,射在脸上会让人不由得垂下头,却又感觉有团温绵在脸上蠕动,禁不住想抬头再望一眼。总之不像女人的目光,倒像是偶尔在鹰的眼睛里看到过。对于下河院新来的这个女人,沟里已有了很多传说,每个传说都能引起人们无限联想。人们正是在这一个个传说里,感觉到这个女人的神秘,感觉到她的非同寻常。因此也就巴望着她早日走出来,走近他们的生活。

灯芯在大门口伸了个懒腰,这个动作有点夸张,其实她脸上是不带一丝倦意的,倒像是故意告知人们她在炕上是多么的贪婪,那一伸一扭,便把她水蛇似的软腰扭了出来。哟嘿嘿,这女人,你瞅她那个腰,比水蛇还细,比水蛇还柔软。这命旺,临死了还有这般福气。更有眼尖者,在灯芯二次扭腰时,一下就看着了她红衣绿裤间泄出的那抹香红,那是女儿家裹身子的肚兜儿,沟里一般人家是没有的,即或有也是粗布,拿红颜色水里泡出来的。灯芯的那抹红却是真正的香红,一闪便把人的目光给捉住了。有心人便想,一定是在凉州城有名的丝绸铺子里买的,据说凉州城里,穿这样香红肚兜的也没几家。寻着这香红想上去,男人们便纷纷在心里猜,那肚兜裹住的高耸的奶子,不定还拿啥值钱的香草裹着哩。

众人的惊望里,少奶奶灯芯放开步子,走得有些得意,略带几分夸张,青石路面上,立刻就流动出一片片风摆柳似的姿影,脚下是沙沙的流水声,不,是风,一脉儿一脉儿荡过山野的那风。沟里人全都屏了呼吸,目不转睛地盯着那影儿看。肚子显然还是平展展的,一点开怀的迹象也没。这倒不打紧,反正沟里也没谁真就巴望着她能早日开怀。不开怀才好哩,那些沟里养着女儿的人家立刻有了新的想法,不过这想法也只是那么一闪,立刻就叫灯芯弄出的新奇给压了下去。

这个后山女子真是不一般,粗一看,就像是三房松枝活了过来,细品,却又不像,各是各的味,各是各的风骚。你瞅她那屁股,高翘得很,

27

也苗壮得很,每扭一下,都能把人的心提紧。那绿裤裹着的腿儿,哟嘿嘿,那是腿儿么,那是把人往死里馋的两根肉柱柱啊……

人们望见她径直走向菜子地,站在火红的太阳下,冲金黄的菜子做了个弓腰的姿势。

此时正是菜子丰收的季节,因为今年雨水广,雨过天晴后太阳又格外的足,菜子比任何一年结的籽都多。镰刀似的菜角因为籽大肉厚,全都垂着头,坠得菜秆鞠躬似的弯了腰。嫩黄的菜花已不见,泛油的翠绿也早已逝去,眼前是一望无际的金黄。菜子沟在这个时节,是一年里最让人疯最让人贪的。你瞅瞅,从东边日出到西天落日处,百里长的沟谷还有那绵延无尽的南北二山,全都一个颜色,菜子的颜色。站在沟谷,满目的灿黄发出金子的色泽,耀得人睁不开眼。开镰的声响脆中带颤,落在心上便是一片激荡。放眼望去,执镰的人恍若林中的鸟,在一片咔嚓声中扑扇着翅膀。菜子倒地处,嫩绿的苦苦菜显了出来,都已没到了脚踝处。这带着苦腥味的野菜晒干了既是庄稼人过冬的宝贝,又是喂猪羊上好的草料。而此时,新起的苦苦菜恰到好处地弥补了收割带来的荒凉,让大地再次充满生机。偶有执镰人不慎踩折,便渗出黏黏的白汁。

那白汁,便是今日里少奶奶灯芯精心要采撷的宝贝。

灯芯知道,那乳汁状的黏液是能医百病的。她今天来,不仅仅是分享收割的快乐,更重要的,是要带了这些黏儿去。

男人命旺在菜子由开花转向成熟的几个月间,身子骨出奇地活了。这是个奇迹,怕连灯芯自己,也没料想有这么快。

灯芯决然没想到,自个儿要嫁的男人,竟是这样一个痴子!纵是在后山娘家想过一万遍,作过一万种坏的打算,还是没想到,摊她头上的,竟是这样一个说不出口的活祖宗,活先人,活宝贝!

说"活"是灯芯的气话,她也只有说"活",还能咋个说?这么想着,她的泪溢了下来。

记得刚进洞房时,她心里还扑闪扑闪的,抱着一丝幻想,兴许,爹说得有点过,有点怕人。爹是给她敲警钟哩,让她往最坏处想,让她不要抱啥不实在的指望。爹说过,这是一条苦路,比黄泉路还苦,你要咬住牙走,你必须咬住牙走,走过去,就是金光闪闪,就是一海的福,享都享不完。等她迫不及待地睁开眼,自个儿掀了盖头,想看个明白时,她的心就凉了,岂止是凉,她像是六月天掉进冰窟窿,从头到脚,唪一下冻住了。眼前,清油灯下映出的,蛐蛐一样窝在红木椅子里的,哪是个人,分明是个毛头怪物,分明是个鬼,比鬼还狰狞。只见那个叫做男人的物什,口里流着一口的白沫,鼻涕满脸拖着,找不出哪是鼻涕哪是脸。这还不算,难看的是他的头,天呀,世上竟有这样的头!分明就是个猴子,就是个山里跑的野兽,眼倒是睁着,还冲她望,可那眼,哪有光啊,分明两个大窟窿,黑魆魆的像深井。再看四肢,就由不得灯芯不怕了,男人顶多有十岁娃儿那么大,纵是伸直了腿站起来,顶多也就到她肚脐处。矮倒是不怕,怕的是他胳膊圈着,像个牛鼻圈,弯弯的就把男人给箍在了椅子里。

总之,初进洞房的那半个时辰,灯芯把世上能有的怪物全给想了起来,把脑子里所有骇人的记忆都给调动了出来,还是觉得没有自己要嫁的这个男人可怕。她也算大胆,居然没在那一天里给吓死。

过了半个时辰,灯芯突然就自在了,不怕了,她走过去,学男人掀开女人的盖头那样,掀开裹住男人下身的那块红布。二十二岁的老姑娘灯芯当时并不明白,男人下身裹这么一块红布做甚?这样的穿戴她像是没见过,中医爹也没跟她交代过。但是她不管不顾了,她急着想做的,是把男人抱起来,想亲眼证实一下,他到底能不能站得起来,站起来究竟有多高?等她把男人腾一下打椅子上放地下时,洞房门唪地开了,奶妈仁顺嫂扑进来喊,使不得呀,红布,红布……喊着,一把将男人夺过去,疾疾地拿红布又裹住男人的下身。

后来灯芯才明白,他们在给男人讲究哩,怕她身上的煞气冲了男人,更怕男人会在掀盖头前忽然间病发。

男人一发病,头件事儿就是扒裤子,然后……

灯芯弄清这些时,已是一个月后。

一个月里,她所经见的,远比后山中医爹说给她的多。兴许,有些事儿爹也不知晓,毕竟,他也有十年没踩进过下河院了。

如今,少奶奶灯芯早已见惯不惊,她的沉着,甚至比奶妈仁顺嫂还强出几分。

早上公公进了西厢房,头一眼便望见儿子自个儿穿衣裳。他简直不敢相信自己的眼睛,要知道这可是十五年里从未有过的事。他扑向儿子,颤着声音,抖着双手,一连让他脱了五次,又穿了五次,直到确信这不是梦境,老泪纵横地一把抓住儿媳的手,也不顾什么忌讳,连说了几遍他行了,他居然行了。

天啊,我儿居然行了!

公公的惊愕完全在灯芯的意想中,她颤颤地伸出手,犹豫了那么一刻,然后,大方地替公公抹去老泪。这个动作有点惊讶,可灯芯做得一点不造作,冰凉的手掌居然在公公湿热的脸上多停了会儿,那一停,似乎有万语千言在里面。灯芯凝住公公的脸,那满脸的沟壑瞬间让她悲凉,心也跟着一片潮湿,如果有可能,她真想一直抚下去,直到把那些曲曲折折的沟壑抚平。

这种感触,是在这三个月里生出的,三个月里听到看到的事,让少奶奶灯芯对自个公公有了一种无法言说的隐情。

公公哪里知道,她的心早也沟壑纵生,为男人,更为这下河院。公公转身离去的一瞬,深长地望她一眼,意思是说全拜托你了。灯芯便再也忍不住内心的焦苦,任两行清泪恣意地流下来。

夜里,灯芯唤来奶妈仁顺嫂,又叫了上房的丫头,坐灯下挤菜。白日从菜地采来的苦苦菜还带着新鲜的露水,用手一折,便有鲜如乳汁的液儿滴淌出来。丫头叫葱儿,自小没了爹娘,跟着奶奶讨荒,到了菜子沟,便舍不下这一地的菜子,嚷着要留下来。东家庄地给她奶奶十两银子,两人便住下来。后来奶奶过世,庄地送她一口棺材,葱儿便磕了头,唤庄地干爷,身前身后地伺候。葱儿捧着碗,小心地接着苦汁,接到半碗时不解地问:挤这东西做甚?灯芯瞅她一眼,问:你吃过苦菜么?葱儿点头说吃过,跟奶奶讨荒时正是靠它走到了菜子沟。灯芯说这东西养人补人,还治病,只是吃起来苦啊。

灯芯跟葱儿说话的时候,奶妈仁顺嫂一脸哀愁,像是有很重的心事。灯芯想没准她还念着先前她说过的话,便宽慰道,话讲过便是讲过了,也没人想拿你怎样,你又何必唉声叹气呢。仁顺嫂摇摇头说,我不是愁自个儿,你就是把我老脸扒了,也不过分,只是一看见少爷,心就不由得哀起来。

一句话说到了灯芯痛处,公公哪里知道,命旺好起来的路还长着哩,除了会穿衣,这三个月别的长劲全没。有些事是不能跟公公说的,就连奶妈仁顺嫂,也不得不遮瞒着。

命旺得的是花病,还不只是花病。要是灯芯晚进门一月,怕是真就没治了。还是爹看得准呀,什么这鬼那神的,全都是管家六根弄出来吓人的。爹和后山半仙猜得一点没错,管家六根才是祸根子,他就是想让命旺早死。

怎么能染上这病哩?连中医世家出身的灯芯也百思不得其解。按说这么小的年纪是不会的,命旺才多大,十五,可偏巧就给染了,还很重。灯芯初夜跟他睡时,照着爹的话留意过。爹说的一点没错,十五岁的小男人一旦硬起来,跟火棍一样,不但会硬,还会流,就跟牛撒尿一样,一流一大摊。爹猜想,男人命旺就是流坏的,那么大个人,能经得住一夜三五次地流?灯芯全然顾不上羞臊,很多话爹跟她讲明了,羞臊不但会要了命旺的命,也会让她死得很难堪。这是一步险棋呀,菜子沟的深宅高院,不是任何一个女子都能进的,爹把宝押她身上,她把宝押在命旺身上,胆小羞臊就不能上那顶轿,不能进这个门。

小家伙常常是夜里睡着时烧起的,醒了反而没事。灯芯哄着男人睡着,坐在菜油灯下等。果然它起了,雄赳赳的。男人在梦里抽搐着,一定是梦着了什么。能梦着什么呢,这么大个活人坐边上,他都不知咋下手,梦里怎就亢奋得要死?这时候她必须唤醒他,不让他在梦里游荡。她摇他,撕他,甚至打他,他便一个坐身惊起,揉揉眼,像从很远的地方回来。再看他下面,奇了,刚刚还火一样烧着的棍,转眼就软塌了。灯芯长长舒口气,总算少流了一次。

可是,更多的时候,灯芯也会睡着,睡得比他还死。那是白日里劳心的缘故,能不劳心么?表面上风平浪静的下河院,恰若一棵百年枯树,里面长满了窟窿,稍有风吹草动,就会顷刻间倒下去。除了男人命旺,这又是灯芯必须费心的事。

她一睡着,一切便会照旧。男人会在某个时刻突然惊叫,发出要死的声音,那家伙便如一头亢奋的驴子,喷出一嘴的白沫。灯芯终于相信,男人正是在这一次次的喷射中虚空的,更别说他还有其他的毛病。

中医爹在来时是作了充分准备的,他把包好的药装了一袋子,说这就是你男人的命呀,想办法让他吃下去,兴许一天天会好起来。顽固的公公却至死不相信儿子会得怪病,他坚信是儿子小时候的某个夜里让鬼魂缠了身,那是个泼鬼,十六岁就辱死在娘家爹身子下,却找了命旺替她还债,所以他坚信只能请道士和和尚来做法场,尽早将辱死鬼赶走才成。对于刘中医的苦药,他是决不允许喂进儿子嘴的。

不只如此,要是不小心叫他闻见中药味,这下河院,怕是又要闹腾上一场地震。

想到这儿,灯芯不由得叹出气来。在她和奶妈仁顺嫂的百般小心下,药是吃了不少,男人的东西也一天天听话起来,可男人还是神志不清。尤其是吮奶的习惯,怎么打也改不了。她只能让奶妈仁顺嫂夜夜伴他,等他吮足了沉沉地睡去,奶妈才能叹着长气走出西厢房。

这苦汁是爹教她的一个偏方,说实在不行,就让他喝,汁里加上后山带来的当参,兴许能让他身子实起来。

她的苦心怎能全跟奶妈说?奶妈仁顺嫂是啥人,来时爹跟她讲得个一清二楚。虽说她用了些心计,也软硬兼施地给她套了笼头,表面上奶妈仁顺嫂是服帖了,可到现在,灯芯还不敢断定她能不能跟自个一条心。丑话虽是端面子上了,能不能吓住她又是另回事。爹跟她说过,在这院里,甭看六根是管家,可真能让公公鬼迷心窍的,却是眼前这个女人。想到这,灯芯忍不住抬起眼,静静端详了奶妈片刻,这确实是个妖媚的女人,要是再年轻几岁,保不准灯芯都要甘拜下风。

让灯芯疑惑的是,近段日子,奶妈仁顺嫂也神经兮兮的,天天嚷着要做法场。做法场是管家六根的主意,打南山回来,管家六根突然提出要做法场,还说越快越好,和尚他都请好了,就等东家庄地点头。灯芯起初装没听见,她还不十分清楚管家六根的用心,也就不好采取什么对策,不过,她断定管家六根是冲她来的。灯芯先是不动声色地等公公,她倒要看看,对管家六根的话,公公是不是句句都当宝贝。平静了没几天,灯芯刚想松口气,忽然就听丫头葱儿说,东家爷爷答应了管家,要做法场哩。灯芯当下就跑进上房,也不管公公脸色,突然就开了口:"爹,这法场不能做。"公公没理他,照旧低头看着账簿。灯芯又唤了一声爹,这次她的口气重了:"要是爹答应做法场,就先休了媳妇!"

这话一出,东家庄地不得不抬头看着儿媳了,说实话,做不做法场东家庄地到现在也没定主意,他是烦六根天天跟他嚷,好像这法场不做儿子立马就会闭气,实在烦不过了就顺口应了一句,没想儿媳突然拿"休"这个字来要挟。东家庄地本来是可以显摆出公公的威严狠狠教训一顿她的,一看媳妇脸色,主意突然就变了。

"不做?"

"不做!"

"你能冲好?"

"冲不好我替他先死!"

……

良久,东家庄地叹口气,手一摆,打发了灯芯。法场的事因此搁了下来,再也没人敢提起。谁知,安稳了不到两个月,奶妈仁顺嫂却跳了出来,代管家六根说起了话,整天嘴里念叨的,不是道场就是法场。这就叫灯芯摸不准了:是奶妈仁顺嫂真心替男人命旺急,还是……

碗终于挤满,奶妈仁顺嫂再次提起和尚的事,说,管家六根这次请的是青山寺的法理智老和尚,拍了胸脯说能捉掉。捉掉?这院里上上下下,到现在还是一个心认定,男人命旺是让泼鬼缠了身,不捉掉泼鬼,男人命旺就缓不过来。灯芯嘴上没说什么,心里却恨道:泼鬼,还不知是哪个泼鬼缠了命旺呢?这么想时,狠狠剜了奶妈仁顺嫂一眼,奶妈仁顺嫂大约觉出了这一眼的毒辣,低住头,不言声了。灯芯也不想把她弄得太难堪,苦了脸,半晌,沉吟道,你们回屋去吧,剩下的事我自个儿来。

奶妈跟丫头葱儿一前一后出去了,屋子里突然静下来,豆大的油灯下,少奶奶灯芯看上去一片凄然,她既不想听奶妈仁顺嫂提什么和尚,更不想让她知道这苦汁是做什么用,奶妈仁顺嫂再三问时,她只说自己想擦洗身子。

这是她必须瞒着的秘密,再也不能跟奶妈仁顺嫂掏啥心窝子了。她如此情切地想说服自个儿,到底为了什么?想了一会儿,灯芯摇摇头,心思又回到命旺身上。

比之穿衣,让男人吃饭更是件苦事儿。若要不是奶妈那两只大奶,他怕是早饿死了。十五岁的男人不会吃饭,别人喂还必须得有大奶吮,边吮边吃,他才咽得下去。可灯芯的奶直到今天也没让他碰过,不是舍不得,人都嫁他了,还有啥舍不得的,是怕她自个儿。二十二的老姑娘灯芯上轿时还记住中医爹的另句话,娃啊,人是嫁了,可三年不能同房,一旦让他沾上真事儿,啥心都不用费,只等抬棺材埋人。

奶子缝在肚兜里,那是在缝她自己。一个二十二岁的女人,天天守着那么一根火棍,还不得让自个有非分之想,她容易么?

但她必须得守住。

白日里她从后院杀猪的屠夫手里偷偷要了一只猪尿泡,洗干净,想不到爹教的这个法子还真能派上用场。洗时她脑子里闪过奶妈仁顺嫂那两只肥硕的乳房,她知道,必须得找个法子把奶妈仁顺嫂打发开,再也不能夜夜依赖着她,要不,剩下的事儿就更不好做。可思来想去,还是没有更好的法儿,只能将就着用它了。灯芯想着,已将藏好的猪尿泡拿出来,哄着往男人嘴上贴。男人起先躲着、反抗着,极不情愿似的,迫不得已,灯芯把它揣进自己怀里,就当自个身上长出的,男人果然兴奋了,张着嘴巴吮过来。灯芯紧着的心哗一下松开,旋即,却又更苦了。这一夜,不知又该多么漫长,望着男人一边吮猪尿泡,一边吸苦汁,灯芯的心就翻过了。

　　谁也没想到,八月的星空下,管家六根神秘的目光从长廊探进来,忽忽悠悠的,像猫头鹰的两只绿眼。一听说命旺自个儿能穿衣了,管家六根的心像掉进了冰崖里。几个月里,管家六根的眼睛时刻注意着西厢房,生怕里面传出对下河院有利的动静。谁知偏是在这节骨眼上,东家庄地神神秘秘发了道指令,下河院又多了条家规——西厢房包括小院子外人不得进入,除了奶妈仁顺嫂和丫头葱儿,谁胆敢越进小院一步,即刻撵出下河院。管家六根心里气得锅滚,嘴上还得发出一连串的赞同。他在下人面前憋足了劲,把西厢房说得跟慈禧奶奶的寝宫一样神秘,心里却恨不得点一把火把它烧掉。气死人的家规一出,管家六根的窥探便陡添不少难度,他不得不做贼般小心翼翼。

　　连日来,管家六根狗一样灵敏的鼻子总是闻见西厢房飘出一股淡淡的异味,那味儿他当然熟悉,但苦于这事的敏感,加上又没捉到实质性的把柄,管家六根至今仍不能确定是不是在熬中药。奶妈仁顺嫂自从二拐子仗义抱了新人得到东家庄地的宽容后,也开始变得神神秘秘,这个讨厌的女人一旦得到东家庄地的一个笑脸,便开始尾巴又往天上翘。眼下六根还是拿她没有太多的办法,毕竟,她的大奶头不只喂着命旺一个人,想要把她制服帖,六根还得等更好的时机。六根原想拉拢她,借她进出的方便探得院内虚实,想不到一趟南山回来,她就倒向少奶奶灯芯这边。管家六根对这个背信弃义的女人恨之入骨,有时他真想豁出去,把她的脏事儿连同这院见不得人的秘密一并抖出来,可一想自个付出的五年心血,还是忍了。万般无奈,六根只好出此下策,自个儿鬼一样躲在长廊深处朝这边偷望。

　　望着望着,六根便闻见了那股味儿,淡淡的,含着一股子山野百草的暗香,却又苦咧咧的,从西厢房飘出来,荡啊荡啊,荡到了自个儿头顶。

六根猛地就想,要是有一天自个儿真就抓到了证据,那该是件多么大快人心的事!

上房的门吱呀一声,探出来的好像是东家庄地的身影,六根吓了一大跳,猫腰一弯,状若骇极了的山鼠,出溜一下没影了。

下河院复又归于一派死寂。

6

管家六根那双猫头鹰似的眼,一开始就没瞒过灯芯。

灯芯知道,不只是管家六根,这院里至少有三五双眼睛,随时随刻都在探向她,自个儿的一举一动,怕是都在他人的监视里。

灯芯并不恨恼,或者来不及恨恼,要做的事实在太多,压根就抽不出时间乱想别的。爹说过,嫁过去的三五个月,是你最忙最无主的时候,你要各道四处打听,要摸清每一个人,看清每一张脸,要把院里每一个角角落落走遍,看清了,哪儿是个沟,哪儿是个坎,哪儿藏着暗井,哪儿布下险阵。这院啊,爹叹了一声,表面看着气派,热闹也是方圆几百里的财主家不能比的,可那份儿阴,那份儿毒,那份儿暗藏的惊骇,怕也是山里独一无二。

灯芯最初不太信,爹的话总说得玄之又玄,好像把下河院,说得比阴曹地府还可怕。现在她懂了,爹说得一点不过。这院里,不只是狼虫虎豹,妖魔鬼怪多的是。

对管家六根的戒备,灯芯是打娘家就有的,那时虽说事儿还没个准,到底能不能嫁到下河院,她和爹还没十足的把握,但,对这个六根,她却是牢牢就恨上了的。

管家六根瞒着东家庄地去南山的事,自以为做得很聪明,没谁会知道,岂知他前脚到南山,后脚信儿就到了灯芯耳里。他在南山的所作所为,包括一个笑一声咳嗽,全都没脱开灯芯的监视。灯芯把这些死死地压在心里,绝不敢在脸上露出来,不只如此,她还跑到公公那儿,装做浑然不知的样子问公公,管家呢?这院里他一不在,寂得慌。公公并不理她。公公对媳妇灯芯提出的所有问题都采取了摇头的对策,内心里他是不想看到媳妇儿多事,妇道人家,守着本分就行了。但嘴上他却不说,由着媳妇儿到处走,到处打听,包括盘盘腿儿坐地上跟下人们唠谎儿。她是后山中医的女子!她是三房松枝的侄女!每每灯芯这样,公公心里就会冒出这样的想法,并不是他想念在亲戚分上宽容些媳妇儿什么,他是无奈!他太了解这家人了,媳妇儿灯芯今天的样子跟当初三房进门时几乎没什么两样,这还不算,媳妇儿灯芯眼里,分明要比三房松枝多出两道子光!这光让他害怕,让他惊战,让他夜黑里禁不住会一个冷战跳出被窝,莫非三房的灵魂活了出来?

细嚼却又不像,她比三房鲜活,比三房会眼色,也比三房多出那么一股子劲道。这劲道眼下公公还细说不出来,但鲜鲜地就活泛在他心里,有点喜,有点赞同,有点……

总之,公公模棱两可的态度里,也是藏了许多的,说穿了,她跟自个儿打断骨头连着筋,再咋说也比管家六根要亲,要近。一想到管家六根,公公的心哗就暗了。

灯芯却不暗。管家六根躲在暗黑处伸长了眼朝西厢窥望时,她会一动不动盯住他。管家六根的眼会眨,她不会,她就那么一直盯着,死死地盯着。尽管暗黑和距离遮挡了他们相互脸上的表情,但分明,灯芯要比管家六根要狠,要恨。她切着牙,一手捏着男人命旺的胳膊,一手,攥成一个死字。她知道,迟早,她要把这个字送给六根,让他也晓得,她灯芯并不像三房松枝或是柳条儿那么容易任人宰割。

白日里偶尔遇了面,灯芯还是老样子,不躲,不避,照直迎过去,目光在他脸上跳上那么几跳。如要遇上管家六根问她少奶奶好,她会盈盈地放出一道子笑,启开一道子雪白的牙齿,说,好,好着哩,管家六根还没迈开脚步,她又飞过去一句,还没死!

管家六根冷不丁就抖一下腿,很快,缩着脖子远去了。他晓得,这个死是冲娶亲那个晚上说的,轿子的事,她装在心里。

这个上午,少奶奶灯芯心情出奇的好。

管家六根的事很快显了端倪,一切尽管都还模糊着,但已隐隐约约让她捉到了线。

这是一片雾,揭开了兴许下河院的天空就会晴朗,下河院的银子也不会再像流水一样莫名其妙淌到别的地儿。

是的,银子,这才是灯芯所关心的根本。

比之男人命旺的死活,下河院那些雪片一般来流水一般去的银子,才是她发誓要捍卫的东西。

她必须要捍卫,否则,不等她把命旺冲过来,怕这下河院,就让那些看不见的黑手连抢带掠地给弄成个空架子了,那么,她豁了命嫁来,还顶啥用?

发现管家六根那双眼睛后,灯芯觉得自己该有个帮手,一个能对付得了管家六根的帮手。再这么单枪匹马乱闯下去,就算自个儿再小心,也难免不露出破绽,到时再让别人抓住把柄,就不会像头一月出门犯忌那么简单。那次也多亏了公公,他居然轻易就饶过了她,灯芯都已做好挨打或是挨罚的准备了。要知道,在这样的深宅大院犯忌,轻者挨打受骂,重者,怕是要绑回娘家去的。公公却轻叹了一声,道:这院是有规矩的,比不得后山你家,念你初来,算了吧,往后,这院的规矩就是钉子上的铁,天王老子也没得改!

苦思良久,灯芯猛然就想起了那夜抱她的人,冥冥中觉得,在下河院,兴许只有那双在她腿上身上窜过的手,才肯帮她。

他救过她一条命哩!

菜子已全部收倒,人们开始忙打碾,菜子沟洋溢在一种友好和谐欢乐的气氛里。东家庄地的丰收带给沟里人长久的快乐,管家六根也只有在这时候才变得大方,将银子给到他们手上。间或还会拿出些下河院用不了的东西,散给大家。一沟的大人小孩才能换上新做的粗布衣裳,才能吃上下河院刚刚宰到的猪肉。肉香弥漫在沟谷里,和着菜子的油香,还有畅意的笑声,能在沟外几十里闻到菜子沟洋溢的幸福和甜蜜。

有什么事比风调雨顺、五谷丰登更令人心醉的呢!

少奶奶灯芯早已按捺不住自己,做梦都盼着亲眼看看沟里人打场的景儿。得到公公的允许后,她迈着欢快的步子,穿梭在大小碾场上。她要亲自过目丰收带给下河院的收益,这也是她的另一个秘密。只有到辗场上,才能把一年菜子的收成算个明白。那么,下河院一年里让人劫走多少菜子,才能心中有数。这些,怕是连东家庄地也不能想到的。

这个中医世家的独女,居然将算盘玩得异常熟悉。人们的记忆里,这神秘的珠子只有老管家和福跟六根这样精明的男人才玩得转,哪见过女人也玩这东西。所以他们纷纷停下手中的活计,看猴一样盯住灯芯。这个半夜里抬来的女人带给他们的新鲜已经够多了,包括她敢当着沟里人的面看牲口配种,敢在未开怀前走出院子,敢跟下河院的屠夫开荤玩笑,敢半夜摸到公公窗下偷听公公跟管家谈话等等,无一不丰富着沟里人对神秘的百年老院的想象。现在她又拿了算盘,笑吟吟跟管家六根边说笑边拨拉。人们望见她对管家六根的笑是很有意味的,眉眼儿一飞,小嘴儿一抿,就能把管家六根这样的人也弄糊涂。管家六根手里的算盘珠珠不动了,只是傻傻地盯了她望,脸上会因女人出其不意地笑拧出些尴尬或羞臊。人们起先以为管家六根跟二十二岁的少奶奶有些扯不清。这样的事在深宅大院里不是不可能,况且就有现成的传闻拿来参照,便一边打辗着菜子,一边使了劲地放开想象,尽可能地将这个后山女人想得风骚些,想成狐狸精,这样才能把她跟一向正统得见了沟里任何一个女人都不肯正眼望一眼的管家六根想在一起。想象往往会以对管家六根的抱憾告终,人们终于相信,管家六根也不是什么圣人,最终还不是踏了老管家和福的老路?

但是,这样的结论未免下得太过轻率,几天以后,人们便发现事情远没那么简单,更没那么好懂。管家六根渐渐在女人的说笑里萎缩下去,胆怯下去,人们就觉不是那么回事。倒觉得管家六根让女人抓住了什么,不得不垂下他高傲惯了的头,就连见了一般的佃户,管家六根说话的声音也小了,不仅小而且谨慎。这便让人们放弃了将他们扯在一起的欲望,反倒期待着百年老院的管家和少奶奶之间发生些什么更让人激动的事。

7

比之管家六根,少奶奶灯芯却大方得很。她会不时地在某个场上停下,跟赶着毛驴转的沟里人聊上一阵,有时也会冷不丁抱起场上玩耍的孩子,亲热地咬上一口。那一口立刻就让她跟沟里女人近了,要知道下河院的少奶奶亲穷人的孩子,这可是自古闻所未闻的事,纵是沟里年岁最长的朱二奶奶,也未经见过。也难怪,下河院就是下河院,院里的猪都跟穷人家的不一般,甭说少奶奶!平日里隔着朱漆大门远远望一眼都算不错了,哪敢奢望她走出来跟你说话,还给你脏兮兮淌着鼻涕的碎娃一块糖吃?

这一天,人们就见少奶奶灯芯正坐在沟沿旁给年迈的朱二奶奶梳头。哟嘿嘿,这更是个新鲜事儿。朱二奶奶都快要八十了,若不是那口牙齿好,还能咬动东西,怕是早入了黄土。不过朱二奶奶的懒惰和脏却是远近出了名的,拿她家媳妇的话说,一年不洗一回脸,不换洗一回身子底下的裤子。身上捂的虱子都有羊羔子大!那头发,早就朽成一块毡了,甭说梳,怕是看一眼都恶心得几天吃不下饭。下河院的少奶奶却不嫌弃,人们望见,她从正午时分梳到了现在,先是拿个盆子舀了清水,一边帮二奶奶洗,还拿来下河院最珍贵的洋胰子,听说一块值一匹骡子钱,还是东家庄地年轻时到凉州城买的。在洋胰子滑润润的香味里,人们的心也跟着润滑起来,她们一边操心着闻洋胰子的香味,一边担忧着少奶奶灯芯甭叫二奶奶身上的沤臭味给熏倒了。结果没多久,人们便望见她拿了一把颇为稀罕的牛角梳子,刷,刷,刷,给二奶奶梳起头来。至此,人们算是相信,来自后山的老姑娘灯芯是不怕脏的,更不怕难闻!她的耐心比二奶奶的媳妇都要强。一脸老笑的朱二奶奶咧开还有几颗牙齿的嘴,不停地跟下河院的少奶奶说东道西。这个老掉牙的,哪有那么多死话,你倒是快把少奶奶放开呀,人们还正待望哩。

可是,人们却从少奶奶用心的姿势里看到一种东西,这绝不是一次简单的梳头,更不像管家六根说的她是闲着坐不住,放着少奶奶不当,偏要跑出来瞎显摆。八成……

然而不管咋,少奶奶灯芯一连串对沟里人亲近热乎的举动着实让人开心,比从管家六根手里拿到实惠的东西还开心。不知不觉间,下河院少奶奶灯芯在沟里的口碑一下好起来。很快,沟里的女人感动得跟她无话不谈了。这个世上,女人其实是最耐不得小恩小惠的,何况少奶奶灯芯用的绝不是小恩小惠。她是拿心跟沟里女人的心往一块贴,沟里还有哪个女人傻到不愿跟她贴心?

关于租子的事正是在这时候开始说进灯芯耳里的。少奶奶灯芯佯装无意的问话让沟里人少了戒备,不小心便泄出管家六根一些秘密。有些人倒更像是故意顺着灯芯的话把对管家六根的不满发泄出来。渐渐,少奶奶灯芯眼前竖起一个贪得无厌的影子,大把大把去无踪影的银子让她恨不得立刻将管家六根的恶行摆到公公眼前。但她忍了再忍,她知道现在还不到时候,爹再三提醒对付管家六根切不可草莽行事,他在下河院水深得很,绝不是轻易一两棍子就能把他打趴下的。

灯芯只能从长计议。

这天灯芯帮沟里女人草绳扬场。扬场就是将打辗下来的菜子拿木锨顺风扬起,让风吹走草屑或是杂物,黄丢丢的菜子便会变得干干净净。站在下行里,灯芯手握扫帚,将风吹到下行的草屑和菜角皮清扫出去。菜子打在脸上,草屑沾头发上,灯芯全然不顾,注意力完全集中到跟草绳的谈话上去了。嫁过来以前灯芯就跟草绳认识,草绳生了四个丫头,急于要儿子,找她爹吃药,一来二去两人便熟了。草绳是个心直口快的女人,肚里从来不装话,加上又对灯芯一家心存感恩,一听灯芯问管家六根的事,不遮不掩就给说了。场扬到一半就见管家六根远远出现在另家场上,灯芯丢下扫帚,径直走了过去。

草绳紧忙在后边喊:"少奶奶,心里装着就行了,犯不着跟谁也提。"

灯芯清楚,这是草绳在提醒她呢。沟里虽说都是些庄稼人,多一半又是佃农,可人跟人不一样,这一点她还是心里有数。

管家六根正跟这家商量租子的成数。灯芯装作随意地问:"几成?"场上的男人嗫嚅着,半天不肯说。管家六根看了她一眼,大大方方说:"六成?"

灯芯"哦"了一声:"不是说按七成收的么?"

"少奶奶的意思是我少收了?"

"看你,话说哪儿了,我这不是才跟着你学么。多收少收一成的,不打紧,只是甭让他们白忙了这一年。"

"少奶奶真是会替他们想。"管家六根点头道,眼睛却一刻也没敢离开打场人的脸,生怕他一漏嘴说出什么来。那人见少奶奶这么说,忽然就大了胆,嗫嚅道:"少奶奶,真按六成收啊?"

"这事你问管家。"灯芯突地丢过去一句,脸依旧笑吟吟的,一点看不出她说这话的意思。管家六根脸突地一绿,他刚刚跟场主商量的是按七成五收,上下就是一成五的出入,场主当然不乐意。

不过他旋即稳住自个儿,说:"多收少收也不是我说了算,这要看东家的意思。少奶奶要是真想给他们减,就先跟东家拿仗拿仗,也好让我心里有个准。"

灯芯掉转头,忽地指出远天处的一团云,喊:"快看,火烧云!"

远天处果然腾起一团火烧云。

那边,草绳已在喊了:"少奶奶,你答应帮我扬场的,我可顾不过来,这好的菜子,要是扬不干净,可惜了。"

"我就来。"灯芯甩过一句,抖着一身红衣绿裤,去了。

管家六根僵在那儿,心里比火烧云烧还难受。

菜子打碾到一半,各家各户能打多少便都在灯芯心里了,下河院的租子她也有了数。这时候她开始谋算另一件事。

这件事儿跟租子比起来,一点也不小。灯芯所以把它推到现在,是因一直找不到可以托付的人。

终于有一天,下河院奶妈仁顺嫂的儿子二拐子秘密走进了西厢房,就连他的亲娘仁顺嫂,这次也被蒙在了鼓里。

管家六根照旧日出而作,日落而息,偶有空闲,便来到东家庄地的上房里。

东家庄地看上去气色稍稍好了些,他正在抽水烟,丫头葱儿站边上伺候。东家庄地的这个爱好也是管家六根带来的,以前他不抽,劳作乏困的时候,他躺老婆边上听曲儿。当然是三房松枝。三房松枝是个很会哼曲儿的女人,山曲儿从她鼻孔哼出来,就裹了一股清爽爽的山风,仿佛人到了山林中,耳边有盈盈的松涛,有啾啾的鸟鸣,还有一股山花烂漫的味道。到现在,东家庄地闭上眼,耳边还是那山泉般叮叮咚咚别有味儿的曲儿:风来了,雨来了,房上的米米儿就刮掉了。妈,妈,给我个筛筛儿我端上,给我个簸箕儿我背上……

去了,一切都去了。那如风如歌的曲儿,那有着鸟一样嗓子的人儿,都成了让霜露打掉的油菜花,夭折在某个寒冷的日子了。庄地纵是再想,也不可能把那埋葬掉的日子重新翻腾出来。

东家庄地现在喜欢抽烟。

端坐在方桌边雕花椅子上的庄地一边听管家六根说话一边没忘了抽烟,灵巧的手指在烟壶里熟稔地捻着金黄绵柔的烟丝,动作很是优雅。丫头葱儿划着洋火,燃起的火苗迅速对到烟嘴上,听他长长地一吸,烟壶里的水便发出悦耳的咕嘟儿声。

管家六根站边上将打碾的事说了,庄地问今年能收几成,管家六根报了数字,这数字让东家庄地满意,遂说,家里家外你就多操点心,该怎么给佃户分还怎么分,丰收了就该让全沟人高兴。

管家六根点头说是,他本想再问一声二拐子的事,日前他得到消息,被东家庄地打发到南山煤窑的二拐子不好好干活,还打着奶妈仁顺嫂的旗号,到处转悠。这还不算,这牛日竟然不跟煤掌柜打招呼就神神秘秘失了踪影,到今儿个也没回。管家六根想问个清楚,是不是东家找他有事。庄地却提起儿子命旺。

东家庄地说:"命旺近来有转机,气色一天比一天见好,法理智的道场就先推了吧。"六根忙说,"推不得呀东家,有转机管啥用,得让少东家赶紧好起来,再不好怕就……"

东家庄地眉一蹙,问:"你想说啥?"

六根吭了吭,没说。

东家庄地搁下烟锅,伸长了耳朵等。

六根这才支支吾吾说:"怕是少奶奶……"

"我心里有数。"东家庄地沉沉道了句,不再言声。脸色也忽然铁青下来,看得出,六根这话说得不是时候,东家庄地不爱听。管家六根磨蹭了会儿,眼睛偷觑在东家脸上,不见庄地脸色好转,管家六根败兴地往外走。快要出门时,突然听庄地丢过来一句,"有空你多上西厢房看看。"

管家六根一阵暗喜,知道自己的话起了作用,不起作用才怪,我就不信你不拿儿子的命当命!管家六根这样想着,脚步已迈到长廊里。秋日的长廊阴扑扑的,太阳光一天里照不了多少,这阴凉好似重重叠叠地堆在了这里。但是六根并不觉得凉,心猛然间狂热起来。终于得到出入西厢房的权力了,再也不用猫一样藏在角落里,偷偷巴望。但他并不打算真去西厢房,不急,有的是时间。这一刻管家六根突然自信起来,庄地既然准了他进出西厢,就表明老东西对西厢也有了疑惑,这是个好事,大好事。只要找到药罐子,拿到喂中药的把柄,她不死都由不得。

8

管家六根从长廊迈过步子,在太阳光下默站了片刻,忽然就想起一个地儿。天,我咋把这么要紧的地儿给疏忽了!

三步两步,他就奔到了厨房。

厨房门敞着,奶妈仁顺嫂正在揉面。在这院里,奶妈仁顺嫂只做三个人的饭,东家庄地,少东家命旺和灯芯。但整个厨房归她管。下河院的厨房共分三厨,一厨就是奶妈仁顺嫂现在揉面的这间,算是上厨房,专事东家一家人的饮食。二厨在边上,有这两个大,三个妇女轮换着做饭,主要管长工们的吃食。还有间小伙房,一间半大,算是三厨,负责短工及下人们的伙食。下河院的长工不跟别处的长工,长工有身份,比管家和奶妈低,但比下人高,而且长工们不但每年拿固定的工钱,按月还有小钱,算是东家赏的,长工的家眷到了下河院,不但可以白吃白住一阵子,走时,还能得到东家的赏赐。短工则是按季节随时找来帮忙的,换得勤,工钱也就少,一般按天数论。下人则是外地逃荒或是落了难,寻上门找碗饭吃的,一开始只管吃管睡,不发工钱,熬过一阵子,若是让东家或管家看上了,自个儿又乐意长留下来,就有可能提到长工的行列里。

菜子沟下河院最多时用过三十二个长工,五十多号下人,是在老东家庄仁礼手上。五十多号下人一大半是凉州城逃难逃来的。那一年凉州城大旱,灾荒闹遍四野,真可谓饿殍遍地,白骨满野。大饥馑后,又是一场旷日持久的瘟疫,周遭几百里,怕是除了菜子沟,没一处不死人。这沟因此落下一个美名,人称"塞天堂。"大灾过后,得救者还自发背石背水,伐木取路,在南山修了一处庙,名"天堂庙"。庙里还专门供了庄氏祖宗的牌位,更有积德碑、慈善碑、仁义碑等立于寺庙显眼处。如今,那天堂庙的香火,一年比一年旺,每逢初一十五,沟里人不辞辛苦,非要成群结队,虔诚地去庙里磕拜。当年逃难来的五十多号下人,如今全成了地地道道的沟里人,在沟里娶妻养子,安居下来。草绳家便是其一。

见管家进来,仁顺嫂忙直起腰问好,六根硬梗梗道:"不必,你忙你的,我瞎转转。"一厨的门上只有仁顺嫂有钥匙,平时院里人是不敢轻易进来的,管家六根也没随便进出的自由,毕竟,这是做饭食的地儿,加上东家庄地又是个饭食上极讲究的人,一厨便有了股神秘。管家六根大约心里还响着东家庄地刚刚说过的那句话,自以为这院他有了随便出入的权力,便放肆地在厨房里张望起来。奶妈仁顺嫂不满了,冲六根说:"管家要是没事儿,还请出去,我这阵正给东家做饭哩。"管家六根没理茬,照旧探了脑袋,锅台上像狗一样搜寻。也许是天意,管家六根的鼻子很快闻到一股药味儿,隐隐约约像是从缸里飘出。缸是米缸,盖着木头盖子。不等奶妈仁顺嫂作何反应,管家六根猛就掀开了缸盖,这一掀不打紧,却把缸里藏着的秘密给掀到了眼里。

奶妈仁顺嫂刷地脸白。

"缸……缸……管家你——"奶妈仁顺嫂的声音已吓得变了味。

"药罐子,你敢藏下药罐子!"管家六根的声音近乎从嗓子里跳了出来,脸上,霎时成了另种颜色。有乐,有喜,有惊,有得意。

"你……你……你放下!"奶妈仁顺嫂横扑过来,一把抢过六根已拿到手里的药罐,脸色苍白道。

"厨房的东西,由不得你乱翻。"

"说,给谁熬药!"六根此时早已没了怯意,正义得很,怒瞪住仁顺嫂,就等她说实话。仁顺嫂结巴着,半天吭吭哧哧,努不出一个字。

"不说是不,好,我见东家去!"

"你站住!"奶妈仁顺嫂见六根真拿了药罐往外走,突然就有了力量。

"你一心想知道是不?那你听清了,这罐是我的,药也是熬给我喝的,中医李三慢给开的。至于谁准我喝的,为啥喝,我想你也不糊涂。有本事,这阵就跟我去。我倒要看看,东家他说话还算不算数!"说完,腾地丢下手里的抹布,一把拉了管家六根,就要往上房去。

这下,轮到管家六根怯步了。他万万没料到,奶妈仁顺嫂会跟他来这一手,有些话一直放在暗处,兴许还由得你乱猜乱想,一旦豁出来摆到明处,你便没了思考的空间。这下河院的事,难就难在奶妈仁顺嫂身上,管家六根虽然疑神疑鬼,但真要拿某些事儿去跟东家面对面问个清楚,谅他也没这胆子!

况且奶妈仁顺嫂亮堂堂就把东家庄地摆了出来,这等胆略,他何时见过?

"不敢了,怕了?我说六根,甭以为东家给个好脸,你就成爷了,远着哩!"奶妈仁顺嫂趁六根发愣的空儿,一把夺过药罐,理也没理他,啪地就将它炖火上,打柜里取出一服草药,大大方方添了水,就要熬。

管家六根顿时成了泄气的皮球,软了,蔫了,恨恨一跺脚,走了。

妈妈仁顺嫂快快将药罐端下来,将水滗了,拿布把药渣包起来,重新塞进柜里。还不放心,怕药味儿飘出去,忙忙点了支松香,熏。

管家六根气急败坏地在院里转了几圈,还不死心,找到沟里中医李三慢的药铺里,如此这般问了一番,中医李三慢说,方子是他开的,药也是他抓的,仁顺嫂得的是女人家的病,怕一服两服的还好不了,得耐上性子吃段时间。一席话说得,管家六根想吐。

44

管家六根刚出了车门,仁顺嫂的脚步就到了西厢,今儿这事太玄,他咋就给闻到了呢?要说自个还反应得快,死头子话把他给逼住了,要不,不敢想。

奶妈仁顺嫂将厨房里发生过的事说给了少奶奶灯芯,说话的时候,她的声音还在发颤。少奶奶灯芯静静地听完,问:"柜里的药是哪来的?"

"是我为防万一,找中医李三慢开的。"

"哦——"灯芯感激地望一眼仁顺嫂,不过,心里却一点轻松不下。管家六根敢到厨房查看,就敢到西厢来,眼下是瞒了过去,往后呢?

"少奶奶,他要真找东家问呢?"奶妈仁顺嫂还是放不下心。

"他敢!"灯芯忽然就来了气。这气不只是冲管家六根,奶妈今天的话,无疑是把她跟公公的事儿端到了桌面上,尽管这事早就在她心里,可突然地端出来,她还是不舒服。

"算了,你也甭惊惶失措的,公公那儿我去说。"只是这药,怕是在厨房熬不成了。

太阳明亮得很,沟里是掩不住的芳香。菜子一打碾,就该榨油了。按规矩,管家六根就该去油坊查看了。药罐子的事碰了一鼻子灰后,管家六根很是沮丧了一阵子,不过,心里还是一直疑惑着,不相信那药真就是奶妈仁顺嫂吃的。少东家命旺一天天见好,若不是后山老狐狸刘松柏使了手段,能有这奇效?这事儿先得放一放,不信找不到实据。近日他心里很是不宁,老觉有双眼在背后盯着。二拐子不声不响走了又回去,窑头杨二还没跟他回话,去了哪里他自己也号不准,可又不能硬问。二拐子不是别人,仗着有奶妈仁顺嫂,他的腰就比别人直。油坊这边怕更得早安顿,保不准灯芯哪天就给闯了去。

一想灯芯,管家六根心就沉了。

一沟两山的地是租给几百户沟里人种的,下河院只供种子和牲口,收种打碾全是佃户的事。租子按收成论,下河院的规矩是不能跌过五成,遇上天年也按四成收过,那不过是个别。好年份自然是按七成往上收的,至于哪块地哪户人到底按多少收,就由管家六根说了算,东家庄地是从不细问的。这就给六根很大的余地。菜子是一个菜子,年也是同样的年,各家的成数却不一样,高几分低几分完全看管家六根的心情,况且地里究竟打了多少也只有六根知道,六根不说,东家庄地从哪里知晓。

今年是六根当管家以来最好的年份,按说下河院的菜子收得该放不下,管家六根却不这么认为。凭什么要收给他?我的泥巴院又不是没地方放。管家六根坚信自己的想法是正确的,他是个聪明人,聪明得让东家庄地抓不住把柄。管家六根本想今年好好掠一把,谁知少奶奶灯芯跳出来搅他的好事。少奶奶灯芯显然对他已有所察觉,管家六根不得不有所收敛。目前为止,他还不明白这是东家庄地的主意,还是女人自作主张,但下河院明显对他有了防范。少奶奶灯芯算盘珠珠左拨拉右拨拉,六根的菜子就寥寥无几了。

恶毒的女人!六根觉得必须想一个办法,干净地除掉她。

站在堆满菜子的场上,管家六根眼里燃起挡不住的欲望,金黄的油菜子,喷着扑鼻香味的油菜子,鼓荡着他充满野心的胸怀。六根再一次想起奶妈仁顺嫂。这个女人尽管很是可恶,但在下河院,要想成就一番大事,没有她的帮忙显然是不行的。

这就是管家六根的矛盾处。他恨这个女人,眼下又不得不依靠这个女人。

管家六根决计先抛开对这个女人的恨,我得想办法笼络她,得让她听我的!这么想着,他的脚步有力地越过辗场,往下河院去。不大工夫,一匹青骡子驮着趾高气扬的管家六根,朝沙河上游的油坊去。

祖宗留下的下河院正院,不论白日还是夜晚,都是寂静的,远不如后院和草园子那么热闹喧嚣。这怕是跟它的八根黑柱有关。当年修南北二院时,有工匠提出,重新用红漆或别的漆把黑柱刷一下,老东家庄仁礼竟然破口大骂,将那个原本好意的工匠给撵了出去。此后,黑色便成了正院的主色调。跟八根黑柱的色调对称的,便是东家庄地的心境,还有少东家命旺的身子。当然,这只是下人们一起偷偷说的小话,要是给东家庄地听见,嘴里的舌头怕是保不住。

正院呈长条状,这跟整个下河院四四方方的格局又有所差别。东家庄地的上房在正院中央,坐北向南的这面,阳气足,睡房紧挨着上房,也是两间。奶妈仁顺嫂的耳房在南,耳房跟东家睡房之间,有条几丈长的窄廊,那是边廊,管家六根平日是不走的,他从中间宽宽敞敞的正廊走进去。

这天夜黑,管家六根先是跟屠夫们开了阵荤玩笑,又到后院各处看了看,估摸时辰差不多了,猫腰贴着廊沿溜过去,将身子藏在东家庄地睡房的边窗上。白日里他已乘人不备,放了把梯子,还在边窗上取了个小洞。

管家六根的心有点紧,这一刻在他心里盘旋了很久,可一直下不定决心。这是要冒很大风险的,要是事儿败露,他五年的管家就白做了,不只是白做,他很可能还会被撵出沟,或被乱棍打死。

在下河院,偷听窗根或偷窥东家都是视做大忌的。当年老东家庄仁礼手上,就有这样的事发生过。二管家为了撵走大管家,夜黑等人睡定像猴子一样盘伏在树上,偷窥了老东家炕上的事儿。没想,还没打树上跳下来,大管家带着人便等在了树下。老东家炕上的事儿再离谱,二管家也没得机会说了。大管家一声喝,十几根长矛便齐齐里冲树上刺上去,刺得二管家跳都跳不下来。一身鲜血掉下树后,老东家庄仁礼穿戴整齐地等在树下,二管家还想求个活,没想老东家庄仁礼鼻孔里哼了一声,手一摆,吐出两个字,抬走。二管家就被抬到了后院。到了后院,死活就由了大管家。两只眼被挖了,舌头上穿了刺,两只脚被挑断了筋,这还不算,他被连夜弄到了南山上,吊树上,活活让老鸦一口一口叼了。老东家庄仁礼在沟里,可是拿仁礼二字出了名的呀。

管家六根的腿有点抖,梯子发出细微的颤动。

"要不,算了?"管家六根犯起了嘀咕。这事可非同小可,要是真让东家给察觉……管家六根哆嗦了一会儿,心忽然就坚定了。舍不得娃娃套不住狼,没这个毒脏腑,就吃不了铁五谷!他决心豁出去。

管家六根要看的,正是东家庄地炕上的事儿。这事儿要说也不是新鲜事,这院里,怕是谁都心知肚明,就连沟里,也影影绰绰地在嘀咕。可嘀咕归嘀咕,毕竟是没影儿的事,谁敢拿面子上讲?管家六根就是想让它跳到明处,跳到他手心里,那样,往后,这整个院子,怕是他想咋个捏就能咋个捏。这么一想,管家六根越发坚定了。

夜好黑,黑得人透不过气,黑得人真想拿个啥把它一下捅开。管家六根在梯子上像狗一样蹲了将近一个时辰,院里还是没有响动,除了沙沙的风声,还有风卷枯叶的细碎的响,再没第二种声音。"莫非,老家伙察觉到了,不让来了?再莫非,老卖腿的真是染了啥疾,身子不允许?"所有的想法都让他排除后,他决计孤注一掷,等下去,往死里等。

一只鹰突然从沙河那边盘旋过来,穿透暗黑,像个阴魂似的飞旋在下河院上空,嘴里,发出阴森森的叫。管家六根抬头望了一眼,望不清楚,但他听出是只猫头鹰。

丧门星,叫啥叫哩!管家六根差点就给骂出声。夜黑里撞见猫头鹰是很不吉利的,要是它拉一泡屎给你,你这命就完了,保不准哪天就让车给撞死,让马蹄子给踢死。管家六根觉得今儿个这日子有问题,左挑右挑咋挑了这么个日子?

丧门星还在叫,发出的声音越发惊悚。管家六根恨不得猛一下跳上去,撕烂它的嘴。正在他犹豫着要不要离开梯子时,院里突然响过一阵脚步。

正是从窄廊里发出的。

管家六根的心狂跳起来,再也顾不了猫头鹰,神情专注得就跟红了眼的赌徒,眼珠子都要憋出来了。

出踏,出踏,那步儿碎碎的,细细的,不仔细听,根本听不出是脚步,倒像是猫,是鼠,是风在吹着树叶走。响几声,没了,刚悬起心,又有了,出踏,出踏,咻——出踏,出踏,咻——

管家六根屏住气,死死地按住心,不让它跳,不让它叫,生怕一跳一叫就把脚步给吓回去。漫长的一阵出踏后,脚步终于响到了他脚底下,顿住了。下面的黑影儿好像抬起了头,寻着天空望,影影绰绰的,管家六根看见了那脸,白,嫩,带点葱的颜色,不像是一个老女人的脸,倒像是沟里十六七女人才有的那种。管家六根恨了恨,为这脸,他没少生过恨,她比自个老婆柳条儿大好多岁,可柳条儿跟她一比,简直比她妈还老相,还死相。这脸像是豆腐,一辈子都保着一个鲜。这沟里,没几个女人能比过她,就连新娶进门的灯芯,怕也不是对手。管家六根乱想时,那脸又抬了起来。这次抬得长一些,高一些,她望见了那只鹰,那鹰冲她扑腾了几下翅,她像是也犯了疑,想回去,就在掉转身的空儿,狗日的猫头鹰扑扇了两下,一声没叫给走了。

管家六根打死也想不到,猫头鹰没去别处,它飞了几下,很是熟练地一头扎进他家的泥巴院子。他的四女子招弟忽然就说了声梦呓,很快,发起了高烧。

这边,脚下的黑影儿还是没抬开步子,像是被什么定住了。一双黑糊糊的眼儿,四下望,眼看就要绕过廊沿,往藏梯子的西墙这边巴望了。管家六根气紧得要死掉,紧得双脚都立不住了,若不是提前腰上系了根绳子,把自个绑牢在梯子上,恐怕他就要掉下来。

终于,黑影儿望够了,望足了,她吸了口气,抬开步子,往前走。

月牙儿这时探了头,一层淡淡的晕光从天空遥远处洒下来,下河院泛起了白生生的夜光。

脚步儿穿过窄廊,往东一拐,就到了东家庄地睡房的窗棂下。

东家庄地早早躺在炕上,等这一刻来临。这是一个激动人心的时刻,东家庄地的生命里,这样的时刻才能让他热血滚滚,才能让他忘乎所以。尤其是三房松枝蹬腿走后,他的厌倦的生命,仿佛就为这一刻活着,也仿佛三房松枝的走,就为了给他和她腾出更多的地儿和空闲,来享受这原本不属于他们的销魂。是的,销魂,东家庄地到现在还顽固地认为,要说销魂,怕是这辈子,没人跟得上将要推门进来的这个女人,包括他的三房女人,都不是对手。尽管她们一个比一个强,一个比一个想表现得有味道,可真到了炕上,到了被窝里,到了身子底下,她们的差就露了出来。没法比,真是没法比。东家庄地也是搞不明白,要说论身段,论脸盘,他的三房女人没一个输给她,咋就偏偏一到了身下,就输得一塌糊涂呢?有次他在沟里转,看到日竿子,也就是柳条儿的叔伯公公,忽然就明白了。原来,这一切,这所有的谜,都是为了一个字,一个说不出口的字——

偷。

偷这个字,是很不为人耻的,也是庄氏祖宗最恨最切齿的。偏偏,它又像阴魂缭绕,永远地盘伏在这院中,任凭庄家哪一代东家,都驱它不走,灭它不尽。这院里,便永世地有了股气息,偷的气息,也有了股快乐,偷的快乐,更有了一种不耻,偷的不耻。只是这不耻,永远地藏在暗中,藏在庄家一代代男人的心灵旮旯里,见不得光,也不需要见光。只需用更好更多的方式,将它藏在一层层的暗黑里,裹紧,裹牢,裹成一个千古解不开的暗谜。

明白这点后,东家庄地便再也不纳闷了,再也不细想了,其实,人就是这么一种动物,属于偷的动物。细品一下,甭说炕上,甭说被窝里,天底下的事,有哪件不是这样?唾手可得的,光明磊落的,天经地义的,谁个珍惜过,谁个当宝贝过?谁个不把偷来的抢来的,看得比命还重?

偷来的才香,偷来的才味足,偷来的才是你最最想要的。

东家庄地转了一下身,近来,他偷得越来越少,越来越怕了。

怕？少他能想得通,老了,偷不动了,再说偷了一辈子,偷到这份上,足了,再也不那么馋,不那么贪了。怕,咋个理解？

可就是怕。

真怕。

越老越怕。

东家庄地这么想时,脑子里闪出两个影来,一个,是管家六根,一个,是他怎么也不情愿想到的媳妇儿灯芯。

他深重地叹了口气,叹得有点凄,有点凉,有点悲壮。

门吱呀一声,开了。

这个夜晚最终以管家六根的一场虚惊告终。

管家六根真是想不到,自个竟是这般没用。本来一切都还顺当,好戏都已开场,就等他在寒风中耐着性子欣赏下去。管家六根其实也是很想看这样一场戏的,他冒如此大的危险,有一半缘由,还是想满足一下他那见不得人的欲望。

管家六根是个让人说不出口的男人。

他的乐趣不在偷着干,在偷着看。

隔着窗棂儿,或躲在墙旮旯里,偷偷把目光探过去,屏住气儿,稳住心,管家六根的快乐就来了。在沟里,这样的事儿不只发生在炕上,沙河旁、杨树林、茂密的菜子地、高高的菜子垛下,只要有阴处,只要能背过人,随时、随地,那景儿就有可能出现,不,比之炕上,比之被窝里,人们似乎更喜欢野外,更喜欢在不该发生的地儿发生,更喜欢在意想不到的时间里忽拉扒下裤子,然后……

管家六根看得极过瘾,极投入,也极满足。有什么比看这样一场戏更能吊起人的胃口呢？况且戏的主儿不断变换着,忽儿是麻三,忽儿是杨四,他们身子下的女人,也在不时地变换着脸,今儿个是二狗子他妈,明儿个是五槐家的,后儿个,说不定还能挨上跑堂家十五的老二。这是多精彩多壮观的一场戏呀,管家六根看了七年,愣是没看够,愣是还想看。看它到死！

这事要说也不是个啥稀奇的,在沟里,除了下河院,外人是不拿这事当个事的,至少,要比下河院看得开,看得贱。你想想,沟里住的都是些逃难逃来的,要么自个老家闹土匪,男人让枪打了,长矛挑了,活不下去,连逃带奔地来到沟里,这命本就是抢回来的,是老天爷不小心意外多给的,那就不能让它白白流走。还有,即或老家啥事也没有过,即或一生下来就是沟里人,那又咋?该偷还偷,该扒还扒,人活个啥,挣哩苦哩摸哩爬哩,起五更睡半夜,没明没黑,没饥没饱,你说活个啥,难道仅仅为张嘴?说穿了,还不图个没白活!啥叫个没白活?谁个有谁个的想,谁个有谁个的主意,但在一点上,大家是一致的,惊人的一致——

这就是得给自己点快乐!

那么,放眼望一望这深不见底的沟,望一望南北两座黑压压的山,望一望沟中间头顶里二尺宽的个天,你还能有啥快乐,你还想有啥快乐?

毕竟,沟里就一个下河院,就一个东家庄地,不是谁都能苦一辈子挣下座金山银山的,不是谁都能三房四房娶的,那么,你还抱个啥指望,能抱个啥指望?

要说,管家六根起初也不是这样的,管家六根染上这毛病,全是因了柳条儿。

柳条儿打十五上进了门,没出三年,腾腾掉下两个带叉的,起初管家六根还乐,还笑,认为自个有本事,本事大得很。不是说算命先生说过他要断后么,不是说他六根家注定要人断路稀么?咋不到三年掉下两个!牛日的,满嘴里尽滚蛋蛋哩。慢慢,管家六根就乐不起来了,笑不出来了。为啥,两个虽是两个,可,可都是带叉的呀!

在沟里,你就是学母猪一样一肚子下十几个,扒开腿一看,只要是个叉,还是闲的,你还是个断后鬼!

管家六根心慌了,慌来慌去,就把问题归到了自个不会弄上。沟里人见了面,插科打诨的,最爱把问题归到不会弄上。"瞅瞅你个狼日,定是弄错地儿了。"或者,淫邪地笑一下,"会不会弄啊,不会今黑里让给我,一弄一个准。"

六根的叔老子日竿子有次喝了猫尿,没大没小的也就把这话丢到了他面前。六根当时想:不会弄我还不会看?对,我倒要看看,这些有儿子的人家到底咋弄的。

这一看,就把六根带到了歪处,带到了另条路上。

六根有了瘾,再也改不掉。

六根自此踏上了一条不为人知的路,野路,鬼路,黑处的路。六根不爱偷着干,就爱偷着看。

看里他获得兴奋,获得满足,获得别人无从知晓无从体验的极其隐秘的快乐。

这晚六根本来是看到了,看得还极过瘾,没想到,真是没想到,老成一把骨头的庄地,竟然,竟然……

那只猫头鹰在极关键处忽地飞了来,它可能是在六根家泥巴院里待烦了,待闷了,不想待了,也跑来看热闹。这个丧门星,你说它害人不害人,它飞来,先是在六根头顶上不声不响旋了两圈,接着,它一个猛扑,捉小鸡似的直直冲六根扑下来。

扑下来。

六根一声喊,连人带梯子,腾一声,摔到了地上。

屋内戛然而止!

第二章
阴　云

9

　　没谁说得清，这沟的历史有多长。更没谁说得清，这南北绵延起伏重重叠叠的二山，最终去了哪里？就连东家庄地，对这沟也是陌生的，对这山也是陌生的，甭看他在沟里活了六十年。

　　这沟深着哩。

　　沟从遥远处的马牙雪山来，据说古时那儿曾有个樵夫，为救老母，上山采药，在山上遇到一对下棋的神仙。樵夫是个棋迷，一看见下棋，便走不动路。蹑手蹑脚走过去，站边上看，云里雾里，刀光剑影，这一看就是七天七夜，一盘棋还没杀出个胜负。樵夫没累，神仙累了，想歇会儿再下，这才发现身后还有个站着看棋的人。神仙一问，樵夫竟站了七天七夜，神仙不相信，樵夫遂发誓，神仙道，你也用不着发啥誓，快下山看看吧。樵夫这才记起老母，记起上山是为采药来的。神仙说山中方七日，世上几千年，你采药还有何用？樵夫揣着一肚子疑惑下山，山下哪还有过去的影子！这变化，怕不只是几千年！樵夫想起病榻上的老母，想起自个为一盘棋误了老母性命，泪哗哗流下来。没想，这泪一落地上，平展展的地立刻开了道口子，泪顺口而下，冲开一道河，这河便成了沙河，这水便成了终年不断的沙河水。

　　东家庄地听这个传说的时候，才五岁，躺在爷爷怀里。爷爷的胸脯又绵又软，跟奶妈仁顺嫂的没啥两样。只是，爷爷边讲边抚着他的头，"地儿，记住了，将来这沟是你的，河也是你的，南北二山，还是你的。你要让沟变得更像沟，河变得更像河，山变得……"

　　"更像山！"五岁的庄地抢着说。

　　爷爷笑了，爷爷那一笑，含着对下河院这唯一的孙子无限的爱意，还有深深的担忧和不死的期望。活了六十年的庄地到现在才明白，爷爷那笑是有无限深意的,那深意,便是指望着这沟能为庄家曲幽,这河能为庄家绵延,这山能为庄家起伏,这天呀,能为庄家蓝。只是,这怕是个梦,真的是个梦。

可人有梦多好。

要是没梦,他庄地能活到现在?要是没梦,他庄地能单枪匹马地将偌大的下河院撑到现在?要是没梦,他庄地还能在危机四伏的下河院装没事人似的,轻轻松松,该咋受活还咋受活?

人得有梦!

东家庄地的梦是让六根那一声腾给惊醒的!

奶妈仁顺嫂猫一样溜进来时,庄地的心是起伏的,跟沟里的菜子地一样起伏,跟南北二山的脉络一样起伏。这起伏,不只是充满了对奶妈仁顺嫂的等待,活到今儿个,这等待越来越不那么急切,也不那么揪人。他是想到了媳妇儿灯芯,想到了因媳妇儿灯芯带给这个家的希望。

是的,希望。还能有啥比希望更能令人起伏不定的呢?

奶妈仁顺嫂打里掩了门,跟惯常一样,边解扣子边到炕上。这个动作有点急,而且一次比一次急,这也怪不得奶妈,自打灯芯进了门,她的心思一天比一天重,怕也一天比一天多。对东家,奶妈仁顺嫂就有了更急更切的想法。只是,这想法她没法说出来,也不敢说出来,只能以这种方式表达,或者,也只有这个方式,才是她仁顺嫂的方式。奶妈仁顺嫂抖着身子偎过来时,东家庄地并没动,他还沉浸在刚才的妄想里,那妄想里有他的儿子命旺,更有媳妇儿灯芯。一想到媳妇儿,东家庄地就没法把心思集中起来,甚至,常常是飘飘忽忽的,头重脚轻的,是云里雾里的,是带了某种罪孽的。这罪孽,还是在后山半仙刘瞎子那句话上。谁都不知道,媳妇儿灯芯娶过来第十天,东家庄地偷偷去了趟后山,下河院没一个人知道,包括跟他最近的奶妈仁顺嫂。他去不为别的,只问了后山半仙一句话:"我要是给你二十石菜子,外加一匹走马,能不能让她给我冲好,而且只冲这一回!"

后山半仙没正面回答他,捻着胡须沉吟半天,道:"不要你的菜子,不要你的马,只要东家一句话。"

"啥话?"

"要是媳妇做了啥犯禁犯忌的事,你饶得了她?"

庄地不语了。

这可是个难咬的核桃,不但难咬,还难咽。下河院的规矩是铁,禁忌是钢,纵是他庄地自个犯了,怕到黄泉下也还要挨祖宗的惩罚。让一个新娶过门的媳妇犯了,犯了还得饶过,庄地不敢想。

"那好,东家请回吧,这事,你另请高人。"半仙捻着胡须的手停下来,猛地指住门,指住让东家庄地死心的路。

东家庄地偏是不死心,磨蹭了一会儿,又问:"能不能说透彻点?"

"不能!"

半仙很干脆,这干脆就意味着天机不可泄露。东家庄地懂了,娃是有救的,就看他自个有没有这个决心救。这决心,便是顺了半仙的意,听他的。

"我饶!"

庄地自个都没想到,能答这么干脆。

"那好,说出的话,吐出的痰,一口出去,就是钉子上的铁。"半仙说。东家庄地逼迫地嗯了一声,半仙说完,又捻起了胡须,仿佛,他的锦囊妙计藏在那半尺长的花白胡须里。半晌,半仙神神秘秘道:"你娶的不只是一个媳妇,是下河院的救命娘娘,是你庄家上辈子的恩人,还有,她身上,附着三房松枝的魂。"话刚说这儿,庄地顿然没了脸色,头皮上起了一层鸡皮疙瘩,妈妈哟,要真是这样,我这不是往家里搬阎王么?不娶了,不冲了,这就休,这就让她回!庄地差点就把心虚的话说出口。

半仙又开口了:"你也甭怕,冤有头,债有主,虽说她身上附了三房的魂,但上身时我给她指过路,只帮你,不害你,冤冤相报,何时是头?你知道理亏,她也就能瞑目了。只是,对媳妇,你千万不可再错,再错,怕就没机会了。"

说完这句,半仙便沉沉地闭了口,任凭东家庄地再怎么问,他就像坐化了般,只闻见进出气的声儿,闻不见一丝活人的味。东家庄地这才想,他又是神上身了,便重重磕了个感恩的头,出来了。

一路上,东家庄地都是那句话——得饶。

饶是很难的。活人一世,最难的就是你能饶人,饶恕别人也饶恕自己,比惩罚要难,比雪恨要难,难几倍。东家庄地这才饶了几次,就有些饶不下去了。未开怀就出门,他饶;满沟里乱窜,他饶;跟下人们胡乱打听,他还饶;甚至,甚至不明不白飘出那味儿,药味儿,他还得硬装闻不见,得饶。这一路饶下去,还不知饶出个啥。

可不饶又能咋?

脸上有双手抚过来,绵的手,热的手,奶妈仁顺嫂的手。大约是见他没反应,冷酷酷的,奶妈仁顺嫂更切了。头偎他怀里,像个娃,像头猫,像个……庄地推了一下,没推开,反把冤家那两只肉团团给推到了手里。妈妈哟,几天没摸,竟绵成这个样。庄地心里一下就没了媳妇,没了愁也没了伤,坐起身,颤颤地搂了她,头在她怀里蠕动起来。庄地的动静鼓舞了奶妈,使她心里哗一下亮起来:老亲亲还念着我哩,老亲亲还馋着我哩。她哼了一声,一下,就把整个身子偎了过去。

睡房里发出一连串窸窣声,那是每一次的前奏,是东家庄地独一无二的前曲儿。他要先把女人全身拱个遍,像猪拱墙根一样,一寸也不放过。嘴拱着,手还要乱抓。那抓也是他独有的,似挠,似撕,似揪,似掐,传到奶妈身上,却是怪怪的一种痒,一种痛,一种舒服,一种快乐。极尽挑逗!

奶妈仁顺嫂迅速瘫软下去,身子里发出一种浪,滚滚的,铺天盖地。

接着,就该亮油灯了,只听哧一声,一根洋火燃起来,扑闪了两下,火苗儿传给油灯,屋子里蒙蒙起来。洋火熄灭的当儿,正戏开演了。东家庄地闷腾腾就发出一声唤:我的冤家儿哎,我的仁娘……仁顺嫂呀呀了两声,白生生的奶子刚从命旺嘴里掖出来,又稀里哗啦叼进庄地嘴里。这景致,外头的六根哪见过。

六根真正算是开了眼界,此后好长一阵,他都停止在这个夜晚出不来。想不出,真是想不出,世上还有这个玩法,世上还有拿野女人当娘的,不只当娘,也当丫头,当猪,当狗,当一切能当的物什。

只是,这当里,是含了无限韵意的,是含了一个男人一生的。六根尽管咀嚼了无数遍,还是不能把里面的韵味给咀嚼出来。

他又怎能轻易就咀嚼出来呢?

六根的记忆里,庄地那个贪呀,比年轻汉子还强百倍,一头栽下去,恨不得把硕大的奶子全吃上。手也跟着动了,先在仁顺嫂腿上,后又到屁股上。抖颤的双手没几下就将仁顺嫂的裤子褪了,全褪了,浑圆肥硕的屁股,映得油灯不停地晃,晃,晃得外头偷看的六根都想叫,都想吼。里面,东家庄地还在贪,还在婪,他吃得那个香哟,简直能把人馋死!他吃的那个细法哟,简直让六根想不顾一切跳进去,也狠咬上两口。

真是意想不到,女人还能用来吃,还能用来舔,还能用来细细地咂磨。

六根陷入了困境,关于女人的困境。之前,六根只知道别人的女人是用来偷看的,用来臆想的,自个的呢,是用来打,用来出气的,用来像驴像马一样使唤的。可这晚,给了他太多的意外,太多的新鲜,这些新鲜反馈到柳条儿身上,还是一顿打,更毒更狠的打,除了打,六根找不到别的破解的办法。

终于,庄地不吃了,吃足了,吃美了,吃过瘾了。仁顺嫂舒展开身子,缓缓躺下去……

屋里是非常吃劲的声音,东家庄地显然力不从心,他现在越来越不能对付她了,想想当年的勇猛,无不沮丧地折起身子说,不行了,真的不行了。就听仁顺嫂梦呓般喃喃道,缓缓再来吧,老亲亲,今黑里说啥也得行。

听听,这骚货!

风从远处刮过来,吼儿吼儿的,廊下的油灯几盏灭了,院里越发显得昏暗,显得迷离。空荡荡的院子,只有风的声音。后院的狗好不容易汪汪了两声,又不叫了。

死一般的寂。

终于,屋里安静下来,努力再次以失败告终,引得仁顺嫂嘤嘤哭了几声。庄地替她抹去泪,说:"往后你少来吧,老了,我想图个静。"仁顺嫂贴到他怀里,鼻子一抽一抽地说:"你终于不要我了,你个……"

那只丧门星猫头鹰就是这时扎下来的,腾一声,六根差点没摔死。

屋里的声音戛然而止后,仁顺嫂一个蹦子跳下炕,衣裳都顾不得穿,赤着身子就想往外跑。东家庄地也有片刻的愣怔,不过他很快镇定下来。

"慌个啥,上来。"

"人,外头有人。"仁顺嫂吓死了,她一下就想到了管家六根,想到了那双狼眼。

"上来!"东家庄地重重喝了一声,奶妈仁顺嫂就不明白了,明明外头有人听窗根,还上来?

"上来,我估摸着行了。"东家庄地的声音里突然多出股味儿,狠味儿,辣味儿,狼味儿。

奶妈仁顺嫂抖索片刻,颤惊惊掉转身,上了炕。

57

东家庄地二话不说,压上去,没想,这回真行了,很行。

炕上折腾出一片子湿,沙河的浪仿佛冲了过来。

东家庄地认定偷听的不是别人,是媳妇灯芯。

白日里他看见过灯芯,在后墙那儿转悠。但他没想到,她会搭上梯子爬上来。第二天他在后墙那儿转悠了好长一会儿,冲后院的木手子说,找人把梯子劈了,当柴烧。

东家庄地之所以不让奶妈仁顺嫂往外追,就是瞬间想起了后山半仙。"她做啥事都得饶!"但他没想到,二番仁顺嫂上炕,他居然行了,还很行。事后东家庄地也觉有些怪,咋就在惊吓中突然行了呢?想了很久,忽然就明白了。

"你想看,就只管看!"东家庄地莫名其妙就冲西厢吼了这么一声,吼过,心里竟很舒服。

奶妈仁顺嫂却没这么想,那夜,庄地很行的时候,她一点不行,不只是不行,心里还着实闹得慌,所以东家庄地在她身上做了些啥,一点也不晓得,只记得稀里哗啦一阵响,自个的身子像是被捣碎了一般。

三更时候,仁顺嫂走了出来。一路胆寒心惊,走得极尽艰难。刚拐过墙角,腾地跳出个人。仁顺嫂吓个半死,要叫,嘴让堵上了。

等进了自个的耳房,点了油灯,看清堵她嘴的是少奶奶灯芯时,奶妈仁顺嫂就不能不叫了。

"天啊——"

10

管家六根死里逃命,竟躲过了一劫。不过,事后他也着实迷惑,下河院咋就没追哩?按说,东家庄地要追,他是逃不过去的,就算他命大,逃出了下河院,还能逃出这条沟?

管家六根揣着忐忑不安的心,坐立不安地熬过了三天,下河院一派平静,一点异样也没。怪,怪死了。兴许他们炕上弄得太紧,没听见?管家六根禁不住抱了侥幸。三天后他装模作样进了上房,想探点动静,东家庄地正在抽水烟,投入得很,边上伺候的,竟成了奶妈仁顺嫂。

管家六根啥也没说,吓得退了出来。

不要脸,真不要脸,竟然,竟然大明二摆起来!管家六根一边恨,一边往外走,抬头一望就看见了丫头葱儿。

"你过来!"管家六根喝了一声。

丫头葱儿怯怯地看住他,目光里尽是怕。"我问你,东家,东家这两天说啥了没?"

丫头葱儿躲过脸,直摇头。

"你聋了还是哑了,问你话哩。"

丫头葱儿还是摇头,这个不到十岁的孩子,打一进门,就怕上了管家六根,只要逢着他,免不了腿抖。

"葱儿!"西厢那边突然响过来一声,管家六根一看,少奶奶灯芯就站在他身后不远处,一袭布衫,脸色阴得怕人。

管家六根放过葱儿,揣着一肚子心事走了出来。

是个陷阱,一定是个陷阱!站在村巷里,管家六根一次次冒出这个可怕的念头。甭看他们什么也不说,心里,还不知咋个算计呢?说不定……不行,不能这么干等,我得干点什么,得抢在老东西下手之前,干点什么?可干点什么呢?他们连被窝里的事都不在乎,不抓把柄还好,一抓,还把他们抓到了明处,你瞧刚才那个亲热,那个近,还真当成四房了。这么想着,管家六根看见了中医李三慢。

中药!

管家六根想到中药的同时,脑子里哗地跳出二房水上飘,跳出当初那惨烈的一幕。我不信整不过你条老狗!

"李三慢!"他放上嗓子就喊了一声。

院里,奶妈仁顺嫂已伺候东家庄地抽完了烟。这是一个奇怪的早晨,就连奶妈仁顺嫂,也觉东家庄地有点疯了,有点不管不顾了。早晨她刚下炕,头还没梳哩,丫头葱儿就跑来喊,东家爷爷叫哩。"大清早的,又出了啥子事?"奶妈仁顺嫂边嘀咕,边洗脸梳头,草草打扮一番来到上房,东家庄地正襟危坐等在了那。奶妈仁顺嫂不安地把目光投过去,东家庄地看上去一脸坦然,一点不像有事的样子。

"傻愣着做甚,伺候我抽烟。"东家庄地并不看奶妈仁顺嫂,声音却是不容抗拒。奶妈仁顺嫂喂他抽烟时,心里,就咕噜咕噜地转。

奶妈仁顺嫂真是吓死了。那夜,她被少奶奶灯芯打窄廊里捞进耳房,一开始还嘴硬,死活不承认去了东家那里。反正她也是豁出去了,你又没捉到炕上,拿啥硬按给我?再说了,这事也不是没提过,少奶奶

59

灯芯头一次跟她谈话,就明着暗着把丑事儿提到了桌上,只当让她再羞辱一次。逼急了她还有另一招,豁出命把那些不该说的全说出去,说到全沟人面前,说到沟外南北二山去。看你公公媳妇能咋?再是东家,再是少奶奶,那些丧尽天良的事,你能遮挡过去?

没想,少奶奶灯芯软软一句,就把她瓦解了。

"你也甭怕,反正这院里,不干净的也不只你一个。再说你我都是女人,女人的苦,只有女人晓得。我不是三更半夜跑来踩你脚后跟的,我是怕,这事传得太开,你家二拐子往后难活人哩……"

"再说了,"少奶奶灯芯顿了顿,抽了下鼻子,她像是因刚才的话难受了,嗓子里有股子呜咽。

"你甭再说了!"奶妈仁顺嫂突地打断灯芯,猛就给她跪下了。"我不好,我贱,我……"

"起来,没人叫你跪。"少奶奶灯芯伸出手,搀扶她起来,借着油灯,目光停在她脸上,那是一道柔中带火的目光,是能看破一切又能灭掉一切的目光。奶妈仁顺嫂扭开头,不敢跟那目光对视。耳朵里就听灯芯说:"往后,去时留个心,这院里,好人没几个,蛇哩蝎哩倒不少,你不活人二拐子还活人哩……"

一席话,说得奶妈仁顺嫂不得不对少奶奶灯芯感恩涕零了。少奶奶灯芯再说啥,她就只有应声的份。

少奶奶灯芯的心计她是懂了,可东家庄地呢,他为啥这般沉得住气,还要这早的拉她来,演戏给人看?

中药的事是在五天后败露的。

都怪奶妈仁顺嫂,五天里她心神不定,做事丢东忘西,不是揉面时碰翻碗,就是做饭时多放了一遍盐,甚至手忙脚乱中把东家庄地的鞋也给穿鸳鸯过,惹得庄地直冲她翻眼睛。这天她刚慌慌张张从自家泥巴院子奔到下河院西厢,管家六根的脚步就到了。

在她家熬药就是那夜定的计。少奶奶灯芯知道再在下河院这么藏掖下去,横竖要撞在管家六根手里。索性将药给了奶妈仁顺嫂,让她偷偷在自家熬煎好,怀里揣个缸子捂过来,再喂给命旺喝。没想,做得这么妙细,还是让管家六根闻到了。

其实,管家六根是在头天夜黑拿到药渣的。对少奶奶灯芯和奶妈仁顺嫂的那点儿计谋,他一下就给猜着了。于是,他天天夜黑在仁顺嫂家的墙旮旯里等,果然,仁顺嫂熬煎好药,先是将药罐子拿出来,快快地倒掉药渣,拿土埋起来,才忙着去给西厢送药。

管家六根挖出药渣,很快出现在中医李三慢的药铺里。他把手里的药渣一放,说:"你给看看。"李三慢慢悠悠的眼神飘荡了很久,才落到药渣上,半日,他才挤出一个字:"中。"

管家六根掏出一盒洋火,问:"看出什么了?"

李三慢默了好久,不说。

管家六根又掏出一双洋袜子,递到李三慢眼前。

李三慢还是不说。但眼神,却从药渣挪到了管家六根脸上。

那眼神忽儿悠儿的,贼一般荡悠。

不说还是说了。管家六根出了门,心想仁顺嫂到底是怕了,变着法儿给他漏信。不怕才怪哩,我要是稍稍跟二拐子那么一提,他爹咋死的,你老母猪抹脖子都来不及,还有那么大的心劲往老不中用的怀里钻?二天夜刚黑,他鬼鬼祟祟在仁顺嫂家的巷道里转悠片刻,确信闻到了药香,才来到下河院,径直进了上房。东家庄地正在算账,丫头葱儿不知去了哪,屋子里有点静。

管家六根在路上就把话想好了,他知道中药是东家庄地心头一块大痛,死痛,是一辈子都不可能松开的结。自打二房水上飘让一服中药药得七窍流血一命归西后,这中药,就成了下河院最大最狠的毒。东家庄地只要一听中药两个字,怕是心肝都要烂,这中药的好处,他是万万不敢再信了。对儿子命旺,东家庄地宁可让他喝半仙烧的纸灰水,也绝绝不敢提这中药!

果然,话没说一半,东家庄地气得扔了算盘,这还了得,敢在我眼里下蛐儿,走!

东家庄地和管家六根半路里碰上丫头葱儿,她怀里抱只猫,正用心地玩。庄地一把打了猫说,带路。等他们站到西厢房门口时,少奶奶灯芯才从炕上跳下来,揉着困极了的睡眼,弓腰问声好。

一股子草熏香飘出,袅袅飞到空中,也飞进东家庄地和管家六根的鼻孔。这是一种奇特的草香,好像和着野百合的味儿,还有淡淡的松枝气。东家庄地吸一口,胀满死烟的胸腔登时清爽了,明净了。他寻着味道,朝西厢房四下瞅瞅,香味是从墙角的香炉里飘出的,若明若暗的香火一旺儿一旺儿,像眨着眼睛。西厢房裹在芬芳馥郁的香气里,怎么也嗅不到管家六根说的苦药味。

屋里更是不见奶妈仁顺嫂的影。

东家庄地立在门口,一时也恍惚了,目光懵然,有一瞬竟觉心旌摇曳,后来发现竟盯着儿媳解了一半的衣扣,心跳了几跳,忽然就想起自个跟奶妈仁顺嫂的那个夜晚,想起那一声腾,目光扑了几扑,却又忽然地灭了。转身的一瞬,像是极不甘心地说了句,把门关好,这院里,有贼!

这话让少奶奶灯芯跟管家六根同时震了一下心。

一回到上房,东家庄地对管家六根便大发雷霆,成什么体统,捕风捉影,这是下河院,往后,没影儿的事你少操心!

一场精心算计过的阴谋就这样被瓦解,管家六根简直气青了肠子。咋个可能呢,咋个可能!他往东家庄地的上房去时,明明看见奶妈仁顺嫂日急慌忙地往西厢去,双手还捂着怀,咋就眨眼的工夫,能把一切遮掩好哩?

管家六根认定是奶妈仁顺嫂在里面捣鬼,从东家庄地那儿出来,想也没想,气耿耿就往耳房去。奶妈仁顺嫂果然在耳房里,赤白着脸,坐炕沿上喘气儿。

"你——"管家六根手指头差些指到奶妈仁顺嫂眼睛里,嘴里,竟呀呀着骂不出半个字。

"咋了?"奶妈仁顺嫂迎住他的怒,一仰脖子问。

"咋了,花椒吃着嘴麻了,大豆吃着牙疼了,你干的事,你自个晓得。"

奶妈仁顺嫂也不嘴软,忽地起身说:"就是,自个晓得,偷哩,摸哩,撞鬼哩,半夜里打梯子上往死里摔哩。"

"你——"

"我咋我,走的夜路多,撞的鬼多,干的缺德事多,报的应多,怕是生下娃娃都不长屁眼哩。"

"屠夫家的,不是你了!"管家六根本是跑来撒野的,没想,这阵倒成了受气的筒子。他跳着脚,险些就要把那事儿说出来。

"说呀,嘴实了,还是让啥亏心事给堵了,我是不怕了,不顾了,不就一条命么,横竖舍出去就是。你可得想好,怕是到那时候,还没个人给你顶瓦盆哩。"

这话，哪是平日里那个仁顺嫂骂的，这话，却又尽挑毒的狠的往管家六根心上撒盐。果然，管家六根招架不住了，只要一提儿子，一提瓦盆，气立刻比谁都短了。他逃开耳房，冲出下河院，往自家跑，还没进门，砸向柳条儿的拳头就已握得咯咯响了。

仁顺嫂倒是让他骂醒了，话里明白无误告诉她，少奶奶那儿没出事，悬着的心这才缓缓放下。不过，一场骂，也让她虚脱了般，再也没气力撑住自己了。半晌，她脑子里跳出一团谜，少奶奶灯芯咋就知道六根踩脚后跟的事呢？

东家庄地还怔在上房里，管家六根是让他骂走了，西厢也没看见他担心的东西。不过，他这心，还是静不下来。其实他明明白白，那药味儿就在西厢里，只是藏了掩了，要不，点那么浓的香炉做甚？瞎子也能看清个道道。他所以不点破，一是不能给管家六根挑事的机会，他太能挑事了，这院里哪档子事，不是由他挑起？东家庄地对此简直恨之入骨，比恨那股药味儿还要烈，还要不可饶恕。但是，对这个六根，东家庄地只能忍着，咬着牙忍，狠上心忍，他现在只有一个心思，等儿子命旺好起来，等儿子命旺长大。

另一个理由，怕也是让东家庄地更加为难的理由，就是儿子命旺。这些日子，他几乎天天往西厢去，天天要巴望上儿子一眼。甭管是黑的白的，儿子命旺的气色却是真的。他也禁不住犯疑惑：难道后山老舅真有这般神奇功夫？

丫头葱儿抱着她的猫走进来，东家庄地说："爷爷有话问你哩。"丫头葱儿伸直耳朵，听明白是问她西厢房到底有没药味儿，丫头葱儿憨直地说："没，倒是前些日子在奶妈身上闻到过，她病了，沟里中医李三慢开的药方子。"

"哦，"东家庄地轻哦一声，越发不解了。这么说，自个也闻错了，仁顺嫂不舒服的事他倒是听过，下人和长工在自家吃中药他管不着，不碍他的事。可，那个香炉，还有命旺……

东家庄地沉吟半晌，跟丫头葱儿安顿："往后，去西厢房甭只顾了玩，多留点神，看见什么跟我说。"丫头葱儿认真地点点头，说记住了。

当夜，丫头葱儿便溜进西厢房，一五一十把干爷的话说了。少奶奶灯芯抚着她的头发说："丫头真乖，这事儿千万甭对奶妈说。"丫头葱儿俏皮地眨眨眼，说："管家在盯奶妈梢哩，他一定看见奶妈跟干爷睡觉了。"少奶奶灯芯登时青了脸,"闭嘴,这话往后不许乱说。"

丫头葱儿吓得伸了下舌头,怯懦懦地回了自个睡的耳房。

少奶奶灯芯是用一件带着鸳鸯图案的肚兜暖住丫头葱儿的。打第一眼望见,她便喜欢葱儿了。这是个水灵灵的女孩儿,浓眉下眨着大眼,水汪汪的很招人疼爱。更是她女儿家的灵性,简直让少奶奶灯芯有点舍不得。不论说话还是做事,葱儿总能想到你心里头。少奶奶灯芯本想跟公公要了放自个身边,想想又改了主意,莫不如……

那件粉红肚兜儿是她的爱物,原本是凉州城李太太送的。中医爹医好了她的病,除过银子,外加了这肚兜儿。灯芯在娘家一直舍不得穿,心想有一天嫁人了,穿给他看。没料在闺中待成了老姑娘,再穿,有点小,心里也别扭。不过在西厢房夜深人静的时候,也偷偷穿了对着镜子看。铜镜里那个粉红身子的女人,便让她禁不住黯然神伤,有时还会流出几滴清泪。那日丫头葱儿来耍,少奶奶灯芯忽然心血来潮,非要她穿了给她看。丫头葱儿羞答答脱了衣裳,在灯下穿了,立时,少奶奶灯芯眼里放了异光。好看,真是好看,这肚兜儿仿佛专为她定做的,小巧玲珑的身子因了肚兜儿的衬托,忽然间放大了,像个大人了。更是那一张水嘟嘟的脸儿,一下活泛得鲜亮生动。丫头葱儿也让自个吓了一跳,遂后眼里就是掩不住的喜悦,扭着身子左看右看,直把自个看呆了。

"你要喜欢就送你穿。"少奶奶灯芯在灯光下说。丫头葱儿一脸惊讶,"真的?"

"真的。"灯芯忍不住伸手牵了葱儿,将她揽进怀里,不过你要常穿了给我看。丫头葱儿仰起幸福的脸,这一刻她便打定主意要听少奶奶的话。

幸亏丫头葱儿跑来报了信,才没让管家六根的阴谋得逞。好险啊,只差半步。不过,少奶奶灯芯心里却多了层忧虑,跟管家六根的斗争这才算个开始,往后,还不知他要出多少坏主意损主意。

夜浓浓地黑下来,少奶奶灯芯心里,是跟墨夜一般的暗黑。

11

连日里,管家六根无精打采,老婆柳条儿病倒了,躺炕上不起,屋里乱得一团糟。

不值钱的烂货,不下蛋的鸡!管家六根心里气得锅滚,还是得去找李三慢。不找,四个丫头片子爹啊妈啊,饿得呱喊。最叫他烦的就是四丫头招弟,自打生下来,就没安分过,高烧才退,又拉起了肚,拉得鼻青脸黄,剩了个气丝丝。叫她死,又偏不咽那口气,硬是跟你较劲儿。管家六根恨不得半夜抱出去扔了,也省心点。

中医李三慢一脸坏笑地说:"不是不管她么,咋又来了?"

"放你妈的贼屁,不管,我是那号人么?"

中医李三慢也不管六根是哪号人,给银子就看,不给银子,门都没。他对管家六根,可是够意思的。这沟里,他李三慢把谁往眼睛里看,把谁的事往心上放?他才不是那号吃饱了没事干的人,有那闲工夫,还不如……唯管家六根,他看得重,看得起。平日里见了,点头哈腰不说,隔空儿,还要弄点尿水子,跟他坐一起喝上两口,趁着酒劲,两个人也暄谈些下河院的事。暄谈中李三慢发现,六根这龟孙,心重,比他还重,不只重,还多几个弯弯。就是跟他李三慢,也绕过来绕过去,不肯说实话。日你丫头的,李三慢不满了,我拿你当自家兄弟,跟你掏心窝子,你倒好,拿我当傻子哄,当愣头青耍。这以后,李三慢对六根,慢了,疏了,要是换以前,甭说六根拿药渣来问他,就是稍稍给他个暗示,他也能把奶妈仁顺嫂的事一五一十说给他。可现在,不一样,还想日哄我,门都没。还拿盒洋火,日,老子没见过洋火,没见过双袜子?你个断后鬼家的,小看人哩。

李三慢心里恨着,脸上并不显出来,见六根慢腾腾地掏出铜钱,才说:"你先回去,夜黑了我来。这阵,还等个人哩。"

李三慢这是在摆口,不趁住这机会摆个口,他断后鬼家的就不知道他李三慢是谁!

一直拖到夜黑很久,李三慢才快一脚慢三脚到了六根泥巴院里。六根早就等得不耐烦,后响他只顾着看管四个丫头,饭都没顾上吃哩。见李三慢慢悠悠晃进来,不高兴地怨道:"说好了夜黑,你看你,磨到了啥时候?"

李三慢边往炕上坐口里边说:"谁家没个忙闲,你有你的事,我有我的事,就这,我还是搁下一药铺的人抽空来的。"

六根心里恨了一声,一药铺的人,怕是一药铺的鬼吧,哪天老子看不惯眼,一把火把你个鸡巴药铺烧了,看你显摆。

65

李三慢刚坐下去,妈呀一声叫喊着又弹起来。原来他坐到了屎上,四丫头招弟拉下的,一摊。一股子臭味立刻腾起,熏得人直想吐。再一看这屋,哪还像个屋,简直就是个猪窝。炕上横里斜里,东一片子西一片子,尽是些屎套子。烂被窝的毛蛋蛋往外滚,大约是六根找不到东西擦屎,把被窝撕开了。地下,水缸翻着,水浸了一地,两个蓝花碗碎着,定是几个丫头片子打仗打的。一看这景致,中医李三慢心里就笑了,都说六根是沟里的人梢子,瞅瞅,过的这日子,猪狗都不如,还管家哩。真是应了那句老话,驴球面儿光,心里生烂疮。威风是硬撑出来的,烂才是他真实的日子。

号了脉,开了药方,李三慢说:"这病不轻哩,怕是一服两服的好不了,这阵子,你怕是得耐上性子,给她多熬煎几服。再者,手不能再欠,有些事儿打是打不来的,莫不如……"

六根腾地红了脸,"放啥屁哩,放响点。"

"算了,跟你这号人说也没用,等柳条儿好过来,我跟她说。"

六根自然清楚,李三慢是对哄着让他吃药哩,学草绳男人,四处找药吃,说这黄水能吃下儿子。呸,才不信哩。母鸡不下蛋,公鸡踩死也是闲的。

这夜,六根破例有了耐心,蹲灶火边给柳条儿熬起药来,六根也是见不得中药的,那苦味儿一漫出来,心里就发呕得想吐。但他忍。眼下这光景,他得尽快抽出身子,到下河院去。

该收的菜子都收了,自个是吃了亏,但亏不能白吃,得变着法补回来。这么想着,他竟耐着性子,给柳条儿一勺一勺地喂起药来。

这景致,直把柳条儿傻得,一肚子难肠话,说不出来。

几番忙碌后,油坊的事终于忙出个眉目,这天六根骑着青骡子刚到油坊,就看见马巴佬正带着小巴佬们作最后的准备。六根跳下骡子问,日子看好了没?马巴佬说,看好了,明儿个太阳影冒。六根又问,表纸和香呢?马巴佬说都备齐了,就等你一句话。六根抬头望望天,天很蓝,没有一丝儿云,看来明天确是个好日子,就说,那你今天把啥都备好了,明儿个开榨。

次日,天色微明,一匹枣红走马驮着下河院东家庄地走出朱漆大门,红绒的马鞍异常耀眼,黄铜做的镫子在拉着薄雾的晨光里发出锃亮锃亮的光儿。骑着高头大马的东家庄地更是威风耀人。一骑上这匹走马,东家庄地就换了个人似的精神,他目光炯炯,黑色礼帽让他的头颅显得高高昂起,青色长袍下的身子像是鼓荡着壮年男儿的激情。他双脚踏蹬,策马前行。身后跟着管家六根,管家六根的青骡子跟枣红走马一比,立时就矮了几分。再看那人,就越发觉得不像他自个了。他畏缩着,甚至抖动着,一双熬得通红的眼里更是一片子说不清道不明的怨恨。

他们赶在日出前到达油坊,马巴佬早已恭候在门口。马刚停稳,他便急急走过去支好身子,双手抱住蹬子,让东家庄地踩着他的身子落地。

院里,一应家什早已准备停当,大小巴佬加上新来的学徒全都恭身站在香案两旁,那景儿,就像是迎接什么重大的典礼。

沟里,早有看热闹的人不畏秋寒,裹着棉衣甩开腿往油坊奔。一年一次的开榨香会,是沟里人难得一见的大场面,怕是昨儿个晚上,就心急得没睡着。

东方泛出一片红光时,东家庄地庄严地跪下。五张神桌一并齐儿摆开,上面供满了供品。财神爷露着慈善的笑脸,笑看着这个世界。东家庄地手掬檀香,恭恭敬敬磕了三个响头,躬身上香,嘴里念念有词:祈求财神爷保佑下河院香飘四季,财源滚滚——

庄地上完香,倒退三步,跪在财神前。便有人牵来三只大羯羊,管家六根高声唱道:财神爷在上,下河院油坊今日开榨,东家供奉羯羊三只,祈求财神爷彻展大领,保佑东家油如海水,富贵长流。小巴佬们忙忙抬过水桶,将冰冷刺骨的河水浇在羯羊背上。众人的目光哗地聚过来,齐齐盯了羊望,就见中间的羯羊摇头甩耳,想挣开的样子。管家六根急道:摇头不算,彻展大领。众巴佬便也齐声高呼:彻展大领——三只羊摇了阵头,便瞪了眼望众人,眼里,似惊,似慌,陌生生的骇人。小巴佬忙忙又舀了水,分开羊背上的毛,往脊梁杆子倒。东家庄地匍匐在地,心里祈求快领快领,众巴佬更是双手合十,嘴里默念着快领快领,彻展大领。果然,三只羯羊齐齐甩起了背,管家六根高声呼道:大领了,大领了。东家庄地这才直起腰,接过表纸,点燃了。

油坊顶上,马巴佬扯开嗓子,冲远处的青山高喊:油坊开榨了,油坊开榨了——

外面的炮仗噼噼啪啪响起来。

一轮红日喷薄而出。

水闸一开，一股清澈的河水沿木槽飞泻而下，巨大的木齿轮在水花喷溅中咯咯地转起来，带动油坊的碾子。霎时，一股扑鼻的油香从石碾中飞起，香了沟谷，香了四野。

一年一度的榨油开始了。

过了一个时辰，温暖的阳光下，下河院赶来的屠夫提着明晃晃的刀，捅进了羯羊脖子。三只羊头裹着红纸献到了财神爷前，羊心、羊肝、羊鞭——装好，那是东家庄地的下酒菜。三只肥硕的羯羊很快被剁成拳头大的块，煮进锅里。中午，巴佬们又能美美吃一顿了。

管家六根打这一天起，就要离开下河院，住进油坊，直到一年的菜子榨完为止。

也就在这个早上，东家庄地跟管家六根离去不久，少奶奶灯芯差丫头葱儿将奶妈仁顺嫂唤到了西厢里。奶妈仁顺嫂昨夜里没睡，天黑下去不久，她从自个屋里偷偷摸摸端了中药出来，拐过巷子时突然就碰见了中医李三慢。李三慢躲在暗处，就等着奶妈仁顺嫂出现。奶妈仁顺嫂吓得差点掉了怀里的药缸子，嘴上却道："死人家的，黑灯瞎火，装啥鬼哩。"李三慢不说话，一把拽了仁顺嫂，往药铺去。仁顺嫂急着要送药，想打他手里挣出来，李三慢阴狠狠道："听话就跟我走，不听，少怪我多嘴！"

到了药铺，李三慢先是不说话，盯住仁顺嫂的怀望，望得奶妈仁顺嫂直哆嗦，几次险些丢开手。李三慢望足了，望过瘾了，猛地扑将过来，一把从怀里夺过药缸子，手就往仁顺嫂奶子上去。惊得仁顺嫂死死捂住奶子，"死人家的，要做甚哩，放开，我要喊哩。"

"喊？"李三慢突地丢开手，"你喊，大声喊，冲全沟人喊，就说我李三慢要奸你哩，要扒你裤子哩。"

仁顺嫂突然就没了声，眼里，是屈，是辱，是不得已的怕。半晌，吐出一句话："你想咋？"

"咋？明知故问哩，就你那个奶蛋子，兴他吃不兴我吃？"李三慢说着又要动手动脚，仁顺嫂忽然说："你也不怕你死去的哥拿眼瞪着哩？"

"哼，他瞪，我还没跟他算账哩。他欠我五服中药钱，还有两个嘴巴，到了阴曹地府，我也得找他还！"李三慢嘴上说着，手却老实了许多。

仁顺嫂死去的男人是李三慢亲哥，只不过，李三慢打小生下来，抱给了舅舅李家,成了李家的儿子,这关系,就慢慢地淡了。但,李三慢对仁顺嫂的垂涎,却一日也没淡。

"你得了他多少好,这个你咋给忘了!"一提旧事,仁顺嫂的恨就出来了,胆子也正了。

"没心跟你说!"李三慢岔开话,双手捧着药缸子闻了闻,转身问,"这是第几服?"

"少问。"

"他是你仇人,你真要帮他?"

"这事跟你没关,你最好开你的药铺,少操烂心。"

"有关!李三慢一把扯住仁顺嫂,听着,你男人咋死的,我一清二楚,还有,甭忘了,下河院欠我李家两条命——"

"那是你李家的事,跟李家说去。仁顺嫂说着,就要抢过药缸子,再磨蹭下去,到了少奶奶那儿,又交代不清。"

李三慢一把按住药缸子,两个人争抢间,药缸子打翻了,黄澄澄的药汁洒了一地。

奶妈仁顺嫂吓得脸都白了,"这可咋是好,咋是好?"药是少奶奶灯芯一服一服给的,她看得比自个的命还贵重,没承想,竟让这挨千刀的给洒了。

"不急,我给你备着呢。"说着,李三慢奸笑着从屋里端出一碗药,轻轻倒进了缸里。

"你——"奶妈仁顺嫂惊得竖起了眼睛。

"你啥你,我这是为你好,还真以为她拿你当自己人?傻子,迟早要给她害死。她是毒蝎子,趁早认清楚。"

仁顺嫂不语了,少奶奶灯芯的心计,她又何尝不知,只是……

"你只管端过去,这药,色味我调得一模一样,就算她有十双眼睛十张嘴,也休想识出来。"

"你……"奶妈仁顺嫂顿感事儿不那么简单,大瞪着双眼,瞪住李三慢。

"啥也甭问,只管按我说的做就是了。"李三慢完全像是控制了主动,一点不在乎仁顺嫂的诧异。

"我……我不!"

那好,我后天就请阴阳,给你男人迁坟,好歹他也是我哥哩,我倒要

69

看看,坟里头到底有啥见不得人的事。还有,三房松枝的事,也该让东家和他媳妇知道了……

奶妈仁顺嫂早已没了人样,她的腿软下去,软下去,软得没一丝儿气力了……

奶妈仁顺嫂昨夜里端给命旺喝的,就是李三慢的药。

"问你话哩,听见没有!"少奶奶灯芯一连问了几遍,不见奶妈仁顺嫂有何反应,忽然就声高了。

"你说甚?"奶妈仁顺嫂忽地抬起头,惊颤颤盯住少奶奶灯芯。

"这是甚,说啊!"

少奶奶灯芯手里拿的,是一粗布做的小鬼,身上还扎着针。

奶妈仁顺嫂扑通就给栽下去,还以为少奶奶灯芯对昨夜喝的药有觉察了,没想,没想她竟翻腾出这个!

小鬼是她做的,不光拿布做,还拿面做过。奶妈仁顺嫂脑子里,哗地就闪过新人进门的那个四更。

她也是听沟里神婆说过的,若要恨一个人,若要让这个人死,最好的法儿就是拿布或面做个小鬼,做时心里念着这个人,念着对她的恨,念着对她的死,做成,小鬼就成了这个人的魂,你拿针扎,她就得疼;你拿火烧,她就得烂;你拿菜刀剁了她的头,她就活不过三天。娶亲头一天,她怀着对下河院一肚子的恨,骂了半宿,做了半宿,终于做成了小鬼,还在小鬼肚里装了三只蚂蚁,两条臭虫。按神婆教的法,她点了三张表纸,冲南方磕了三个响头,算是把祈愿托给了天,托给了地。新人下轿进门时,她快快从怀里掏出小鬼,埋到了火盆里,她想烧死她,让肚子里蛐虫蚂蚁吃掉她。总之,想让她死。

没想,这都过了多少日子,神婆的话还不灵验,她非但没死,活得还一天比一天带劲,一天比一天有样儿。她不安了,怕了,这才又做了个布的,天天拿针扎,塞身子底下臭,甚至拿菜刀剁她的头!

没想,这么隐秘的东西,竟让她翻腾了出来!

12

后山中医刘松柏选在一个温暖的午后,站到了菜子沟百年老院的朱门前。

抬眼望去,午后的下河院一片宁静。菜子打碾完后,百里长沟进入一年里最为悠闲的时刻,榨油是巴佬们的事,下河院的男人女人却要在浓郁的油香里闭上门,好好地躺在炕上睡上一觉。天马上要冷,冬天的日子是很不好过的,他们要赶在冬季到来之前,把一年的瞌睡睡足。

午后的太阳斜斜地射下来,将偌大的院子包围在一片祥和中,中医刘松柏站了一会儿,抬腿迈进了朱门里。眼前的一切既模糊又熟络,仿佛一个久长的梦,让他做了整整十年。很多记忆瞬间跳到眼前,又让他觉得那都是昨天里才发生的事。在感叹光阴如梭的同时,他的目光一刻也没闲过。他在极短的时间里将前院后院耳房偏房一一扫了一遍,然后凝住南墙根的那棵老榆树不动了。

老榆树怕也有百年了吧,粗大的树干已经枯死,干裂的枯皮四下戳起,几只碗大的洞黑糊糊地露着,往外渗出黑酱般的树油。只有树梢那几枝新插出的丫枝和丫枝上还绿着的叶子,才告诉人们这棵老树还活着。

物是人非,很多复杂的感情让这位曾经下河院的座上客着实悲伤了一会儿,直到他想起如今这院里还有一个人是他女儿时,他纷乱的思绪才渐渐平定下来。

最先看到他的是奶妈仁顺嫂,仁顺嫂定定地盯了他一会儿,旋即嗓子里就发出吃惊的叫声,是大舅哥,不,是亲家老爷呀。奶妈仁顺嫂一时弄不清该称他什么,站在离他丈几处搓着手,眼里却是跳出又落下的惊诧。

奶妈仁顺嫂的通报很快引出下河院的主人庄地。东家庄地这天偏巧没睡午觉,所以他头句话便是:"我说咋睡不着哩,原是要来贵客呀。"说着话便把亲家公让进上房,丫头葱儿快快上了茶,跑西厢房报信去了。

坐定,两个人互相张望了会儿。中医刘松柏眼里,菜子沟大财主庄地老了,老得都让他记不起十年前什么样儿了,只是他的眼还亮堂着,有道精明而老辣的光。东家庄地却感叹曾经的大哥现在的亲家公还是那么精神灼人,仿佛十年的岁月未曾经历过一般。两个人互相祝了福,客套了会儿,东家庄地就让奶妈去张罗晚饭,还特意安顿让后院的屠夫挑只膘肥的羯羊宰了。

上房寒暄的时候,西厢房沉浸在一片焦灼的期待中。少奶奶灯芯得知爹来了下河院,心就像长了翅膀,恨不得立刻飞到爹的怀里。从丫头葱儿报完信到现在,她已跑到长廊上张望了四次。目光企盼着,渴望爹的身影出现。直到吃了晚饭,还听不到公公唤,便想今夜无望了。思念伴着浓浓的伤情,在屋里蔓延。

这段日子,灯芯在给公公和命旺缝冬天的棉袄棉裤。这些活往年都是奶妈仁顺嫂做的,今年她想自己缝。娘家的时候,她便练就了一手好针线活。灯芯也想给爹缝件棉裤。下河院有的是上好的羊毛,洗干净放太阳下一晒,羊毛便像云层般蒸腾起来,丝丝绵绵的,看上去都暖和。爹穿了厚厚的棉裤,再也不怕冬天出门看病腿冷了。灯芯还想给爹做双棉鞋,一想到上好的布料剪了做鞋底,灯芯忍不住就心疼,可奶妈说下河院从不用破布,灯芯说好布粘鞋底真是可惜,奶妈说上好的布放在那里不用岂不是更是可惜。想想也是,灯芯长这么大,还从没见过那么多布,就是天天穿新衣也不见得穿完。下河院就是下河院,东西多得只愁你用不完。想到这儿,灯芯就觉爹的话对了,指给她的是条金路。

后山地少,多的人家一入冬就没了面吃,漫长的冬季只能靠洋芋跟山果打发,要不就是讨饭。爹看了病却不见得能要到银两,有时连药也得白搭上。但病又不能不看,乡里乡亲的,不能眼睁睁望着人死。灯芯的记忆里,爹更像是做善人。有那般好的手艺却挣不到养家的银两,她长这么大,很少吃过下河院这样的一顿饭。

命旺的病在这个季节里一天天好转起来,让灯芯渐渐看到希望。爹的药吃下去,命旺那儿有了明显变化。起先还天天流,后来少了,硬还是硬,但东西不出了。照这样下去,说不定赶过年就能好,那么……

想到这儿,灯芯的脸兀地红了,心也跟着飘荡起来。胸口禁不住阵阵发热,像有只猫在抓挠,忍不住就想掀开被子看看命旺那物。说来也怪,也只有这种时候,她才觉得那物是稀罕的,珍贵的,是她想见想要的,也是让她发羞发臊的。平日不,平日只觉得它是命旺身上一个部件,跟手跟脚没啥两样,只是这部件生了病,需要她精心医治。就跟手指头烂了要洗伤口,要上药,脚脖子扭了要搓酒,要扭捏一样,并不会生出啥想法。现在不同,现在她是用女儿家的心思去想它,那东西就活了,就有了灵性,一下神秘了。她颤颤地伸出手,忍不住就给握住了。心顿时跳得跟兔子样,那热烫的硬物令她全身激荡,身子一下酥麻了。

血液如潮水般从脚底奔涌,很快席卷了整个身子。但也只是在瞬间,爹的话在耳边响起来,就像一道巨大的铜闸,咔嚓一声,滚滚浪潮便被它闸死了。灯芯无力地松开手,脑子里像退了潮般空荡,身子也软瘫成一片。

二十二岁的灯芯对男女之事并不陌生,生在中医世家的她打小就跟着爹给人瞧病,虽说没学下医术,却也经见了不少。尤其爹的祖传秘方就是不孕不育,有时也给管家六根这样只结瓜不生豆的人开一个偏方儿,吃了还真管用。灯芯便是在这样的环境里过早地介入到男女之事中。可正是这样,关于那事儿的启蒙就比别的女儿家要早。但直到今天,还不能跟男人真正有上一次,就让她越发痛苦不已。

灯芯摸索着下了炕,想去长廊里再站会儿,奶妈仁顺嫂却进来了,手里端着香喷喷的油饼。进屋便说:"我给亲家爷炸的,你快趁热吃几块。"灯芯说:"你端回去吧,我没心思吃。"奶妈说:"看看你,不就迟说会儿话么,犯得着急成这样。"

小鬼的事让灯芯轻易就饶了过去,明明知道那个被针扎得千疮百孔的小鬼就是自己,灯芯还是装了傻。一则,来自后山中医世家的少奶奶灯芯自小不信这,也就没真往心里去,只是觉得奶妈仁顺嫂到现在还这样做,未免也太不把她当回事。正是因了这想法,少奶奶灯芯才想饶过她。得饶人处且饶人,虽说到现在还不知晓奶妈仁顺嫂为啥也要这样恨她,但心里,却认定了这恨跟下河院有关。另则,她来下河院,是有远大抱负的,绝不能因了一个奶妈,坏了她的计划,那样不值。况且这计划一旦真要落实起来,还得处处用她这个人,灯芯的心思是,能拢她一天算一天,就算拢不住,也不能把她推到管家六根那边去。总之,灯芯是饶过她了,她什么也没说,当着奶妈仁顺嫂的面,将那布做的小鬼丢到了炉火里,不是想让我死么,我就自己烧给你看。

奶妈仁顺嫂大约没想到会这么轻松地躲过一劫,所以这些日子,她的腿格外勤快,脸上的笑,也一天比一天堆得厚。看着她颠着一双小脚整天跑来跑去,灯芯也为她难过。这也是个苦命人啊——

奶妈仁顺嫂哄孩子似的哄她一会儿,说:"你就心放宽了,赶明儿我跟东家说,让亲家爷到西厢房跟你说一天的话儿。"

"真的?"灯芯一下捉住奶妈手,双眼在油灯下发出一股奇亮。

"真的,敢骗你不成?"奶妈仁顺嫂说得很认真。

下河院的规矩是娘家来了人一律到上房说话,且要在东家庄地的眼皮子下。任何说私房话儿或背着东家说话的行为都是遭禁止的。灯芯相信奶妈会帮她破这个例,心里一阵高兴,就拿起油饼吃起来。奶妈在边上问:"香不?"灯芯说:"真香。"奶妈说:"我特意卷了茴蓉跟芝麻。"

　　这时候炕上的命旺醒了,眼睛明闪闪的,望着灯芯吃。奶妈拿了一块走过去,递他手里。奶妈仁顺嫂正要解衣,就见命旺自个抱了油饼喂嘴里,大口吞吃起来。当下惊得傻在了炕下,解衣的手僵了好一会儿,直等命旺全吃了下去,才转身惊叫:"他会吃了,少东家自个会吃了……"

　　灯芯转了身,见奶妈的怀好好的,一粒扣儿还都没解开,命旺手里的饼却真是不见了。便更惊地叫道:"他真是自个吃了?"

　　这真是个大喜事。灯芯亲自望着他又吃了一块,才确信男人不吮奶也能吃了,当下喜得不知说啥。奶妈颤着嗓子说:"准是亲家爷带来了喜,把少东家给冲好了。"

　　奶妈仁顺嫂说完就跑上房报喜去了。灯芯望住命旺,目光复杂成一片。莫非真是爹带来了喜?要不怎么晚饭都吮了奶的,这阵咋就不用了?

　　次日刚吃过早饭,就听长廊里响起丫头葱儿的声音,紧跟着便听到爹的脚步声。灯芯跑出去,看到葱儿引了爹正朝西厢房走来。

　　进了屋,父女俩相互张望半天,灯芯的泪哗就下来了。爹冲她和善地笑笑,说,看你,都多大人了,还管不住眼泪。灯芯也笑了,说,人家想你么。

　　父女俩在里屋坐下,丫头葱儿知趣地退了出去。简单寒暄几句,话题落到命旺上。爹问了情况,就出来给命旺号脉。

　　后山中医刘松柏这是第一次给自己的外甥现在又是女婿的命旺号脉,他包给女儿灯芯的那些药其实是靠经验和猜测开出的方子,凭的就是人们对下河院少东家病情的描述。现在他的手握在了命旺的脉搏上,顿时神色凝重,一脸肃然。灯芯望他的目光也紧张起来,连呼吸都屏住了。中医刘松柏用了足足一袋烟的工夫,才松开自己的手,这时他的额上已有细碎的汗渗出来。他又掀开被子,从头到脚仔细看了一遍。回到里屋,刘松柏好久都不开口,屋子里的气氛因了他那张脸愈发沉闷,空气压得灯芯抬不起头来。很久,他开口说话了。

"脉络紊乱,气血甚虚,不是一般的病症呀。"他长长地叹口气,目光一下子阴郁。

女儿灯芯的心随之提紧,不敢轻易问出什么。

中医刘松柏沉思良久,又说:"气血两虚,肾精过亏,按说不是他这年纪得的呀。"

"你是说……没治了?"女儿灯芯怯怯地问。

"也不。"中医刘松柏忽然扬起脸,"百病总有一医,只是他这病症实在是怪,我一时还拿不定主意。你也知道,中医之理,重在对症下药,百病总有起因,因便是关键。就他这病,因怕不在一处,或者在病外,我也困惑得很。"

"难道真是泼鬼缠了身?"灯芯又问。

"这也难说。你知道中医并不完全排斥此说,有时气脉两旺,但人就是胡言乱语,天地博大得很,有些事我也只是一知半解。"

灯芯忽然惊骇至极,爹的困惑让她坠进深谷,表情接近僵死。

后来她忍不住又把昨夜的事说了一遍:"爹说得这么可怕,为啥他又能自己吃?"

"这便是反常。人在久病中总有一些反常,切不可拿它当好症状对待。你要记住,久病之人不在于一时表现,得一步步调理,所谓日月之病还得拿日月来医,犯不得急。和血养精,肾才能积聚元气,元气足而病自除,他这病,没个三年五载的,怕是见不得转机。"

"爹真的能医好他?"

"这便是爹来的目的,虽说爹没百分的把握,但也不至于让他等死。只是……"

"只是什么?"

"苦了你哇,爹的话你一定要记牢,切不可让他沾你身子。你得忍。"

一个"忍"字,引出了女儿灯芯一串子酸泪。不过她还是挺起了身子,说:"我忍"。

爹又说:"你先把药停了,等我回去想好方子,再给你把药带来。其间有啥反常,你要想法儿告知爹。"

灯芯点头。两人又说了会儿话,爹忽然转过话题,问:"管家六根

75

呢,咋没见他走动?"

灯芯便把管家六根的事一五一十说了。

爹默思片刻,说:"你也不能心急,他树大根深,不是一时半会儿能搬倒的,定要从长计议。"灯芯说:"我明白。"爹进一步安顿:"千万不可打草惊蛇,蛇不死反咬一口,会要你命,他是个狠毒的人哪……"

中午时分,中医刘松柏跟亲家公告辞。女儿灯芯没去送他,爹说免得她路上啼啼哭哭,惹人笑话。其实灯芯知道,爹是不想让公公有啥猜疑,爹说,只有他放心了,爹才能常来看她。

一个看字,又让灯芯怔想了半天。

中医刘松柏走后一个时辰,东家庄地悄无声息地进了西厢房。儿媳灯芯坐里屋缝棉袄,庄地摆摆手,示意不必理他。他是来看儿子命旺的,打昨夜听了奶妈报的喜,他就一直盼着看这一眼。站在炕前,东家庄地的眼立刻懵懂成一片,儿子的睡相接近贪婪,梦里也没忘吧唧嘴唇。望着这不是睡着就是傻着的脸,东家庄地的心再次悲哀起来。昨夜里他跟亲家喧至半夜,其间刘松柏也曾拐弯抹角提起过中医,不是他自己,是他结识的凉州城名医吴老中医。有一瞬庄地的心扑闪着动了,甚至都要点头了,可二房水上飘惨死的脸相又跃然眼前,他果决地摇了头。二房水上飘让一服中药药死的事实粉碎了他对中医的全部信任,到现在都没法恢复。可眼前的儿子瞬间又让他动了这个念头,不是说已经好转了么?这段日子可没请过道士跟和尚呀,难道那个一直藏在他心底的泼鬼压根就不存在?一系列的念头让他陷入了片刻的混沌,有什么办法能让儿子真正好起来呢?难道真得要照后山半仙的话等着冲三次不成?

后来他把目光移到里屋儿媳的身上,泻满阳光的屋子里儿媳干活的表情近乎专注,一点也没让他打扰。丰润的脸上染着太阳的色泽,屋子里的薰草香浓浓地包裹着她,让人觉得她的生命是那么的可爱,一点也不比儿子轻贱到哪里。东家庄地又想起了自己死去的三房松枝,儿媳眼里有松枝一样的水状的东西,她要是哼曲儿说不定也能哼出一山的野风花香。这一刻他眼里禁不住多了东西,那是近似于怜爱的父亲般的关怀和温暖。对于儿媳灯芯,他忽然就心软了,湿了。

事实上自从儿媳拿着算盘在各场上奔走时,这东西就开始有了。他从各种渠道得来的消息证实了他对儿媳的猜想,她是要跟管家六根斗法儿哩。儿媳的这个举动尽管幼稚得接近于鲁莽,但还是给了他某种希望。有时心里不免要替儿媳隐隐担忧,难道他不知道管家六根在做什么,难道多收了菜子就一定能多榨油?儿媳毕竟是女人呀,管家六根能骑到自个头上还怕她不成?这么想着他把目光又转到儿子身上,所有的希望只能寄托于他了。

东家庄地最后果决地摇了摇头,在下河院所有的人当中,他是最不愿想管家六根的。

13

冬季眨眼就到了。

一场铺天盖地的雪在夜间落下来,次日早起,一眼的白耀过来,世界凝固成一片。沟里的白跟后山不同,后山长满了松,雪落下后立刻让高大的松化成了碎片,那白是一点一滴的,连不成片的,倒像是松挂了彩,或是戴了孝,世界在眼里凄凉得很。沟里的白竟是茫茫无顾的,山不见了,沟不见了,河不见了,世界连成一片,皑皑白雪盖住了一切,天地顿然纯净一气,找不见一丝儿瑕疵。那白是透心的白,是煞人的白,是叫人喘不过气的白。

灯芯穿了棉袄,戴了棉手套,拿把扫帚,混在扫雪的人当中。二尺厚的白雪带给下河院一片忙乱,雪是要扫的,房上的扫地下,地上的扫成堆拉出去。东家庄地是不容许院里有一把雪的。厚厚白雪看起来壮美,扫起来却相当费劲,不多时,灯芯就累得喘不过气。停下扫把,忽然就觉好日子不该是蹲着过的,它能蹲掉人的力气。

雪一落,沟里就要生火了。一时间,沟里人家吆了驴车,来下河院拉煤。

在沟里,下河院就是一切,吃的、用的、穿的、戴的,没一样它不备着,没一样它不为沟里人操心着。

煤是早备好的,南山的煤窑早早就把一沟过冬的煤送来了,不仅备好,还抹成了煤块。沟里人只需按自家要的数拉了去烧,账记着,等来年菜子收了一并算。因了管家六根要榨油,这道活计每年都由东家庄地亲自做,还未落雪,他便将各家的账簿订好了。

煤在后院里码放,后院还开了西门,平日锁着,这些日子便由驴车进出。东家庄地一大早就站在后院里,穿着灯芯新做的棉袄,戴一顶棉毡帽,统着手。他的样子不像个东家,倒像是这院的大管家。从早起他就吆喝到了现在,这些下人越来越不像话了,东西绊倒脚也不知挪一下,煤块上落满了积雪,却没人去扫,只得亲自拿了扫帚扫。

　　灯芯吃完早饭也赶了过来,知道人手少,便穿了一身干活的衣裳。见公公正在扫雪,忙过去要了扫帚。边扫边跟公公说话。一进了冬天,公公跟她突然随和起来,有时还冷不丁冒出一两句玩笑,反把灯芯弄得尴尬。灯芯这才想公公原本不是个古板的人,言语里却也能透出不少鲜活的乐趣。扫完雪,又摆顺东西,拉煤的驴车便从西门进来了。

　　这一天过得非常紧凑,公公在一边写票,灯芯在煤垛上付煤。碰上人手少的人家,灯芯便要帮着装车,码煤,样子非常利落。沟里人的赞叹便像雪融化后的水汽在后院荡漾开来,听到这些溢美之词,东家庄地会不时地停下手中的活,冲儿媳望上一眼,目光里溢出赞许和默认。如果不是中医李三慢,这一天应该是个很好的日子。

　　东家庄地跟中医李三慢的吵架发生在后晌。其实写票的庄地眼睛一刻也没离开过煤垛,他知道手脚不干净的人会钻灯芯空子。中医李三慢偷煤的时候庄地并没吭声,毕竟李三慢是有点脸面的人,当众辱他显得自己小气,可中医李三慢的臭架子惹恼了庄地,他是见不得别人冲他端架子的。中医李三慢傲慢地走过来说这冷的天你不歇着,不怕天爷冲撞了你呀。庄地并没说话,他在等李三慢说下句,果然李三慢跟着说道,钱在世上,有人有挣的命却没花的命,有人有花的命却没挣的命,你就悠着点儿吧。庄地抬起头来,悠他一眼,不打算跟他吵。可这一悠让他憋见了东西,是李三慢手里的洋火。那洋火一看便是下河院的,庄户人家用不起。沟里的洋火都由下河院供,唯独李三慢手里拿的那种洋火不供,那是东家庄地自己用的,凉州城也很少见。

　　只一眼庄地便明了,管家六根拿了他的洋火,还送了人。管家六根绝不是一个轻易送东西给别人的人,定是有什么事儿求李三慢。庄地怔想半天,没想到。就听李三慢慢悠悠地说,这院里终日漫着股子药味,好像我把药铺开过来了。庄地知道这是李三慢在报复他,李三慢是第一个上门提亲的人,想把自个的丫头嫁进来,这话分明又是在咒他,他忍不住了,起身冲下人说,把驴车吆过去,煤卸下。

　　一听这话李三慢慌了,这是下河院的规矩,卸下便是全罚了。李三慢先是死活不承认偷了煤,还说世人有偷煤的么,有么,你不怕倒霉我还倒霉呢?东家庄地也不跟他强辩,只说,卸下来数,要是我冤枉你,这一院的煤,你全拉走,白送!李三慢知道抵赖不过去,口气软下来说,多装的给你,掏钱的凭啥也要给你?庄地冷冷道,你要我把驴子也拴下么?就有下人走去解驴套。李三慢这才彻底服了软,毕竟驴子跟煤比起来,还是重要得多。

夜饭后天幕及时掩住了大地,麻黑的夜空下灯芯揣着心思去见公公。白日里的事让她背着包袱,都是自个不上心,才让小人得了手。东家庄地的屋里亮着灯,油灯的颜色跟主人的脸色一样昏黄而又琢磨不定。待媳妇连责带怪把自个贬一顿,东家庄地才明白似的掩去脸上的愁色,强笑着说,他要是真偷,你盯了又顶啥用?斜倚在门框里的灯芯一时辩不过,公公避开她而谈及别人,分明是用一种穿透黑夜的光儿给她混沌的心打开世理之路。她在公公的话里上下游走了几个来回,最后才从油灯掩着的那双眼里看到了答案。她释然一笑,紧绷着的心瞬间轻松下来。公公接着说,按说偷啥也不偷煤,他是故意跟我找茬哩。下河院不吃他的药,他发不了财,有气。公公自然没提提亲的话,媳妇白日里一连串的举动完全超出他的预想,他像是在麦田里意外捡到西瓜般的振奋。

一待媳妇转身离去,他振奋的心立刻回到现实中。白日里惩罚李三慢的快意早已散在了后院里,此刻却是另一番愁绪:连李三慢这样的人都敢跳出来撒野,这下河院的前程真就暗淡到人尽可辱了?

没等煤拉完,下河院的活又来了。冬日成圈的羊和牛全从山上赶了来,喂草就是件大事。院里的下人本来就少,偏让东家庄地又打发了两个,人手一下吃紧。

想想下人,东家庄地忍着的火复又蹿到头上。下河院的下人,在老管家和福手上,真是没得说,懂规矩不说,干活那个劲,恨不得把自个的力气全淌到院里。一到六根手上,这下人,一天天没了样。就说赶走的这两个,一个夜里到厨房偷肉,说是偷肉,却抱住奶妈不放,看见奶妈身上的血口子,东家庄地就觉脸皮让喂肥的狼抓了,那口子到了心上,烂的就不止一个洞。气归气,家丑又不能扬到沟里去,咽了气打发了事。另一个,躺在暖烘烘的草垛上睡觉。本该热火的草院子让庄地闻到了冷清,进去就看见这只懒猪。想想收留他时也这样睡在南山坡的暖阳里,一股子失望便从脚底升起。这头懒猪还争辩说是铡草的黄五病了,动不成,但草院里那么多的活,独独他就看不见,遂给了一把麻钱打发走人。

下河院不让沟里人进院帮活的规矩在这个冬天里让东家庄地把自个变成了驴子,刚从磨道里下来就得到碾道里。铡草的黄五的确是病了,一时半会儿又找不到别的人,铡草不同别的,不是谁也能操住铡刀,稍不留神一铡刀下去,喂草的人双手就没了。没办法,只有他亲自来。灯芯看见公公脱了棉袄,满头大汗铡草的样子像是跟谁赌气。公公的作为在这个冬天以不可想象的速度丰富着她的思维,让她顿悟要撑起下河院绝不是件简单容易的事。遂默默拿了钗,往草棚里钗草。

夜黑更有夜黑的事儿。

下河院管家有管家的账,东家有东家的账。大到牛羊布匹,小到针头线脑,凡是沟里人用了的,东家庄地都要记到账上。这绝非一件简单容易的事,凭的不只是耐心,还有对整条沟每一户人家的把握。越是小账,你越要跟人家交代清,免得人家说你倚大个下河院,竟打三分两分的主意。沟里确有那么一些小人,眼睛专盯着这三分两分的事。闹不好,下河院几辈子的声名就要坏到这三分两分上。因此庄地做起来,就格外地用心。

这天他推说眼睛疼,差人唤了灯芯记账,自个却抱了烟壶端坐。油灯勾出两个人的轮廓,算盘声和着水烟壶的咕嘟儿声一直响到深夜。中间奶妈怕一盏灯不够用,又添了盏,没等奶妈出门庄地扑地就吹灭了。

奶妈心里嘀咕,不就一盏灯么。

灯芯却硬是留心到了这个细节。

忙至后半夜,儿媳灯芯回屋后,东家庄地忙不迭地从椅上奔过来,翻开账本,仔细地查看起来。一张枯脸因激动瞬间溢出难见的喜悦,慢慢便兴奋得不能自已。账记得工整,一笔笔的,清晰而一目了然,特别是他有意弄错的几笔,竟也给不露痕迹地改了过来。

东家庄地怔在了那儿。

摇摆的灯光下,一脸愕然的东家庄地手抱烟壶,心潮起伏,久久不能平静。

离下河院五里远处,油坊却是另番景致。

自开榨后,下河院的油坊终日彻响着碾子的隆隆声,白雪覆盖的沟谷上空,一股子清洌洌的油香日夜飘荡。

新盖的廊房里,管家六根过着神仙般的日子。这廊房是春后盖的,也就是娶灯芯前不久,四大间,却花了足足有六间的银两。当时,东家庄地忙着应对四处上门提亲的人,油房的事一应儿交他手上。管家六根那阵儿闹得慌,心堵,不只是东家庄地要娶儿媳妇,是他跟油坊马巴佬的关系出了点岔。这岔出得也日怪,开春某一天,马巴佬忽然跟他提起了前年一档子事,油的事。马巴佬的意思很明显,那十几桶油不清楚,主要是下路不清楚,油卖了,钱呢?狗日的马巴佬,他倒记得清楚,前年的事,他竟还记着。六根当时说,过去这么久了,我也给忘了,还提这些陈谷子烂芝麻做甚?马巴佬说,管家这话不对,啥叫个陈谷子烂芝麻,事儿就是事儿,搁多久也是个事儿,该说清还得说清。这事能说清,说不清你这管家还有啥当头?六根心里气恼着,嘴上仍旧支支吾吾,没想马巴佬重腾腾丢过来一句:"要是说不清,我找东家说去!"

挨天刀的马巴佬,胆子越来越大了,竟敢这么要挟我!六根压住火,息事宁人地说:"算了,马巴佬,不就几桶油么,你要是缺油吃,今年给你补上,瞅瞅今年这菜子,满地绿的,怕是到时你一家大小天天喝都来不及呢。"

"球!马巴佬狠狠吐了个脏字,管家你哄谁哩,我是三岁大的小孩,我是吃屎长大的?管家你听着,我马巴佬也是眼里揉不得沙子的人,你要是想揉,尽管揉,可我把丑话说前头,哪天我要是活得不爽心了,也是能张开口咬几下人的!"

一句话说得,六根怕了。跟马巴佬的关系就像是一对犁地的牸牛,得合着劲儿往犁沟里走,一头耍了性子,另一头的苦就到了。打心里,他是怵马巴佬的,也不敢真惹翻他。他马上赔着笑脸道,"好,好,好,啥话也甭讲了,这不要盖廊房么,补给你,前缺了后补,你跳个啥蹦子么?"

就这么说,六根一手指挥着在油坊盖了四大间,一手,却悄悄差人,在马巴佬的老家,也像模像样盖了两间。这事才算平下。

但他跟马巴佬的关系,却再也无法回到原先那个亲密上。

躺在驼毛褥子上,管家六根大觉睡完睡小觉,整日里显得无所事事。油坊那点事就算他完全上不上心,马巴佬也不敢胡日鬼,这点上他还是有把握。其实他躺在炕上,听碾子和油榨一响,一天能出多少油多少渣便了如指掌,马巴佬又怎敢蒙他。

他的心思,在另一桩事上。

伺候他的正是今年新来的小巴佬七驴儿。这是一个让人咋看咋顺眼的人,年纪轻轻,人却活泛得不是个一般。活泛是指他那双眼睛,叽里咕噜的,一看就是个精明鬼,端茶倒水洗脚捶背没一样不给你做到点子上。这娃长得白净,人又爱干净,有这样一个人侍候着,管家六根应该说很满足,可是偏巧心里就钻了鬼。六根的经验总是提醒他,看上去越顺眼的人,越得多留个心眼儿,这号人啥都不显在脸上,往往到时候给你个摸不着。况且,他对这娃还不十分清楚底细。六根向来对不知底细的人不掏半片心,尤其这种来路不明的人。

管家六根一直在琢磨七驴儿,他想赶在出油前把这个娃彻底掌握清楚。可这事看来有些难,这个自称是马巴佬远房亲戚的外沟人从他进入油坊的那天起,就自告奋勇要来侍候他。六根一开始还开心,后来又想,这机灵鬼家的莫不是存了啥企图?身为下河院大管家的六根这些年无意间养下个毛病,看啥人都觉是抱了企图,越是想跟他近的人这企图就越重,越让他猜疑。可接连试探了几次,七驴儿就是不露一点蛛丝马迹,他混沌未开的样子反倒让六根心病越发重。他在夜里不止一次问过马巴佬,真是你远房亲戚?马巴佬搓着尖下巴上那撮脏胡子说,哪敢骗你,是我舅家的表孙,喊我姑爹哩。马巴佬的话管家六根一向只信三分,另七分他宁可当成狗屁。真是他表侄倒也罢了,若要不是,这么大的事交给七驴儿真是让他麦芒尖上跳绳哩。

管家六根担忧的是往外送油的事。油坊一出油,他和马巴佬那份就要赶着送到沟外去,送到沟外才能变成银子。往年这事儿不劳他费心,马巴佬轻车熟路,出不了错。可今年让他烦。送油的小孙巴佬去年最后一趟死了,骡子惊了连车带人滚到石崖下。油坊其他的巴佬又都不能用,唯有七驴儿是个新手,可他就是放不下心。

油灯剥儿剥儿响,火盆里的炭映得两张脸紫里透红。马巴佬显然对管家六根的猜疑心存不满,但又不敢露在脸上。让七驴儿送是他的主意,不仅要送,他还想让七驴儿把油房外面的事接手起来,当然,这只能是下一步。这小子灵泛得很,张嘴就知你肚里的话。马巴佬太需要这样一个机灵鬼来跟管家六根打交道了,这几年他帮着管家六根吃了多少苦,担了多少心,却又得了几个银子?一想牙缝里就扎针,脊背里就走凉气。

就他一个嘴黄儿未干的外沟人,敢坏你的事?两间房盖在院里后,马巴佬的话又回到原来的水平上,每一句都含着对管家六根的尊重。管家六根说,谅他也不敢!

一连观察了好些个日子,也拐弯抹角试探了多次,管家六根的心渐渐平落下来,他确信是自个多疑了,放着这么好的娃,硬是给胡猜疑哩。有时候疑心太重也不是个好事,六根把自个埋汰了一通。加上送油的事迫在眉睫,一刻也不容耽搁,管家六根思来想去,最终将信任交付在七驴儿这娃身上。

次日天麻亮,十五岁的外沟人七驴儿套好了骡车,车上载着满沉沉两大桶清油,上路了。

望着渐渐消失在山壑里的七驴儿,管家六根心里涌出一股对下河院女人灯芯报复的快乐。细细一算,这个女人让他今年少收了五石菜子,羊毛出在羊身上,管家六根不会让她少拨拉掉一个子儿。一进油坊,他便让马巴佬将油榨的碾子调细,出的油自然会多,至于油香不香,味儿足不足不是他眼下考虑的事,再在油渣上动些脑子,损失一分不少就给补了回来。

安当完这一切,管家六根心里美滋滋的,有时候,管家六根也认为给下河院当管家是件很美妙的事,美的不是自个到底捞多少好处,关键是从谁手里捞,捞了还让他说不出来,这才更有意思。

嘿嘿。

14

天刚麻亮,裹着一身棉袄棉裤的灯芯走出西厢房。一股寒气扑面而来,忍不住打出几个寒噤。

昨夜又是一场好雪,只可惜鸡叫时停了。寒风卷着冰凌儿打在脸上,很快就在发梢眉眼上结上冰霜,那股冷,也是格外的爽。

灯芯提起扫帚开始扫雪,这段时间,她主动将西厢房的家务承揽下来,惹得奶妈仁顺嫂很是不安。倒是东家庄地暗含着满意说,持家过日,多张口多穷,多双手多福。昨夜她还是跟公公记账,天上漫下雪花的时候,公公手里的烟壶放下了,站在窗前,凝望着满天飞雪,公公眼里,扑儿扑儿地闪出一股东西。灯芯怕公公受凉,不声不响将一件羊皮褂子披公公身上。公公转了一下身,目光在她脸上驻足片刻,一闪,又到了窗外。灯芯再次低下头做账的时候,就听公公由衷地发出一声喜叹:明年又是一个好年景呀。灯芯禁不住再次抬头,真想轻步过去,跟公公站一起,望住这漫天祥和的雪。

一挑儿一挑儿的油灯光亮下,一层祥和浮上公公渐渐舒展的脸庞。这张脸一旦舒展开来,竟也能透出一股子诱人的光,那额饱满,虽是沟壑纵生,却也掩不住那一额的智慧;鼻梁楞挺,高高地翘起,衬托得那张脸越发有了股英气;面颊虽是早生斑点,却也……灯芯一时想不到词,带几分暗羞地垂下眼去。心里一个劲提醒自个,这是公公哩,不可乱盯了望。终还是忍不住浮出一层不该有的瞎想,公公年轻时,却也是个颇有英气的人哩,怪不得……想到这一层,灯芯是真正羞了,心膛得扑儿扑儿跳,脸颊莫名地飞出两团红,若不是油灯遮着,真是羞死人哩。

公公半天听不见她的声音,自顾自地说,雪养地气,明年的菜子又能提前下种,好兆头。一听公公提起菜子,灯芯这才停下手中的活,大落落地走过来,跟了公公一起赏雪。瑞雪飘飘,在夜空下舞出美丽的弧线,夜风一吹,雪花飞进来,落在她和公公身上,打个颤儿,化了。屋子里暖暖的炉火熏蒸在他们脸上,映得两张脸比白日里更红。灯芯又替公公拽了下羊皮褂子,好让他身子更暖和些。毕竟是冷冬,稍不留心,着了风寒或湿热,可就败了这雪的美意。雪飞雪落中,两颗心横溢着对下河院未来的美好向往。许是雪景太过美了,公公居然忘了禁忌,转过身子,慈祥的眼睛盯住她跳跃的眼神说,陪我到雪里走几步吧。

……

记账使灯芯和公公的关系亲近起来,也变得暖和起来。公公不再居高临下审视她,亲和的目光平视着跟她交流。甚或有意无意说些沟里的事,貌似随意的谈喧实则蕴藏着别种意味,灯芯觉得公公开始把她往某个方向上引。账记到一半,沟里六百多户人家的性格和家底她已大致有了底,特别是公公加重语气点出的那些账上爬满了债实则日子殷实小富的人家,更是一一记在了心中。若干个日子里,灯芯一面聆听公公教诲,一面忍不住期望公公将话题引到管家六根身上,可公公始终不满足她这一愿望,宁可不厌其烦地叨叨奶妈仁顺嫂,也决然不提管家六根半个字,反倒让灯芯期望着的心一次次陷得更深,更黑。

雪不是太厚,扫起来还算容易。跟心的暖和比起来,天气的寒冷却是一日挡不住一日,身上发着汗,手却冻得握不住扫帚。天尚未大亮,后院的下人像是才起床,惊叹声里夹杂了对老天爷的不满,下人们对扫雪的恐惧破坏了雪带给世界的瑞祥,灯芯忍不住叹了气,看来万物给人的感应原是不同的。放了扫帚,想进屋暖暖手。转身的一瞬,一个影子眼前一晃,倏地不见了。是从西厢房北面的墙上出去的。墙有些矮,中间还开了豁落,有一日灯芯心里还念叨,这矮的墙很容易招来贼或什么,没想这阵就给碰上了。正要喊脑子里却忽地一悠,那影儿像是见过,瘦瘦的却透出机灵,越墙的功夫尤其了得。这么一怔便闪出一个人来,正是抱了她的那位。

奇怪,明明是在窑上的,咋能在院里呢?

少奶奶灯芯便有了片刻的恍惚,暖手时禁不住再次细想,最后在心里肯定了,自己再笨还不至于将人认错,只是实在不明白他为什么要越墙出去?纵是从窑上回来,也不至于连门也不敢走。

这个上午便在不明不白的思想中过去。

二拐子果真回来了。昨夜天落雪时摸黑进的村,没回家,也没想过进下河院,直接摸进中医李三慢的药铺。

李三慢开药铺赚不到钱,又懒得租地种,便在药铺里设起了赌场,招惹二拐子之流给他送银子。二拐子原本就染了这手,以前也偷偷摸摸的,有几个银子就去赌。窑上手闲了好几月,二拐子终于憋不住了,借窑头杨二差他下山背油打醋的空,趁机过把瘾。不料手臭得很,不到半夜身上的麻钱便输光了。二拐子想扳本,跟李三慢借了高利债,鸡叫三遍时也全搭了进去。中医李三慢不让他出门,非让还钱。中医李三慢虽说是二拐子他亲叔,虽说抱给了舅家,但这血脉却抱不走。只是两人都没拿这层关系当回事,好像这血脉跟他们没关系。二拐子见了李三慢,一口一个中医,李三慢逢了二拐子,要么就唤拐子,要么,嘴里就变成屠夫家的。外人听了,更不敢拿他们当亲戚。好在日子是分开过的,亲戚不亲戚的,谁也不肯白给谁一把,该咋还咋,这样反倒痛快。二拐子好说歹说,就差跟李三慢翻脸了,中医李三慢才答应放他出来借钱。二拐子上哪借钱去?想想弄不到钱,既跟李三慢扯不清,回去更没法跟杨二交代,便心一横越进下河院,他知道天麻亮后仁顺嫂定在厨房里,便摸进去偷了母亲的钱急急离开。没想就那么巧,偏就叫扫雪的少奶奶灯芯给望见了。

这阵他又在赌桌上博上了。

奶妈仁顺嫂发现屋里进了贼已是正午,攒了几月的工钱不翼而飞,令她惊恐万分,惶惶报了东家庄地。庄地刚刚从沟里回来,每逢落雪,他都要到沟里走一遭,四处转悠一会儿,看看沟里人家有没让雪压倒屋的,那些新来户到底还需要添些什么。总之,转一趟心里才能踏实。一听奶妈仁顺嫂丢了工钱,庄地的眼立刻瞪了起来。难道这院里真有了贼?闷了会儿,他让奶妈仁顺嫂带路,亲自进耳房里查看。奶妈仁顺嫂将钱藏一只装满零碎的花瓶里,塞在堆着针头线脑的红木箱子里。箱子是东家庄地赏的,有些年成了。女人家,难免有些个秘密要藏起来,庄地遂将大房出嫁时陪过来的嫁妆红木箱子送了她。可也是怪,除了花瓶,别处居然一动未动。一定是家贼!东家庄地当下心里有了数,示意奶妈仁顺嫂不要声张。

东家庄地寻着雪找脚踪时,却见院里的雪扫得干干净净,哪还有个影子。

他不声不张回到上房,心里,却存了不少纳闷,他确信这贼非同一般,脑子里瞬间也想起过二拐子,但又被他在窑上的事实否定了,那么便是院里的下人。东家庄地正在思忖怎么跟下人开口,媳妇灯芯忽然进来了。见公公愁眉不展,灯芯猜想一定跟那影子有关,大着胆一问,果然是这事,而且还偷了钱。灯芯佯做吃惊地表现了自己的气愤,借故离开上房,一进自个屋,便气气地诅咒起二拐子来。

知道二拐子是奶妈仁顺嫂的儿子,是在她跟二拐子见面后不久一个夜里。那晚奶妈给命旺喂完药,坐在里屋跟她拉家常。奶妈仁顺嫂十六上嫁到沟里,男人青头是下河院的屠夫。青头是个一棍子打不出屁的闷罐子,脾气却倔得很,动不动就拿仁顺嫂出气。仁顺嫂稍敢泄出些不满就亮出刀子吓唬。青头猪宰得好,炕上那事儿也抓得紧,一天不做他就哼哼。仁顺嫂先是受不惯,常常设着法儿不让他得逞,后来他提着刀把仁顺嫂绑炕上,边做边唤,让你躲,躲了初一还能躲十五?仁顺嫂在他身子下完全没了做人的感觉,像一头等着挨宰的猪,除了恐怖就剩下等死。青头在二拐子四岁那年意外地吐血而死,死时他正在绑一头大花肥猪,喷出的血溅了大花猪一身。下人们认为他杀生太多,孽气太重,让阎王爷提前收走了。东家庄地倒显得大方,说他给下河院宰了一辈子猪，赏他一口松木棺材，还把仁顺嫂收进下河院。仁顺嫂那时刚刚小产，肚里的娃儿已有七个月，是她碰头抓脸往青头棺材上扑时不慎弄掉的。下河院三房松枝正好生下命旺，身子虚，没奶，她的奶正好派上用场。

　　奶妈仁顺嫂说这些无非是想告诉灯芯她是个不幸的女人，她到下河院做奶妈那年正好是灯芯现在的岁数，言语里不免多了份同病相怜的气息。灯芯却牢牢记住了青头死于意外吐血这个事实。当然对奶妈的不幸她也表示了适当的同情，她说，生成女人，只有嫁鸡随鸡嫁狗随狗。仁顺嫂马上表示响应，说，种不好庄稼是一年，嫁不好男人一辈子。少奶奶灯芯从奶妈仁顺嫂口里多多少少了解了些二拐子，但她的话总是闪烁其词，让灯芯摸不到底。

　　关于二拐子和奶妈仁顺嫂，很长时间里都是少奶奶灯芯想解开的谜。她并不是执意要弄清奶妈仁顺嫂怎么就钻进了公公被窝，其实这事儿她说完也就扔了过去，不就一个被窝么，爱钻钻去，总有钻不动那一天。这么想时她心里竟奇奇怪怪浮上一层对奶妈仁顺嫂的嫉妒，不过也是眨眼的事，她会很快用法儿将它压下去。她要知道的是别的事，她相信掩藏在奶妈心里的秘密远比跟公公睡觉多得多。

　　可是奶妈仁顺嫂总是话刚开个头便惶惶地收了口，再问，她就死劲地摇头，咬住嘴唇，不说。

　　包括二拐子，奶妈仁顺嫂也像有什么忌讳似的，很少主动谈起她这个儿子。倒是打下人们嘴里，偶尔能拾些话把子。不过，听到的总是跟想要听的差得远，连那晚抱她下轿的正是二拐子这么重大的事，也是跟二拐子有了几次秘密来往后，才突然地从那双手上断定的。之前，她还常常夜半三更突然地醒来，抱住枕头，坐炕上怅想，那双手，到底是谁的呢？

　　灯芯已经确信，二拐子从煤窑回来了。竟敢瞒我！她想起再三跟二拐子交代过的话，一下山，无论有事没事，定要第一个想法子赶来见她，她心里急着哩。这屠夫家的，竟然这么快就敢撒谎！灯芯一气，竟也学下人们一样，骂二拐子屠夫家的。不行，我得找到他，得赶在公公知道真相前找到这挨刀的。她相信公公不会放过他，下河院历来的做法都是惩贼甚于惩娼。娼可以压，可以捂，贼却不能。

　　灯芯丢下手中的活计，只身出了大门。现在她在沟里已有不少眼线,那些得到过她恩惠的沟里女人早把她当成了贵人,隔空不隙就把秘密送到她耳里。一听灯芯打听二拐子,马上有人说出了地方,几个女人还亲自带她走进中医李三慢的药铺。

二拐子没想到灯芯会找到他,一时傻了眼,嘴嗫嚅着,却说不出话。灯芯笑吟吟问:"还玩?"二拐子摇摇头,却不肯马上出来。他输红了眼,偷来的钱差不多又光了。灯芯看出他心思,冲中医李三慢说:"他输了多少?"李三慢报了数字,正好值一头牛。灯芯说:"记我账上,把钱给他。"中医李三慢犹豫着,不是他信不过灯芯,他舍不得把到手的钱拿出来。灯芯又说了遍,见李三慢吞吐着,她火了,一把掀翻牌桌,冲一同来的女人说:"给我砸了这铺子。"几个女人本就恨死了李三慢,屋里好不容易有个钱,眨眼间就让不争气的男人送到了这里,见有下河院的少奶奶撑腰,胆子立时壮了,瞬间工夫,李三慢的铺子就一片狼藉。中医李三慢气得嘴都歪了,瞪住灯芯,却不知说啥,他不可能扑上去打她,更不可能扯上嗓子骂她,他是中医,他要在下河院少奶奶面前保持良好的修养。正砸着,李三慢的老婆扑出来,这是一个刁蛮的女人,一扑出来便撕住灯芯,"不叫人活呀,下河院要逼死人呀,天爷睁眼呀,让它断子绝孙呀……"

啪一声,一个嘴巴严严实实裹住了她的嘴。少奶奶灯芯眼里喷着火,她要教训这个不懂教养的女人。

李三慢老婆挨了打,一时怔住,不过很快就又想起了撒野,她打算豁出去,锋利的指甲已瞅准目标,决心要烂掉下河院女人这张俏脸儿。在沟里,李三慢老婆是有名的母老虎,歪得很,谁家要是敢跟她吵嘴,能骂三天三夜,骂得你一家老小出不了门。李三慢老婆刚要动手,同去的女人扑过来,拦腰将她抱住,一使劲就将母老虎摔倒了。她挣扎着还想起来,眼里是不甘心的屈辱,是鱼死网破的气概。灯芯不屑地望住她,她知道该怎么对付这女人,这种女人甭看着外表凶,内心里却虚空得很。她轻笑了一声,用极轻蔑的口气说:"就这么个又嫖又赌的烂货男人,你犯得着么?"这话像宰猪刀一样捅到李三慢老婆心上,她跳起来说:"你血口喷人,我家三慢从来不嫖。"

是么?灯芯从容地望了眼僵着的李三慢,盯住他老婆说:"你去问问沙河沿上的小寡妇,她要是说没有你再骂我不迟。"说完拽了二拐子往外走,刚出李三慢院子,就听身后响起猪挨刀的声音。

到了这份上,二拐子再也不敢撒谎,只能跟灯芯说实话。说完,垂下头,等着挨罚。少奶奶灯芯并没骂他,连怪都没怪一声,亲手倒杯水给他,说:"玩了一夜,也该累了,喝口水。"二拐子惊讶得不敢相信,但他确实渴了,玩了一宿,还没沾过个一滴水,端过杯子就灌,灌完,二拐子嘴一抹,一气就把南山煤窑的事说了。

二拐子说的是南山窑头杨二跟管家六根合伙偷着卖煤的事。

南山煤窑是下河院最大的产业,比之菜子,它的地位更显重要。煤窑是庄地爷爷手上置下的产业,经过几代人努力,到现在已具相当规模。想当初,为这座黑金矿,庄氏三兄弟明里是合着劲,一个心儿往大里做,暗里,却又各怀心机,以至于后来闹出那么一档子惊天撼地的事,也让菜子沟下河院差点遭受灭门之灾。当然,这些事儿少奶奶灯芯还不知晓,中医爹跟她也没提过,中医爹跟他提的,是东家庄地手上修新巷的事,那可真是一件了不起的事,就冲这一档子事,就没人敢小瞧东家庄地!它让下河院在沟里沟外同时发大财的若干家财主中一下突了出来,成了方圆百里乃至在凉州城都能数得上名号的头家大院。下河院真正的威名,还是因了这座新巷。要知道,在险峻巍峨森林密布的南山老鹰沟里,挖那么一座新巷,怕是官府都少能做到。而下河院仅仅凭着东家庄地的智慧和一干人没命的苦干,花了三年时间就把它修成了。难怪当时的凉州府都要惊动,若不是沟路险要,土匪出没,加之南山更为崎岖,州官老爷一定是要坐了八抬大轿亲自上南山看看的。只可惜因了人手的缘故,下河院不得不把它交给杨二看管。早些年杨二还能按跟下河院议定的数目把银子拿来,这几年却借故老巷煤越来越少,花销大出煤少,将银子拖了又拖。东家庄地明知杨二跟他玩心眼却又想不出办法,谁让下河院人丁稀薄一代不如一代呢。

少奶奶灯芯还未嫁到下河院便对南山煤窑充满了好奇,这都怪爹那份渲染。中医爹一说起南山煤窑,眼里都放出金子。他口若悬河,手舞足蹈,完全没了当中医时那份自恃自重,激情勃勃的样子能把灯芯吓着,莫不是中医爹吃了什么,忽然间癫狂了?按爹的说法,老巷非但煤没少反而正到了煤头上,收不来银子是有人借煤窑算计庄地,他们从巷上拿走的怕是比交到东家庄地手里的多得多。少奶奶灯芯让二拐子留心的正是这事。

自从少奶奶灯芯跟他做了安顿,二拐子便一个心讨好杨二,一个心盯着杨二,将他卖的煤一车不落记了下来。

灯芯听完,没一丝吃惊的表情。事情早在她的料想中,只不过经二拐子一说,心里便不再抱侥幸罢了。她的难题同样在下河院没人。那么大一座窑,不是三两下就能把难心事儿解决掉的。这么想着,她的心暗下来,很暗,没来由就冲二拐子发起了脾气,"你个断双手的,交代的正事儿不做,赌,赌,你也不怕把命搭进去!"

二拐子正在激动处,少奶奶灯芯怔想的时候,他的目光,一刻不离地盯在她身上。他是由不得自己,自打那个暗黑险阴的夜晚他的手窜过她的身子后,这身子,就一直藏在他心旮旯里,想撵也撵不走。二拐子撵过,真的撵过,一想她是下河院的少奶奶,他狂想着的心立马会涌上一层暗,比乌云暗,比南山的煤山还黑,那份暗是他一个下人的儿子不能承受的。二拐子在轿子里摸过不少新媳妇,在沟里也抓过不少女人的奶头,可那是闹着玩的,顶多也就图个开心,多少解解馋。但这身子,不一般,真不一般,具体哪儿不一般,嘴笨的二拐子说不出,但夜黑里睡在南山上他想得出。二拐子正咽着唾沫咂磨着,少奶奶灯芯的骂就出来了。

二拐子抖了几抖,惶惶地把眼神收回去。

"我错了,再也不敢了。"他说。

"谅你也不敢!"少奶奶灯芯跟了一句,就觉这阵儿发脾气有点早,不是时候,遂忍下火,道:"你今儿个回去,天天下趟巷,挖煤的事要说也不难,赶年后能学到个啥地步跟我回个话。"

二拐子猛然抬起头:"你是说?"

"我啥也没说,路在前头摆着哩,想咋走你自个看着办。"说完,少奶奶灯芯气气地掼了下火炉上的紫铜茶壶。

"我懂,我懂,少奶奶你放心,我这就回去,天天下趟巷。"二拐子还想说,灯芯制止了。"你把拿的钱放下,早上哪儿出这阵就从哪儿出,往后……那条路给你留着。"

这一句话,给了二拐子太多的东西。

他来不及细品,忙忙放了钱,倒缩着出了门,哧溜一个影儿,从墙上消失了。

灯芯这才去唤丫头葱儿,跟她说,你把这钱给奶妈,就说我在院里捡的。

15

　　中医李三慢因二拐子输钱的事不仅让沟里几个女人砸了药铺,还让自家女人险些抓坏了下身。一听男人跟沙河沿的小寡妇不干净,狐臭女人立刻掉转目标,将恨发泄在自家男人身上。狐臭女人生来就一副悍相,她一身狐臭本来就弄得在沟里人面前抬不起头,人们见了她,三里的路上就开躲,现在又听说男人跟小寡妇有染,一下就觉活不成了。她疯狂地扑向发呆的男人,先是拿尖利的指甲抓他的脸,抓脸不过瘾,趁男人护脸的空儿,猛就撕住了下身。我叫你提上东西乱跑,你个长矛挑着剩下的,你个替死鬼家的!

　　中医李三慢鬼哭狼嚎,他可以治得了一沟里女人的病,独独治不了狐臭女人这泼悍病。狐臭女人要是发起歹来,是能把他当虱子掐死的。她力气大,心狠,下手毒,总之,他不是对手。

　　一场恶战结束后,李三慢在药铺里睡了五天,女人不管他吃不管他喝,说有本事这阵就提着烂东西搬沙河沿去,看那个骚货还要你不。中医李三慢连痛带气,差点一命呜呼。幸亏他有治跌打损伤的秘方,自个配了药,乘没人时偷偷脱下裤子,往命根子上抹。

　　要说狐臭女人也还心轻,没往要命处抓,只是在裆里猛抓猛撕一番,关键处还是手下留了情。

　　伤痛刚刚松些,能下来走转了,李三慢就想找灯芯算账。不,这次他想直接找东家庄地。他倒要找老东西问问,他娶的是媳妇还是母夜叉,愿赌服输历来是赌场上的规矩,天经地义,凭啥她就要护着二拐子,还砸他的药铺?李三慢一瘸一拐到了下河院,正好碰上丫头葱儿,气恨恨问:"你家干爷哩,我找他讨理!"丫头葱儿一看是偷了煤的李中医,没好气地说:"去了油坊。"李三慢心想老东西走了,我就到西厢见母夜叉去,我倒要看看,这个后山抬来的老姑娘有多可恶。心里是恨着一股劲,半天腿却不动,转念又想,好男不跟女斗,我还是等老东西。遂掉转身子,一瘸一拐又往回走。拐到二拐子家门前时,隔着篱笆门猛就望见倒撅尻子填炕的奶妈仁顺嫂,那只肥硕滚圆的屁股立时胀满了他的眼。

　　中医李三慢近来对仁顺嫂恨得很,他苦心熬制的中药刚刚让短命的命旺喝了两服,奶妈仁顺嫂却说,后山中医刘松柏把药给停了,不让喝。放屁！那天他就冲仁顺嫂这么骂。一定是这个骚婆子怕了，不帮他了，才编了这么个谎，还怪到中医刘松柏身上。想想，自个为了熬这中药，费了多大劲，药里可是有他自个都舍不得喝的鹿茸、羯羊鞭等名贵药材的。第三服他熬好，仁顺嫂死活不端，害得没办法，只好自个喝了。妈呀呀，那能叫药么？喝下去还不到一袋烟工夫，立时，下身像要爆裂一般，急得他当下就往沙河沿跑。那一夜，他都不知晓自个咋熬过来的，就听小寡妇杀猪似的叫喊，喊到后来，两眼翻白，四肢松软，直成了个死人。

中医李三慢想到这，把新仇旧恨全都转到了院里填炕的仁顺嫂身上，若不是你这个祸害，她还能有闲工夫砸我药铺？若不是你生下个好吃懒做的二拐子，能把她招惹到我家去？这么想着，脚步子已到了院里。仁顺嫂听见响动，回身一看是他，拉下脸问："来干甚？"李三慢没言声，径直进了她家堂屋。

屋里冷灰死灶，更不像个过日子的。要是没这热炕，怕这一屋子的冷气能把房子冻烂。

仁顺嫂跟进来，想不出李三慢是为啥事。他很少进这院的，就是他哥青头死了的那些个日子，他的脚步也没到过。

"人哩？"李三慢问，口气跟喝叱牲口没甚两样。

"哪个人？"奶妈仁顺嫂一脸的不解。

"你倒装得好，再问一遍，人哩？"李三慢嘴里喝着，眼神却紧紧盯住仁顺嫂，不盯别处，专盯她因紧张或是害怕一抖儿一抖儿起伏的胸脯子。这一盯，李三慢改变主意了，决计放弃讨账，那账反正由下河院里的顶着，跑不掉，今儿这机会，可难得。这么一想，他变了目光，脑子里立刻浮出刚才巷子里看见的那肥硕滚圆的屁股。

仁顺嫂怯憷憷的，李三慢不变目光，好歹她还能应付，一变，她就只有逃的份。没等她转过身子，李三慢一个斜扑扑过来，抱住了她。

这是一个男人的身体，结实，有力，一抱住，她就挣弹不动了。

这又是一个狼的身子，野蛮，无理，充斥了血腥。

奶妈仁顺嫂吓得魂都没了。她知道李三慢对她心存不轨，但没想到他会在大白天冲她下手，她想喊，嘴却很快让李三慢堵住了，不是拿手，是拿嘴，一张臭烘烘的嘴。她躲，她翘，她想推开他，但哪能由得她。她越挣扎，李三慢越兴奋，口里，竟学东家庄地一样喊起了"亲亲，小亲亲。"

奶妈仁顺嫂恨死了,羞死了,他可是她男人的弟弟呀,她的小叔子,她儿子的叔老子!

"放开,你放开呀,你个不要脸的——"

"我就不要脸,你要脸,要脸咋还往老东西怀里钻。"

"你嚼粪,放开!"

"放,没那么容易,你乖乖儿听我的,不然,我把你跟老东西的丑事儿喊到沟里去。"

"你喊啊,喊去啊,放开!"

仁顺嫂一伸牙,就咬住了他,咬得他一声猛叫。这下,李三慢火了,怒了,他原想只要他抱住,她就会乖得像只猫,比沙河沿的小寡妇还乖,没想——

啪啪!李三慢就瞅准她嘴巴来了两下,"我叫你咬,你个属狗的,除了咬人,还学会啥?"

仁顺嫂还要骂,气急败坏的李三慢猛就抱起她,将她一抱子摔炕上,接着,他以非常利落的姿势跃上去,骑住她,左右开弓,又冲她脸上来了几下。这时候他忘了疼痛,忘了自个裆里才让狐臭女人抓过,那儿还贴着膏药。脑子里只剩了一个想法,我得吃你奶子,我得干掉你!

这几下打得太猛,连惊带气的仁顺嫂哪还能经得住这几下打,立时,眼冒金星,头晕目眩,身子里没了一点力气。

李三慢连骂带叫,双手狼一样锐利地开始扒。奶妈仁顺嫂一开始还死命地护着,不让他解开衣扣,不让他碰到要命的地儿,后来,后来……

这是一场几近生死的搏斗,这是一场旷日持久的战争,这更是一场一边倒的战争。李三慢一看见那白生生的身子,一看见那颤丢丢的宝贝儿,就再也不管不顾了。他疯,他急,他就像要死一般地压上去……

好久好久,屋子里平息下来,仁顺嫂死过去一般,躺炕上一动不动。

李三慢真是满足极了,痛快极了,狐臭女人怕是死也想不到,她用力抓坏的身子,这么快就会派上用场,还是大用场,他终于把下河院东家庄地的女人给干了!

他提上裤子,往外走,心里充满对下河院报复后的快感,庄地,哈哈,我李三慢睡了你的女人,我李三慢睡了你的女人啊。

香,真香,怪不得老东西这么馋,怪不得老东西一霸就是十几年!

比狐臭女人,香百倍,香万倍。

这一天奶妈仁顺嫂没去下河院,她在炕上一直躺到半夜,就那么躺着,李三慢走时咋,还是咋,连件遮羞的衣裳都没盖。

到了这份上,还有啥羞呢?

如果怕羞,她能活到现在?

中间她想了好多,其中有她少时娘家的日子,花一般的日子,只是因了这菜子沟,因了这下河院,爹说这沟养人,这院富得很,就一门心子把她往沟里打发,往下河院打发。后来她想到男人青头,想到跟他五年的日子,想到那些个嗷嗷叫的夜晚,想到青头的死。

她想起了儿子二拐子,这个四岁上就让男人丢下的娃,想起了她泪一把血一把把他往大里拉扯的日子。

想起了东家庄地……

唯独没想的,是死。

这个沟里女人动不动就要想的字,她没想,真的没想。

后来她起身,点灯,冲油灯下污渍一片的自个说:"你为啥要死!"

最后,她冲敞开着的门说:"李三慢,我饶不了你!"

这个夜晚,少奶奶灯芯也没睡。

天刚黑,公公便将她唤到了上房。白日里公公其实哪也没去,就在院里。关于院里出贼的事,公公一连问过她几次,她都支支吾吾遮掩过去了。不过,公公并没打算真放过去。显然,公公不相信奶妈仁顺嫂的钱会是她捡的,更不会相信她难圆其说的说法。公公把脉捉到了她身上。

到了上房,公公闷着个脸坐在上墙,一只手搭在琴桌上。

"爹,你找我?"灯芯怯憷憷问。从公公脸上,她看到了不祥。

公公没言声。

默站半天,公公还是不言声,灯芯的腿有点软,有点站不住。

正发怵间,公公咳嗽了一声,咳得很轻,灯芯听了,却打出一个冷战。

"我问你,南山煤窑的账,你动过?"

灯芯紧着的心,唰就到了另一个方向。胆怯地抬起头,望住公公的脸,坦白地"嗯"了一声。

公公又是不言声。

漫长的静,静得人后心发麻,脊背出汗。

南山煤窑的账她真是动过,大约四天前,趁公公睡着,她摸黑进了上房,偷偷拿了早就瞅好的账,溜回西厢。那一夜,她也是一眼没合。

公公咋就突然给问起了这个?

静中,公公的眼一直盯她脸上,她垂着头,还是能感觉出那目光,刀子似的目光,深不可测的目光。

半响,公公"哦"了一声,手从琴桌上拿下来,示意要抽烟。灯芯忙走过去,替公公点起了水烟。水烟咕嘟儿咕嘟儿的响中,公公媳妇谁也不说话,就任那咕嘟儿声,不停地响,一下,一下,能把人的心响烂。

抽完了,抽足了,公公猛地搁下烟枪,理也不理她,腾地起身,走了。

半天,院里响过来一声闷响,是公公关睡房门的声响。灯芯知道,公公要睡了。可,他把自个唤来,又问了半句话,扔这里,到底做甚?

油灯扑儿扑儿的,映出她纳闷的脸。

灯芯回到西厢时,已是后半夜。男人命旺抱着枕头,嘴里叼个猪尿泡,呼呼睡了。睡得很踏实。灯芯有气无力在门框上靠了一会儿,走过去,掀起被窝,摸了一把,男人的下身硬着,烫手,却没流。松下一口气,一软身子,倒在了炕上。

月光明明的,打窗里泻进来,映得屋子一片憎憎。

如果没猜错,公公是默许了她,就是说,公公把她扔上房里,是让她接着看,看所有的账,不只南山煤窑,还有油坊,还有水磨,还有院里的一应开销。

可他咋又不明说?

要是猜错呢?要是公公反其意而为之呢?幸好,自个啥也没看,啥也没动,就那么一直站着,实在站不住了,坐条凳上,坐到了现在。

灯芯翻来覆去的,睡不着,公公的心思,实在难揣摩。

后来,她索性跳下来,穿上鞋,又往上房去。月儿淡下去,让一团云遮了,院里黑魆魆的,瘆人。灯芯步子迈得轻,迈得怯,生怕弄出响动,把自个先吓了。

快出长廊时,突然看见一黑影儿,就在正院,就在上房门前。灯芯静住了,屏住气儿,细望。是公公,一看那影儿,就不会是别人,高高大大,一身威严。他也没睡,这深的夜,他立院中做甚?

灯芯愣怔间，就见公公忽地跪下去，跪在了黑柱下，黑油油的柱子，一下就把公公的影儿给遮了。半天，公公一动不动，就那么跪着，跪在黑柱下，跪得神秘，跪得令人匪夷所思。

院里似有响儿飘出，像是老鼠打洞的声息，窸窸窣窣，又像人挖什么的声音，哧儿哧儿的，像是用了不少力，却又小心得不敢弄出半点响。灯芯的心越发提得紧，吓得气都不敢出。公公这般神秘，在捣腾什么？那根黑柱子下，到底藏着什么？

片刻，公公又出现了，这次是弓着腰，手里像拿着什么，定是刚从柱底下取出的。他走过来，朝灯芯藏着的方向走，吓得灯芯魂都没了，要是让他撞见，这深更半夜的，咋个交代？

还好，公公走了几步，停下，停在院正中，那儿有棵树，一棵从南山移来的柏，虽是移来十几年，却一点不见长，却也不死，四季就那么泛着淡绿。公公在树前跪下去，跪得很虔诚，地上画了个圈，然后噗一声，手里的洋火着了，借着洋火窜出的光亮，灯芯望见，公公手里拿的，是一道符。

再回到西厢，灯芯说啥也睡不着了，大瞪着双眼，望住屋顶。

这个夜晚公公的神秘举动，让她百思不得其解：黑柱，埋在地下的符，还有最后树下跳起的莹莹的鬼火，这一切到底为了甚，会不会跟自个有关？

16

后山中医刘松柏终于配好方子，他专程去了趟凉州城，跟吴老中医商讨了一晚上。就在他打算配药的这天，菜子沟刚刚得了儿子的草绳男人找到他，先是道了谢，接着就把下河院少东家命旺的病症说了。

草绳男人说，自打停了药，命旺的症状跟先前一样了，天天得吮奶，这阵连穿衣都不会，夜里还抽风，一抽就吐白沫，跟羊癫疯似的，甚是吓人。

中医刘松柏忙问："下面那物儿哩？"男人有点害羞地挠挠头，说："倒把最要紧的给漏了。下面倒是没返，次数少多了，几天一回，淌的不是太多，只是东西还天天硬。"

刘松柏心里说，不硬麻烦就大了。

中医刘松柏客气地请草绳男人住下,好吃好喝招应了顿,吃得草绳男人甚是不好意思,一个劲说:"你是我恩人哩,反倒让你招应我。"说起来,刘松柏真是草绳家恩人,草绳男人也跟管家六根一样,为生不下儿子的事急,草绳嫁过来好些年,连生了三个丫头,再要生不下带把的,怕又是一个断后鬼,让人骂断脊梁骨。不过,草绳男人信刘松柏,早在灯芯没出嫁以前,三天两头就往后山跑,来了就问药吃,刘松柏也是拿这事上了心,尽心尽意地调理。四次刚怀上,草绳男人又提着心来,左问右问,好像只要刘松柏说一句带把的,草绳肚里的就会变成带把的。中医刘松柏也真敢说,当下拍着胸脯说,这次要是有错,你把我的祖坟挖了。一句话吓得,草绳男人再也不敢来了。若不是灯芯托他给爹暗中传话,悄悄往沟里送药,怕是这辈子,都不敢见中医刘松柏。担惊受怕过了几个月,没想,大雪落下的那个夜晚,草绳生了,一看,妈妈呀,差点没乐死!

至此,草绳男人纵是跑断腿,心里,也不敢有半个怨字。他巴不得多找个机会答谢一下恩人哩。

刘松柏没工夫跟他客套,连夜把药配好,这次是面子药,不用煎,开水冲服就行。次日一早,跟草绳男人一一安顿了,才放心地让他走。

按照吴老中医说,这病有两种可能。一是先天性痴傻,加上肾虚,这病没救,淌死为止。再就是小时受过刺激,乱吃了啥也说不定,这病能治,但很费心血,而且一定要把脉把准,把病人的口忌住,不该进的绝不能乱进。再者,老吴中医捻着胡须,半天沉吟道,你我都是为医的,说出来你也甭见怪,你得跟你姑娘安顿好,千万,千万……中医刘松柏连忙点头,再三说早就安顿好了,她不会不听。

光听不中用,老吴中医忽然沉下脸,这号病,她得作足五年十年守活寡的准备!

老吴中医话虽难听,但在理,中医刘松柏绝无半点计较。打内心里,他相信老吴中医说的后者。命旺三岁时他给把过脉,那时妹妹松枝还在,妹妹松枝也确曾把希望寄托到他身上,可惜了,妹妹松枝寿太短,要是她多活些时日,命旺也不会成这样。按那时的气脉,命旺绝不是先天的,娃儿虽说三岁了还不说话,但气血两旺,不像先天有病。

那就只有一个可能,这娃小时受过刺激,或是吃了不该吃的,而且吃的时日绝不会短!

中医刘松柏心里猛就掠过一道凉气。

阴森森的下河院,再一次跳入他脑中,一想那深不可测的大院,一想院里那些个腥风血雨的事,中医刘松柏的心简直要让黑腾腾的云给压住。

当夜,少奶奶灯芯就收到爹的药,并把爹捎来的话一一记住了。草绳男人说完,深深叹了口气,顺着草园子后墙快快消失了。灯芯摸着黑,深一脚浅一脚往回走。心里,竟比白日里重了许多。刚摸进门,迎头就撞上出门寻她的奶妈仁顺嫂。

奶妈仁顺嫂是奉了东家庄地的命四下寻她的。自打被中医李三慢夺了身子后,奶妈仁顺嫂变了个人,整日里乌着个脸,一句话不说,就算见了东家庄地,也打不起精神。东家庄地先是以为她染了啥疾,还好心好意跟她嘘寒问暖,没料她几棍子打不出一个屁,把东家庄地惹恼了,也给惹急了。教训道,瞅瞅你那死相,贼偷了,强盗抢了?脸拉二尺长,给谁看?我见不得人给我墩脸子!奶妈仁顺嫂一难过,没头没脑就说,嫌我脸子难看你给剁了,砍了,我倒舒服些,就怕你也嫌脏,不剁哩。东家庄地听得一阵雾,却又分明感觉这话里有话,再问,奶妈仁顺嫂就咬住嘴,死活不吐一个字,只是个哭。

东家庄地啥没经见过,一看奶妈仁顺嫂反常到这个份,就知遇了不寻常的事,但他把疑惑压心里,嘴上,仍就该骂骂该暖暖,跟平日没两样,背后,却在悄悄留意。

东家庄地是到西厢去看儿子命旺时发现屋里没人的,白日里他忙,没顾上看,本来他都坐在了上房里,想把过年的事及早打理一下,这都眼看着要进腊月门了,年货的事还没顾上往脑子里去。屁股还没坐稳,忽地又想起儿子命旺,这才踩着黑过来,一进屋,见四下空荡荡的,没个人影,放开了眼睛找,命旺也不见,急了,冲正院里就喊,人呢,人死哪去了?奶妈仁顺嫂和丫头葱儿闻声跑来,就见东家庄地正倒撅尻子,在箱子底下扒拉。少奶奶灯芯的两只陪嫁箱子本是拿条凳支起的,下面二尺高的空闲地儿正好用来放杂物,没想少东家命旺给钻了进去,手里抱个猪尿泡,吭得津津有味。

奶妈仁顺嫂还没说完,少奶奶灯芯吓得早已面无血色,出门时她还特意给命旺多压了床被窝,怕他冻着,没想?

"快,快走呀,还愣着做甚?"奶妈仁顺嫂喊。灯芯刚要拔腿,忽又记起怀里揣的中药,忙说:"你头里走,我这就跟来。"奶妈仁顺嫂正疑惑,少奶奶灯芯一闪身没了影。她心里也恨恨的,是对那猪尿泡的恨。怪不得这么长日子不让她陪睡,还以为她舍得自个奶了,还以为……谁知,她会想出这么损的招儿!

两人一前一后回到西厢,东家庄地的脸早已气成一片血紫,声音更是骂得雷吼。"野掉了,反掉了,跟我唱上空城计了!"灯芯忙赔着不是,快快夺命旺手里的猪尿泡。"滚开!"东家庄地一把扯过儿媳,将她摔到了炕下,眼,瞪住奶妈仁顺嫂跟丫头葱儿,说:"哪来的!"

奶妈仁顺嫂双腿抖着,她哪晓得哪来的,自个还不知找谁问个明白呢,一见命旺拿这脏的东西当奶头吮,就觉有人拿她当猪哩,不,猪都不如。她一对奶大命旺的白生生的奶子,如今竟比不了臭气熏天的猪尿泡,心里这苦,哗就出来了。没容东家庄地再问,忽地就梗起脖子,冲庄地喝:"我长的,我偷的,我拿来害你儿子的!"

这话了得!这是一个下人跟东家说的么?这院里的人,哪里听过这样冲撞东家的话!怕是整条沟,不,沟里沟外,怕是除了土匪,没谁敢跟东家庄地这样讲话!

啪!东家庄地抡圆了胳膊,一巴掌就冲奶妈仁顺嫂扇去,这一巴掌扇得,真可谓惊天动地!

屋里的四个人,都让这一巴掌给吓住了。包括炕上的命旺,一时也吓得忘了吮猪尿泡,傻傻地盯住自个的爹,拿他当怪兽看。

灯芯脸上哪还有一点血色,惨白着脸,哆嗦在那,半天,扑通一声,给公公跪下了。

就在灯芯开口讲话的空,吓呆了的丫头葱儿忽地醒过神,一抱子抱住庄地,跪在他脚下,泪溢满面说,"爷爷,是我不好,是丫头葱儿打后院拿来玩的,没想,没想……"

"滚!"东家庄地一脚踹开葱儿,气急败坏地出去了。

屋子里霎时没了声。

好久,奶妈仁顺嫂捂着一张红肿的脸出去后,少奶奶灯芯猛地抱了丫头葱儿,噎得说不出话。

猪尿泡的事给了东家庄地致命一击,使得他对儿媳妇已经拥有的那点儿好感和信任瞬间瓦解,支离破碎,再也寻不见半点影子。尽管丫头葱儿巧妙地用眼泪和灵性把事情遮掩了过去,但精明的庄地哪能就那么容易上当呢？内心里他是决然不肯放过这件有辱他庄家尊严的事，面子上，他还是采取息事宁人的态度，将丫头葱儿教训了一顿，宣布此事到此为止。那只猪尿泡，也被他亲手扔到了沙河里，望着随河水远去的晃晃悠悠的那个物件，东家庄地觉得扔进沙河的，怕绝不是一只猪尿泡。

下河院的空气因为一只猪尿泡，忽然就变得有些紧，有些怪。下人们发现，奶妈仁顺嫂的脸越来越阴，越来越没活气了。少奶奶灯芯再到了后院，声音也远不如以前那么清亮，那么明快，而且，她的脚步，是轻易不送到后院来了。

少东家命旺的病却突然间出现反弹，连续三夜，他都发着高烧，脸色血紫，浑身烫得能吓死人。有两夜他甚至连撕带咬，狗一样扯开了少奶奶灯芯的衣裳，少奶奶灯芯像根木头一样，也不躲，也不避，任男人在她身上使了劲地抓挠。后来是奶妈仁顺嫂实在看不过去，一把抱过他，连唱曲儿带喂奶，才将他不明不白的火给平息下去。

奶妈仁顺嫂再次拐弯抹角提醒少奶奶灯芯，管家六根并不是一条平处卧的狗，已是若干天后。关于猪尿泡的事已在院里淡了下去，接踵而来的一大片杂乱事让谁也无法把心思缠到一件不痛快的事上，更多的不痛快等着他们哩。其间沟里又落下一场雪，这场雪落得短、促，但落地上的厚度一点不比前几场逊色。东家庄地顾不得雪厚路滑，连着去了几趟油坊，这一天回来，突然把自个关在了上房，也不吃饭，也不说话，夜很黑了他还在里面，不让点灯，不让人进出，就连丫头葱儿也不让。他孤鬼一样困在里面的怪异举动吓坏了少奶奶灯芯，打后响起，少奶奶灯芯就站在了院中，眼睛一刻不离地盯住上房，两只藏在羊皮围脖里的耳朵竖了又竖，生怕漏掉一点儿动静。夜都这深了，上房里还是不传出一点能供人判断的动静，院里院外寂得要死。

奶妈仁顺嫂忙完手里的活，悄悄迈过步子来，立在了少奶奶灯芯身后。东家庄地神秘的举动同样令她不安，后响做饭时接连打碎两个碗，这阵儿心里还怦怦跳。

奶妈仁顺嫂本是想劝劝灯芯的，做事千万别太离谱，舍不得奶子固然让人理解，但拿个猪尿泡哄骗男人，这样的举动实在不是女人家该有的，况且一个奶子有啥舍不得？嫁了男人，甭说奶子，命都是他的，甭看着你那两疙瘩肉现在还值钱，过不了三五年，怕是连猪尿泡都不如，想给他摸他还嫌手累哩。拿上下河院这样的财势,只要他想摸,沟里沟外有的是奶子。不过这些话只在她心里转了一个圈,便让她一口啐掉了。凭啥要说给她,不让摸才好,有本事你就再弄一个猪尿泡!少奶奶灯芯倒是没再弄猪尿泡,奶妈仁顺嫂那对白生生的奶子便再次成了少东家命旺夜夜离不开的宝贝。

奶妈仁顺嫂对此感到开心,就跟上次丢钱一样,有种失而复得的快乐。这样,她的那个神秘的动作便又在少东家命旺身上施展了,这是一个近乎魔法的阴暗动作,只要奶妈仁顺嫂一咬牙齿,手里暗暗用上一股劲,少东家命旺的身子便又很快虚脱起来。

少奶奶灯芯对此却浑然无知。

奶妈仁顺嫂立在灯芯身后,脑子里是一些稀奇古怪的想法,这想法跟她在下河院的处境有关,处境变化,想法也变化。这阵,觉得心思又有点贴着灯芯了。

大凡这院的长工或是下人,要想活得相对滋润,就得不停地拥有想法,不停地调整跟主人家的关系,这是一种极隐秘的调整,不能让主人家看出一丝儿的破绽,更不能让外人起疑心。包括小小年纪的丫头葱儿,如今也学会了这招,要不,她才不愿冒那么大险承认猪尿泡是自个拿来的呢。一个丫头家,有拿那东西玩的么?比之管家六根,奶妈仁顺嫂这点上做得要好,好得多。

奶妈仁顺嫂去西厢拿了件羊皮袄,轻轻裹在少奶奶灯芯身上。灯芯回头望了一眼,眼里有丝感激。

上房还是没一丝儿声息。

少奶奶灯芯和奶妈仁顺嫂不顾冰天雪地瑟立在黑夜中的举动最终惹恼了东家庄地,他将她们臭骂一顿,撵回了西厢。

一进屋,少奶奶灯芯就说:"准是管家,不定又在油坊捣啥鬼呢。"

奶妈仁顺嫂接过衣裳,边往整齐里叠边说:"东家接二连三往油坊跑,八成今年这油,味道不好哩。"

"你说甚?"少奶奶灯芯突地盯住奶妈仁顺嫂,觉得她话里有话。

奶妈仁顺嫂这才将沟里人的闲言碎语说出来,这些年,沟里吃的清油味儿一年不如一年,不是辣就是糠,跟老管家和福手上的清油没法比。说到后来,奶妈仁顺嫂叹口气,故意提紧了声音说:"少奶奶,不是我多嘴,管家六根这人,阴着哩,少奶奶还是多提防着点。"

两个人说了会儿话,睡死的命旺忽然醒了,一看炕上坐着奶妈,一头砸过来嘴就往奶子上拱。奶妈仁顺嫂边解怀边说:"你看他馋的,还像小时候哩。"说着转向命旺,搂了他头,"亲昵地唤,乖,甭急,奶妈给你吃,快吃住,哦……"

少奶奶灯芯身子猛颤了下,就觉有一股浪腾起,怕奶妈仁顺嫂看见,急忙奔了里屋。

灯芯刚进里屋,仁顺嫂抱着命旺的手忽就忙了起来,很隐蔽,很歹毒。少东家命旺立刻两眼放光,浑身抽搐,若不是嘴让大奶子牢牢堵着,怕是要喊出声哩。

一股白白的东西喷出来,喷了奶妈仁顺嫂一手。

直到奶妈走,少奶奶灯芯都没敢打里屋出来,奶妈仁顺嫂将奶子塞进男人命旺嘴里的一瞬,她清楚地看见,那白生生的奶子上,又多出两个鲜亮的牙印。

她想起公公那口略带烟黄的好牙来。

这夜,少奶奶灯芯忍不住难受,火烧火燎的,睡不着,抱着身子坐起来,咬住牙儿等天亮。有几次,脑子里晃儿晃儿地泛出二拐子轿里摸她的那只手,晃得她身上由不住地一次次痒。后来,后来竟想起奶妈仁顺嫂跟公公来。

她是亲眼看见过公公跟奶妈仁顺嫂做那事儿的。那是在发现管家六根偷窥后不久,有天夜里,实在睡不着,就鬼使神差地挪了脚步去。本来也不是成心想偷看,就是想去听一听,或者,就那么站院里,长廊下,让风平息了她身上的火。没料,脚步子一迈出西厢,就由不得她,不去都不行。心也跟着跳成一团。

灯芯摸到上房,听见睡屋果真有说话声,但听不清,很浑浊,便疾步挪到六根站过的地方,这时她便听到睡屋传出奶妈仁顺嫂的呻吟,很轻,但很紧,灯芯忍不住一阵心悸,想走开,腿却牢牢地让声音拴住了,怎么也迈不动。后来便学管家六根,搬过新做的梯子,爬了上去。

屋里的一切瞬间捉住她的眼睛,炕上疯动的人儿让她全身痉挛,油灯下大片的粉白令她气喘得难以呼吸,心紧得几乎要晕眩过去,好几次险些从梯子上掉下来。按说这样的举动绝不是中医世家的女子所能为的,但少奶奶灯芯偏是中了魔似的舍不得走开。公公爬在奶妈身上抽羊癫疯似的颤抖让她胸闷气短而又兴奋异常,不仅不觉恶心反在心里生出一份对奶妈仁顺嫂的忌妒。

　　……

　　次日她在上房见了公公，禁不住想起他夜里抖颤的样，脸颊顿时飞红，努力平静住自己近乎罪恶的心，跟公公说完事便逃了出来，惹得公公拿眼怪怪地盯了她影子好久。

　　这阵想起奶妈仁顺嫂粉白的大奶上新添的牙印，就再也抑制不住自己的想象，放开了一阵猛想，直把自己想得下面一片稀湿，才紧紧抱住枕头叹出一口浓浓的伤感。

　　这之后，她的梦境便丰富起来，老是梦见跟男人命旺抱炕上发羊癫疯似的抽颤，颤抖过后，她惊奇地发现，那个从她身上扬起脸的男人不是命旺而是下人二拐子，二拐子眼里不再有平日见了她的胆怯和卑微，火热的目光能把她烧死。有一天她竟梦见跟公公庄地抖在炕上，哎呀呀，羞死个人。公公粗糙的脸扎得她皮肤痒痒却很麻酥，正待她要好时公公却从她身上惊下身子，仓皇而逃。种种怪梦折腾得她夜里不敢睡觉，不敢扬起脸看院里任何男人的眼睛。

　　少奶奶灯芯就像恶鬼缠身样再也无法安宁，她把自个羞得想撞死，再这样下去，没准自个就要先请道士做道场了。

第三章
过　年

17

　　一场接一场的大雪牢牢地封住了菜子沟,站在下河院高高的屋顶上,积雪如同厚厚一块毛毡,把山和沟,树和地盖在了一起。沟里高高矮矮的泥巴房,这阵儿全成了一个个雪疙瘩,错综起伏,杂乱无序地耀白着人的眼。

　　这雪,既是来年的福,又是今冬的害,它让整条沟变得鸦雀无声,仿佛冬眠了般。

　　东家庄地一片子急,大雪封了山,人和马的脚步都受到威胁,许多该做的事不得不停下来,里面的东西出不去,外面的银子也就进不来。这一沟的人,不是蒙住头睡大觉能睡得过去的。最要紧的,是得去一趟凉州城。

　　马上要进腊月,一沟的人要办年货,院里的东西不多了,那还是娶媳妇前置办下的。再说也要看看凉州城,有啥花哨货,好买了让沟里人开开眼界。在如何让沟里人开心的问题上,东家庄地有与众不同的想法,银子要挣,人心也要挣,虽说沟里人总是欠他的,可让他们过一个好年还是很重要的。唯有让他们过好年,来年的日子才能踏实。况且雪这么泛,开春免不了又要开荒置地,那可是件苦事儿,也很是件开心事儿,想想,打他当上东家,这沟里,一年年的,眼看着让他开到了四十里处,下河院的地比他爹手上多出了两倍,安置的人家也翻了一番,那些个来自四乡八野的逃难者,一进了沟,就再也不想走了,撵都撵不掉。真可谓雪养沟,沟养地,地养人。这一眼的白,来年又是一眼的菜子。一想菜子,东家庄地的心就沸腾了。

　　日子定下后,他把管家六根叫了回来,开口便说:"我要出趟门,白日里你在油坊,夜黑里住院里,两头照管着。"

管家六根点头说是,跟着又问:"跟谁去?"

东家庄地默盯了会儿六根,忽然问:"你说谁去好?"

管家六根先是不做声,同样的目光盯了东家庄地一会儿,想了想说:"院里是没人的,要找也得到沟里寻。"

"谁?"东家庄地紧跟着问。

"日竿子。"

日竿子就是六根那个堂叔,当年在下河院放过牛,后来不放了,租了地种。管家六根沟里就这一个亲。

"他去能做什么?"东家庄地点了烟,装作漫不经心地问。

"装车押车,路上做伴。"管家六根显然早就谋划好了,一气说了日竿子不少好处。

"先这么说下,走时再定。"东家庄地没给六根死头子话,但也没驳他脸面。管家六根当夜便去了日竿子家,先透了气,日竿子忙让老婆熬茶,一口一个侄,叫得亲热。茶熬好,叔侄俩喧到了正题上。

"命旺有救没?"日竿子问。

"怕是有。"六根答。

"没别的招?"

"没。"

屋子里静了许多。喝茶的声响一起一伏。

"那得想法儿。"日竿子说。

"得想法儿。"六根说。

"要不?"日竿子不说了,眼睛盯住六根。

"不行。太明了不行。"六根直摇头。

"弄残他老不死的,断条腿或让他哑巴了。"

"我再想想,再想想,这事儿不做便罢,做就得做好。"六根显然还是缺少信心。

"你呀,都几年了,还是硬不了心。"日竿子有些失望。

老婆咳嗽了几声,知道来人了,一定是中医李三慢。两个人忙端了茶,高声喧谈起来,说的是过年的事。

日子定在二十八,走时却提前了一天。东家庄地没叫日竿子,叫的却是老管家和福。粗粗算来,东家庄地没进和福院子也有五六个年头了,院里的树都能当椽子了,当年才有指头粗。石头都撑上他爹了,眨眼间就长成大小伙。东家庄地摸摸石头,问:"你爹哩?"

老管家和福听见是东家的声音,一个蹦子打炕上跳下来,颤着嗓子就喊:"你咋个来了,你咋个亲自来了么?"东家庄地边瞅屋里边说:"不能来?"

"天呀,看你这话说的,快上炕,快上炕么,脱啥鞋哩么,上,上,上。我的天爷呀,你咋个不带个信哩?"

东家庄地坚持着脱了鞋,一屁股坐炕恼里,望住和福。和福叫女人熬茶,"快熬么,磨蹭个啥,你看来的是谁。"

女人提着茶壶,激动得泪溢了出来。和福骂:"淌个啥尿珠子么,也不怕笑话。"说着话自个眼里竟也浸了泪。

半晌后东家庄地说:"你还是那么硬朗。"

"托你的福,还行,屋里地里的,都还能折腾。你哩?还顺心么……"

东家庄地叹口气,喧谈了几句,这才提起去凉州城的事。

"能成么……我……能成?"

"咋个不成,除非你不想。"

"哟嘿嘿,不想?你快喝茶,走,走,你说咋就咋,只是做梦哩,还能跟着你上城,哟嘿嘿……"

老管家和福确实没想到,东家能进他的门,还能叫他跟着去凉州城。庄地走了许久,两口子还当做梦似的,一个问一个:"真的么?真的叫去?"直等弄明白是真的,和福哇的一声,哭开了。

老管家和福是让东家庄地从下河院赶出来的。事情过去这么多年,和福想起那个早晨发生的一切,忍不住还会心惊肉跳。

他是头鸡儿叫时听见上房睡屋里发出喊声的,东家庄地不在,去了凉州城,跟六根一道去的。站院里听了会儿,声音确是从松枝屋里发出的,而且就是松枝的声音。声音很疼,像是揪了心一般,听得他心立刻揪在了一起。他冲耳房仁顺嫂仁顺嫂唤了几声,才想起奶妈仁顺嫂回了家,东家刚走她就闹肚子,第二天又说伤风,怕染给少东家命旺,到自个家吃药去了。这时声音紧起来,一阵比一阵紧,和福越听越不对劲,他走到窗下,冲里问:"要紧么?"里面不说话,只有喘气声,又问了声:"疼得很么?"里面弱弱地说:"疼死了呀……"

和福不敢犹豫了,推门进去,奔到了炕前。松枝果然疼得接不上气,两只手死死抓住枕头,在炕上滚团团。和福点了灯,看见松枝满头大汗,脸色一片瘆白。忙抓了她的手问:"哪儿疼?"松枝咬住牙,指指心口。就又抱住身子,在炕上打滚。和福知道老病又犯了,急得他到处抓挠,就是想不出法子。以前有奶妈,疼急时压住给她揉,可这阵……

后来松枝栽到地下,和福不能不抱她。他抱起她,就觉身子轻得跟草捆子样,人成了柴棍儿。心里忍不住就气东家,人都病成这样了,还钱钱钱的,钱要紧还是人要紧。这么一想就胆正了,说:"我给你揉揉吧?"松枝抓了他的手,"快呀,你要疼死我么,你个死人,愣着做甚?"

揉了阵,松枝轻些了,头上的汗少了,说要喝水。和福倒了水,喂给她。松枝说:"和福,我要死了,怕是熬不过今儿夜。"和福说:"你乱说啥呀,明儿个我找你哥去,让他给你开药。"松枝说:"不顶用,迟了,这阵就是金子也买不下我了。"和福还要说,松枝不让,"和福呀,临死前我再问你一句,你心里有过我么?"和福不答,这话她问过多遍了,都没答,不能答。他是下人,她是东家奶奶,要是答了,命就没了。松枝哭了,泪跟雨点似的,"我知道你心里没,我苦哇,来世上一趟,没个人心里有我……"

后来,松枝哭得越发悲切,惹得和福也是一眼接一眼的泪。他不让松枝哭,他说东家心里有你,你甭胡思乱想。松枝说:"有我咋不救我,不让我吃药,他巴不得我早死呀。"和福没词了,东家心里有没松枝他不知晓,东家不让吃药却是事实。

那个夜晚和福不敢离开,松枝一阵紧一阵松,疼急时抓着他咬他的肩,松下来又乱癫癫胡问话,问得和福答也不是,不答也不是。最后他咬牙答了,"有,有呀,可我是下人,有又能咋?"

松枝终于不问了,紧紧抓住和福,"和福呀,有你这话,我死也心甘了,总算没白来一场。"说完就扑他怀里,先是号啕大哭,接着又捶他,骂他,"你咋不早说呀,你个死和福,你也是成心让我死哩,我要死了,你早说了我也没这么快呀……"

天慢慢亮起来,和福早已成了泪人,这泪是为松枝流的,也是为他自个流的。心里装松枝装了几年,这时才说出来,他觉得亏,亏呀。后来,后来不知怎么就给抱到了一起,抱得紧紧的,像是再也不分开。松枝在他怀里动,在他肩上咬,咬得他一阵阵晕眩。

是松枝抓了他衣服,她如柴的身子贴他胸上,感觉不到绵软,只有心疼,烂里烂里疼,他箍紧她,用整个人暖住她。他说:"松枝呀,我不让你死,你不能死,我要把你留在这世上。"

话还没说完,门哐一声踢开了,进来的是东家庄地,还有六根。

一切都在眼前明摆着,用不着和福狡辩,况且和福也不想狡辩。和福愣了片刻,轻轻放下松枝,只说了句,你看着办吧,就走了出来。身后响起松枝撕裂的声音,"和福,我的命呀……"

第二天没熬到天黑,三房松枝就用一根布带吊死在睡屋里。

……

知道东家庄地带上和福提前上了路,管家六根气得扔了茶壶,滚烫的茶水溅七驴儿腿脚上,立马有红疱烫起来。昨儿夜六根又跟日竿子喧至半夜,终还是放弃路上动手的主意。六根狠不下心,他相信东家庄地很快会老糊涂,只要命旺不出奇迹,下河院终究还是他说了算,犯不着冒这等险。赶早回到油坊,本想吃了早饭好好睡一觉,没想就听了这沮丧的消息。

昨儿夜他是跟柳条儿睡的,四女子招弟出了怀,六根就想把种种进去。老婆柳条儿连生四个丫头的事实虽然十二分沮丧,但不会动摇他下种的决心,想想他爹连生六个丫头还是把他生了出来,六根就觉没必要这么早泄气,应该有足够的信心把儿子弄出来。

柳条儿拒绝了他。柳条儿平生头次用力气把男人从身子上推下去的举动说明这个女人冬天里听了不少闲话。连生五个丫头终于落下儿子的草绳跟柳条儿来往密切,柳条儿常常抱了招弟上草绳家串门,扯开大怀边喂奶边听草绳传授秘诀。草绳说这事儿不全怪女人,男人的东西有时也骗人,种个西瓜能结出芝麻来?草绳看似无意实则有心地漏出后山中医刘松柏后,柳条儿动摇了。

"你下去!"柳条儿说。柳条儿说这话时口气硬邦邦的,一点不像平日那个见了他腿就抖,指东不敢往西的柳条儿。六根弄不明白,复又翻身上去。再次让女人从肚子上赶下来后六根决定不忍了,啪地扇了一个饼,"你这不会下蛋的鸡,还有理了?"自打生了招弟扇饼是常有的事,柳条儿并不惊奇,平静地说:"种个西瓜让我结芝麻?"

"你放屁!"

"放屁我也要说,你的种有问题。"

啪!这次不是扇,是捆,捆比扇有劲,更解气。

柳条儿腾地坐起来,"知道草绳怎么生下儿子的么?中药!"说完下了炕,到另屋跟来弟盼弟睡去了。

管家六根捶了柳条儿。管家六根一向认为女人不是什么值钱的东西,该捶就捶,该打就打,用不着客气。要不是想着生儿子,给自己延续香火,管家六根才不要一房女人烦自己,他让六个女人烦了十几年,烦极了,烦怕了,烦得一看见女人就想躲。

管家六根一生下,就不幸掉进女人窝里,六个姐姐像六条母狗,整日的乐趣就是互相撕扯。父母视女儿为粪土的轻蔑态度在得到六根这个宝贝后变本加厉。他们常常会为一件小事对女儿大打出手,甚至剥夺吃饭的权利。仇恨自小便像血液一样在她们心里流淌,用不着谁教她们照样能把架打得热火朝天。通常是一个撕一个奶子,还没长出奶子的就撕头发,撕不过瘾再抓脸,抓得满脸是血,还不停手。

这时候母亲往往是抱着他,局外人似的边哼曲儿边把早让六张嘴吸空的奶子硬塞给他。母亲哼一种很能催眠的曲儿,但本意绝不是让他睡,他一闭眼马上会得到一顿捏掐。母亲疼他的方式总是特别,捏掐还是很普通的一种,有时候她会冷不丁把他的小宝贝吞含嘴里,就像吮棒棒糖一样吮咂上半天,完了,还不过瘾,还要咬着他的屁股蛋儿说,你个宝贝家的,你个王母娘娘送来的,你把我可想死了。母亲逗上他一阵,会忽然地伸直目光,看猴一样看她的另外六个丫头片子,看着六个丫头片子打成一气,母亲眼里会露出解恨的光,内心里就像巴不得她们其中一个被打死。这样六根就能一丝不漏地看到打架的全过程。起先他感到兴奋,看着老大撕住老三奶子,忍不住为老大加油,不小心咬了母亲空皮袋一口,疼得母亲咧着嘴叫。老三反手撕住老大奶子,唤老二一同上来作战,六根又倒向老三这边,渴望老三能把老大撕烂。这样重复的镜头填满他小时的记忆。终于有一天,六根对六个姐姐毫无创新的打法抱以失望,觉得她们应该打得更精彩更解气一些。有天他见老大从下面掏出一条血带摔到老四脸上,顿时兴奋得哇哇大叫,嘴巴毫不客气咬了母亲一口,这次母亲没有原谅他,冲他屁股上捆了一巴掌,六根哇哇嚎叫,狼扯声引来暴躁的父亲。父亲猛地撕住母亲头发,你个老母猪,敢打老子的心蛋蛋!六个姐姐兴奋得睁大眼,叫喊着让父亲揍她,揍死她,母亲果然美美挨了一顿。

直到他离开母亲奶头,六个姐姐像是突然明白她们挨打受饿原是因他这个带把的东西。狗娘养的!六个姐姐先是经过一番密谋,瞅准

109

一个没人照管他的下午,六匹狼一齐扑向他,将他压在身子底下狠命地暴捶一顿。那是一个漆黑的下午,六根先是反抗,见反抗不顶用,再不叫喊他就要被捶死了,于是他用一贯的伎俩,放开了嗓子野哭。哭声很快招来正蹲在地埂上跟人炫耀的父亲,六根的爹在那个下午着实让沟里人大开眼界,他打丫头的歹毒和狠残一向是沟里出了名的,可那个下午,六根的爹显然是想把这种狠残抬高到另一个台阶上。他不但放弃了一向用惯手的柳条或苃苃,选择了对付牛的鞭子。那家伙真是打人的好工具,一鞭下去,妈呀,不敢望。六根爹却一点不见怕,下手极为准确,就在奶子和脸上,而且鞭鞭见血,打得那个过瘾,没法提。望着六个姐姐在父亲的皮鞭下皮开肉绽,六根真是幸福得想死,妈呀,有什么比看这六个母猪挨打更痛快的呢。

报复往往来得更加凶猛,而且越发出其不意。趁父亲去下河院接母亲下地的时候,她们像狼一样扑向他,卡住他脖子,不让他出气,嘴里塞进她们带血的破棉套,让他想喊也喊不出。老四还恶毒地拿来一把剪子,扬言剪掉他多长的那个让她们变得下贱的东西。如果不是老六稍稍胆小点,怕一剪子下去,她们也没命了,六根那多长的东西怕早就给咔嚓掉了。六根正是在一次次搏斗中学会反抗,学会攻击。终于等到身体能对付得了她们的时候,六根决定替爹妈铲除她们。这一次六根学会了利用计谋,认为一次干掉她们六个显然不合实际,而且愚蠢,他决定各个击破。

下手当然先从老大开始,那个时候六根便懂得了擒贼先擒王的道理。趁老大上茅坑,拿个背篓一下扣下去,一脚将老大蹁进茅坑,老大双腿让裤子绊住,动不了,人又让背篓束缚着,正好可以狠下毒手。六根也真能想得出,第一回惩治老大就显出他非同寻常,法儿远比他爹奇妙也远比他爹歹毒。他居然能将老大乖乖压在屎上,一泡臭屎填她嘴里,又美美冲她脏不忍睹的屁股拿刺扎开几道血口子!

惩治老二的方式就更为简单,趁老二睡觉时,他拿麻绳套住其脖子,将麻绳的一端挽个活扣,套自个脚上,轻轻一下就险些要掉老二命。老三老四抬水时他躲在暗处,用弹弓打烂她们的头,回来还装不知道。更是老五老六,还想跟他求和,他佯装同意实则在寻找机会,有天见屋里就她两个,他从屋檐下掏出一窝蜂扔进去,关好门窗,没费吹灰之力就让她们死睡了半月。

十岁那年他遭到报应。老大临嫁人时发动大家,将他丢进水缸,一屁股坐在盖子上,稳如泰山般不动。其余五个大呼小叫,就跟看到下河院宰牛一般快活。若不是母亲提早回来,六根那次保准没命了。长大后他便知道女人都是些可恶的东西,对付她们的办法就是拳头和鞭子,同样的待遇现在他给了柳条儿,不会生蛋还敢推他,六根没法忍受。更不能忍受的就是说他种不行。这个挨千刀的,竟说他种不行!老子明明种的豌豆,你却长出胡麻来,你个挨炮的!

见七驴儿抱住脚,六根问烫得重不?七驴儿龇牙说,没,没烫着。六根觉得满意。像七驴儿这样说话才显得有出息。他掏出一把麻钱,赏给七驴儿。这碎娃已帮他运了两趟油,还好,都顺利,钱也一分不少地拿了回来。六根生了一会儿气,终于平静了。不就一个和福,能把他咋样。

六根当上管家完全得益于和福。那时候他只是下河院一头猪,谁都可以踢他一脚。不过他忍得好,谁踢都认,踢了还不哼哼。后来他变成一条摇尾巴的狗,整日晃荡在东家庄地眼前。六根这样做完全是因了他爹,他爹给下河院扛长工,一年到头没个空闲,竟养不活他们。六根觉得爹很愚蠢,爹的爹同样愚蠢,光靠力气就想发财,天下哪有这等便宜事儿?发财靠的不是力气,是脑子,是智慧,是胆略,总之是一些爹没有他却有的东西。六根在一个秋日晚霞很好的黄昏发现管家和福站在树下发呆,目光深处立着出来透气的三房松枝。那时候松枝身段儿很好,东家庄地夜夜不停地耕耘滋润得她周身散发出盈盈的水气,晚霞染在她披着粉袄的身上,映衬得整个院子都漾出波儿波儿的闺房气息。六根躲在暗处,他盯管家和福已有些日子了,这个发现立马让他精神一振,三房松枝眼里一直有股若明若暗的光儿,原来那光儿是给管家和福的。从此他的眼睛便时时盯着那光儿,直到一个三伏天湿热难熬的夜晚,他看到三房松枝从睡房出来径直进了管家和福的耳房。他的腿便像猫看见老鼠样轻轻跟过去,他偷听了他们的谈话,那话里暗含着一些东西,这东西对东家庄地很要命,对下河院更是天摇地动。但他没马上说出去,空口无凭,没听说谁让一句话弄死的。他在等,他相信等下去桃子会熟,等下去骡子会下马驹。六根为此整整等了五年,东家庄地的种都结果了,期望中的事还没等到。就在他快要相信骡子终究不会下马驹这个事实时,松枝的病重了,一日甚过一日。六根开始奔波,这沟跑到那沟,这山翻过那山,总之所有打听到的道士跟和尚还有算命先生都找了过来,他们被一一请到下河院。那些个日子,下河院几乎天天被一股神气罩着,不是五谷神就是天王神,反正这沟里沟外有的是神,而且名号千奇百怪,说出来都能吓死人。东家庄地见了诸神,无不虔诚地跪下磕头,按神的意愿烧香拜佛,宰鸡杀羊。神光中的下河院终日弥荡着一股血腥味。六根迎来送去,忙活了一个夏天,又一个秋天,到了白雪覆盖住菜子沟的冬天,三房松枝的病越发严重起来,重得都不能下炕了,诸神送的纸灰还有神水喝了一碗又一碗,喝得她一见神水就发呕,身子骨却一天比一天干裂,眼看都能当柴烧了。后山中医刘松柏一趟紧着一趟来,口口声声嚷着要给三房开中药,还说再不开中药就迟了。东家庄地哪还能听得进去,他耳朵里早灌满了诸神送给他的神话,这些神话几乎如出一辙——这院里终日漫着药味,与地脉相冲,而且,这药味带了股阴味,是从黄泉之下一悠儿一悠儿飘来的,药味不除,怕是丧事不断。

这话完全掐住了东家庄地的死喉。六根深知,东家庄地深深地怀念二房水上飘,他对水上飘最后咽下的那服中药一直耿耿于怀。受了六根恩惠的诸神们在下河院好吃好喝过上一段神仙日子,最后走时还能怀里揣得满当当的,哪还敢不听他的话,只管照着说便是。六根一手掐着东家庄地的脖子一手加速和福对三房松枝的怜爱,不时创造些他们接触的机会,让他们惺惺相惜。终于,几年的心血得到回报,当他引着东家庄地冲进松枝卧房时,他相信梦寐以求的管家到手了。

18

凉州城东门楼子下李记客栈里,东家庄地怀着满腔内疚说:"和福呀,这多年过去了,你还恨我么?"

"哟嘿嘿,东家,你快甭提了,再提羞死我了。"和福蹲着,双手蒙住脸。

这一路上,东家庄地问得最多的话,就是这句。

东家庄地心里亏啊——

三房松枝吊死的当天夜黑,东家庄地暴跳如雷,咆哮的样子简直要把管家和福吃掉。六根又在边上火上浇油,添油加醋道,把这个不知羞耻的畜生绑起来,拿乱棍打死。如果不是奶妈仁顺嫂,管家和福是活不过那个夜晚的。

奶妈仁顺嫂当时在耳房里,和福跟三房的丑事一暴露,她就吓得躲进了耳房,生怕这炸天的事连带到自己。她怀里抱着弱小的命旺,吓得格格抖。六根带着下人拿绳子捆管家和福时,和福女人突然撞门进来,扑通一声就给她跪下。"救救他吧,求求你,救救我家男人吧。"和福女人泪如雨下,不停地跟她磕头。奶妈仁顺嫂哪受得了这个,她跟和福女人差不多大,平日里见了,姐啊妹的,叫得亲热,这阵儿,和福女人却磕头如捣蒜,她要再不替和福说句话,往后,还咋个见人?

可一个奶妈,能说上话?东家庄地还在上房吃了炸药似的吼,那声音,能把下河院的屋顶揭掉。奶妈仁顺嫂犹豫着,不敢拿眼睛望地上跪着的女人。

"他是清白的,我自个的男人,我敢拿命保证。救救他,救救他呀,要是他有个三长两短,我也不活了,这命,我今儿个一道交给东家。"说着,一头撞向耳房里那根柱子,瞬间,血便流了一地。

奶妈仁顺嫂吓得从耳房里跳出来,没命地往上房跑。"东家,不好了呀,和福女人,和福女人她……"话还没完,一头倒在了地上。

东家庄地正要拿这个不识眼色的女人出气,一看,她怀里竟没命旺,登时吓得往耳房跑。进了耳房,却被一地的血惊了。

东家庄地正是从那摊血上看到了事情的猫腻。一个女人敢拿命来救自个男人,至少,这男人坏不到哪去。东家庄地绕过血,抱起儿子命旺,一出了耳房,他的主意就变了,冲后院喊:"把他两口子给我抬出去!"

六根如愿做了管家后,东家庄地也曾恍惚过,对和福,是不是狠了,过了?但一想到睡房里看到的那幕,心就格格抖。一个下人,一个管家,竟敢……后来,后来还是奶妈仁顺嫂,绕着弯儿似是试探地说,你想想,你好好想想,你把前前后后细想一遍,看能不能想出个甚?

这一想,东家庄地就想起六根的话,想起六根跟他出的主意。原来,事发那几天,他并没离开菜子沟,他去了庙里,就是那座天堂庙。东家庄地每年都有在庙里住一阵子的习惯,只是这时间,会因年份或心事的不同而有所变。六根说,你在庙里住着,啥事也甭想,啥心也甭操,到时,到时我会给你一个交代……

天啊,是六根,前前后后,都是六根,是他精心谋划的呀。

东家庄地再想后悔,就迟了,这时候的六根,早已不是当初那个任人踢任人骂的跑堂娃子,他是下河院的管家,一个拿捏住东家庄地把柄的人物。

"和福,我悔呀,悔得肠子都青……"东家庄地还沉浸在往事里,醒不过神。

"东家,你就甭提了,真的甭提了。这人世上的事,都有它的定数。我和福做过的事,遭过的罪,从来不后悔。人么,活一辈子,哪能平平坦坦,是亏是福,老天爷知道。东家,说些别的吧,说这个,堵。"

"和福呀,要是再让你帮我,你还来么?"东家庄地还是绕不过这事,不过,这次,他算是把心里最要紧的话说了出来,他的语气近乎乞求,目光也充满期待。

其实这句话,他心里憋了几年,只是,一直没机会说出来。

老管家和福终是低着头,低习惯了,多年前养下的毛病到现在也改不了。东家的话如一股暖流在他体内涌动,事实上他并没恨过他,哪敢恨呀,亏是他及时赶来了,要不,那晚能弄下啥事自个也难保证,毕竟……再说了,千错万错,还是他和福的错,是他和福抱了东家老婆,到哪儿也说不过去。这些年,为这事,他心里有过疙瘩,这疙瘩,一半是为自个,一半,为三房松枝。她不该死呀,多么好个女人,咋就偏偏命短哩!

一路上听了东家的话,心里疙瘩算是解开了一半,解开好,解开就不堵了。可一听东家又让他回去,犹豫了,不言声了。

"是怕六根?"东家庄地问。

没点头,也没摇头。他问自个,怕,还是不怕?

"他是个人祸呀。"终于,他跟东家庄地说了。

东家庄地等的就是这句话,其实对六根的种种猜疑,只有从和福嘴里得到证实,东家庄地才敢确定。

老管家和福一口应承下来,令东家庄地高兴万分。他真是没想到,和福是这么一个念着旧情的人。"不说了,和福,啥也不说了,往后,这下河院,也就是你自个的家。"

"使不得,使不得呀东家,这话,折和福寿哩。"

两个人客套一番,便收起话题,开始用上心办年货。这一年已是民国十四年,比庄地小三岁的光绪爷离开人世已经快二十年了,想想,也是一晃眼的事。自打有了民国,这凉州城的事,也是一天一个景儿,尽让人看了稀奇,单是这钱币,今儿个用银元,明儿个用铜元,闹得东家庄地心里着实不安,他还是觉得那白花花的银子实在。和福便笑他,"你这是让银子闹出病来了,要叫我说,最好的法儿还是拿菜子换,看上甚换甚,谁也不觉吃亏。"

"对,对,这话对着哩。和福呀,你还记得我们拿菜子换走马的事么?"

"记得,咋个不记得。要说,那回我们是赚了,多好的走马,瞅瞅你骑上那个威风。"

两人说着,把凉州城大大小小的商号转了个遍,一沟的年货,就在这轻松的说笑间陆续置办下来。

民国十四年腊月初一晨六时,天还蒙蒙儿黑,菜子沟下河院东家庄地带着老管家和福,站在了千年古刹海藏寺山门下。之前,东家庄地已托凉州城的好友如意老居士将带来的捐赠还有一百斤上好的酥油供奉了进去。

海藏寺又名清化禅寺,位于城西五里处,这座有着"梵宫之冠"美誉的千年古刹是下河院东家庄地每次到凉州城必定朝拜的圣地。菜子沟下河院每年挣得的白花花的银子,有相当一部分贡献到了这里。东家庄地虽然未皈依佛门,但在大仁大慈的菩提面前,却也有一颗虔诚的护法之心。大约是因了百年老院那风风雨雨的沧桑历史,还有院里那血腥不断的一件件往事,东家庄地对佛事是越老越热衷。有一阵子,他还吃斋念佛,真就当起了俗家弟子。老管家和福曾劝过他,借用六佛的话说,智人求心不求佛,愚人求佛不求心,智人调心不调身,愚人调身不调心。一席话说得,庄地又放弃了。不过,对这海藏寺,东家庄地是这辈子都绕不过去了。

老管家和福知道,东家庄地的佛心,原本不在佛上,是因了两个人,一个,东家庄地倾其心血,已请到了南山天堂庙,另一个,至今仍还渺无音讯。大约这番来,怕还是想从方丈口里打探点信息。

这海藏寺,和福来过,前些年遵了东家庄地的命,来接惠云师太。和福嘴里的那些个词,也都是跟惠云师太学的。只记得那时是夏天,寺院周围林木茂密,碧波荡漾,犹如海中藏寺。日出时分,牌楼东侧一缕青烟袅袅直上,盘旋于白杨、垂柳之间,缥缥缈缈,使得古刹平添了一份神奇绝妙的气氛,仿佛置于烟柳雾海之中。

晨光沐浴着这佛家慧地,山门前两棵年代久远的枯柳树,斑斑驳驳,一片沉默,仿佛两位看尽人间浮华的智者,再也不肯为这喧嚣烦躁的世界眨一下眼睛。东家庄地叩了下门,赶这么早来就是想在法会前见到寺里的方丈。这一次,东家庄地说啥也要打听到那个人的下落。

进入山门,迎面是大雄宝殿,威严壮观,气势震人。应声而来的小僧一看是下河院的庄大施主,阿弥陀佛后,引着二人依次到地藏殿、三圣殿烧香,磕头。礼毕绕过大殿,走过角楼,便来到8米高的灵钧台上。登上灵钧台,周围山色一览无余,只可惜此时是深冬,满目尽是萧条。凉州城的雪落得远没有菜子沟厚,甚至连枯萧的山色也掩不住。灵钧台上有一眼水井,世人称海心。相传和西藏布达拉宫的龙王潭相通,喝了井中之水可免灾消难。借着微薄的晨光,和福接过小僧手中的木钵,俯身取水,两人痛饮一通,一股清甜冰凉的井水润心而下,通体立刻清冽冽的冷爽。喝毕,和福又让小僧亲自往随身带的器皿里赐了水,这才向天王殿和无量殿而去。

这一天是海藏寺传统的祈福法会,晨光刚刚染满大地,洪亮的钟声便破拂而起,古钟轰鸣,香烟袅袅,古刹笼罩在慈祥博大的佛光中。

方丈室内,弘安老和尚手持木鱼,听完东家庄地的问询,道,施主此番苦心,想必能感天动地,只可惜我乃佛门净地,无法帮施主了却此尘世恩怨。见庄地面露憾色,又道,我佛弟子皆寻佛缘而来,既入空门,心中便只有佛祖。施主踏破铁鞋,一心要找到她,又有何意?阿弥陀佛,施主请回吧,菩提只向心觅,何劳向外求玄,有缘依此修行,天堂只在目前。

19

东家庄地走后的第七个夜晚,一场突如其来的惊吓险些要掉少奶奶灯芯的命。已是半夜,夜饭吃过就飘起来的雪已覆盖掉整个沟谷,下河院笼罩在一片白茫茫中。灯芯好不容易睡着,冥冥中觉得有只手朝她伸来,先在她腿上,慢慢往上移。梦中的她到了山谷,清爽的风撩拨着身子,一种苏麻的感觉通体散开,禁不住身子轻轻抖动,好像正是深夜轿子里摸她的那只手,绵软而多情,带给她可怕的快感。正惬意着,手猛地按住了她胸,抓得她奶子发疼,她一骨碌翻起来,双手紧紧护住胸。清醒的她立刻被屋子里的声音吓住了,寂静的西厢里传出的是男人命旺挣扎的声音。

少奶奶灯芯点亮油灯,见命旺在炕上打滚。看样儿,他已挣扎了多时,梦中的手正是他抓挠。灯芯身子里的那团火忽地熄灭,心思忽就落到了命旺上。男人命旺样子可怕极了,脸色蜡黄,口吐白沫,额上渗出豆大的汗,身子像蛐蛐一样蜷起来。灯芯唤了几声,命旺没一点反应,只是更紧地抱住身子,一阵接一阵地发抖。后来竟疼得在炕上乱翻腾,双手不住地撕扯头发,像是要把头拔了去。灯芯意识到不妙,凭经验,她断定男人这不是一般的疼,是俗话说的那种夺命痛。她跳下炕,赤脚跑到院里,大声唤奶妈仁顺嫂。仁顺嫂和丫头葱儿闻声赶来时,命旺已昏厥过去,两眼瓷腾腾的,跟死人没甚两样,只是,口里一咕嘟一咕嘟的白沫,告诉人们他还活着。

这可咋个办?灯芯急得要死,深更半夜的,爹又不在跟前,命旺的病她自个又识不准,就算识准,又能咋?公公还在凉州城,连个帮她想主意的人都没有。奶妈仁顺嫂见状,忙跪到院里,点燃一堆纸钱,边烧边说:"野鬼乱神的走开,我家少东家身子单薄,经不得折腾,有冤有苦等我家东家来了你再来……"丫头葱儿吓得抱住她,不停地哆嗦。命旺烧得越来越厉害,额头跟火炉子般烫手。吵闹声惊动了院里的人,已有下人跑进西厢房,问出啥事了。灯芯脑子里一片混乱,命旺的样子让她想起了跟爹见过的病人死前的症状,她想男人命旺不行了,活不过今儿夜。

正在紧急处,管家六根进来了,径直走到炕前,看了一眼,又摸了摸额头,说:"还等什么,快叫李三慢呀,人都这样了,还愣着做甚。"李三慢这个名字一下激醒了灯芯,她猛地醒了神,是啊,中医爹不在身边,沟里不是还有李三慢?这么想着,已吼喊着下人去请李三慢了。下人的脚步刚迈开,少奶奶灯芯突地又变了想法。这变,是因管家六根引起的。管家六根一听灯芯发话,立刻紧跟着吼,快去跟李三慢说,少东家不行了,他要是不来,绑也把他绑来。这话粗听,是为命旺急,是为下河院急,细听,味儿就不像。再者,要是别人说出李三慢这个名字,少奶奶灯芯也不会起疑,偏是管家六根,他不是最反对看中医么?灯芯脑子一闪,跟跑去叫人的下人说了声慢,然后怪怪地盯住管家六根。

"盯我做甚,快叫李三慢啊,少东家这样,救总比不救强。"

管家六根的神态忽就告诉灯芯什么,再说了,他不是在油坊么,咋来得这么及时?她紧盯住他,冷冷地问:"你知道怎么回事,是不?"

管家六根让她盯愣了,盯毛了,躲开她目光,避一边去了。灯芯止住话,忽然就明白了,她冲下人说:"都回去,没事了,少东家睡一觉就好。"

管家六根带着人前脚走,灯芯后脚就喝问起奶妈仁顺嫂,"你给他吃了什么?"后响灯芯去了草绳家,命旺吃饭时她不在眼前。这阵儿,她已明晓,男人的疼痛是由饭食引起的。

奶妈仁顺嫂惶惶地摇头,目光一片子抖索,脸色一下一下青下去。

"说呀,吃了什么?!"灯芯近乎是吼了,眼神像剑一样穿过奶妈仁顺嫂。奶妈仁顺嫂只是摇头,不说话。灯芯更是清楚了。她说:"你回屋去吧,是死是活都是他的命,我不怪你。"

奶妈仁顺嫂像是遇到大赦般,出溜一下就没了影。

丫头葱儿抱住她问:"真的要死了么?"灯芯摇摇头,顾不上回答,让丫头葱儿关了门,自个拿个盆子进了里屋,一阵撒尿声响出来,一股尿骚旋即漫住了屋子,丫头葱儿惊得闪了几下眼,她咋?少奶奶灯芯已端着盆子走出来,跟丫头说:"帮我把嘴撬开。"

丫头葱儿这才明白,吓得抖着身子说:"使不得呀,少奶奶,他是少东家,咋个能……要是让爷爷知晓,我可是要挨打的。"

"闭嘴!"灯芯喝了一声,旋即放缓声音说,"连你也不听话?"

丫头葱儿抖成一片,心里直后悔,刚才没跟着奶妈一道溜走,手,却硬是掰开了少东家命旺的嘴。

直到灌完尿,灯芯紧成一团的心还没松开。她听爹说起过,吃了不该吃的东西,实在没法就拿尿灌。她也是逼急了,权当拿死马充活马医,能否躲过这一劫,就看他的造化了。没想,灌下不久,命旺自个挣弹到炕沿上,大吐,一股子臭味腾地漫开,熏得丫头葱儿捂了鼻子。

灯芯的心这才哗地松开,身子一软,瘫在了地上。

天呀,你个命大的,差点就要了我的命!

奶妈仁顺嫂回到耳房,吓得灯也不敢点。从西厢房到耳房,她走了足足半个时辰,雪染了头,染了衣,奶妈仁顺嫂心里更是比雪还冰冷。

哧一声,有人划着了洋火,屋里竟然有人,奶妈仁顺嫂刚要叫,嘴让捂上了。

"是我。"管家六根的声音。

"你说了?"管家六根紧跟着问。奶妈仁顺嫂抖抖索索地摇头,身子,却软软地倒在了管家六根手中。

"你要敢说半个字,我让二拐子活不成。"管家六根猛地掐住奶妈仁顺嫂脖子,就像当年掐住某个姐姐一样。这一次,奶妈仁顺嫂没挣扎,她知道,自个挣扎不过去了,死就摆在眼前,显显的,她都看见了黄泉路上等她的那个人。

管家六根却没使毒手,他狠狠地在奶妈仁顺嫂硕大的奶子上抓了一把,留下威胁出去了。

奶妈仁顺嫂跌倒在地上。

东西是趁少奶奶灯芯去草绳家时灌进去的。

她让管家六根逮着了新把柄,不得不听他的。

中医李三慢自那次得逞后,并没饶过她,大约在她身上尝着了甜头,中医李三慢一逮着机会,就要扑上来。他比东家庄地还贪,还欠,一扑到身上,就没个完。那天她刚扫完雪,正要往下河院去,院门就让李三慢堵上了,一把逮了她,往炕上走。天太冷,屋里又没生火,冷得人打牙。中医李三慢不管,白日黑夜他不管,巷子里有没人他不管,屋里是冷是热他不管,二拐子回不回来他也不管,总之他啥也不管!就管一门子事,下面的事!跟他自个说的一样,三天不那个你,他就活不成。可他偏又不死!

那天也活该要出事。中医李三慢没得逞,虽是把她压在了炕上,可他害怕剪子,他刚把东西亮出来,奶妈仁顺嫂的剪子就到了,很利落,要剪的地方也很明确,不偏不倚,就剪住了。李三慢疼得嗷嗷叫,奶妈仁顺嫂边掖怀边问:"还压不?"

"不压了,再也不压了,你快松手呀。"

剪子又紧了一下。

"再有人没人的,往这院跑不?"

"不跑了,疼死我了,快丢手呀。"

剪子又紧了一下,眼看就要出血了,奶妈仁顺嫂甚至听到咔嚓一声响,冥冥中那带血的东西掉了下来。

"好嫂嫂呀,亲嫂嫂呀,我不是人,我是驴,是牲口,你饶过我吧,疼死我了呀。

剪不得呀,我的亲嫂嫂,你不用她还用呀,要是让她看见这东西有了伤,说不清呀……"

奶妈仁顺嫂真就想咔嚓一声,剪掉。只有剪掉,才没人敢欺负她,才没人这般没完没了地羞辱她。

她的牙咬在了一起。

门腾地一响,进来的是日竿子。

日竿子踏脚后跟已踏了有些日子。

炕上的事明摆着,光着一半身子的两个人谁也赖不掉。

日竿子兴高采烈,当夜就把事儿说给了管家六根。

管家六根这才想出这么一档子事,想趁东家庄地不在,利利落落把命旺给除掉。

东家庄地回来的这天,命旺已恢复了正常。草绳男人踏着一尺厚的白雪连夜去了后山,告诉中医刘松柏实情,刘松柏开了方子,两服药下去,胃里的毒物排尽了。

还好,喂的不是要命的东西。

也算中医李三慢不是太心狠,要不,不敢想。

奶妈仁顺嫂是腊月初十夜里让东家庄地叫去的。东家庄地说:"收拾收拾东西吧,明儿一早我送你回去。"奶妈仁顺扑通一声跪下了,"你可怜可怜我吧,东家,念在我陪你多年的分上,不要赶我走。"她的声音拉满了哭腔,眼里是悔恨的泪。

"要等你给我也下药么?"东家庄地两眼浑浊,他实在不敢相信,眼前这个人会害他儿子。

"不是我呀,你要信我,你连我也不信么?"奶妈仁顺嫂抬起泪眼,懵懂地盯住庄地,这个她从二十二岁陪到今天的男人,真的会不念旧情么?

"是谁?"半天,东家庄地从牙缝里挤出两个字。

从凉州城一回来,院里便纷纷嚷嚷,传说着儿子命旺差点半夜死去的事。老管家和福拿着海藏寺请来的圣水去喂儿子时,他把媳妇灯芯唤进了上房。

媳妇灯芯嘴闭得紧,半天,就是不吐露实情,问急了,扔下一句话,你问她去,叫她自个说。说完,一甩袖子走了。把他愣愣地丢在上房。

媳妇灯芯分明是对他不满,话语里,表情里,甚或还溢着一份恨。东家庄地再一次想起那个夜晚,想起梯子倒地的那一声腾。他知道,媳妇把啥也看在眼里了,却又把啥也藏了起来,不是她不想说,是给他留面子。媳妇灯芯给他留足了面子,就是在眼下,还不把奶妈仁顺嫂说出来,这份用心,他哪能想到?他忽地又想起凉州城里老管家和福说的一句话,东家,你娶了个好媳妇呀,仁慈,大义,明事理,这么好的媳妇,若不是修来的,你上哪找去?

真是修来的?

东家庄地想着想着,老泪就溢了出来。暗暗发誓,往后,定要对媳妇好点,再好点。

"说!"他闷腾腾又冲奶妈仁顺嫂喝了一声。

奶妈仁顺嫂不能不说了,她十几年的付出不能因为一句话打了水漂,这阵,她也顾不上儿子二拐子了。

"是管家,趁少奶奶不在,他溜进去灌的。"

"灌的什么?"

"苦针儿熬成的汁,李三慢给的。"

苦针儿是山里一种有毒的草,羊吃了都会疯癫。

"这畜生!"

奶妈仁顺嫂终因出卖了管家六根而保住了自个在下河院的位置,但接下来的日子,一天比一天难熬。管家六根并没因干了丧天良的事立即遭到惩罚,奶妈仁顺嫂却接连遭到惩处。先是西厢房不让她进,接着,厨房的差事丢了,等到年关来临时,她在下河院成了一个闲人,一个只拿工钱却没活儿干的闲人。

20

年关说到就到了。

菜子沟沉浸到一片对新年的期盼中。

老管家和福自打从凉州城回来,就扔下自个的家,二话不说地到了下河院。这几天,他正忙活着给沟里人供年货。他和东家庄地从凉州城拉来了两马车沟里人穿的、用的,八匹牲口拉着两架胶轱辘大车,费尽了周折，才算从一沟白雪中辗开了条路。有两次，拉偏套的骡子失蹄，踩到了沟崖里，差点将大车拉翻，和福钻沟崖下，连扛带顶的，硬是将车轱辘给从沟崖上拐回了路上。一想，东家庄地的心就揪在了一起。

和福的细心和周到在置办年货中得到了充分的印证，几乎沟里每户人家需要什么，他都能判断个八九不离十，置办的东西也都是价廉物美沟里人喜爱的。沟里人一见这花花绿绿的东西，让冰雪冻着的僵脸立刻展了、舒了，笑得鼻尖尖上往外跳满意哩。第一天供年货，老管家和福就得到了沟里人的重新认可和尊重，人们不得不承认，在心细和公平上，他确实比六根强。

东家庄地重新启用和福的做法立刻赢来人们的一片称赞，都说东家到底是见过世面的人，宰相肚里能撑船，连糟踏他老婆的人都能饶恕，可见心胸有多宽广。

冰天雪地的菜子沟，快乐溢得能把雪化掉。

与此同时，惩治六根的计划也在秘密磋商着。东家庄地并不打算让儿媳灯芯搅进来，有些事，他是跟儿媳张不开口的。

我难啊。他跟和福发着感慨。这时候他已把所有的事都跟和福说了，包括跟奶妈仁顺嫂睡觉。有些事老管家和福心里知道，但东家庄地亲口说出来，就让他感觉分量不一样。是难啊，他跟着叹口气。这些事儿真让他棘手，逼急了六根把所有的事抖出来，东家庄地可就威信扫地了。和福建议从长计议，先稳住六根，等他跟煤窑杨二、油坊马巴佬一一碰过头后再说。

东家庄地还有一件更耻于见人的事握在管家六根手里——是他给了奶妈仁顺嫂毒药，药死了青头。

东家庄地是在菜子泛青的某个日子里走进青头院子的。那是一个连阴的雨天的后响，雨住天开，云缝里泻下一抹羞怯的阳光，洒在湿漉漉的村道上。走在村巷里的东家庄地感到心情无比舒畅，他刚刚得知三房松枝怀孕的喜讯，这个让他整整等了半辈子的喜讯在这个空气清爽得让人心醉的后响烧得他坐不住，非要四处走走才能让心静下来。屠夫青头的院门朝巷道开着，门畅着一道缝儿，他本是无意间望进去的，却惊讶地发现屠夫青头四岁的儿子正趴泥地上嚎哭。即将成为父亲的他心里立时多出份疼爱，忍不住走进去抱起了孩子。这时睡屋的门开了，随着一声软软的斥骂闪出一个嫩人儿来，她的脸跟刚刚泛熟的茄子样透出嫩生生的紫光，眼眉儿一挑，略显羞怯地呀出一声，一闪身钻屋里不出了。东家庄地猛忆起刚才看见的嫩人儿是没穿棉袄的，连青衫也没穿，粉白的身子上像是只戴了个肚兜儿，那肚兜儿是水葱色儿，在雨后的羞阳下映得嫩白的身子泛着水萝卜的光芒。他立时呆怔在院里，不知该走出去还是随了那光儿去里面看个究竟。犹豫间门吱呀一声开了，女人这才庄重地闪出身子，走进泥里接过孩子。恍惚的庄地这才想到女人是在换衣衫，脸红得跟炭火一样，真不该这样冒失，看一个下人的小媳妇是多么的失礼。可那一眼给他的感觉真是太美妙了，一闪而过的女人身子像梦魇样困着他不肯折身走出来。女人倒也大方，问了声你是东家老爷吧，就谦恭地躬身将他让到了屋里。屋子里还弥散着女人换衣时留下的袅袅体香，乡下女子尽管粗野，可长期浸润在菜子的清香里，倒也染了不少爽净净的味儿，那味儿很快弥合了东家庄地的心境，竟让他一时变得迷迷瞪瞪，神思恍然。

那个后晌终于发生了一件不可思议的事，说不清谁引诱了谁，直到结束时东家庄地还像在梦里没醒过来。他颤颤地抱住女人，一口一口亲亲，不知是唤二房水上飘还是唤三房松枝，总之他就那么唤了，直唤得女人软成一摊水，再次倒他怀里，他才猛匝匝看清这是在屠夫青头的炕上。

下河院东家跟下人老婆的恩怨就这样糊里糊涂结下了。等两人都明白过来时，已缠绵得无法分开。直到有一天，女人哭着把屠夫打伤的身子给他看，东家庄地才想起该为女人做些什么。而这一切，竟然没能逃过一个十几岁男人的眼睛。下河院跑腿的短工六根像是看透了东家的心思，他恰到好处地弄来一包药说，只要喝了，神不知鬼不觉就给过去了。让偷情弄得颠三倒四的庄地哪里还管得上看这个小男人的眼神，昏昏沉沉就在一个偷完情的夜里把东西交给了女人，谁知道一年后这竟成了小男人威胁他的把柄。一想起这些，东家庄地就觉六根的确是个人精，要想弄倒这样一个人精远比当初听他话赶走和福难得多。

东家庄地不得不为自己的孽债痛苦。比东家庄地更痛苦的，是和福。

老管家和福本以为重新走进下河院不是件多难的事，他甚至暗暗攒足了劲，想帮东家庄地把害人的六根赶走。没想，前脚刚进下河院，后脚，就牢牢地让一个影儿绊住了。

那影儿像是等在车门里,就等着他把脚步送进来。不,是盘伏在正院那棵老树上,老管家和福记得自个刚进院,是朝那树上望过一眼的,明明望见那个影儿从树上跳下来,惊颤颤唤了一声,"和福呀",就不见了。老管家和福四处再寻,哪还有个影。后来,后来他到了长廊,静静的长廊里,忽然传出一个声来,"和福呀",软软的,颤颤的,一下就把他的心给捉住了。和福知道,这影儿是跟定他了,还有那声儿。果然,无论他到后院,还是西厢,甚至在落满积雪的草园子,那影儿也照样潜伏着,就等他先出现。只要一听见他脚步,影儿便猛腾腾跳出来,吓他一跳,然后,他的双腿被绊住了,被箍住了,动不成,也没法动。更是那声儿,冤冤的,想想的,仿佛千年的妖,仿佛老树上开出的精灵,更仿佛,一个钻在他心底的人儿。那声儿叫,那声儿和福,一下就把他喊懵怔喊呆愣喊得不知是在阳世还是阴府了。

"和福呀……"

声儿又冒出来,在天空,在屋顶,在这院里的每一寸空气里。

那影儿不是别人,是三房松枝。

浓浓的年关气氛里,下河院上上下下一派忙活,老管家和福赶在二十三小年前将一沟人的年货分了下去。一进二十三,院里就该扫房铺炕清理角角落落的卫生了。这都是些女人们做的事儿,平日里女人们似乎不打紧,多一个少一个似乎无所谓,这阵,就显得缺手了。这天,老管家和福走进上房,见东家庄地正在凝神静养,心想定是海藏寺老和尚的话起了作用。老管家和福默站了会儿,想退出来,不料东家庄地却微微睁开眼,问:"有事?"

老管家和福刚提了个头,东家庄地马上头摇得响,"不行,和福,你替谁求情都行,替她,你还是把话收回去。"

"东家……"

"和福你甭说了,再说,让我小看你。你想想,一个敢把毒药喂给我儿子的人,让我咋个信?要不是念在你替她说话的分上,这下河院,怕早没了她藏头的地儿。和福呀,我知道你是个忠厚人,欠不得别人的情,不过,不过话咋说哩,对她,我也算是够仁够义了……"

老管家和福没再坚持,这事,要说东家也给足了面子,再要坚持,就显得他不讲理了。从上房退出来,和福在长廊里静了静,一拐步子,进了后院,不大工夫,抱着一卷纸进了耳房。奶妈仁顺嫂傻呆呆的,盘盘腿儿坐炕上,眼睛盯住墙上的一只蜘蛛,死劲里望。

和福咳嗽了一声,奶妈仁顺嫂没反应,目光依旧盯着那蜘蛛,蜘蛛也像是无聊得很,顺墙爬上去,沿着窗棂儿下来,窗台上绕一圈,又上了墙。瞅着瞅着,和福来了气,猛地扑过去,一鞋底拍死了蜘蛛,骂:"我让你爬!"

奶妈仁顺嫂这才打个颤,"我的蜘蛛,我的蜘蛛,你个……"一看是和福,噤了声,却不下炕,就那么坐着,望。

和福叹息一声,将纸放炕上,说:"眼看到了年三十,院里的窗花还没剪哩,往年有她,也不知这些年谁剪的,东家说了,今年由你来剪。"

"真的?"奶妈仁顺嫂突地跳下炕,边穿鞋子边惊。手,已放到了纸上。

和福没再多言声,只是在心里重重叹了一声,出来了。

和福话里那个她,就是三房松枝。

三房松枝不但曲儿哼得好,一手窗花,剪得更是满沟里亮堂。往年,怕是到了这时候,沟里涌进下河院求着剪窗花的,能把门挤破。大红纸上剪出的那些个活蹦乱跳的兔儿、鸡、山鼠,还有一对对戏水的野鸳鸯,怕是能跳下窗子跑起来。一到了年三十,你再望沟里,那满眼活生生的鲜红,一下就让菜子沟跳了起来。

老管家和福的眼里,哗地就溢满泪水。

二十三这天,老管家和福唤上草绳男人几个,牵了一匹马,两匹骡子,鸡叫头遍就出了门,往五里远处的天堂庙去。三匹牲口上驮的,除了供品,就是庙里居士们过年用的物品。

难得的丰收让庙里的香火格外旺,善男信女也多起来,有些外沟来的信众,怕是要在庙里度过这个年关,有的,要一直住到二月初一,看庙会。

庙里的一应事儿,东家庄地都托付给了和福。本来这座庙,还有庙里大小事儿,都由和福掌管着,只是这些年,和福的脚踪也很少到庙里去了。

几个男人一路说笑着,吆喝着牲口,似乎几根烟的工夫,就到了庙下。黑夜渐退,一层稀薄的光亮映住了南山。看去,悬在半空里的这座庙,就像天池一般,虚虚缈缈的,让山一下有了仙气。人在山中,就成了一只鸟。还未叩门,山门吱嘎一声先给开了,披着晨光出来的,正是惠云师太。

"阿弥陀佛。"见是老管家和福,惠云师太忙双掌合拢,退后两步,施起礼来。"阿弥陀佛。"老管家和福也退后两步,跟惠云师太行佛礼。

草绳男人牵了牲口,跟应声而来的居士还有信众们往里抬东西。一向慈静的庙宇忽就热闹起来。

太阳喷薄而出的时候,惠云师太引着老管家和福,往禅房走,穿过庙廊的一瞬,老管家和福眼里忽地闪进一个影子。山腰间,画廊里,如山风一般一掠而过的,不是居士,不是信众,明明是一个不染尘俗的三宝弟子。这天堂庙,剃度出家皈依佛门的,原本就惠云师太,咋又多了一位比丘尼?

正怔惑间,就闻惠云师太说:"妙云是打天梯山过来的,小住了几日。"

小年转瞬而去,大年的脚步实腾腾地响过来。为庆贺丰收年景,也更为来年的丰收早些洒下祈祷的谷雨,东家庄地听了和福的话,破例多宰了十几头猪,两头牛,以赏赐的方式分到了沟里。于是家家户户的年三十都飘起了肉香,整个菜子沟肉香横溢,孩子们的欢叫加上炮仗噼噼啪啪的声响沸腾了沟谷。

而在五里开外的南山天堂庙,惠云师太跟弟子妙云,打盘而坐,相对无语。

21

管家六根预感到自己的危机正在一日日加重,这种预感很快被他的叔叔日竿子证实。正月初十过了的一个晚上,日竿子喊他喝酒,进屋坐了半天却不见日竿子拿出酒来,便问:"不是要喝酒么?"

"你还有心思喝酒?"日竿子闷腾腾说。

管家六根的年是在跟柳条儿的打斗中过完的。自打听了草绳得子的实话,柳条儿便像握住了男人短处,态度再也不像以前那么卑微了,隔三岔五就要把后山中医刘松柏提上一次。正月初二别人看岳父的日子,柳条儿包了一方子猪肉,两块茯茶,外加两瓶老干酒,嚷嚷着要男人去趟后山,让中医刘松柏把把脉。这建议自然遭到男人六根的坚决反对,免不了又要一顿拳脚相加。柳条儿挨了打并不气恼,只是越发将下面捂得紧了，任凭男人怎么想弄就是不丢手。管家六根像一只遭到拒绝的公狗，脾气越发暴躁。正月里人闲吃得好，精气儿足，正是下种的好时节，不信你到沟里走一遭，灯一黑各院里冒出的尽是吭吭哧哧的下种声。自家女人却像捂着一道神符，神圣得连阎王爷也不让进，还一口咬定是他的种有假，气得他真想拿刀宰了这女人。

他喝口茶道："烦啊，喝几口心里畅快些。"

日竿子明显是错听了意思，误把六根叹的跟自个担忧的想到了一起。他说："你都听到了？"管家六根不免纳闷，抬头盯了日竿子一眼，炭火映照的脸上显得有些焦灼，急猴猴的目光证明他嘴里想说的是另件事儿。管家六根将错就错应道："是啊，听到了，我这耳朵好使，不想进的东西硬进，拦挡不住呀。"

一进正月，整条沟里飘荡着对管家六根极为不利的传言，传言的祸端正在老管家和福身上。本来各家各户从他手里拿到了想拿的东西，已经把他夸得过火了，偏巧他又别出心裁弄出一串子收买人心的事，沟里的风向立时朝他一边倒了。大年三十他以下河院名义给沟里十二位年过七旬的老人送去了上等青布做成的棉袄棉裤，还特意给牙口好的朱二奶奶送去二斤炒好的麻子，让她没事干时打发日子。初一他又引着东家庄地给沟里大姓人家挨个拜年，此举可是自打有下河院就从未经见过的，也着实出乎沟里人的预料。惊得那些人家像玉皇大帝下凡一样，颤着嗓子不知说啥才对。大户人家一带头，东家庄地的仁善之名便像风一样席卷了沟谷，跟着受益的自然是老实厚道平日里就颇得人缘的和福。人们这才发现他确实心向在沟里人这边的，于是对管家六根的种种指责便像雪融化后的湿气很快蒸腾起来，包括他每年收菜子从沟里人手里抽头儿，包括他把最好的地给了日竿子却少算了亩数，包括沟里人拿到油坊的是上好的菜子换回的却是又稠又糊还带了辣味儿的榨底子油，弄得过年做出的饭都带了股呛人的辣味儿。更有甚者还揭了他的老底，说他打小就是个心术不正的家伙，趴在茅厕墙上偷看姐姐脱裤子；看见村里的狗恋单拿绳子把正在舒服的狗捆一起扔进沙河里；秃子家的草驴不让王二家的小叫驴跳，他拿根抬水杠子猛一下就捅进去，害得秃子家的草驴以后再也怀不了驹；自己的爹看上了男人得痨病死掉的马寡妇，想吃嘴偏草，他一巴掌下去，扇掉了亲老子两个门牙。凡此种种，直把他说成了一堆狗屎，有人趁机说出憋在心里老久的话，这号人还想生儿子,不断后才叫怪哩。

沟里就是沟里,甭看平日里风平浪静,谁对谁都好。一旦起了事端,这沟就不一样了,人也不一样了,更不一样的就是长在人脸上的嘴。站在巷里,你听听,一个个唾沫渣子乱溅,有的没的红的白的能说的不能说的全给你倒了出来。你再听听,唾沫渣子里的六根,就真正不是个东西了。

日竿子正是在这样的风声里发出对侄儿深深的担忧。他说:"得想个法儿呀,一沟的唾沫喷出来,不淹死也得呛死。"管家六根的心很快黑下去,他本来就是个心事很重的人,一听日竿子说出这些,心事就越发重了。重得能把他压死。不过他还是很能沉得住气,尤其在叔叔日竿子面前,就越发得有底气。沉了会儿头,恨恨地抬起来说:"屁大个事,你当话真能淹死人?那是把脸看得比命值钱的人自个跟自个过不去,你把脸装裤裆里试试,啥这话那话的,尽是屁,屁,活人,哼,他们远着哩……"

日竿子让侄儿一席话说得无言以对,哟嚎嚎,你听听,都把脸说到裤裆里了,人要是不要脸,那还怕个甚?日竿子惊讶地瞪住自个侄儿,一脸的骇然,他确实没想到,自个侄儿竟活得刀枪不入了,行,行,狠着哩,狠。日竿子心里虽是极其不舒服,但最终,还是对侄儿的理论首肯了。

走出日竿子家,墨夜很快罩住了六根心灵。正月的这个夜晚没有星星,月亮让厚重的云遮严了,刺骨的寒风飕飕刮,冰碴儿打在脖颈上生扎扎疼。管家六根觉得腿灌了铅,忽然迈不动了,心掉在黑夜里,寻不到,孤魂一样站在风口子上,直站得通体冰凉,脚趾头快要冻掉了,才回到屋里。柳条儿打鼾的声音瞬间点响了心里的炮,拾起笤帚就冲光溜溜的身子上抽去。

日你妈,你倒睡得踏实。

少奶奶灯芯是在正月十一的正午走进老管家和福院里的,本想早些过来拜个年,娘家来了人给耽搁了。年都过了这些个日子,才提着东西看人家,心里过意不去。

十五岁的少年石头站在冬日的阳光下望天,天上有朵白云打从磨房里回来就吸引他到现在。白云真是好看极了,絮絮棉棉的像一床填满想象的厚被,更像一座悬在半空里的山,奇峻无比。十五岁的少年石头常常生出到云层端坐的怪诞想法,看云是他每日少不了的事儿,除非厚重的乌云将他的目光阻挡住。他穿一件蓝布汗褂,上面裹着黑粗布面子的棉袄,圆圆的衣领衬托得他脖颈颀长,红润的面庞在冬日暖阳的照耀下发出黄铜的光亮,他的身子已长成大人,后面望去已呈现出壮劳力的轮廓,只是两条笔直的腿还略显力量不足,觉得他只能撑起想象而不能额外再担起什么。

刚刚添了一岁的少奶奶灯芯一进院就让院里的少年抢了目光。蓝天白云下披满阳光的少年像一棵正在茁壮成长的挺拔的松,一下就把心思掏空了,不由得止住脚步,怔怔地立他身后,看太阳在他身上泛出一层儿一层儿光晕,那光儿透着鲜活的气息,散发着一股股青春年少的味道,寂寞的院子因了这个年轻的生命而充盈了勃勃生机,这生机同样以无比灵巧的双手撩拨着她略显困老的心。有一刻,她觉得自己的生命重新回到了十几岁透明的亮色里,忍不住也抬头,朝那朵纯净得近乎让人屏息的白云伸出目光。

按说,少年石头要比命旺小一岁,其实也就几个月。老管家和福得子晚,头一房老婆娶了来没三年,患上病死了,没留下一男半女。老管家和福空熬了几年岁月,都想好要一个人过了,谁知上天又赐给了他另一个女人。女人还年轻,过门时还没灯芯现在这岁数,两年后有了石头,一下就把和福过日子的兴头给提了起来。灯芯望着石头,心里忽然想,错前错后生下的人,咋就差别这么子大? 这身子,这目光,绝绝是男人命旺不能比的。

少年石头被云中的另一双眼睛打扰了,缓缓转过身子,寻了那目光而来,蓦然望见一张圣美的脸,恍惚得不敢确信,又抬头望了望云,再次把目光挪向门口立着的女人。两个人就那么对望了一阵,直到确信这是在院里而非云里时才启开嘴唇,互相说话了。

"你是石头?"

"你是下河院少奶奶?"

像是互相心里装了多少年,梦里又等了多少年,终于见面了似的,都在心里惊叹了一声,而后,便吟吟笑在了一起。

"我听爹说过。"

"我常听院里人说起。"

这便是一生里他们头次说的话,说完就进了屋。石头娘不在,串门了,这阵儿唤她串门的人实在多,都有些忙不过来。和福去了庙上,一过初十,和福就得住庙上,为二月头上的大事做筹划。两个人坐着,却忽然没话,望一眼勾下头,再望一眼又互相扭过头,直到石头娘带着乏累走进来,两人竟然没再说两句话。

这个明媚的正午给院里平添了很多陌生的东西,也给少年石头带来了比云更有意蕴的另种生命。少奶奶灯芯走后很长时间,他还呆怔在院里醒不过来。

同样的正午,奶妈仁顺嫂家却被另一种气氛笼罩着。

整个年让仁顺嫂过得无比沮丧。那个夜晚后,东家庄地没再唤过她,上房的门自此对她紧闭。冷漠的目光仿佛冬天凄冷的风,每扫一眼都让她禁不住哆嗦。老管家和福那一卷纸,寒冬里点起她一团希望,她挑着油灯,哼着三房松枝教她的曲儿,一剪一剪的,把心头的盼全剪到了纸上,也把那份相思,那份爱剪到了纸里。望着一炕火红的窗花,奶妈仁顺嫂幸福得不成样子,憧憬得不成样子,几乎要抱着窗花,美美哭上一场。不料,年三十她到院里一望,妈呀,那糊了白纸儿的窗户,早已是莺飞燕舞,一派子红。松枝、蜡梅、飞鸟、山兔,尽是些她没见过的窗花,剪得那份巧,那份儿活,那份儿喜气洋洋,甭用猜,一看就是出自西厢那双手。天呀,她一派投入中,竟把这个给忘了:少奶奶灯芯跟三房松枝,原本就是一个窗子底下的呀。

她哭了一场,一场火,将那些再也派不上用场的窗花给烧了。一同烧掉的,还有她的心,她的思,她的念,她的想……

到了腊月二十六,老管家和福提着一条猪腿走进耳房说:"东家让你提前过年去,这肉你拿着,清油改天我再送去。"奶妈仁顺嫂死灰一般的目光搁和福脸上,搁得和福难受,搁得和福嘴张了几下,狠狠一跺脚,啥也没说走了。还说甚呢,能说甚呢?一切都明摆着,她是多余,是累赘,是一条老狗,得撵出去!

奶妈仁顺嫂提着猪腿,心如刀绞般出了门。巷子里是压不住的热闹声,但热闹都是别人的,仿佛人们已知道她让下河院赶了出来,走在巷里竟没人跟她亲热,没人把热闹多少朝她洒一点。唯有草绳远远跟她说了句话,草绳的目光盯着猪腿,没看见她有什么异常。那一刻,奶妈仁顺嫂真想将猪腿分一半给草绳,只要能陪她说句话。可草绳显然并不眼热,自打生了儿子,草绳对一切都不再表现出眼热。只好做罢,孤零零回到自个院里。

享受惯了下河院过年的热闹,家里的冷清像夏季里沙河的洪水,没完没了袭来,儿子二拐子偏又是个不知冷暖的人,一天到晚,心思都在赌上。

年终于过去了,儿子二拐子明儿个要去窑上,有句话憋心里好久,奶妈仁顺嫂想说出来。

"你……不赌行不?"

"我的事不用你管。"二拐子刚赌回来,一头钻被窝里说。

"可……那是我的钱呀。"

"你的钱?"二拐子很不耐烦,输钱的人总是不耐烦。"钱留着做甚,不如赌了干净。"

"你个混账,想气死我呀。"

"谁个气你了,想死想活你自个说的,甭拿别人的气往我头上撒。"

"你说甚……你?"

"你心里明白,说出来难听。"二拐子索性捂严了被子,不再理她。

二拐子自然明白当娘的为啥叹气儿,为啥丢魂儿,打窑上下来,便听说了下河院发生的事。可他懒得管,爱咋咋,只要不妨碍他就行。

二拐子对母亲仁顺嫂跟东家庄地的关系采取不闻不问的态度,这并不是说他是个多开化的男人。事实上母亲也带给他不少羞耻,下河院下人们之间偷偷摸摸的传闻,还有看他的眼神,都让他在下河院抬不起头来。可天要下雨娘要嫁人,二拐子有什么办法?爱跟谁睡跟谁睡,东西她长着,我能看住?二拐子常常这么劝解自己。

二拐子本想戒赌的,自打下河院少奶奶掀翻牌桌,二拐子就没再赌过。是仁顺嫂的唠叨把他又赶进赌房,他是输了钱,输得还多,但没有仁顺嫂的唠叨难受。比起这些叨叨来,钱算什么?奶妈仁顺嫂再跟他叨叨,二拐子就跳了起来,很凶,有几回险些把难听话说出来,可他真想说出来。

二拐子走后不久的一个夜晚,奶妈仁顺嫂在她的小院里迎来了天天渴盼的男人。东家庄地提着一包点心,那是上好的点心,平日里自个都舍不得吃。在仁顺嫂一连串的惊叫里,东家庄地平稳地坐下,完全像这屋的主人,不慌不乱。伸出目光巡视了一周,屋子是破了些,过年连窗子也没糊,被子慵懒地堆在炕上,跟她往日的干净形成鲜明对比。庄

131

地啥也没说,知道女人心里恨他冤他,但他啥也不想说,只是望住她,目光里有丝眷恋,更多的却是不安,那是儿子命旺带给他的。

一想儿子命旺喝下的苦针儿汁,东家庄地的目光就成了这样。

仁顺嫂先是哭了一鼻子,又说了不少悔话,觉得庄地能原谅她了,就试探着把身子靠过去。庄地没有拒绝,但他的抚摸显然缺少热情,只是象征性地在胳膊上抚了会儿,然后掏出点心,要她吃。看着女人把点心咽下去,看着女人眼里的温情一点点升上来,迷蒙住整个眼,庄地起了身,他走得很坚决,没给女人留一点余地。

第四章
谢　土

22

民国十五年二月初一,天降祥瑞,菜子沟百年老院沉浸在一派神秘的气氛中。

早在十天前,凉州城有名的斋公苏先生便被一匹枣红大马驮进了下河院,跟斋公苏先生一道来的,有他的苏家班。苏家班由凉州城举人苏瑞康创办,苏瑞康早年在凉州府为官,清朝没了后,他被驻扎凉州城的国民军赶出了府衙,在凉州城东的文庙住了一阵子。苏瑞康一生饱读诗书,精通国学,曾立志要做一名学董,创办凉州城一流的学堂,无奈他生不逢时,连考几次都未中进士,创办学堂又深受钱财困扰,只好委屈在凉州府做一名小官。大清一去不复返后,苏瑞康也曾把希望抱在民国上,可惜江山虽换,官场依旧浑浊。加之苏瑞康生性耿直,不卑不亢,这就越发没了容身之地。文庙闲居三年后,年事已高的苏瑞康斗志锐减,再也不对自己抱啥奢望,索性一头埋在易经八卦里,先是苦学黄帝内经,后又跟凉州城的佛道两界来往密切,慢慢,走上了另一条道。斋公苏先生是苏瑞康之幼子,自幼跟着父亲苦读诗书,后又师从雷台道观的清山道长,原本想修成一名清风仙骨的至善真人,只可惜二十岁时身染重疾,在病榻上一卧三年,后来老父又因一场莫须有的罪名,被国民军投入大牢,死在了牢中。悲从中生,只好放弃一切梦想,将老父一手创办的苏家班重新打理起来。不料,名因此而起,不到三十,便已成凉州城受人尊敬的苏先生。

苏先生此行,有两件事要做:一是报答下河院东家庄地对老父苏瑞康的恩情。老父苏瑞康身陷囹圄时,下河院东家庄地曾全力相救,银两花了无数,无奈老父苏瑞康被冤进拥袁复帝的大案中,东家庄地最后也是无能为力,但此情此恩,不能不报。二则,年前他便闻知下河院要搞一次规模宏大的祭祀,老管家和福还拿着东家庄地亲手写的帖子,登门相请,他不能不来。

对这场祭祀,东家庄地是这样说的,去年油坊大兴土木,修了四大间廊房,事后本应大谢土地神,祈求保庇平安顺舒。但因儿子命旺成亲在即,遂将谢土之事许了愿,想等来年龙抬头之际连同诸神暨先祖一并祭奠。另则,过了正月,东家庄地便满六十了。东家庄地以前说自个六十,其实是虚六十,沟里人逢八逢九都不说,五十七一过,便到了六十。而真正到了六十,一般是要大摆寿宴庆贺的,但东家庄地不想这么做,具体缘由,东家庄地不说,苏先生当然也不便明问,但他清楚,这跟下河院有关。下河院这些年诸事不顺达,苏先生也略有耳闻,但他认为,东家庄地的心病还在儿子命旺身上。

苏家班一到,便埋头忙碌起来。深谙东家庄地心理的苏先生自然清楚,请他来,绝不只是谢土这么简单。大凡他能做的,东家庄地怕都想做一遍。因此,这段日子,苏先生就格外的忙。

跟苏家班一道忙的,还有专门从沟里挑来的十男十女。这十男,全是沟里清一色的壮劳力,而且均为家中老大,按东家庄地的话说,老大能堵一河水,家中只有老大肩膀硬,才能扛得过七灾八难,也只有老大走得端,才能做到家和万事兴。这十女,全是沟里儿女双全而且不染病疾的。东家庄地如此精挑细选,其用心,再也良苦不过。

十男十女负责下河院祭祀物品的准备及苏家班的起居饮食。

这当儿,老管家和福一直在庙上,下河院要行大礼,庙上不能不做响应。东家庄地跟老管家和福早就商量好,二月初一开始,天堂庙要举行祈福法会,要将沟里沟外善男信女引来,要让佛光普照众生。

凌晨五时,一道紫光掠过下河院,朝东天而去,惊得众人愕然无语,全都屏了呼吸。身着红袍的苏先生凝望东天,微微道:"良辰已到,院里院外披红。"话音未落,早有草绳男人引着众帮工打开车门,一股清澈之风扑面而来,吹得连忙了几个日夜的帮工们打个激灵。草绳男人怀里一抖,刷地抖出一副对子来,细看,正是苏先生的墨迹:

一幅好画图　时看山色含青　水光带绿　无穷乐趣承恩广

几般清意味　偶闻花香吐艳　鸟语争春　不尽生涯被泽多

帮工还在愣神,草绳男人急唤:"快抹浆子,迟缓不得哩。"瞬间,大红的喜对便贴了上去。贴过侧门,又到正门,正门上写的是:

天道本大公　岂必清酒香花永锡无疆之福
人心果向善　即此寸衷片念亦照如在之诚

这时间，院里已紧成一片，苏先生一声披红，意味着祭祀的前幕已拉开，两间上屋早已腾出来，做了苏家班的场所，东家庄地端坐在睡屋的太师椅上，他身着红色缎袍，头戴礼帽，正在笑吟吟接受各位远亲的早安礼。远亲是早在年前就下过帖子的，截至正月二十九，南北二山、后山、沟外及沙漠边土门子的亲眷便都到了。人有多少先不论，骑来的骡马马厩里拴不下，单是给马喂料添草的帮工，就多请了三位。这阵儿，正院长廊里早已排起长队，早起的亲眷们必是先要向主家行这道大礼的，一是贺喜，二则，有些亲眷来了三五天，还没见上东家面，必要借这机会，亲口向东家庄地道一声安。

西厢也是一片忙碌，谢土敬神一应事儿少不得少东家命旺。后山中医刘松柏这次是最早接了帖子的，也是头一个奔下河院来，来了只跟东家庄地简简单单寒暄过一阵，便一头扎进西厢，专门操心起了女婿。东家庄地话说得明白，命旺到时能不能经见住这世面，就看亲家公的。

中医刘松柏这次是使尽了看家本领。腊月里接到帖子，他便带了一张上好的狐狸皮和若干山参赶往凉州城，在老吴中医的府上住了两宿，将女婿命旺的病症一一告知。得悉命旺让人强灌苦针儿汁，差点一命过去，老吴中医惊得连连失声，天老爷，真有这等事情，这还了得，那身子，受得住苦针儿汁？

这次的药是老吴中医亲手配的，加了若干味刘松柏都不知用途的草药，药味比黄连还苦。中医刘松柏这次没跟东家庄地玩捉迷藏，直当当就将老吴中医的中药放到了琴桌上。"你要忌讳，我就走，医好医不好不怪我手艺，只管他自个的命。你要不忌讳，就得跟厨房准了！"东家庄地看他在这节骨眼上使杀手锏，拿儿子命旺要挟他，当下气得就想冲他吼，甚至想扔了那中药，可一想儿子，东家庄地不言声了，黑过去的脸慢慢转青，眼里，多出一层无奈。但他终是没给中医刘松柏任何肯定，只是摆了摆手，道："是我儿，也是你女婿，我想，你也不至于让你家灯芯守寡吧。"

中医刘松柏这次想了个绝计，药不在厨房熬，西厢有间偏房，当日便收拾出来，添了火，他自个亲自熬。为防药气蔓延，他在火上同时熬了两罐山珍草，一罐里加了马兰花，一罐里加了后山松林的盼盼果。马兰花的清香和盼盼果的野味一熏起来,立刻将中药的苦味儿压了下去,加上整个西厢都点了松香,袅袅的,走在院里,连他自个也嗅不到药味儿。

这一关,他是替亲家公遮掩了过去。到现在为止,还没人知晓下河院重新有了中药味儿。

将近半月的调养终见效果,少东家命旺不但能自个穿衣,还能在别人的搀扶下到院里走上一阵,脸上,也不再死僵僵的,青黄中透出一股从未有过的微红。更是那眼神,若要不提前说明他是个病人,外人是瞅不出的。

中医刘松柏端坐在八兽椅上,手捧铜壶,一口一口喝得非常滋润,喝早茶是他的习惯,到了下河院,就越发得有这一喝。心里,却忍不住一次次惊慌,这惊慌不是说他对女婿命旺没有把握,他敢上门来,就能把女婿推到众人前。他惊的是亲家公做事的排场,慌的是这下河院不为人察的隐秘。

谢土他见过,自个家也谢过,祭神他也见过,包括庙会。身为中医,刘松柏经见的事绝不比下河院的东家庄地少。但如此气魄,如此兴师动众,刘松柏还是头次见,不但头次见,怕也是头次听。人在西厢院,他的眼睛和耳朵却一刻也没离开过正院,正院天天出出进进的人,天天送来的礼品,还有一拨拨的目光,都成了他关注的对象。还有,那些远道而来的亲戚,还有藏在亲戚背后的脸色,更是他要细细把玩的。把玩到最后,后山中医刘松柏终于得出一个结论,财主就是财主,大户就是大户,甭看下河院眼下人单势薄,但东家庄地随便跺一下脚,这沟里沟外,怕都要动几动。这下河院的威,这下河院的势,跟当年老东家手上比起来,一点没减弱,反倒,越发的猛了。

后山中医刘松柏每每意识到这层,就不由得把目光搁女儿灯芯身上。一则,他感叹苍天有眼,时过多年,老天终是没折断他隔山窥望下河院的目光,妹妹松枝身上未凤的心愿,如今算是完好无损地交到了女儿灯芯身上,其间虽是恩恩怨怨,麻烦不断,但,最终这院里,还住着他后山刘家的人!另则,他也禁不住为女儿灯芯捏一把汗。这么大一份家业,还有家业附带着的东西,真能平平妥妥落到女儿肩上?女儿单薄的双肩,到底扛不扛得住?

中医刘松柏的怔想里,吉时到了。

三声炮仗后,正院里传出一声唱,声音洪亮,气韵叠叠,是今儿大礼的司仪,主唱苏先生。吉时已到,庄氏门中主东暨礼宾听位——

院里刷地安静下来,就听在二月初春的微风中,各屋里静候着的礼宾远亲全都按管事的指令,抬高了脚步往正院堂屋前走。

下河院的堂屋在正上方,跟院里的正门对着,三间大堂屋,盖得相当气派,平日里闭着门,很少有人进出,里面供奉着庄氏历代宗亲之神位。堂屋两边是两间耳房,平日也是锁着,里面是下河院历代东家留下的有纪念意义的物品。耳房两边是两门洞,右门洞穿过,就是东家庄地睡屋的边墙,正是管家六根和媳妇儿灯芯搭了梯子的地方。左门洞穿过,是一窄廊,跟西厢院的廊相连,径直通了西厢院。此时,三间堂屋便是行大礼的主堂。按仪程,这一天先要行的是谢土大礼,尔后是祭祖,正午一时,财神才能到正位上,祭神仪式方能举行。

苏先生先是身披红袍,手执毛掸,样子十分威严震人。他今儿的行头也不一样,随着祭祀的不同,袍跟手中仗物也要不停地换。他站在堂屋门正中,亮着嗓子,唱。

苏先生两边,两根黑油亮的柱子上,此时亮着两副大红的对联:

天官地官水官之灵　纲纪造化

上元中元下元之气　流行古今

堂屋里,琴桌抬到了屋中央,正中供着土主神,左供山神,右供河神。五升斗里装满菜子,上插两根粗芨芨,中间挂一道黄裱,上书:地母菩萨之神位。斗两旁,六只分别装了麦、豆等五谷杂粮的升子端放着,里面插着香,就等苏先生一道道唤着焚香。

主东及宾客各就各位后,苏先生又唱:

沐手——

声音刚落,便有十女端着水盆,依次过来。水盆是从凉州城买来的,一次也没用过,水是清早打沙河里打来的,清冽冽的。主家及宾客依次净手。

焚香——

东家庄地在草绳男人的搀扶下,进了上房,依次点燃香火。一股香气蒸腾起来。

叩首——跪——

东家庄地抖抖红袍,虔诚地跪下去,后面是少东家命旺,他在媳妇儿灯芯和丫头葱儿的指引下,也一并跪下。大约这气氛影响了众人,有近亲及姻亲者,也都纷纷跪下。院里的长工还有下人,也一应儿跪了地。

一叩首——

头刷地磕到了地上。

再叩首——

三叩首——

起——

声起声落,人们的眼睛全都盯着东家庄地和儿子命旺,命旺今儿个真是奇怪,大约这神秘劲儿怔住了他,竟显得十分听话,一起一跪,十分地规范。躲在外面的后山中医刘松柏松下一口气来。

献椒姜——

十女依次端着新置的厨房方盘,盘中奠了黄裱纸,纸上,分别放着盐、椒、姜、醋等调料,由东家庄地捧过头,依次献上。

献炙肝——

炙肝是昨夜厨房备好的羊肝,四四方方,裹在黄裱里。牛肝和猪肝是献不得的,猪肝不敬,牛为庄稼人的恩畜,土主神是不受的。

献爵——

就有苏家班专门的人走过来,引着东家庄地,向神灵——献盅子,献池箸,献肴馔。献毕,又将三瓶酒打开,如天降雨露般,洒在了院中。

献帛——

同是苏家班的人,引东家庄地向神灵及正院四角,八根柱下献帛。望着公公站起又跪下,手里捧着五色裱纸,少奶奶灯芯眼前忽就闪过那个墨漆的夜晚,闪过公公在柱下烧焚掉的那团符咒。

献毕,斋公苏先生朝院里四下望了一眼,目光掠过众人,似乎稍稍在少奶奶灯芯身上停了停,便又收回目光,神情专注地唱起来。

读祭文——

跟今天的仪程一样,祭文有三道,苏先生这阵要读的,是祭拜龙王山神土主文:

本河龙王顺济之神

山川社稷镇山之王

暨本山土主福德无量正神之位:

龙之为神	嘘气成云	果然昭昭	风雨萧萧	惟山有神
视民不眺	惟土有主	迭福甚饶	中其职者	实系同僚
参赞水利	自古功高	今岁之旱	下民心焦	稼穑其梦
半数枯槁	命脉有关	彼稷之苗	祈神怜悯	其雨崇朝
挹彼注此	灌溉田苗	既沾既足	幸福惠橄	水期伊过
敢献血椒	神享菲祀	锡水沼沼	月难于华	滂沱今宵
农夫之喜	三河水好	三神鉴兹	来格惠橄	
尚飨				

念毕，轻放烛上，焚。

苏先生洪亮的声音刚一落下，苏家班的响器便轰地叫响起来。六个唢呐手手捧唢呐，鼓圆了嘴吹。铜器手更是手舞足蹈，使足了劲敲打。一时，院内乐声鼎沸，众人惊得捂了耳朵，却又忙忙松开，舍不得这欢叫的乐声白白流走。

下河院的空气瞬间活跃，刚才谢土带来的沉寂转瞬而去，嘹亮的唢呐声一下把人的心吹得老远，仿佛扯到了天上。人们在纷纷赞叹苏先生的同时，目光投到东家庄地和少东家命旺脸上，见他们也从凝重中渐渐放缓神经，变得轻松愉快。院里紫烟缭绕，经声如耳。

23

与此同时，天堂庙的庙会也在如法如仪举行。

天堂庙建于老东家庄仁礼手上，紫禁城里光绪爷跟着一帮人变法的时候，凉州一带发生了一场多年未遇的大旱，大旱持续了整整三年，旱得沟里的石头都咧嘴，真正的寸草不生。灾民流到菜子沟，沟里也是一片苦焦，三年过后，尸骨遍野，白骨比沟里的石头还多。下河院倾其所有，终是救下了一些灾民。大灾过后，灾民为报答下河院的大恩，自发到南山修庙。当时下河院也是百废待兴，加之老东家庄仁礼在大灾中深受感触，对富贵，对生死有了跟以前迥乎不同的看法，常常沉湎在往事中拔不出来。见灾民修庙，老东家庄仁礼受到启发，决计先放下下河院的振兴不提，专心致志修建天堂庙。

天堂庙位于南山极尽险要的天岘岭子上，这儿危崖耸立，乱石狰狞，乱石崖下偏偏有一股指头粗的清泉，叮叮咚咚，终年不断。就是在大旱年间,这股清泉也从未断流,一沟的人正是靠了这眼清泉,才得以活下命。危崖东侧,一棵千年古柏参天而立,柏身有数米粗,三个人拦腰还抱不住。树下,终年开着一团叫不上名的蓝花,其状如碗,口似喇叭,花朵极小,中间连一只蝴蝶也藏不下。花期约有三五月,败了接着再开,一年四季,其蓝莹莹,甚是夺目。只是这蓝,独独这棵柏树下有,寻遍整个南山,再无二处。也有好心人曾将蓝花连根移起,植于别处,不过三五日,便凋零干枯,不再复活。沟里人叹为奇观,常常在这儿跪拜,想沐蓝花之灵气,久而久之,这儿便成为一处仙境。

危崖西侧,便是奇峰断壁,南山在这儿似乎被人拿刀齐齐地劈开。沟里人称一线天。

天堂庙建于此处,似是天意。

庙宇落成之际,曾有海藏寺的法理老和尚前来弘法,并留下"青山处处开禅境,松涛声声弘法音"的绝句。

天堂庙一度跟庄家祠堂是不相分的。当时修建庙宇,老东家庄仁礼也有这等想法,庙宇还未落成,便有灾民在奇石峻峰处,将庄氏祖先的神位先供了起来。庙宇落成后,老东家庄仁礼也曾在这儿举过几次大的祭祀,本意是借南山的仙气告慰庄氏祖先的在天之灵。不料此举却在沟里有了另一种演绎,将天堂庙视为庄家祠堂,直到东家庄地手上,才将这儿真正扩大为佛家圣地。

连日来,老管家和福跑前跑后,为这次法会奔波。八十多岁的惠云师太更是精力灼然,力求至善至美。下河院三声炮仗响时,天堂庙的钟声也轰然作响。披星戴月赶来的善男信女们齐聚殿前,祈盼着惠云师太为他们诵经颂法。惠云师太亲自为法会撰联:

玉座步虚声　稽首皈依　敢以区区邀厚福

丹台开宝笈　献花酌水　聊将翼翼输悃忱

随着一声清脆的引磬响起,祈福法会仪轨正式开始。惠云师太身披法服,徐步走到佛案供桌前,礼佛三拜,拈香起香赞。信众恭敬礼拜,气氛一时庄严肃穆。随后,惠云师太引领信众称名念佛右绕坛场,四处洒净,祈愿诸佛如来是法界身,入诸众生心想中。

后,妙云法师引领信众,吟诵《华严经》、《妙法莲花经》,一时,庙内梵音如潮,如沐法雨甘露。

妙云法师恭诵法经时,老管家和福的目光静静定在她脸上,一脸祥和的慈光下,映着一张似曾相识的面孔,这念头在老管家和福心里藏了多日,却终因她是远道而来的法师,一直不敢确定。这一刻,老管家和福突然大着胆子,将她联想到一个人上。

天呀！老管家和福将自个吓了一跳。

下河院内,琴桌上的神位已换成"庄氏门中历代宗亲之神位",苏先生身上的袍也换成了青袍。他正朗朗唱道：

圣贤治世　庇荫下民　博施济众　利赖群生　允文允武　功乃推于百世　宜民宜人　泽更被乎万姓　金木水火土谷　修六府彰其德　正德利用厚生　治三事效其灵　是以既捍灾御患　实是而正直聪明　今弟子庄地春季之日　家运不宁　人口多灾　诚惶诚恐　清夜猛思　宜报神功　谨卜上良　礼仪粢盛　祈开天高地厚之恩　恕以前过　施既往不咎之惠　许以自新　荐其时食　仰报鸿恩　诸神汇集　感而遂顺

尚飨

下河院的祭祀整整持续到后晌,一院的人算是看够了景儿。祭完先祖要祭众神时,院里发生了一件惊慌事儿。当时时辰还不到未时,苏先生掐捏一番,说财神爷还未到正位,得等。就在众人等的当儿,一直牵在少奶奶灯芯手里的命旺突然一阵痉挛,镇定了一天的眼神也乱跳起来。后山中医刘松柏眼尖手快,抢在命旺病发前一抱子抱住他,未等众人做任何反应,疾步往西厢跑。少奶奶灯芯和丫头葱儿紧随其后,刚进西厢,命旺的病就犯了。他先是吐了一口白沫,接着哇一声,喷出一口血痰来。你再看,命旺就不是刚才院里规规矩矩跟着行大礼的命旺了,他两眼竖直,眼球外凸,四肢疯动,像是要跟天要什么。少奶奶灯芯吓得面无血色,颤着声儿问爹："这可咋个是好,这可咋个是好,刚才还好好的,就是三杏儿不小心碰了一下,咋就又犯起魔来？"

三杏儿是十女中的一位,沟里老狗头家的二媳妇,娶过来三年,已生下一儿一女。十女中她是最俏的一位,身段儿长得标致,一双眼会说话,尤其抿了嘴盈盈一笑,真是能勾掉男人几分魂的。

中医刘松柏边紧着给命旺搓手,边宽慰女儿灯芯："不打紧,怕是太阳下晒得久了,身子支持不住。"心里,却钻进女儿才说的那句话,三杏儿不小心碰了一下？

对三杏儿,中医刘松柏也是扫过几眼,在苏先生唱着一道道献祭品时，他的目光是挨个儿扫在十女身上的，当时也没觉有啥特别，这阵经女儿一提，忽就觉这个三杏儿有点不大对劲。具体咋个不对，中医刘松柏一时还道不出，也没工夫细想，不过，心里却是钻了鬼。

命旺还在抖，中医刘松柏搓了一会儿手，不顶用，一摸他的身子，着实发烫。刘松柏心里黑了一下，身子无端发烫，可不是好兆头。他冲愣着的灯芯喊，快打盆水，我要给他降火。话刚出，命旺突地闪起身来，一双手直直就往刘松柏怀里抓。刘松柏反拧住他的双臂，将他摁倒在炕上，腾出右手，狠狠地掐了他的人中。

这不是魔，这是癔症。刘松柏心里说。同时断定这跟那个叫三杏的有关，但脸上，还是现出一副镇静。见丫头葱儿赤白着脸在炕边发抖，中医刘松柏说："你去院里站着，谁也不让进来，要是问少东家，就说他正换衣裳哩。"丫头葱儿刚挪开脚步，刘松柏已将命旺浑身扒个干净，惊得端了水回来的灯芯喊："爹你要做甚？"

"先甭问那么多，快帮我摁住他。"

少奶奶灯芯惶惶地放下脸盆，按爹的吩咐抓住男人命旺的双手，同时，用半个身子的力气压住他乱跳弹的身子。中医刘松柏腾出手，打药箱里取出浸了药酒的毛巾，开始在命旺身上搓，搓着搓着，就见命旺裆里忽地竖起来，十分凶猛。刘松柏妈呀一声，知道今儿这事不好了，弄不好要丢大人呢。少奶奶灯芯早已红透了脸，男人命旺的丑处暴露在爹的眼下，真是羞得她无处藏脸。刘松柏哪还顾得上这些，要是不在一袋烟的工夫将女婿治过来，误了今儿的正事，他中医世家的牌子，怕就要彻底砸在下河院了。

这当儿，斋公苏先生竟出乎意料地到了西厢，若不是丫头葱儿死死把住小院门，他的脚步说不定就已闯了进来。

"进不得呀，少奶奶正在换衣裳哩。"丫头葱儿一急，竟将中医刘松柏安顿的话说反了。斋公苏先生止住步，从丫头葱儿惊慌的脸上，他已意识到什么，心里掠过一层不安。不过他的脚步并没马上回去，站在小院门外面朝里巴望，脸上有道子难见的惊慌。就有亲戚寻他而来，今儿个他一直是众亲邻关注的重点，一阵不见，就有人心急。

丫头葱儿急得喊："你走呀，引来的人多，我可挡不住。"丫头葱儿心里，是没把苏先生当个人物的，远没少奶奶灯芯重要，对他，言词里就有些刻薄和不敬。苏先生并不见怪，他冲来人摆了摆手，将他们阻挡回去,自个,却揣着心思候在门外。

药酒搓身上不见有任何用,中医刘松柏急得出了汗。这药酒里是掺了东西的,对发癫和痉挛者很管用,秘方还是吴老中医给的,谁知越搓命旺抽搐得越厉害。眼看着时辰到了,刘松柏真是恨死自个了,只顾了看热闹,反把命旺的病给忘脑后了,一想院里那几百双眼睛,中医刘松柏就有点不寒而栗。

"快掐百会穴。"他冲女儿灯芯喊。女儿灯芯跟着他,多少也懂点医道,尤其穴位。灯芯掐住穴位,心想,爹怕是要使针了。

果然,刘松柏跳下炕,从他那只柏木匣子里拿出一包银针,他要给命旺使针。这是他最险也是最后一招,此招如要不管用,他也只能听天由命让东家庄地给轰走了。

中医刘松柏抛开一切杂念,屏住呼吸,一心一意在女婿身上用起针来。

正院里,东家庄地急得双手抓心,眼看未时已到,儿子命旺还不见人影,也不知院里人传的是不是真,他又不好明问。要是儿子突然有个事,今儿这一台大戏,可咋唱?苏先生又不在身边,也不知去了哪?这个苏先生……东家庄地想到这,心猛就揪到了一起。

正急着,苏先生来了,泰然自若,说是到院里观了观。东家庄地问他时辰到了没,苏先生抬眼观了下天色,说再等等,药神还不到正位。

一听药神,东家庄地连忙道,得等,得等,这药神,不敢不敬。

苏先生轻轻收回目光,不露声色地进了上屋。

谁知,等苏先生再次唱响良辰已到,主家暨礼宾就位时,少东家命旺在少奶奶灯芯和丫头葱儿的搀扶下,好端端站在了院里。

苏先生再唱时,目光就牢牢盯在了少奶奶灯芯和命旺身上。

这一天,下河院的热闹是空前的,庄严和肃穆也是空前,一沟的人挤扁了身子,硬是过足了瘾。

了不得呀,这阵势。沟里人发出一片子叹。

天堂庙里,更是人头攒动,法音缭绕。沟里沟外将近涌来八百余众,诵完经,上供完毕,四众弟子法喜洋洋,心中充满对沟里沟外一派丰饶的期盼。此时,四众弟子正在吃千谷面,八百余众吃斋饭,这场面,真是没有过。老管家和福禁不住让这隆重殊胜的场面激起一腔热血来。

庙会结束,他就该紧着去跟窑头杨二和马巴佬碰头了,那也是一场大事啊。

24

这天夜里,来自凉州城的斋公苏先生撇下苏家班,独自带上法器,进了南院。

这南院,说起来也是一个谜。

当年紫禁城那位官爷留下银两一去不复返,老东家庄仁礼按官爷的盼咐,扩张建院,原本是建了南北二院想等官爷回来,跟他同享晚年,也好沾沾官爷的福气。因这官爷说过,我不打你正院的主意,你只管在南北给我各建一座小院,将来我告老还乡,就在这儿闻菜子香。没想南北二院建好,官爷却没了信儿,后来听说是让慈禧奶奶那个了,吓得老东家庄仁礼坐立不宁,直想把南北二院给扒掉。不过,在东家庄地心里,这南北二院,却是藏着别的秘密。东家庄地至今还记得,父亲庄仁礼临死的那些个年,常常偷偷摸进南北二院,从夜半坐到天明,院门紧闭,不让任何人骚扰。从下人们的口里,东家庄地隐隐听到,南北二院的神秘跟死去的两位叔叔有关……

东家庄地自小处在一片宠爱中,这宠爱一半来自于爹妈,一半,来自于爷爷和两个叔叔。十岁那年,爷爷染疾而终,他趴在棺材上,哭个死去活来,还是没能挡住他们把爷爷送进土里。打那以后,东家庄地有了心事,常常一个人蹲在后院里,瞪住天望。

爹跟两位叔叔的关系一直处得不错,家和万事兴,这是庄家祖宗一代代传下来的家训。爷爷死后三年,两位叔叔相继成亲,但并没像沟外那些大户人家一样分房另过,一大家人还是和和气气,相敬如宾。特别是他的二婶林惠音,更是对他疼爱有加。二婶林惠音嫁到下河院三年仍不开怀,一度也引起下河院的恐慌和内乱。爹主张给二叔纳妾,甚至连对象也瞅好了,可二叔死活不从,他宁可搬出下河院另过,也不愿娶个小让二婶林惠音受气。这事闹了几年,终因二叔的顽固和二婶林惠音对庄地亲如母子的疼爱让东家庄仁礼放弃了念头。遂把多子多福的希望寄托到三婶身上。三婶倒是比二婶争气,娶过来三年,接连生了两个儿子,可惜一个也没抓养成。一个闹天花死了,另一个,接生时先出了一条腿,等接生婆大汗淋漓费了九牛二虎之力将他捞出时,人已成了两半，三婶一见，当即昏厥过去，从此落下毛病，听不得人生孩子，也见不得孩子。一见，脑子里就冒出被接生婆撕成两半的血片。

庄家人丁兴旺的希望眼看要落空，老东家庄仁礼深感如此下去对不住列祖列宗，更对不住这百年老院，遂在一个秋日的夜晚作出一项惊人的决定，他要给自己续弦，娶的就是曾经打算说给二叔当偏房的后山小财主陈谷子的二丫头，听说那丫头长得个大体圆，浑身的力气，尤其那肥硕的屁股，更是了得，一走起路来，简直就像一座山在动弹。见过的人都说，光凭那屁股，就是个下崽的好手。可惜脸是差了些，鼻梁上的麻子也多，而且睡觉还打呼噜，一打起呼噜，全后山的人都让她惊得睡不着。

此语一出，下河院一片惊讶，先是庄地的娘闹得死去活来，说胆敢把陈谷子的丫头娶来，她就一头撞死在黑柱上。接着，二婶林惠音冒着犯上的危险，斗胆跟东家庄仁礼也就是她的大伯哥谏言，说与其冒着让全沟人耻笑的危险娶一个脸上有麻子的偏房，还不如早点给庄地成亲，早成亲早得子，这样下河院的香火才能续上。经过一番唇枪舌战，二婶林惠音的意见占了上风，下河院的六位长辈就有五位同意及早给庄地成亲，老东家庄仁礼面对众口一词的反对，只好把续弦的念头悄悄藏在心底，开始张罗着给儿子庄地成亲。

庄地的婚事便在这样的背景下大操大办了。成亲后的庄地一度很不适应有了家室的生活，常常背着爹妈溜到二叔那里，跟二婶林惠音一暄就是一个整天。这事后来不知怎么传到了爹娘耳朵里，娘倒是没说什么，爹却鼻子哼了一声，冲他恶狠狠说，再敢往那屋跑，打断你的腿！

东家庄地隐隐觉得，爹跟两位叔叔的隔阂就是那时有的，或者在两位叔叔还有二婶合上劲反对爹续弦时便有，只不过在他成亲后变得更为明显。显显的例子是，爹不再跟一家人吃饭，一向一家人不吃两锅饭的下河院那一年有了小灶，专给东家庄仁礼一人做饭。娘和二婶做的饭爹更是不吃，饭桌上常常是娘和二婶陪了他吃。两位叔叔那时一个在油坊，一个在南山煤窑，回家吃饭的顿数很少。这样的日子持续了两年，原本指望着能因南山煤窑的红火而有所改观，却突然地遭遇了一场劫难。那是一场空前的灾难，对下河院来说，劫难带来的打击是致命的，下河院从此便再也没了欢声笑语，东家庄地的心灵上，自此蒙上了厚厚一层暗影。

土匪麻五是东家庄地这辈子最恨的人,年轻时他曾无数次发誓,要亲手宰了这个可恶的畜生。就是现在,只要一提麻这个姓,东家庄地就恨得牙齿咯咯响。沟里因此有了一个规矩,凡是流落来的麻姓人,不管跟土匪麻五扯得上扯不上边,一律拿乱棍打出去。包括沟里人娶媳嫁女,都不得跟麻姓人做亲家。气得方圆百里的麻姓人家一提菜子沟就吐唾沫,吐完了还不解气,还要跟上一句,挑了活该,全挑掉才干净!

麻姓人说的挑,就是指那场劫难。土匪麻五跃过丈二宽的墙头时,菜子沟下河院居然没听到一丝动静,直到土匪麻五打开侧门,土匪呼啦啦涌进来,二叔那边才忙忙地喊了一声,来土匪了!可是二叔的声音还没落地,就让土匪麻五一长矛挑了。

挑了。

那一场劫难里,土匪麻五挑了的,还有三叔,还有几个闻声赶来救东家一家子的长工,其中就有中医李三慢的爷爷和大伯。

土匪麻五拿毛线口袋装了二婶三婶要走时,东家庄仁礼这才从上房走出来,冲麻五喝了一声,敢!没想,土匪麻五的长矛直直冲东家庄仁礼挑来,若不是东家庄仁礼眼疾手快,怕那一长矛,他也就没命了。但,尽管命是保下了,可那一长矛不偏不倚,挑在了东家庄仁礼裆里。

东家庄仁礼废了。

爹临死的时候是这样跟庄地讲的,爹讲得很伤心,每讲一次,就痛悔一次,说他应该想到土匪麻五,他偷觑下河院已很久了,可他偏是喝了酒,偏是给睡着了……

但,院里传得不一样,沟里也传得不一样。都说,土匪麻五是爹招来的,爹是借土匪麻五的手,除了两个偷觑他东家地位的亲兄弟。

这话庄地不敢信,可又不敢不信。

要不,土匪麻五自那次后,咋就突然失了踪,生不见人,活不见鬼?难道他挑了下河院,这辈子就不再做土匪?

要不,被土匪麻五掳去的二婶三婶,咋就一直寻不到半点踪影?

东家庄地揣着这一肚子谜,从二十揣到了现在,还是解不开。直到他在海藏寺法会上无意中瞅见惠云师太,这团谜才隐隐的,像是要解开。可惠云师太到天堂庙这都六年了,那张嘴,除了阿弥陀佛,东家庄地啥也听不到。

谜呀。

苏先生深夜摸进南院,就是答应替东家庄地解开这谜。

东家庄地说,南北二院,有谜,有谜呀,可我解不开,我解了一辈子,还是解不开。求你了,你把它解开吧。

南院和北院的谜,让爹带进了坟墓。东家庄地只记得,爹临死时抓着他的手,要他答应,无论遇上多大的难,都不能打南北二院的主意,每逢初一十五,替我把里面的香烧好,逢年过节,纸钱烧厚点,烧厚点……

两院里,放了两口铜鼎。东家庄地每次去,都要把鼎烧满,可下次去,鼎又空了,一点纸灰也不留。

难道欠下的债,他这辈子都还不完?

凉州城斋公苏先生连续两夜潜入南北二院的神秘举动瞒过了下河院所有人,包括后山中医刘松柏,这一次也被瞒得严严实实,直到走,他也没听到半点风声。怪不得后来灯芯说,甭看你比谁都精明,可比起公公,远着哩。

甭管咋说,菜子沟下河院在这一年阴历二月,的确让沟里沟外见识了一番,事情过去很久,人们还在津津乐道,谈喧着东家庄地大搞祭祀的事。

这场大礼把两个人牢牢关在了热闹外面,一个,是管家六根,一个,是奶妈仁顺嫂。

25

东家庄地是在斋公苏先生走后的第二个日子来到庙上的,按往年的规矩,他要在庙里住上一段时日,正月出去清明下种之前的这段日子,是他在庙里吃斋念佛修身养心的日子。

老管家和福一大早就等在门外,以前的这个时候,也是他牵着大红走马送东家庄地去庙上的,东家庄地在庙上的一应事儿,也由他照料。只是,现在他不是管家了,做事就变得分外小心,底气也不是太足。下河院行祭祀大礼的这些日子,他的脚步一次也没到过院里,院里发生的事,他一概不晓。昨儿夜黑,他从庙上赶回来,原本想着要见东家庄地的,原定的七天庙会已告结束,香火钱收了不少,还有香客还提出扩建庙宇,将庙东边那片林子砍了,扩出一块平地来,建一座大殿,供养送子观音。庙会刚刚结束,就有居士和信众四处化缘去了。看来,天堂庙的香火是越来越旺了。老管家和福刚进了巷子,还没到自家门前,就听夜幕里传来管家六根的声音,像是跟谁吵嘴。和福多了个心眼,藏在墙旮旯里听。吵架的是六根跟沟里四堂子的媳妇三杏儿,这三杏儿不是别人,正是管家六根大姐婆家的人,是他大姐小叔子的丫头,几年前由六根做媒,保到了沟里。听了一会儿,好像是说少东家命旺的啥子事,老管家和福的耳朵机灵起来,目光穿过蒙蒙的夜幕,盯牢在六根脸上。

管家六根骂的是,三杏儿没听他的话,让机会白白失掉了。

机会?老管家和福心里腾一声,难道管家六根又在打什么鬼主意?正惊怔间,就听三杏儿恶狠狠道了一句,你有本事,你去,往后,这种坏天良的事少找我!说完,腾腾腾甩着步子走了。管家六根看上去很不甘心,想扑过去拽三杏儿,巷道里突然有了脚步声,紧跟着传来四堂子的喝骂声,三杏,野哪去了,黑灯瞎火的,跟谁嚼舌头哩?

老管家和福愁闷了一宿,半夜里他睡不着,把女人凤香拉起来,问:"我在庙上的日子,你听见甚了?"

"没听见。"凤香大约是怪男人冷落了她,过完年到现在,男人没一天在家里踏实过,忙倒也罢了,忙完回来,跟她也没个交代,八成一到了庙里,还真就起了和尚心。

"问你话哩,好好说。"

"睡觉。"凤香又臭了句,转个身,不理男人。

和福披着衣裳,炕上闷坐半天,越坐越不踏实,一把拉起凤香,"瞌睡死你了,少睡一会儿不行?"接着,就把巷里看到听到的说了。

凤香惊讶讶叫了一声,"怪不得,怪不得哩,原来他是跟三杏儿串通好了的。"

这阵,老管家和福心里装的就是这事,也怪他,挑十男十女时,东家庄地是跟他商量过的,原本三杏不在里面,东家庄地也是怕她是六根的亲戚,都是他,一口咬定三杏不是那种人,再咋说,四堂子也是东家庄地救下的,当年干旱,若不是东家庄地差他给四堂子家送去三斗黑面,怕是早饿死了,还能娶媳妇生儿子?谁知……

车门吱嘎一声响,东家庄地打里走出来,马夫牵了马,也从马厩里过来,老管家和福忙忙接过缰绳,扶东家庄地上马。一路,老管家和福心里直打鼓,嘀咕了一夜的话不知该不该问出来。

快到庙上的时候,东家庄地忽然问:"听说庙上又来了法师?"

老管家和福哎呀一声,这才想起要紧事儿。遂说:"惠云师太托我问问你,她想把天梯山的妙云法师留下,不知你肯不肯点头?"

"妙云法师?"

逶迤连绵的南山,苍苍莽莽,似仙境般横眼前,大红走马吃力地走过那一段坡路,便有些力不从心了。东家庄地不得不下马,跟老管家和福边暗谈边往上走。路一下没了,脚下,曲曲弯弯的,是通往庙宇的羊肠小道,这小道,还是当年修庙者拿洋镐和镢头抛出的,小道两旁,是葱葱郁郁钻天而上的苍松。

七天庙会过后,天堂庙哗地寂静下来,脚步还在远处,就已闻到古刹声。如轰如鸣的声音穿透层层叠叠的松林,如天音般降下来,令人肃然生敬。东家庄地不再言声,双脚陡然有了力量,噔噔噔盘上了石阶。庙前,高达九丈的银杏已经泛绿,茂密的枝干仿佛一把巨伞,为寺前的放生池遮挡下一大片阴凉。

早有住寺的居士闻声赶来,见是东家庄地,忙忙地跑去通报了。东家庄地刚在树荫下歇了口气,就见惠云师太轻风般飘至门前,双掌合十,阿弥陀佛施起了礼。东家庄地慌得赶忙就要给师太还礼,被师太拦住了。

东家庄地这分慌,是慌在心里,每每见了师太,他都惊恐不定,目光不知往何处放。惠云师太似乎也有些微微的激动,甚或不安,但只在眨眼之间,一切便都被她不染尘埃的明眸掩去了。

想必东家庄地这一次,定是想从惠云师太嘴里知道些什么的。

下河院西厢里,少奶奶灯芯却在焦急地等沟里女人草绳的到来。一大早就差丫头葱儿去唤了,说是有要事要问,这阵还不见人影,想必又是让吃奶的孩子给拖住了。

少奶奶灯芯要问的,正是三杏的事。那天,中医爹一针施下去,吓得灯芯胆都破了。大约也是中医爹心太急,针施得过猛,男人命旺竟从她怀里腾地坐起来,眼直直的,双手一下就摁了那针,惊得中医爹喊,抓住手,抓住手啊。灯芯使足了力气,才把男人重新摁倒在炕上。可接下来,中医爹的手便抖得捉不住针。要知道,施针是最见不得乱动的,人一乱动,气血凝在某个地方,不通,这针便没了效果,弄不好还出错儿,要是错了穴位,后果不敢想。中医爹静了会儿气,见命旺龇牙咧嘴,一

149

咕嘟一咕嘟地往外吐，心想绝不是受了三杏引诱那么简单。当着一院人的面，三杏顶多拿胸脯挨一下他，或是拿眼神迷惑一下，病症不会反弹得这么厉害。看这样，定是在沐手或献爵时使了啥手段，让命旺的病症慢慢发作，借着那错乱中的一碰，这病就给引犯了。中医刘松柏这么想着，忽然就想起一样东西——迷魂草。中医刘松柏哎呀了一声，跳下炕，打匣子拿出一种粉，对住命旺的鼻子就喷，没想，喷了几下，命旺安静了，不跳弹了。慢慢，恢复了正常。等他再次睁开眼时，早上那个听话的命旺又回来了。喜得灯芯抱了他的脖子就亲，中医刘松柏咳嗽一声，灯芯这才羞红着脸下了炕。

　　传说的迷魂草是一种针叶儿草，藏在沙漠边沿的刺蓬中，这草秋季里结果，细，小，采撷下来，磨成粉，要是不慎让人吸入，人便昏昏沉沉的，乏而无力，有时眼前还有幻觉。这草极为稀奇，南山一带是不会生长的，它耐旱，个儿又小，怕雨，沟里沟外，怕只有外山一带才有。刘松柏行医多年，还从未见过，不过凉州城的老吴中医见过，还特意收集了一些果实。有次两人谈及对这种病的治法，老吴中医说，百草还得百草治，这就叫万物相克，说时，拿出一种粉儿，叫魂清散，说他自个磨的，对吸入迷魂草的人很管用。中医刘松柏好奇，当下跟老吴中医要了一点，当宝贝似的藏在随身带的药匣子里，没想，今儿个居然派了用场。

　　当天夜里，中医刘松柏便断定命旺是在乱中让人使了毒计，有人拿迷魂草混入院中，专门冲命旺下手。父女俩一开始也想到中医李三慢，但刘松柏很快摇头否定，这草他都没见，中医李三慢就更无从知晓，那么还有谁？想来想去，想到管家六根。管家六根每年都要去北山或沙漠一带，难免跟那儿的中医或专事此勾当的人接触，也只有管家六根，才能想出这么毒的招。

　　少奶奶灯芯认定事儿出在三杏身上，她先是将此事牢牢地捂住，没让一个亲戚知道，更没让公公庄地知道。大礼结束，爹和苏先生相继离去，灯芯才将草绳男人唤来，给他安当一件事，让他悄悄打听三杏一家跟管家六根的关系，看他们年前年后是否走动过。三杏虽跟六根是亲戚，但自打嫁到沟里，一向跟管家六根疏远，加上当年为娶三杏，四堂子让媒人六根额外多索要了两条毛毡，四堂子一直记恨在心，对六根，平日里也是骂得多亲热得少。草绳男人从四堂子嘴里很快问来实话，年初二管家六根是到过他家，当时他也奇怪，哪有过年舅舅反着给外甥拜年的,虽说六根也就是个不着边的舅舅,可毕竟大着一辈。年初三,三杏回拜了六根家,说了一天的话,回来时手里竟多了两样东西——一桶子清油,一方子猪肉。四堂子也觉这事怪,可就是想不出个道道。草绳男人一问他,吓得他伸长了舌头问,敢不是她听上六根没良心的话冲东家使坏吧?

昨儿夜,少奶奶灯芯又让草绳去找三杏儿,就说凉州城的苏先生走时说了,那天他观过十女的脸相,十女里数三杏儿长得最有福,多子多孙的相哩,可偏是那天脸上带了凶相,若要不攘眼,怕是凶多吉少哩。看她听了有啥反应,会不会将实话招出来?

就在灯芯等得心神不安时,草绳踩着细碎的脚步惶惶进了西厢,一进门就喊,可吓死我了,你猜这断后鬼家的做了啥没屁眼的事……灯芯一把拽过她,先甭急,坐下慢慢说。草绳从灯芯眼里看出一丝儿怪,才知道下河院不该扯上嗓子话,忙噤了声,四下望望,除了炕上坐着玩的命旺,没外人。这才压低声音说,招了,有的没的全招了,是六根,他哄三杏儿,说做成这事给她扯一条青丝布裤子。三杏这钱眼里钻的,为一条裤子就干了这没天良的事。草绳一扯起话,就没完没了,尽着不到点子上,急得灯芯掐了她一把,挑要紧的说。

果然是三杏儿,她起先不肯,无奈六根三缠四磨,许了好多愿,最后,竟动了心。

那天,她借献爵的空,将六根给的粉儿提前放酒里,递方盘时特意将酒盅对在了命旺鼻子下。命旺那天是给祖宗献过酒的,酒杯端手里,那味儿,不知不觉就进了鼻子,等献完,三杏儿再故意拿胸脯一蹭,瘾症就犯了。

这挨天刀的!少奶奶灯芯不知是骂三杏儿还是骂管家六根。

当天夜黑,三杏儿便哭哭啼啼跑来找灯芯,一进门就扑通跪下,认了一大堆错,还说为这事美美挨了四堂子一顿打。说着撩起衣裳让灯芯看,果然就见身上青一块紫一块的,四堂子也真能下得了手。

灯芯扶她起来,并没多责怪,事情都过去了,责怪也于事无补。捎带着埋汰了几句,灯芯说,这事就这么过了,往后谁也不许再提,你回去跟四堂子说,下河院不记他的仇,让他该咋还咋,只是少拿你出气。你瞅瞅,打成这样,还咋出门?不过……

少奶奶灯芯话说到这,突然拿了眼盯住三杏儿。这是她早就想好

151

的,她不能白白让自个惊上那么一场,你六根不是沟里有人么,不让你来你就动上心儿打别人的主意,我就成全你,让你打。想着,嘴对三杏儿耳朵上,如此这般,安顿了一番。三杏儿原本就作足了挨打挨罚的准备,没想少奶奶灯芯这般体谅她,哪还敢有犟嘴的理?就见她边听边点头,末了,还跟少奶奶灯芯发誓,若要不把这事儿办好,就让雷声爷劈了她。

　　说完,却磨蹭着不走,眼看着天越发黑,院里快要灭灯睡觉了,三杏还吞吞吐吐的,像有话说。灯芯一问,三杏儿扑通又跪下,求灯芯救救她。灯芯问又咋了?三杏儿才一把鼻子一把泪,将草绳说过的话重复一遍。灯芯一听,差点笑出声来,原来三杏儿是让草绳的话哄信了,真当自个带了凶相,求着少奶奶灯芯跟凉州城的苏先生告个情,给她攘眼攘眼。

　　灯芯忍住笑说,好了,起来吧,你先回去,改天方便了,我让后山刘半仙给你攘眼。

　　真的?

　　三杏是打发了,少奶奶灯芯却再也睡不着,三杏儿一连说了好几个苏先生,竟把少奶奶灯芯说得恍恍惚惚的,脑子里,忽然就冒出一些事来。

第五章
意　外

26

　　日子转瞬即逝，眼看就要到清明了，老管家和福突然带来一条坏消息。

　　"不行呀，东家，他们连成一条线线了。"老管家和福嗓子都要冒烟，可他顾不上喝水，他刚打沟外来，一路，心都攥着。碰头碰出的结果连他自个都觉没法跟东家交代。没想到，真没想到，事情比想的还坏。

　　东家庄地的心忽悠一下，就到了黑处。

　　碰头是在东家庄地去庙上不久开始的，老管家和福提着精心准备的礼当先去了南山窑头杨二家，接着又到油坊马巴佬家，原想这是一场满打满赢的胜仗，只要他一开口，杨二和马巴佬立马会响应。拿着东家庄地的手谕联络两个大长工根本不是什么难事，况且废掉的本就是一个心术不正有可能给下河院带来灭顶之灾的钻营分子。但他万万没想到，杨二和马巴佬像是早就听到风声似的，对他的造访胸有成竹。接连碰了两鼻子灰，老管家和福才意识到事情不像他和东家想的那么简单。

　　东家庄地还没听完和福的述说便气得面无血色，怅叹一声道："完了，下河院要毁我手里了。"而后，无论和福怎么劝，他终是不开口，眼里是虚弱无力的凄苦，还有瞻前顾后的忧虑。这一刻，他忽然想起自个儿死去的二叔和三叔来，想起庙里那双万事皆空的眼睛，要是当年他们不遭厄运，他也不至于这么孤立无援。当晚和福走后，东家庄地便踱进西厢房，不管不顾儿媳灯芯的脸色，在儿子命旺炕头前默站了许久。

　　出门时他的目光无意间落在了儿媳灯芯的肚子上，静静盯了好一会儿。那目光，是有无限深意的，儿媳灯芯禁不住一阵哆嗦。

　　惩治六根的计划只得取消，无论怎么，东家庄地是没有力量一次对付三个的。这个决定让他痛苦万分，养虎为患，自己终于遭报应了。他跟和福说,听天由命,随他去吧。

老管家和福听了并不觉得意外,下河院的底细他再是清楚不过,东家庄地的气略和胆量也在他的估计之中。他把一切都归罪于下河院人气低落,势力单薄。试想一下,如果东家庄地有个三兄四子,管家六根何至于能如此嚣张又怎能轻而易举成了气候。还是古人说得对,不孝有三无后为大。这么一想便在心里默默祈祷,祈求上苍保佑,能让命旺早日好起来,能让少奶奶灯芯早点开怀,生下贵子。

东家庄地和老管家和福的谈话一字不差到了少奶奶灯芯耳朵里,灯芯这才明白公公昨儿夜为何突然踏入西厢房,又为何拿异样的目光盯住她肚子不放。丫头葱儿走后,灯芯并未陷入慌乱,事情的结局早在预想之中,她只是可笑公公和和福的迂腐。六根要是那么好对付,他能成了精!

老管家和福跑东跑西找人的时候,少奶奶灯芯也没闲着,草绳跟她说,柳条儿暄谎时说漏了嘴,腊月二十八杨二来过,放下一包东西走了,柳条儿问是甚,六根死活不说,还打了柳条儿。柳条儿还说,他们在屋里商量着要把老巷毁了呢。

毁了?

灯芯听爹反复说过,老巷是命旺爷爷手上打通的,供了南北二山两辈子人。老巷的煤比新巷多,危险也大,要是不上心养护,出事是迟早的。灯芯不懂煤巷的事,所以让二拐子多留点心。可这个二拐子,安顿了等于白安顿,人倒是正月里来过,可说的不多,只说杨二不让他下老巷,老巷的事他说不准。

得想法儿把老巷保住,他两个要是背着你一毁,赶了他又顶啥用?

少奶奶灯芯决计亲自上门求和福。

灯芯走进和福家院子时,天已麻黑,和福刚喂完牛,站院里拍打身上的草。见着灯芯,忙让进屋,女人凤香说了些亲热的话,让和福支走了。和福知道,少奶奶不会闲着没事到他家串门儿。

灯芯没绕弯子,径直把话说了出来。

少奶奶灯芯的意思是让老管家和福去窑上,这个时候,窑上再不放个打硬人,她心里实在不踏实。想来想去,也只有和福。能治住窑头杨二的,这沟里,怕也只有和福。可让和福走,她又舍不得,这一走,身边又少了个出主意的。少奶奶灯芯也是左右为难,但好钢用在刀刃上,这点道理她还是懂。

和福抱着烟锅,样子很沉重。他知道啥事儿都瞒不过少奶奶灯芯的眼睛,他跟东家谋划的事,早就在她眼里。尽管东家再三叮嘱了,可东家没他了解灯芯。

"去倒是行哩,可杨二这人你没打过交道,他要是霸道起来,横着哩。"

"这我知道,不横就不让你去了。"灯芯脸上显出难见的愁色,不过她又说,"再横的人也有法儿治他,不是么?"

"你是说?"

"你只管去,剩下的事我来做。"

"行,我这就准备。不过,东家那儿咋个说?"

少奶奶灯芯想了想,道:"这就看你了,我不能跟他说的,这你也知道。"

和福默想半天,郑重地点了点头。

事情就这么商定下来,少奶奶灯芯的智谋引得老管家和福频频点首,心里,更是多出几分尊重和钦佩,他已喜欢上了这个年少而未经过世面的女人,愿意照着她的嘱托去做。少奶奶灯芯临走时无意间问了声石头,和福忙说:"娃在磨房哩,他睡磨房。"灯芯轻哦一声,告辞出来。

和福的话出乎意料得到了赞许。其实东家庄地比他更急,南山煤窑是老先人置下的产业,下河院一半进项来自它,要是杨二真跟六根联起手,拿煤窑要挟他,下河院的日子就不好过了。

可离了杨二,谁又能撑起这摊子哩。客大欺主,庄地无能为力。这两宿,他一眼未合。

没想和福站出来,主动替他分这个忧,和福说:"我去,你要是放心,就把南山煤窑交给我,不信斗不过一个杨二。"东家庄地简直乐得,一口一个和福呀,你想到我心里了。

清明前一个太阳暖融融的上午,东家庄地和老管家和福骑马走在通往南山煤窑的路上。这南山,大得很,从沟里望,它就是座山,绵绵延延,从东到西,一眼的松。可你要是钻到里头,它就成了迷魂阵,这儿一个沟,那儿一个岔。天堂庙是在照住沟的这个方向,其实还在沟里,可煤窑是从菜子沟往南直直插进一条沟,沟叫松树沟,插进去却不见了松树,是地,东家庄地年轻时垦下的荒。沿着这沟走进去,慢慢,沟窄了,路险了,松树也有了,甚至能听见清泉声。南山煤窑就在沟垴,跟后山那边遥遥相对着。

路过庄家大地,庄地停下马,定睛朝山上瞅了会儿说:"和福,你还记得一起开荒的日子么?"和福笑着说:"咋能忘?那时你壮实得很,我都拼不过。"一时间两人似乎回到了年轻时候,那时候的日子,可真叫个日子。鸡叫头遍起身,套牛上山,赶天亮就能犁下几亩地。庄家大地原只有十亩大,四周是清一色的荒地,有天和福突发奇想说,何不把它开了呢?就这一句话,两人半年没睡囫囵觉,硬是开下了这块地。

"老了。"东家庄地收回目光,发出一声感叹。和福说:"服啥也甭服老,一服老,心气神就没了。"庄地说:"我就是不服呀。"

一路说笑着,赶太阳落山到了窑上。远远望去,煤窑掩映在夕阳里,四周高大挺拔的松柏呈现出一派宁静,由于缺了绿,眼里便多出几分荒凉,不过袅袅炊烟已经升起,穿透厚密的森林,笔直地升上去。庄地知道,那是窑上的人生火做饭了。

杨二没想到东家庄地会来,裹着皮袄走出来,啊呀呀了几声,迎进屋,这才跟和福打招呼。看得出杨二对和福的到来心存不满,以他的精明,当下便想到是咋回事,不过他没表露出来,只是一个劲说山上冻死了,哪比得上沟里。

东家庄地客套几句,把话转到正题上,说:"和福这次来不走了,留下,就当二掌柜吧。窑上的事多,多个人多份心。"

杨二脸闷了下,马上又舒展开:"好,好,老管家来了,我也就省心了。"

庄地放下脸说:"我把话说明白,打今儿起,窑上出煤你们两个人都得点头,以前的事我不问,往后账要清清楚楚。"

杨二点头道:"本来就清楚哩,东家不放心,可以拿来看。"庄地摆摆手,说不用了。歇缓片刻,庄地要下窑,杨二拦挡说:"这大的岁数,下哪门子窑呀,你要不放心,我跟老管家下去,让他看了告你。"庄地说:"不必了,一趟窑我还是下得动。"庄地没让杨二陪,随口点了个窑客,换上衣服下去了。

庄地下的是老巷。阴森森的湿气很快裹住他,越往深走,巷越陡,空气也更稀薄,马灯的光亮下,窑巷看上去一片陈旧,用来做支撑的柱子怕有二十年光景了吧。庄地用手摇了摇柱子,见它还稳稳地立着,便放宽了心往里走。窑客提醒他慢点,说到了掌子面,怕得爬进去。走不多时,果然巷挤得装不下人了。这时他们已走进出煤的窝头,裸露的岩壁未做任何保护,稍不留神撞了头,疼得哎呀叫起来。巷子只有几尺宽,空身子都很费力,要是背上煤,就只能爬了。庄地坐巷里,喘了阵粗气,又接着爬,这次是真爬了,巷道坑坑洼洼,爬都很费事。钻进掌子面,庄地看到的情景就更糟了。黑压压的煤层只采了一半,到险处全给放了过去,巷乱得上坡下坡全无章法,像是随心所欲碰到哪采到哪,一看杨二就没下来过,只是随了窑客们想哪挖就哪挖。更可怕的是这深的巷,一到窝子里全无支撑,完全靠岩壁自身的力度。庄地问窑客,咋不见木头?窑客支吾着说,岩硬着哩,加木头巷又得往宽里挖。庄地不言声了,用劲踹一脚岩壁,便有碎石哗哗地落。

从老巷爬出来,庄地累得喘不过气,杨二差人给他洗脸,换衣,庄地很想骂一顿他,却又忍住了。默声吃完饭,他问,二拐子哩?

这一天的二拐子总算是等来了机会,要说,少奶奶灯芯对二拐子的抱怨,多多少少也有点冤枉二拐子。二拐子到窑上,充其量也是个聋子的耳朵,窑头杨二能放心他?他漏给少奶奶灯芯的那点儿信,一半,来自他跟几个窑客的打听,一半,是他自个编的,压根就跟窑上的事沾不上边。这不怪二拐子,二拐子也是一心想讨好少奶奶灯芯,巴不得天天拿到窑头杨二的把柄。可难哪——

窑头杨二安排给二拐子一个很轻闲的差事——喂驴。

煤窑往山下运煤,全靠驴驮,南山煤窑养了四十多头驴,有时还忙不过来。以前喂驴的,是窑头杨二的一个亲戚,见二拐子来,窑头杨二很仗义地说,这窑上,尽是苦差事,就喂驴轻闲,你细皮嫩肉的,哪受得了窑下的苦?说完阴阴一笑,道,喂驴吧。二拐子一开始还感杨二的恩,慢慢,就知道杨二的用心了。有次他背着窑头杨二,跟一个叫猴子的窑客下了趟巷,没想,人还在半巷里,窑头杨二的恶骂便响了起来。

这窑,没窑头杨二的话,不是谁想下就能下的。

二拐子一度很灰心,想跟少奶奶灯芯说实话,让他重回下河院好了,他可不想熬在这深山老林,跟驴做伴。没想,下河院很绝情地将他娘仁顺嫂赶了出来。一想这个,二拐子心里就起火。老东西,算你狠,你明里暗里地霸了这么些年,说赶就给赶了!整个年,二拐子都是在一种说不清道不明的愤恨里度过的,忽儿恨东家庄地,忽儿又恨自个的

157

娘,恨来恨去,就把方向转到了少奶奶灯芯身上,想让我给你做底细,做梦去吧,我还巴不得让这巷塌了淹了着火了呢。有时他恨得睡不着,就抄起棍子打驴,年后到现在,他已打断两头驴子的腿了。二拐子很解气,打驴的时候,心里是骂着东家庄地的。

有天他正打着驴,窑头杨二来了,没吱声,站边上看。二拐子也不管杨二,现在他是谁也不怕了,大不了也跟娘一样,让他们撵出去,撵出去还干净,没听说谁离了下河院饿死的,饿死又能咋,比这受气受辱的强。这么想着,手里的棍子越发狠,打得驴满圈跑。终于打累了,打不动了,扔了棍子,躺地上发呆。窑头杨二这才说:"不打了?"

"还打,谁欺负老子打谁!"

"有点血气。"窑头杨二笑着走过来,接着又道,"不过拿驴出气,也让人小瞧。"

"你啥意思?"二拐子猛地瞪住窑头杨二。

"没意思,我能有啥意思,你打,接着打。"说完,窑头杨二一转身,走了。二拐子左想右想想不出个道道,气得他真就提了棍子,再打。

二拐子正在圈里喂驴,听见窑头杨二唤,扔下背篓往住人的地方走,快要进屋时,窑头杨二叮嘱道:"嘴巴紧点,想在窑上混饭,就甭乱说。"

屋里的人相继让东家庄地支走了,就连老管家和福,也让东家庄地打发到另屋去了。摇曳的油灯下,映出一老一少两张沉闷的脸。

很长时间,东家庄地都想跟二拐子唠唠,不为别的,就想唠唠。

细算起来,这娃也在他眼皮下晃了快二十年了吧,一想这二十年,东家庄地就觉是场梦,不,比梦还恍惚。他比命旺大四岁,屠夫青头死的时候,他已在院里跑趟子。一想到屠夫青头,东家庄地的眼前就冒出一团黑,二拐子满月的时候,他还吃过满月酒的,没想⋯⋯

"你二十了吧?"他问。

"虚岁二十一了。"二拐子道,不明白这个阴狠的男人问这做什么。

"快,真快,一眨眼的事。"

二拐子不言声,眼睛,却死死盯住油灯下这个一脸沟壑的老男人。

"到窑上,还顺心不?"不知怎么,这阵儿,东家庄地突然就有种悔,很悔,问出的话,也就多了种味儿。这是他以前从未有过的,以前见了二拐子,只有气,说不出的气。

"顺心个球！"二拐子差点就把这话说出来,不过,他忍住了。二拐子好歹也算个聪明人,尤其察言观色这点,比一般人要强。他从东家庄地脸上,忽然就捕捉到一样东西,很陌生,很新奇,也很好玩。他倒要看看,老东西葫芦里到底卖啥药。

接下来,二拐子就发现自个错了,错得很,东家庄地说出的话,一下就把他给打软了,打蔫了,打得心里竟没了恨,也没了怨,有的,竟是一种软绵绵的东西,很软,软得他都要掉鼻子了。

二拐子吸了下鼻子,说："东家,我二拐子不是个人,我打驴,我骂你,我不是个东西,我……"他都不知道该咋个埋汰自个了。

东家庄地冷了下眉,他是见不得人这样作践自个的,别人可以作践你,自个不能,自个一作践,这人就真贱了。不过他把这层不满压下去,用同样软绵绵的话说："也怪我,这么些年,很少把你的事放心上。你也别怨悔,持家过日子,谁都有谁的难处,往后,只管争气就行。"

"我争气,我保证争气。"

"这就好,你年轻,只要往正路上走,干个三年五年的,就能成个材料。懂我这话的意思么？"

"懂,东家我懂,我保证不再赌,我听你的,往正路上走。"

东家庄地捻着胡须,微微笑了笑。

这夜,东家庄地和二拐子睡在了一个屋里。

临睡时,东家庄地突然说："虚岁二十一,也不小了,该成亲了。"

27

东家庄地给二拐子成亲的主意就是在窑上的这个夜晚定下的。

要说,促使他改变主意,要把二拐子当个人看,还是庙里的事。

东家庄地这一次去庙上,可谓换了一次心。

东家庄地跟惠云师太,是有过一次谈话的,而且谈得很投缘,很带点佛理。

那是他到庙上的第三个日子,响午吃过,天飘起了雪花。早春的雪飘起来远没冬日那么寒冷,也没冬日那么壮烈,似飘非飘,倒像是成心把人往某种意境里带。东家庄地站在窗前,静静凝望着雪花,脸上,是难得的沉静。也是怪得很,一到了庙里,东家庄地那颗浸着恨浮着不安的心便慢慢冷却下来,变得安宁,变得明净,对世事,也不那么耿耿于怀了,仿佛真就有了一颗禅心。不知何时,惠云师太进了屋,点燃檀香,放进香炉,然后,静静地看着望雪的东家庄地。

那一天的日子有些特别,仿佛注定要给两颗心拉近距离。东家庄地转身的时候,赫然望见一张沐着佛光的脸,那般清澈,那般慈祥,蓦地,数十年前的那张脸又跃到眼前,似幻似真,似远似近,东家庄地脱口就唤:"婶——"唤完,才把自个吓了一跳,忙掩起脸上的惊喜,恭敬地叫了声师父。

惠云师太竟毫不计较,望着惴惴不安的东家庄地,轻声细语道:"发什么呆呢?"

"师父,我——"东家庄地欲言又止。

惠云师太笑了笑,说:"你来了这几天,我也没过来一次,寺里太过清苦,不知你受得受不得?"

"受得,我受得。"东家庄地一听师太这样说,立马有些激动了。这口气,这笑容,一下让他回到了从前,回到了二婶屋里。他也顾不得戒规,挪了步子,就往师太这边过来。师太轻轻一指面前的垫子,两人坐下了。

"你急火攻心,处在恶欲挣扎中,这样下去,未必是好。"惠云师太终于启开那张一直对庄地紧闭的嘴,跟他说法了。

"院里上下,一片不宁,我又如何静得下心?"东家庄地答道。

"院里自有院里的定数,你把它看得太重,这心,自然就浮了,心一浮,你便没了方向。世间万物,有方向才能不迷失,你迷困在自己的心里,又怎能看得清方向?"

"方向?"东家庄地似有觉悟,端身坐好,聆听起来。

那天惠云师太给他讲了好多,有些庄地能悟个大概,有些,却云里雾里,还是不明белый很。但,他跟惠云师太,却是近了,比任何时候都近。夜幕降临时,东家庄地忍不住又唤:"婶——"

惠云师太仙云一般腾起身:"施主,你在前尘旧事里陷得太深太重,忧生于执著,惧生于执著,凡无执著心,亦无所忧惧。施主,苦海无边,你还是忘了吧。"

忘了吧。三个字,顿然让东家庄地明白,眼前云一般超凡脱俗的,正是当年爹起歹毒之心,里勾外合,掳走的他的福啊……

东家庄地牢牢记住了惠云师太的话，多布善，方能结得善果，以慈悲为怀，方能解脱自己也能解脱众人。那么，对二拐子，他就不能再抱以怀恨之心了。

当然，东家庄地决意给二拐子娶亲，还有更深也更实际的一条理由。恶人六根跟马巴佬杨二沆瀣一气，虎视眈眈，下河院随时都有灭顶之灾，院里又人势单薄，无力应对。除了和福等几个老人手，东家庄地连个说知心话的人都没。二拐子年轻气盛，又是奶妈仁顺嫂的儿子，多少也有些连带，要是能把他扶成个材料……

东家庄地忍不住扼腕叹息，他真是一脚踩在佛里，一脚，坠入这万恶孽渊。或者，他心原本就不在佛，临时抱佛脚，为的还是这尘俗之孽事。

东家庄地要给二拐子说的是北山皮匠王二的丫头。王二前些年在下河院做过皮货，跟东家庄地有点交情。皮货做完临走时拜托过庄地，有合适的主儿引见一个，他想把丫头苡苡嫁到沟里来。粗算起来，苡苡也该十八了吧，配二拐子正合适。

打窑上回来，东家庄地开始谋划这事，这事越快越好，要想稳住二拐子的心，就得拿女人。东家庄地熟谙二拐子就跟熟谙奶妈仁顺嫂一样，草绳男人很快带着礼当，悄悄去了北山。

接下来，东家庄地就该重新面对奶妈仁顺嫂了。这事难，真难，东家庄地硬着头皮来来回回在巷子里转了几趟，腿还是迈不进那座小院。

夜里，他把自个着实恨了一番，有啥难进的门呢，十多年前那么不该进，他不是还仗着贼胆大堂堂进去了么？现在，这门明堂堂给他开着，没谁敢拦，缘何就偏偏没了那份心气呢？恨来恨去，东家庄地才明白，原本自个就不是个多光明磊落的人，或者，就没光明过，就没坦荡过，难怪庙里望见妙云法师的那一瞬，会像遭雷击般震在那里，半天收不回目光，这心里，从头至尾，就是藏着一个鬼的呀。

鬼。东家庄地禁不住想起苏先生说过的话，鬼在心里，你要是心中老有愧，那鬼就不走，牢牢地缠定了你。驱鬼不在法，也不在道，道高一尺，魔高一丈。要想驱鬼，还在你自个，你自个的心。

我有愧么，有么？

第二天，东家庄地选择在正午人多的时候，穿戴整齐地进了仁顺嫂的小院。这一进，东家庄地的心就翻过了。

这哪还像个院,哪还像个人住的地方。破烂不堪的小院里,杂物堆得到处都是,菜子杆横七竖八地躺着,占去大半个院子,填炕的粪草让风卷到了满院,有两只鸡懒洋洋在粪草里刨食吃,一床烂棉套吊绳子上,大约是年前拆了要洗的被窝,没洗,还那么脏兮兮挂着。太阳直直地照下来,院子里腾起一股糜烂不堪的腐朽味。再看三间房,坍了,要坍了。这房,还是青头爷爷手上的,三条柱子两道梁,这都多少年成了,梁头子风吹日晒,烂掉了。再看墙,摇摇晃晃的,一脚就能蹬翻。

这样的院,这样的房,就是娶来个媳妇,能住?

东家庄地没进屋,没见屋里的人,院里怔站片刻,一肚子心酸就出来了。

看来,要想娶媳妇,还得先盖房。

也该给她盖一院新房了。

东家庄地这么想着,步子已迈到了沟里木匠家。

就在东家庄地张罗着要给二拐子盖房说媳妇的时候,沟里猛乍乍传起一股谣言。谣言先是在婆娘们中间传,传着传着就到了东家庄地耳朵里。

后山女人灯芯是只不下蛋的鸡。

说得有眉有眼,先是说她的东西是实的,撒尿还行,怀娃娃,男人东西放不进去。后又说,为啥二十二还嫁不出去,后山人都知道呀,不但实,压根就是个男人婆呀。

沟里人视生不下儿子为罪恶,像管家六根这样的,已经恶贯满盈了。讨一房纯粹不下蛋的鸡,那不是万劫不复么?

烟囱堵死了呀,有人这么惊叹。

谣言像毒药样撒到东家庄地心上,事实上自打进了腊月门,他的目光就开始注意媳妇的肚子,平展展毫无起伏的肚子常常会让他艰难地挪开目光,扫兴地闭上眼,有时夜里睡不着,忍不住就想,该开怀了呀。

到现在还不开怀的事实让东家庄地无法躲开谣言。

谣言完全打乱了东家庄地的计划,清明过后菜子下种的某一天,庄地的脚步再次迈进仁顺嫂院里。这次,他是唤她回去的。不回去事儿不行啊,盖房的事儿先撂过,二拐子的事也先停下,要紧的,是得弄清楚,媳妇灯芯是不是个不下蛋的鸡。

这事,离了仁顺嫂,能行?

奶妈仁顺嫂披着头,坐在太阳下发呆,见了庄地,目光乏乏地动了一下,没起来。庄地已顾不上什么,颤颤地扶起她,打胸腔里叹了一声,你呀……就把事儿说了。奶妈仁顺嫂哗地有了精神,干这事,她在行,在行得很。她终于又有用武之地了。当下跑屋里,先把头洗了,脸上搽点粉,换了衣裳说,这就回去?

看到仁顺嫂瞬间来了精神,东家庄地沉闷的心一刻间复活,此刻,太阳正暖暖地照着,阳光下妩媚的脸让他忆起很多年前那个雨后的傍晚,空气里清爽的味儿立时激荡得身子一片摇曳。忍不住猛地抱了她就往屋里去,炕上还堆着仁顺嫂刚换下的衣裳,那可是女人贴身的衫儿啊,那一红一绿,瞬间就燃烧了他的眼睛。淡淡的汗味儿夹杂着女人的体香吸进鼻子,顿觉心神激荡,东家庄地再也不能自持了。

这个突如其来的中午,整六十岁的东家庄地居然又在三十八岁的仁顺嫂身上行了,而且还凶猛得不是一般,如虎狼般的气势,惊得仁顺嫂都不敢相信。

28

谣言四起的这个春日上午,一头青驴儿驮着少奶奶灯芯上了娘家的路,牵驴的是专程从磨房唤来的少年石头。

沟里四起的谣言弄乱了灯芯的心,公公冷不丁扫过来的目光更是弄得她心惊肉跳。走在院里,感觉四处飞来的目光都盯着一个地方,肚子,这日子,哗就成了另一种颜色。

谣言是日竿子的女人传出的,这一点灯芯心中有数,离了她,还能有谁?不过,她还是很感激三杏儿。这阵子,她没少往下河院跑,沟里那些事儿,一件不落地到了灯芯耳朵里。灯芯想,传就传吧,总有一天,让你们张着嘴说不出话来。

骑在驴上,菜子沟就像一把硕大的扇子在视野里缓缓展开,这沟由东往西,缓缓延开,越西越开阔,目光到了西边,浓稠得散不开。更是那南北二山,高处看就更为奇怪,这山先是陡陡的,似悬崖一般从天上掉下来,快到沟谷时,突然地放缓,缓出两片洼来。这两片洼,便成了养人的地儿。这阵,四下下种的人们鸟一样扑腾在自家租种的地里,雪水浸灌下的大地在犁头的翻耕下泛出湿漉漉的地气,红润的菜子在撒种人手里舞出娆眼的弧线。风和日丽,万物待兴,望一眼就能给人陡添不少信心。灯芯唤石头将驴牵慢些,她要多看看这播种的美景。少年石头也是满眼春色,不时掉转身子,冲驴上的少奶奶发一会儿呆,然后抬起头,目光直直伸向天空。可惜天蓝得透明,万里晴空无一丝儿云。

一上山道,青驴儿就费劲起来。东家庄地本是让骑了骡子去的,灯芯推说骑不住,换了。骡子跑得欢,会少掉路上很多趣儿。山道一旁危崖耸立,裸露的青石发着寒光,另一侧是一眼望不到底的深谷,扔块石头下去,半天听不到回声。狭窄的山谷隔断了目光,挤压得人像有什么东西从心里奔出来,瞅着闷声走路的少年石头,灯芯忽然问:"石头你会唱花儿不?"

石头红脸道:"不会。"

"那你想听不?"

石头望望她:"想听。"

灯芯咳嗽两声,清清嗓子,立时山谷里响起翠鸟般的歌喉。

"青石崖上修路哩,心高得戳在了天里

太阳黑了问话哩,月亮是不是在你心里

树上的候鸟报春哩,明日个我就拖媒人过去

河水把路冲断哩,你爹他不让我进去

……"

"真好听。"石头忍不住掉过身夸赞,无邪的目光扑闪在灯芯脸上,灯芯让他夸得红了脸,不好意思再唱了。

又走了一段,灯芯说:"你也唱个吧,不唱闷死了。"石头羞脸道:"我真不会,我笨。"灯芯咯咯笑了,是让石头害羞的样儿逗笑的。他跟自个男人一般大,可在她面前,啥时都乖得像个孩子。看着他红扑扑的脸蛋儿,还有白杨树一般挺拔的身子,少奶奶灯芯禁不住一阵心动,她从驴上跳下,索性跟石头肩并肩往前走。洒满暖阳的青石道上,两个青春人儿走得是那样开心。一只山雀惊起,扑啦啦一声,丢下一串脆叫远去了。

翻过黑鸡岭,下了坡道,就看见自个家的院门敞开着。中医爹好不惊喜,怪灯芯来也不提前吭一声,昨儿夜还梦见她抱个大胖小子玩哩。中医爹的话忽地让灯芯冷了脸,爹也觉出了失言,岔开话问起了石头。

灯芯告诉爹,他是老管家和福的儿子。中医爹盯住石头细望了一会儿,忍不住道:"好娃呢,细皮嫩肉的,十几?"

"虚十六。"

中医爹哦了一声,目光转向灯芯:"这趟来,可得住些日子再走。"

说话间,石头已到了外面,许是让后山的景给吸引了,这孩子。

夜饭做的是拉条子,爹不让灯芯插手,还特意宰了鸡,说这鸡一直留着,就等她回来。石头从外面回来,听到他们说说笑笑,好不亲热,就到草房里先喂了驴。饭后,天黑下来,后山夜黑得早,爹安顿石头睡好,父女俩坐灯下暄上了。

灯芯把沟里的谣言说了。中医爹抱住头,一时纳闷无话,这事确也难住了他。半天后说:"你公公咋个态度?"

"还能咋个态度,一双眼睛吃人哩,这才对头了没几天,又……"灯芯垂下头,心里难受得说不出来。

"也难怪,天下当娘老子的,哪个不盼,谁个不愁?不过,这事儿难哩,要说他那病……"中医爹欲言又止。

"要不就豁出去?"灯芯咬住牙说。

"使不得呀,娃,这才刚有了转机,你不让他活了?"

好一阵子无话,两个人让话题压得张不开嘴。灯芯一扬头,甩甩头发说:"算了,不说了,等他问起了再想办法。"

"也只能这么着了,这疙瘩爹是没法儿解。"接下来灯芯说起了杨二,说起了南山煤窑。爹一直没插话,抽着烟,等她说完,爹才说:"杨二是个没啥主见的人,前些年偷着卖了煤,盖房娶媳妇儿,叫六根踏了脚后跟,这以后,六根说啥他听啥。"爹顿了片刻又说:"治他倒是不难,可南山煤窑少了他不行,算来算去,还就他是个行家。煤窑的事你不懂,稍不留心就会死人,一死人窑客就跑光了,窑也就废了。"

爹的话让灯芯心黑下来,怪不得公公要忍,怪不得过年要抬头囫囵猪给杨家,看来不仅仅是大房山里红的面子呀。

杨二是东家庄地大房山里红的娘家弟弟。东家庄地十七成的亲,当年二婶林惠音一席话,迫使老东家庄仁礼不得不把延续香火的重任寄托到儿子庄地身上,打听来打听去,南山青石岭上杨家的二女子跟庄地八字最相符,一张帖子下过去,亲事便定了下来。大房山里红花轿抬进门时,才满十五岁。那时的下河院是门庭最热闹的时候,东家庄地的爹兄弟三人一个把着煤窑,一个把着油坊和水磨,他爹掌管着下河院和沟里的菜子。弟兄三个守着庄地这么一个独苗,都眼睁睁盼着他早日给庄家传宗接代。婚事办得异常热闹,单是流水席就拉了三天,沟里沟外凡是跟下河院有点交情的人全来贺喜,菜子沟热闹了整整半月。谁知热闹还没持续上两年,下河院便招来了血光之灾。土匪麻五拿长矛将这座百年老院挑得支离破碎,再也没了往日的快乐。尤其东家庄地,那场血腥将他带进了深重的暗夜,再也没了下河院少东家的锐气。特别是二婶林惠音生死未卜,凶吉难测,他更是愁得咽不下饭,常常呆坐在二婶门前,一双眼睛流出的不知是绝望还是眷恋。他跟大房山里红的日子,也算是到了头。本来,大房山里红抬进门,就没跟东家庄地好好过上一天日子,十七岁的少东家庄地心思完全不在媳妇儿山里红身上,他让二婶屋里的那股气味完全迷住了,以至于二婶林惠音被土匪麻五掳走的一年多,他还沉迷在那股气味中出不来。这样,老东家庄仁礼不得不另谋打算,在一个秋日太阳火红的日子,八人大轿从北山抬进了二房水上飘。水上飘一进门,下河院所有的目光都集中到了她身上,大房山里红便在落寞和轻视中郁郁寡欢,终因郁积成疾,死在自个冷宫一般的睡房里,闭眼时还不满十八岁。

  庄家传宗接代的心愿到二房水上飘进门三年还没实现,这三年东家庄地相继失去爹妈,一连串的不幸让二十三的庄地开始相信神汉巫婆,隔三间五请了来闹。众说纷纭的迷乱现象和下河院挥不走的阴云让刚刚做了东家的庄地六神无主,日子在极度的恐怖和无望中落花般流逝,众人多次要他抬进三房的提议被他恐怖地拒绝,仿佛再抬进一房连他也没命了。这时候他开始怀恋大房山里红,想起她带给他的美好岁月,还有那极少的却很忘情的日子。一种深深的内疚折磨着他,觉得自己便是杀了大房山里红的刽子手。所以当上东家的头一件事便是召来杨二,将南山煤窑交给了他。

  斗转星移,世事无常,当年的报恩之举谁知换来今天恩将仇报,一提杨二这些年的作为,灯芯恨不得自个去南山,将煤窑夺回来。只是当下,要除杨二,还为时过早。灯芯此番回山,除了爹,就是要找那个能拿主意的人,一则是开怀,二则就是煤窑。

  后山半仙刘瞎子向来是中医刘松柏的座上宾,在后山,没谁能像半仙刘瞎子那样在中医刘松柏这儿享受到至高无上的礼遇。关于后山这两个同姓不同宗的能人之间的恩怨,一度时期是后山传得极为广泛的话题,但两个刘姓能人却缄口不语,任凭传言四起,也能稳坐在中医刘松柏的炕头喝酒,其关系远比手足还亲。后山人真是拿这两个铁打的弟兄没办法。关于爹跟半仙之间的交情,灯芯打小就看在眼里,记在心里。一则,后山半仙刘瞎子救过爹的命。中医刘松柏十岁时患过一场病,半夜里莫名地发高烧,烧得全身如炉盖子般烫手,连请了好几个中医都没能把高烧退下,他的嘴唇发焦,两眼发直,眼看就没命了,十五岁的半仙刘瞎子突然找上门来,说是能救刘松柏的命。那时半仙刘瞎子还不是神仙,只不过跟着老瞎子学了几天,刘家人起初也不敢相信,但与其等死还不如让他试一试手。十五岁的刘瞎子头一次出山就做得像模像样,他将众人连同刘松柏的爹妈一并儿支开,关起门来,声言没有他的指令谁也不能进门,要不进一个死一个进两个死一双,他可一点不负责。一句话说得后山煞气四起,刘松柏的爹妈更是拿他的话当天王爷的令,蹲篱笆门前手里抱根打狗棍牢牢看住了家门。一个时辰过后,屋里青烟四起,火光四射,刘松柏的爹刚要扑向屋里,就听青烟里传来一声喝,红毛乱鬼,看你还敢乱动弹!吓得他扑通一声就给跪下了。这红毛乱鬼,据说是后山一带最凶最泼的鬼,只要让它缠身,十个有九个必得丢命。连半仙他师父老瞎子都对付不了。

一通乱砍乱劈后,隔窗飞出个瓶子来,就听十五岁的半仙声若洪钟般吼,将它拿下,挖地五尺,埋了。刘松柏的爹忙忙扑向瓶子,老老实实在房后头挖地五尺,将它埋了。

此后一连五日,屋子里一片寂。但还是不许一个人进。五日之后,半仙刘瞎子一身虚脱地走出门,蓬头垢面,没了人样,一头倒在阳光里,差点死过去。屋里,刘松柏却奇奇怪怪睁开了眼,还唤了一声娘。

打那以后,半仙便声名远扬,没出三月,名声已超过了师父老瞎子。等老瞎子死时,他已成了方圆百里的神算。

另则,说出来怕是没人敢信,半仙刘瞎子是中医刘松柏少不得的一个伙伴。中医之理,讲究气脉,这气脉,医有医的说法,神有神的说法,民间更有民间的死理。气脉是个甚?说穿了就是一口气,就是人身上走动的气儿,没这气儿,你能活?可这气儿,一个人有一个人的走法,中医刘松柏行医多年,到现在也弄不透彻,有时气脉明明正常,人就是昏迷着醒不过来。这就应了民间的说法,让鬼魂附了身。鬼魂这东西,不由你不信,中医刘松柏一开始是不信的,尤其学了医,就越发地不信。

当初十五岁的半仙为啥能救他,不是捉了红毛乱鬼,是半仙十岁时也得过此病,其实就是天花,他懂调理的法儿。那些青烟,是用来熏毒除疫的,打窗户里一冒出,外人看了就是神烟。至于那瓶子,是半仙找救过他的中医讨要来的药,给刘松柏喂完了,自然没用了,扔出来就成了红毛乱鬼的符咒。

但,中医刘松柏后来信了。不是信鬼神,是信半仙刘瞎子。半仙刘瞎子学阴阳符咒的同时,也是藏了绝技的,有些自个百思不得其解的病,半仙刘瞎子一摸,法儿有了。这就是医有医道,神有神道,世上的事,你能说得清?此后,中医刘松柏便跟半仙刘瞎子成了一对拆不开的上下牙,再难的事儿,只要他们合力儿一咬,咯嘣一声,碎了。

况且鬼神之说,也不是没这个理,医施的是救身术,神施的是救心术。你的身治好了,心却让迷着,奈何?人间万事,救心远比救身重要,只是,明白此理的人太少了。中医刘松柏跟半仙刘瞎子就这样相互照管着,合谋着,一个行医,一个捉鬼,反把这事儿弄得越来越让人深信不疑。

这次,中医刘松柏又该请半仙出山了。

29

后山半仙刘瞎子一进门,便笑呵呵说:"闺女呀,这下河院的好日子,过着畅吧?"

将老姑娘灯芯合谋着嫁到下河院,是半仙刘瞎子最值得引以为豪的事,怕是这辈子,就这事干得最风光最漂亮。因此,这一年工夫,就有些张狂,外乡人连请了几次,他都懒得去。

捉不动了,这鬼,哪天个才能提完?他这么说。

少奶奶灯芯连忙将他让到炕上,等茶倒上,馍拾上,肉盘子端上,一暄,半仙刘瞎子就哑了。"敢情,折腾半天,才是这么个结果呀。"

半天,中医刘松柏问:"老哥哥,你说,咋弄哩?"

"这是你中医的事,跟我不沾边。"半仙刘瞎子喝了一口茶,道。

"哎唷,我的老哥哥,这不我也没主意,要是有,敢情还能劳烦你?"

"少说那些不顶用的,说,命旺那物儿,真的就不能用?"

"不是不能用,是用不成呀。"中医刘松柏急得要哭了。

"啥不能用用不成的,瞧你,屁大个事,急得话都不会说了。"

此话一出,中医刘松柏的眉头松下来,但凡事儿,只要半仙拿它当个屁,八成就是有主意了。

"喝茶,喝茶,要不,来两口?"

"去!少拿那些尿水子灌我,事情都到这份上了,还有闲心思喝酒?"

半仙说完,自个的眉头紧了。

按半仙的判断,下河院东家庄地绝不会在这事上坐等观望,说不定,他心里已有了下步棋,只是灯芯这娃还蒙在鼓里。下河院比不得刘松柏的中药铺子,东家庄地也绝不像他瞎仙这样把后看得淡,后对下河院来说,比天爷还大。可一时半会儿,他也想不出锦囊妙计,只好边喝茶边说:"甭慌,闺女,遇上啥事也甭慌,先稳住神,容叔给你想想,想想。"

当夜无话,半仙刘瞎子喝淡了茶,屁股一拍走了。灯芯睡不着,跑另屋里跟石头暄谎。石头白日里去了娘娘庙,说里面吓人得很。灯芯说娘娘保佑人哩,有甚吓人的。石头又说他去了祠堂,祠堂太小,太破烂,一点也没他想的好玩。灯芯问你跑那地方做甚,后山有的是好玩的地儿,明儿个我带你去。石头不语了,半天,从怀里掏出一物件,姐,这东西你带上,说不定顶用哩。灯芯一看,见是一黄布裹着的松子,当下心里明了。石头跑东跑西,原是为了这个。他是跑娘娘跟前跟她求子哩!

少奶奶灯芯猛地一把揽过少年石头,紧紧搂怀里,石头,姐不信这个,姐也不许你信这个!

姐——石头被她揽得透不过气,想说甚,脸紫着,说不出。

这一幕,偏偏让出来唤灯芯的中医刘松柏给看见了,中医刘松柏先是吓了一大跳,跟着,脑子里慢慢跳出一个想法,这想法,一下把他死沉沉的心给激活了。他踮起脚,装作什么也没看见,悄悄溜回堂屋,把门关紧,睡了。

第二天,灯芯带着礼,去看望半仙刘瞎子。这是她头次回娘家,有几户人家必是要去看望的。后山种得比沟里晚,地还懒洋洋躺在那里,地里不见人也不见牲口。这当儿人们只做一件事,抱着娃娃蹲墙根下晒日头。灯芯走着,就有人不时跟她打招呼,那口气,明显是带了艳羡的,目光,却冷不丁会冲她肚子扫来,扫得灯芯脚步一下就乱了。

半仙刘瞎子的屋在后山垴里,远远,灯芯就望见春香婶,正拖着肥肿的身子蹲墙根里挖鼻孔。春香婶不是别人,正是当年菜子沟下河院两娶两又不娶的后山小财主陈谷子的二丫头。下河院两次托了媒人,两次又翻了供,把当年十六岁的二丫头春香活生生给闪下了,直到二十,居然再没媒人上门。二十一那年,小财主陈谷子去凉州城的路上,又遇了土匪,让土匪给撕了。三年孝守下来,春香就成了名副其实的老姑娘,加上又长得笨,吃头又大,一顿能吃下五大碗,还喊着不饱,小户人家是断断不敢娶的,大户人家又嫌她太重太笨,还被下河院退过两回。这婚事,便成了后山一大难。直到中医刘松柏成亲的第二年,刘松柏的爹才想起后山还有半仙刘瞎子当着光棍,这才东一趟西一趟,说合了将近半年,才把春香死水一潭的婚又给说活。

春香大半仙刘瞎子整整五岁,这阵儿,看上去就已老得不成样子,只是那肥胖,一点没比年轻时少,尤其那屁股,越发鼓得像座山。说来也怪,被一山人看好的使劲能生孩子的硕大屁股,居然白白肥胖了一辈子,让一山人关于屁股大就能多生的预言遭到颠覆性毁灭,她嫁给半仙,竟一男半女的没生下。

及至跟前,灯芯亲热地唤了春香婶,春香停下掏鼻孔的手,瞪圆了眼瞅灯芯,瞅半天,又垂下头,专心掏她的鼻孔去了。春香婶的鼻孔里好像有金子,打灯芯记事,她就这样掏,掏了一辈子,还掏。

灯芯想,春香婶定是认不得她了,没介意,往院里走,刚要进院子,就听春香说:"你瞎叔不在,过来陪我晒日头。"灯芯只好走过来,站在了春香身边。

"还没怀上啊?"春香懒懒地看了灯芯一眼,问。

灯芯臊得,低头盯住地上一泡猪粪,望。

"你屁股小,咋也怀不上哩?"春香又问,见灯芯红着脸不说话,摘下眼角一粒眼屎说,"今年个怀不上,就到后年了,明年送子娘娘忙,没工夫。"

这话说得没头没尾,灯芯也不知当听不当听,仍旧垂着头,心急地等半仙出现。

这当儿,有人打驴上下来,问春香:"半仙在不?"春香看一眼来人,见是山底下的瘸子,嘴一撇道:"你家儿子还没好啊,这都跑三趟了,再不好,怕是没救了。"

瘸子忙道:"这回不是儿子,我女人又天天说胡话,昨儿个,差点一头钻车轱辘下。"

春香哦了一声,又说:"你屋里到底钻了多少鬼呀,咋年年捉,年年捉不完?"

瘸子挠挠头,有点张不开嘴地说:"我也犯惑哩,自打老坟上让人堆了狗屎,年年不安稳。"正说着,望见了灯芯,惊乍乍道:"这不是下河院的少奶奶么?少奶奶啊,我可遇见你了。"说着,就要给灯芯磕头,灯芯忙忙地拦住,问:"你谁啊,我咋不认得?"

春香抢前头说:"还问哩,他是仁顺嫂的娘家兄弟,王二瘸子。"

灯芯一惊,想不到会在这碰上奶妈仁顺嫂的娘家人,忙道:"王家叔好。"

"使不得,使不得,哪能让少奶奶这么称呼哩,叫我瘸子,叫我瘸子就成了。"

正一惊一乍着,一头骡子驮了半仙,晃晃悠悠地来了。打远,半仙就唤:"屋里的,你懒在墙根做甚哩,不怕晒死?快把少奶奶往屋请。"

春香一听男人的声音,陡地来了精神,利落地站起,拽了灯芯就往屋里进。这么肥重的身子,走起路来竟一点不显臃肿,脚步轻飘飘的,比灯芯还快。王二瘸子站墙根下,进也不是,退也不是,直到半仙下了驴,他才忙忙地过去牵骡子。这骡子是一个财主赏的,居然不用人牵,就能驮着半仙在后山走,而且还从来走不错门。

进了屋,灯芯才知道,半仙刚才路过时进过她家,中医爹告诉他她到这边来了,才吆喝着骡子赶来。怪不得他人在骡子上,就能认出灯芯。

上了茶,拾了馍,正要喝,王二瘸子突地跪下,求着少奶奶给他赏口饭吃。春香气得骂:"二瘸子,有你的没你的,讨饭讨到老娘屋里了。"半仙却止住春香,让王二瘸子说。王二瘸子一口一个少奶奶,连抹鼻子带掉泪,把自个屋里的难肠事给说了。原来,二瘸子生了三个儿子,前两个,让国民党抓去当兵了,一直没回来。最小的儿子一直病病歪歪的,这都请半仙前后禳眼过三次,眼下虽是好了,可还是干不成活。年刚过完,女人又让鬼缠了身,整天不是跳河就是上吊,弄得屋里乌烟瘴气的,哪还有个过日子的样。

灯芯听完,刚要开口,半仙摁住她的手,示意她甭说话。

"瘸子,你先回去,在屋等着,明儿个我赶早来,这回,我保定给你把啥鬼都捉掉。"

王二瘸子嘴上谢着,人却赖着不走,八成是想讨少奶奶灯芯一句话哩。半仙这才来了气:"你走不走,再不走,我拿黑碗子扣你!"

王二瘸子吓得一遛烟跑了。

半仙这才嘿嘿笑笑,冲灯芯说:"甭看他腿瘸,跑起来比兔子还快哩。"灯芯正纳闷着,不明白半仙为啥不让她说话,就听半仙喝了口茶道:"二瘸子的事你不知道,这人,是个精哩,尤其窑上,有一手,要是用好了,还真能帮你成大事哩。"

"那就让他到窑上来呀,窑上人手正吃紧哩。"灯芯急道。

"不急,不急,这人,你得先给他拴笼头。"半仙说着,脸上掠过一道子神秘。

这夜,半仙刘瞎子没让灯芯回,硬是将她留在了自个家。夜饭前他打发春香,到坡下跟中医说一声,让他照应好石头,灯芯留下,他有话说哩。

夜饭刚吃过,春香就瞌睡得不成了,碗都来不及放,就要蹲地上打盹。半仙大约也是对她这个毛病习惯了,说:"谁都是个人,就你乏困得不成,丢盹纳闷一辈子,你啥时精神过,睡去!"春香扔了碗,就往睡屋去,头刚搁枕头上,就有如雷的鼾声响起。

这屋,半仙点了灯,拉灯芯到炕上坐下,一双手在灯芯脸上颤颤地摸索半天,说:"闺女,你跟我说实话,你爹指的路,你自个,乐意不?"

"叔……"

"叔看不见,但叔能懂你的心,这路,要说也不是条多好的路。"

"叔,我乐意。"

"哦,乐意就行,叔就怕委屈了你。"

"叔……"

"闺女啊,这人世上的路,千条万条,甭看叔眼瞎着,可心里亮堂,你爹指的路,不是路,是崖,是坑。可既然指了,你又自个走了,叔就一句话,你得咬着牙走下去,走到底,你懂叔的意思吗?"

"叔,我懂。"

"懂就好,就怕你跟你爹一样,也犯糊涂哩。"

灯芯心里猛地打个哆嗦,半仙把她留下,到底说甚哩,咋个听这口气,对爹,他是有成见哩?

闺女,你甭怪叔多嘴,我跟你爹,好了一辈子,也明里暗里地争了一辈子。对他,我还是不大放心。他这人,心计重,太重,叔的这些话你兴许不大明白,往后,你会懂。叔是担心你,下河院那么大,你男人又那样,这担子,落你一个女儿家身上,重,真重。

"叔……"灯芯的泪哗地就出来了,半仙说的,又哪个是错,对爹,对下河院,她又何尝不这么想?

"不过闺女,再重的担子,你要是咬住牙挑了,它也就不重了。叔今儿个把你留下,没别的用心,就是想跟你安顿几句话。"

"叔,你说,我听。"灯芯哽咽着,忍不住就攥住了半仙粗糙的手。

"这院里的事,要分内外,俗话说,安内必先攘外,外乱则内不稳,你身上的事小,外面的事大啊……"

灯芯清楚,叔指的身上的事,就是炕上的事,就是开怀。

"叔,我难哩,这外面……"

"你甭急,听叔把话说完。"半仙抽出手,喝了口茶,又道,"眼下要安的,先是这煤窑,你记住,对付那些心狠的人,你要比他更狠,以毒攻毒,才是上上策啊。这个杨二,是到该治治他的时候了……"

油灯摇晃着,映出一老一少两张脸。灯芯听着,脑子里却忍不住想,谁说后山半仙是个瞎子,他眼中的世理,又是哪个明眼人能看透?

这夜,后山半仙刘瞎子破天荒没把自个当神仙,而是老老实实做了回人,他一番深入浅出的话,直把少奶奶灯芯心里说亮堂了。

次日一早,半仙刘瞎子便急着去山下王二瘸子家,答应了人家的事,不能让人家空喜欢。他叫上中医刘松柏,非要一道去。中医刘松柏似乎有点不大情愿,可半仙执意要两人同去,他也无可奈何。其实,对王二瘸子家的事,半仙再是清楚不过,这鬼还得中医刘松柏去抓。

灯芯也不敢在娘家久留,遂跟爹告辞,牵了青驴儿,跟石头并着肩往野鸡岭上爬。望着两人有说有笑样,中医刘松柏心里那个想法,再次明晃晃地跳了出来。

路上灯芯问石头:"山里好不?"石头实话实说:"不好,没沟里好看。"一句话说得灯芯闷了半天,想想自个为了嫁到沟里,为了做下河院少奶奶,付出多少心血,还不知明儿的太阳会不会冲她微笑,心里不免暗淡。少年石头怔怔望着她,心想自己笨死了,咋就不会说句好听的。灯芯见他白了脸,扬头挥去阴云,不忍坏心情殃及无辜少年。

30

菜子全部下种的这个午后,少奶奶灯芯跟着公公挨地察看了一番,在庄家大地的地埂上坐下歇缓。一沟两山湿漉漉的地气蒸腾在心里,灯芯忍不住冲空旷的沟谷喊了两声。脆响的声音惊得闷声想事的公公呀呀了两声,见是儿媳妇性情所致,很想把心里的话压下去。可他忍了又忍,最终还是启开嘴唇。

"我想给命旺添个二房。"

公公的声音俨然是经过深思熟虑的,说出来一点都不紧张。少奶奶灯芯却像晴天里遭雷击样弹了起来。

"不行!"她的声音更是酱醋里浸泡久了样,一股子呛人味。说完腾腾腾下了山,把公公甩在身后。

公公完全没有想到,按说这样的事不必跟她说,只管去做就是。自己娶大房二房时谁过问过,抬回来交给你就是。可他想让她有个准备,也是疼爱的表示。没想竟这么不识抬举。东家庄地公公的威严受到侵犯,这份侵犯竟来自于他已有了欣赏甚至爱怜的儿媳妇,更让他无法接受。忍住气在地埂上站了许久,忽然下定决心,外人的气不得不受,家里的气还受,活着有什么意思。

灯芯一气跑到下河院,见奶妈仁顺嫂坐在西厢房,忽然想起这段时间她老是神神秘秘的,不是跟自个问夜里的事,就是偷着翻她的内衣裤,这阵跟公公的话联想起来,一下明白了。

"都是你出的主意?"她瞪住奶妈,冷冷地说。

奶妈仁顺嫂知道瞒不过去,索性全说了。

原来,东家庄地那日唤奶妈仁顺嫂回来,就是让她留心灯芯的起居,包括跟命旺的房事,最好能亲眼看看下面到底实还是不实。这段日子,奶妈仁顺嫂把看到的听到的一五一十跟东家庄地说了,这才促使东家庄地下定决心,要给儿子命旺添二房。

"娶就娶吧,反正你是大房,娶来几个还不都你说了算。"奶妈仁顺嫂劝她。

"你乱吐呸个甚,有你说话的份儿么?"灯芯真是气得要疯,狗就是狗,给根骨头就咬人,该死的仁顺嫂,做了这等事,还敢拿话来劝自个。奶妈仁顺嫂还想犟嘴,忽见少奶奶灯芯青了脸,眼里喷出的火能把她烧焦,忙闭了嘴,吓得浑身乱抖。灯芯想起后山半仙再三叮嘱过的话,遇上啥事儿,千万要忍,小不忍则乱大谋,切不可乱使少奶奶的性子。

可这事,她咋忍?

想想嫁过来到现在,为这个家,为这座院,为男人命旺她操了多少心,费了多少脑筋,他们倒好,背地里竟这样算计。少奶奶灯芯忽然间泪如雨下,再也控制不住心中的悲凄。

终于,她哭够了,抬起头,见奶妈仁顺嫂还傻站在地上,忽然就扯上嗓子吼:"你走呀,还站着做甚?回去告诉公公,要是今年出去他抱不了孙子,娶十个八个我都没说的。现在,他甭想!"

下河院一时之间陷入了内混。

且不说少奶奶灯芯说的话到底有没有把握,单是她这个蛮横劲,就激怒了公公庄地,由着她了,还中医家的呢,这家教走了哪里?!

东家庄地骂过怒过之后,冲院里沉腾腾喊出一个字,娶!

老管家和福很快从窑上被传下来,路上,他就听说了院里发生的事,这可咋好,这可咋的是好?等东家庄地给他安顿完,老管家和福也傻了,原来这事,东家庄地心里早就有了计划。

东家庄地让他上门去提亲的,不是别处,正是二房水上飘家。二房水上飘有个姐姐,说是有过一个丫头,生下来就抱给了她婆家一个亲戚,但这些年,谁都不知道抱养的这家过得咋样,那丫头多大了,嫁没嫁出门?老管家和福倒是听马巴佬有次提起过,说这丫头长得比水上飘还俊俏,只是,因为思念她的亲娘,把眼睛哭坏了。不过到底坏成个啥样儿,马巴佬也说不清,他也有十年没见人了。

这团乱麻,真是越理越乱,乱得老管家和福都理不出头绪了。不过,有一点他算是确证了,庙里新来的妙云,自个没认错,她不是外人,正是二房水上飘的姐姐桃花。

形势一下对灯芯不利起来,要是换了外人,她还可以撒死拼命,甚至拿命旺的命来威胁,可这是二房家的娘家丫头,灯芯就不得不慎重。况且,灯芯已听说庙上妙云的事了。

他这是拿儿子一个个地赎罪哩,还债哩。这样下去,还不知要娶多少房。

灯芯连忙托人将信带到后山,这时候,只有求助半仙叔了。

没想,半仙只带来四个字,由他去吧。

灯芯坐立不安,二房是断断不能娶的,且不说自个的地位会不会受到威胁,单是男人刚刚好起来的身体,若要让二房一碰,还不知会惹出啥事。但这话,又怎能对公公讲?

情急中,脑子里突地跳出一个人来。对呀,咋没想到他?

凉州城斋公苏先生在下河院主持祭祀大礼时,跟少奶奶灯芯见过两次面。一次是大礼前一夜,苏先生到西厢的目的是想亲眼看看少东家命旺,以确定他能不能在第二天走出来,如礼如仪地行祭祀大礼。苏先生走进西厢的时候,后山中医刘松柏去了正院,正院有不少老亲,刘松柏怎么也得打个照面。这就让事情巧起来。苏先生一袭青衫站在门口时,少奶奶灯芯刚替命旺擦洗过身子,端了脸盆往外倒水。猛乍乍看见一个黑影儿,吓得呀了一声,差点将手里的脸盆掉下来,等看清是苏先生,这才连忙弓身退后,向苏先生施礼。苏先生似乎看了灯芯一眼,也似乎没看。对下河院这位少奶奶,苏先生是有一点耳闻,都是跟她的不守妇道有关。对苏先生这样一个受过良好教育的人来说,不守妇道就意味着这女人不可娶,该休。所以第一次他对少奶奶灯芯的态度就有点冷傲,不过念在她是中医刘松柏的女儿,苏先生还是尽量克制着自己,不让脸上露出鄙视来。那次两人没说几句话,苏先生先是巴望了一眼命旺的气色,见他气色良好,比自己预想的要乐观。接着他伸出手,想为命旺把一下脉。凉州城的斋公苏先生也是懂一点医道的,自幼跟着父亲,读了不少这方面的书,偶尔的,也小试身手,替病人把诊问脉,还有一些特别的方子。不过这些灯芯都不知道,她眼里,苏先生就是斋公,一位神奇得不得了的人。所以苏先生刚刚伸出手,她便轻唤一声,碰不得的,他刚睡着,要是一碰醒,这夜又该胡闹了。

就是这个"闹"字,让苏先生心一动。一般人嘴里,这个闹字是专门说给那些可爱而又调皮的孩子的,苏先生还是头一次听到,有女人把这个闹字用到自个男人身上。这么一奇,苏先生就打量了灯芯一眼,这一眼,对苏先生触动很多。他心里,早把下河院这位少奶奶跟那些不懂理也不讲理的粗野村妇联想在一起,没想,灯下映出的,竟是一张细润得无法比拟的脸,这且不算,女人的脸向来在苏先生眼里只是一种符号,长得巧意味着这女人爱惹是非,长得糙意味着这女人上不了台面,总之,苏先生是很少把"好"这个字赐给女人的。真正让苏先生触动的是灯芯紧跟着说出的一句话,"先生是不放心,特意过来看吧?"不等苏先生有何回答,少奶奶灯芯接着又道:"先生只管放心,他纵是再不争气,也决决不敢坏先生的大事,明儿个,他定会老老实实听话的。"

苏先生向来认为自己是个做事不透风的人,况且打他来下河院,从未见过少奶奶灯芯在正院走过,怎么她就直截了当挑明了自个的意思,而且还用如此妥帖的话宽慰了他呢?

他转过身,正视住少奶奶灯芯:"我是不大放心,不过,你说了,我还是不大放心。"

灯芯结巴了,苏先生这样说话,真是出乎她的意料,她像是被人拿水呛了一口,嗓子里难受,却又道不出来。

苏先生也不理她,丢下一句:"这一院的人,就等着看他,你还是谨慎点好,万事不可太过自信。"说完,一抖青衫,走了。

第二天,不幸偏偏让苏先生言中,少奶奶灯芯跟中医爹在西厢紧急给命旺施救时,心里,是闪出过苏先生的,也再次记起他提醒过的那句。未时已过,中医爹急得大呼小叫时,丫头葱儿跑来说,时辰变了,先生说药神还未到正位。就这一句,少奶奶灯芯便懂了,所谓的时辰,只不过是苏先生拿善意的谎言蒙住一院人的眼,为的是能给西厢赢来机会。当下,她便对这位不近人情的先生存满了感激。等命旺奇迹般地站在院里,她眼里,就再也看不见别人,完完全全让这位先生给占满了。

也正是这场大惊,让来自凉州城的苏先生改变了看法,被丫头葱儿阻挡在西厢院门前情急地隔墙张望时,他心里,浮上过一层很别致的东西,这东西,起初跟下河院的祭祀相联着,很快,又转化成对东家庄地的庆幸,毕竟,这样的媳妇不是每个人都能遇到的呀。等到后来望见少奶奶灯芯搀着少东家命旺中规中矩地行完大礼,他就完全地变换了颜色,成了自个半生以来头一次对某个陌生女人生出的一份感激,一份敬佩,甚至一份奇奇怪怪的好感。

是的,如果不是凭了少奶奶灯芯的沉着和机警,那天,头一个失去面子的,将会是他。

所以,等把院里的一应事儿张罗完毕,打算离开下河院回他的凉州城时,首先想到的,就是该跟少奶奶灯芯道一声别。

没想,这第二次见面,就让两个人生出一丝难以启口的懵懵之情……

少奶奶灯芯顾不得细想,连忙招来四堂子,仔细安顿一番,让他骑沟里最快的骡子,去凉州城找苏先生。

之所以让四堂子而不是让草绳男人去,也是怕公公有所惊觉,这点上,少奶奶灯芯考虑得还是很周细,截至现在,公公和奶妈仁顺嫂尚不知道她跟四堂子一家的关系。

31

管家六根这阵子真是兴奋得很,正月和二月,管家六根过得相当窝囊,老管家和福不言不声把院里的权全给揽了去,管家六根近乎成了闲人。除了油坊,别的地儿他连脚都插不进去。管家六根向来是个能在绝境中制造杀机的人,当年他巧妙利用屠夫青头,掐住东家庄地命门儿,后又在迷雾一般的困境中制造和福跟三房松枝的偷情,借以赶走眼中钉和福,都足以证明他在这方面的智谋无人可敌。二月大礼他被东家庄地一句话支到油坊,说是油坊不可一日无人,其实他心里明白得很,老东西是想彻底弃开他了。管家六根在沮丧和羞恼中一方面牢牢盯住院里的一举一动,一方面,开始加紧跟马巴佬和窑头杨二商议对策。下河院庄严而又热闹的祭祀大礼,窑头杨二和油坊马巴佬都借口身子不舒服未能到场,算是给了东家庄地一点颜色。管家六根原本想借三杏儿的手让下河院美美出一场丑,没料三杏儿胆小怕事,慌张中将一半粉儿撒在了地上,让他坐等观看的一场好戏落空了。

日竿子女人到处放风,说后山女人灯芯是只不下蛋的鸡,是管家六根跟叔叔日竿子精心谋划的一场好戏,谣言果然击中了东家庄地,看着后山女人骑着青驴儿上了坡,日竿子兴奋地说,这下,怕是她亲爹也救不了她。果然,老管家和福神神秘秘出了沟,两人猜想定是到北山二房家去提亲,遂连夜唤来马巴佬,如此这般商量了半夜,第二天,马巴佬扔下油坊的活,悄悄赶往北山去了。

一切都在他们的算计之中,如果不出意料,估计再有三五个月,北山丫头果果刺将会坐上大红花轿,推开下河院的朱漆门,到那时,就由不得她后山女人了。

这么想着,管家六根的心里笑出了声。

这个后晌,就见老管家和福冒着一头汗,急急慌慌进了下河院。东家庄地正在上房等着,见面就问:"事情咋个了?"老管家和福喘口气道:"迟了,东家,人是找见了,可迟了,有主了。"

"有主了?"东家庄地惊道。

老管家和福到北山后,先是找见了当年桃花的男人五驼,当年桃花因下河院的一顿羞辱一气之下离家云游四海后,五驼便做起了鳏夫,再也没有娶小。五驼说,他们是有过一个叫果果刺的丫头,不到一岁便给了桃花的表妹,如今快二十了。和福又找到桃花表妹家,正赶上一家人吃订婚饭,一问,才知果果刺有了主儿,刚收了彩礼,打算这个月出嫁哩。

"要说,这丫头也是个苦命人,"老管家和福接着道,"先后有过三个主儿,头一家礼送了,就要娶人,男方突然让抓兵抓走了。二家是个做生意的,就在土门子,人也实委,日子定下后,赶着修房子,谁知打房上掉下来,摔坏了腰。闹了三年,才把礼退掉。耽搁来耽搁去,丫头岁数大了,这次是第三家,男方是个庄稼人,种着六亩地,养着五十只羊,日子还算殷实。"

东家庄地一听,腾地坐在了椅子上。半天,他又问:"没一点补救了?"

"东家,这事还咋个补救?婚也定了,礼也收了,日子都定了,你说,还咋个补救?"

那……东家庄地想说什么,没说,叹口气:"你先去吃饭吧,赶了几天路,也该累了。"

和福一走,东家庄地的心就让愁云漫住了。他真是后悔,自个咋就从来不晓得桃花还有个丫头呢?若不是在庙上,无意中从两个北山来的居士嘴里听到这事,怕是这辈子,也难以知晓了。可上天就是这样捉弄人,早不收礼晚不收礼,单是他打发了人去,这礼就收了。

东家庄地沉沉地闭上眼,庙里那一幕哗地浮了上来。

那日,他正在一块石碑前静立,碑上刻着"功德无量"四个大字,庄地知道,这四个字,是当年兴修庙宇者对庄氏祖宗的一份感恩,一份颂扬。立在碑前,犹如跟先祖面对,心里,既有感恩又有责任。清风掠过,

179

南山松涛发出阵阵轰响,寂静的庙宇仿佛也跟着响彻出一种天音。庄地正要转身,眼前突然掠过一道影,匆匆朝经堂去了。庄地一阵心悸,心想她定是新来的法师妙云,一种似曾熟识的感觉瞬间捉住他,让他不由得将脚步送到了经堂。经堂里,妙云正在立诵弥陀经,这是僧尼每日必做的晚课,庄地不敢打扰,静静站经堂外,望住那个影儿。望着望着,他的眼模糊了,仿佛,又回到年轻时,回到那激情勃勃的日子。

东家庄地确信,他望住的,不是什么大德高僧,别人眼里兴许是,他眼里,还是那个桃花,那个勾魂摄魄的人儿……

四十年前一个空气里弥漫着菜花芳香的日子,一顶大红轿子从下河院出发,经过两天跋涉,来到北山。阴阳先生一句没头没脑的话,让二十岁的庄地获得一次亲自迎娶新娘的经历,说什么新郎亲自上门,才能喜事满盆。北山马家二姑娘水上飘焦急地等在闺房,脸上充满对下河院的神往。姐姐桃花一大早给她梳好头,这阵正在院门口巴望。一脸春色的庄地跃马着地,映入眼帘的先是一张白皙娇美的脸,桃花大大方方的眼神已告知她是出了闺的女子,匀称的身段和略略后翘的丰臀更显出她少妇摄魂的魅力,红色缎面夹袄隐约透出两团鼓胀的乳房的轮廓,勃勃诱人,单薄的眼皮下一双乌黑的眼珠凝着露水,晶莹的亮,此时正殷殷盯了他望。二十岁的已婚男人庄地在这目光里走进去,抱起顶着红盖头的新娘,出门的一瞬仍禁不住寻了那目光把一片不舍飞去。想不到这一望,却望出若干年后的一场是非来。

世事无常,当年勾魂摄魄的十七岁美艳少妇桃花竟已遁入空门,她心里,是否还记得当年上马时她扶他的那一把,是否还记得下河院长廊里她不慎拐倒时他替她捏脚的那一幕?那日,站在经堂外的东家庄地一片恍惚,不等妙云将功课做完,竟扑进去,一把拽住她,桃花,桃花……他的莽撞之举引得惠云师太闻声赶来,不怒而威地斥责道:"施主,此乃清净之地,施主切不可行邪淫之举。"一句话羞得东家庄地无地自容,妙云法师更是惊恐不定,当下就要离开天堂庙,回天梯山去。无奈之下,东家庄地只好收拾起东西,自个先下了山。

人生的宿命上苍的无情让六十岁的东家庄地欷歔了一个晚上,直到天色薄明,才朦朦胧胧合上眼。

次日一大早,他便将老管家和福召来,再次安顿道:"你带上银两和布匹,无论如何要把果果刺的婚事退掉,这门亲,我是娶定了。"老管家和福先是犹豫着,不肯挪动步子,直到东家庄地大发脾气,他才郁闷地去了。

老管家和福走后的第二天,一匹枣红大马驮着凉州城斋公苏先生,风尘仆仆赶来。听见马蹄声,少奶奶灯芯阴云翻滚的心哗一下亮了。她打西厢扑出来,也不管院里下人怎么看,情急地就唤,苏先生呀——

等老管家和福再次到北山时,一头毛驴儿已驮着二十岁的新娘果果刺,上了路。黄土漫漫的北山小道上,四月的唢呐声吹得人心要往死里烂,西北风一吹,老管家和福老泪纵横的双眼便让沙尘迷住了。有谁能想到,毛驴儿驮着果果刺要去的,正是老管家和福的外甥家。为阻断东家庄地给命旺添二房的愚顽之举,也为了少奶奶灯芯,老管家和福不得不瞒天过海,拿外甥的一生做代价,演这场戏。所幸,二十岁的果果刺还算是个让人满意的媳妇,可惜比外甥大了整整三岁。

又有谁想到,促使果果刺一家不计男方家底,抢在麦子拔苗前出嫁的,竟是后山半仙刘瞎子!老管家和福在外甥家和果果刺家来回奔波时,半仙刘瞎子不露声色,选在一个黄风遮蔽了天日的后晌,无意中闯进果果刺家,如此这般,说了一通神话,直说得果果刺的养父母心惊胆寒,恨不得立时背了丫头,站山顶上吆喝,谁娶呀,不要彩礼,快快领走。

老管家和福在北山腰上大哭了一场,将随身带去的银两布匹分出一些,一半,送到了果果刺娘家,一半,留给了外甥家。

这边,凉州城的斋公苏先生仍跟东家庄地慷慨陈词,他甚至搬出了南北二院的秘密,说如果东家庄地不听劝阻,一意孤行,那么,南北二院里供着的,将不再是二叔三叔的冤魂,下河院将会血灾不断……

一席话说得,东家庄地仿佛已看到飞来的血光。他大叫一声,跌坐地上。

第六章
借　种

32

　　东家庄地给儿子添二房的行动终因各方力量的强烈阻止不得不中止,凉州城斋公苏先生走后,东家庄地小病了一场。等他再次能起身走路时,时间已过去半月。

　　期间后山中医刘松柏郑重造访,借安慰女儿再次走进西厢房,在奶妈仁顺嫂眼皮底下给命旺号了脉,所幸命旺气脉大有好转,估计有个一年半载,就能完全康复。这样的消息虽说令人振奋,少奶奶灯芯却死活高兴不起来。

　　一场透雨淅淅沥沥下了两天一夜,正是菜子拔节树叶疯绿的好时候,二拐子踩着一路泥泞从前山煤窑回来,趁着夜黑从豁墙翻身进来,看见夜色下立着的正是灯芯,禁不住一阵心热,一路的困乏荡然无存,久渴的心灵仿佛遇见甘霖,只是,脚步迟疑着,不敢往前去。

　　东家庄地张罗着给二拐子盖房娶媳妇的举动虽未能落成现实,但却深深地影响了二拐子。一向放浪不羁的二拐子从没考虑过有一天也要讨一房媳妇,认认真真过日子,是东家庄地去窑上的那个夜晚,让他对自身有了个比较清醒的认识。东家庄地走后,关于娶一房媳妇的念头便在二拐子心里明晰起来,而且日渐强烈。二拐子以前对女人的概念都是模糊的,混乱的,是跟打闹起哄分不开的,现在他必须将她具体,将她落实到一个活生生实在在的人上。这一落实,二拐子心里就腾地跳出一幕。

　　原来,他心里竟也是藏着女人的,藏得很隐蔽,很牢,却也很害怕,那是不该藏却又偏偏藏了的呀。

　　二拐子藏着的,竟是下河院少奶奶灯芯!

　　那个墨黑的夜晚自从走进二拐子心里,便再也没能忘掉过。他从黑鸡岭坡下抱起她的那一刻注定了今生他要为这个女人疯狂。那晚的情景至今仍历历在目,以至在此后无数个日夜里成为焚烧他折磨他煎熬他而又万万不能丢弃的美好回忆。轿子重新上路后,二拐子的手很快窜到女人腿上,这本是他的一贯作为,无论抬谁家的新娘,二拐子总能捞到一些便宜。可这次他却遭到了抵抗,轿子里的女人像是早有预备,尖利的指甲狠狠挖了他,当下疼得他尖叫一声,幸亏每次做这事都是拿荤话儿做掩护,轿夫们并不在意。二拐子不甘心,再次把手伸过去,女人这次没用指甲,换了锥子,锥心的疼痛中他感到手出了血,放嘴上一舔,果然咸咸的。狠毒的女人,心里诅咒,嘴却唱着曲儿。轿子下山,二拐子心想这趟没戏了,女人不会让他得逞,懊丧地用力一捶轿杆,恨不得砸烂轿子,抱着女人下山,看她还能躲哪里去?就在这时候,耳缝里忽然传来吱吱嘎嘎的响,似断裂的声音。二拐子正在愣神,忽然有手捉住他,使劲往里拽。惊讶中觉出是女人的手,兴奋得想大叫,女人却将他的手按在了绳扣上,一摸,绾着的绳扣正在一节节松开,轿杆一头已从绳扣中脱开。二拐子大惊,轿杆一脱开,不但女人会完,他也完了,摔出的女人会连他一起带向沟谷。

二拐子双手死死抓住绳扣,惊慌中喊轿夫停下,身后的管家六根却呵斥着抬快点。一听管家六根的声音,二拐子明白了,扣定是他解的。上路时只有他动过轿子,当时还惊异,想太阳从西边出来了,管家六根都操心起了轿子,没想他下此毒手。二拐子已顾不了许多,只能拼上命系绳扣,半个身子钻轿下,头顶着女人屁股,那是异常惊险的动作,如果脚下稍有闪失,怕是连叫喊的机会都没,就永远地葬身山谷了。可二拐子哪里能顾得上害怕,猛烈的颠颤中抓住轿杆松动的空,整整用了一袋烟的工夫,才用力将绳扣重新挽牢。这活儿,也只有他二拐子才能做,换上别人,怕是早见阎王了。等轿子重新颠起来后,全身上下已让冷汗湿透。

那是惊心动魄的一幕,至今想起来,心还猛跳。女人惊慌中缓过神,牢牢抓住他的手,再也没松开。可二拐子再也没占便宜的心思了,手安抚着女人,心却想管家六根。

那个惊险的夜晚让二拐子和女人有了一种生死之交。想想管家六根的狠毒,心里禁不住替女人的将来捏把汗。轿子停门口没人抱女人下轿时,二拐子几乎本能地喊出那一声,掀开帘子的一瞬,蓦地望见女人期期艾艾一双眼,那一瞬间望进他干渴的心里,从此再也丢不开。抱女人跃过火堆的一瞬,女人软软地说,抱紧了哎……

"抱紧了哎——"

同样的声音居然再次让女人唤出来。就在二房风波已经平息下河院又恢复它的正常的这个雨后的夜晚,少奶奶灯芯悄悄托四堂子打窑上唤来二拐子,她站在黑夜里,似乎就在等他越墙进来,还没等二拐子缓过神,她期期艾艾的声音已经发出了,一片呢喃。

没记清怎么抱住的,又怎么到了炕上,只觉一声唤后,身子便掉进沟崖里,空空荡荡往下沉,像是有过挣扎,渐挣扎渐柔软,青草的气息裹着她,菜花的香味浸着她,身子悬在半空坠不下,死死抓住抱她的人,渴望一同坠地或是升空。醒过来时该做的都做了,一摊血盛开,耀眼的红。

二拐子更是一片茫然,不知道发生了啥子事,不知道自个做了甚,甚至不知道自个是在梦里还是在虚妄的臆想中,直到风停雨住,看清是在西厢屋的炕上,看清身边是活生生的那个人儿,还是吓得不敢确认。他揉揉眼睛,再揉揉,直到看清炕那头死睡着的是少东家命旺,才妈呀一声,吓得跳下炕。活不成了,我活不成了,天老爷呀——二拐子边穿衣边乱喊,神情,就跟黑夜里撞了鬼一样。少奶奶灯芯同时跳下炕,扔给他裤子喝了一声,还不快走!二拐子爹呀妈呀地叫着,提上裤子就跑,翻越墙头时腿子一打软,一头栽到了墙后头。

夜,寂静,无声。刚才的喧嚣似乎沙河里的一个浪,打过就打过了,没留下任何痕迹,或者它就不该留下任何痕迹。半天,少奶奶灯芯耳朵里响过来一句话,是凉州城的斋公苏先生劝完公公后留给她的:"这次我是替你挡过去了,可挡得了一次挡不了一世,这事,怕是迟早还得有……"

少奶奶灯芯打个颤,穿好衣裳,下了炕,来到院中。雨后的天空格外清爽,空气湿润得能让人心里长出庄稼,望着墙上的豁落,望着二拐子逃走的路,竟忍不住笑了。想想刚才做的事,灯芯不后悔。只当是报了一次恩,还了一回愿。再回到炕上,心一下踏实了。

我下个蛋给你们看!

煤窑那边,窑头杨二硬是不让和福修巷。

老巷得修,得支架,山里有的是木头,只要一月工夫,老巷又能放放心心出煤了,顺势还能把绕过去的煤二番挖出来。

老管家和福说了几遍,窑头杨二火了,他骂和福,吃得不多管得多,想做甚？和福喊人修,窑客没一个听他的。

老管家和福干着急,无可奈何跑来找灯芯,少奶奶灯芯听完,笑着说,没事,你先回屋好好歇缓几天,该吃的吃,该睡的睡,这巷,有你修的,就怕到时候你还忙不过来。

老管家和福一头雾水回了自个的屋,心里,还是不踏实。

几天后,一个口信唤杨二急急忙忙回了家,说是屋里出了大事。少奶奶灯芯听到信,跟公公说,她想去趟窑上。东家庄地哪肯答应,南山煤窑岂是女人去的地方,避都避不及,还敢把忌讳送去？少奶奶灯芯这次全然没了媳妇的乖顺,一脸正色道,我偏是要去,窑是自家的,凭啥不能去,我就不信看见我它会塌了。东家庄地气得跳起来,你还嫌窑上不乱么,女儿家的本分学哪去了？灯芯不理公公,打发下人到马厩里牵牲口。公公再拦,她的硬话就出来了,好歹我也是拿轿子抬来的,这个家,我也有一份,你要是放心外人而不信自个的媳妇,我也没话说,只是,替你操心的那些个人,怕是一个也靠不住。说着话,人已拾掇停当出了门。一句话捅到了庄地痛处,东家庄地知道她是铁了心要去,拦挡也是闲的,撵出来说,把身上的脏裤子换了呀……

放心,该换的我都会换。

这次骑的是骡子,做伴的还是少年石头。一路不敢耽搁,日头西斜时赶到窑上。娘家见过的王二瘸子早已猴酥酥等路上,见了灯芯,堆出一脸的笑打招呼,灯芯只丢过去一句,该说的我半仙叔都已说过了,往后,就看你的。王二瘸子连忙点头,知道,知道,少奶奶,你尽管放心。

先前一步赶来的老管家和福听见声音,打里奔出来,见真是少奶奶灯芯,慌得一把拦住她,进不得呀,少奶奶,这可是大老爷们拿命换银子的地方,你要进去了,连祖宗都会不安的。

少奶奶灯芯见他也这样迂腐,气不打一处来,推开他说,今儿个我倒要看看,到底谁是窑上的瘟神？一句话镇得没人敢言喘,老管家和福垂下头,脸尴尬得没处放。

夕阳染红森林的时候,少奶奶灯芯把所有的窑客集中到煤场里,这时候她俨然一副男儿气派,红袄换成了青衣,目光如炬,声若洪钟地说:"先前这窑上谁说了算我不管,打今儿起,窑上大小事都听和福的,哪个不听当下拿了工钱走人。下河院对窑客不薄,也不想让窑客欺生。煤不挖都行,看人脸色的事下河院还没学会。"

一席话说得窑客们全低了头,红着脖子看自个的脚。灯芯这才换了口气:"明儿起工钱上涨,饭食加肉,年底每人再额外供一石煤,谁个不想干这阵就跟我说。"

窑客们一阵嗡嗡,但没一人站出来。灯芯这才唤:"二瘸子你出来。"

王二瘸子抖抖地站出来,不安的眼神四下乱窜。灯芯瞅瞅众窑客,说:"这是我新请的师傅,不瞒你们说,他是我娘家人,但我看中的是他手里的绝活儿,往后,窑子里的事,他说了算。"

老管家和福把眼神对过去,不明白她这话的意思,心里,却不敢有丝毫的怀疑。因为窑子里的事,他的确不大懂,少奶奶灯芯让他负责窑巷,他心里一直还犯怵哩,原来她早就瞅好了人。灯芯见和福瞅她,这才说:"老管家你也甭多心,我把话说前头,二瘸子要是敢在窑子里玩手脚,只管按窑上的规矩,赶人走!"

二瘸子连忙道:"不敢呀,少奶奶,我二瘸子要是不把窑子里的事做好,不是爹娘养的。"

"谅你也不敢!"

一句话镇得全煤场没了声音。窑客们自然知道,这话不仅是冲二瘸子说的,甚至,就是拿二瘸子来说给他们听。当下,全都起了一身冷汗。

这一天的黄昏,下河院少奶奶算是给窑客们给够了威风,也真正让窑客们开了眼,没想到,真没想到,天底下还有这样让人敬畏的女人。

回来的路上,少年石头一遍遍提起她威风凛凛的样子,说:"你的样儿真吓人,窑客们全让你镇住了。"灯芯笑着问:"你怕不?"石头闪了下眼睛,道:"不怕。""咋个不怕?"石头咻地一笑:"你是姐姐呀。"

两个人都笑出声来。

这是次日的上午,太阳从山顶温暖地照下来,包裹着他们的身子。朝后望去,渐渐远去的南山如同一个巨大的背影,掩住了很多温情和浪漫,也掩住了少奶奶灯芯的一腔心事。在窑上,她硬是狠着心子,没跟老管家和福承认,二瘸子并不是她娘家人。有些事,该作假时真得作假,要不,这几十号窑客,单凭了一个和福,是镇不住的。山道弯弯,七曲八拐,春末的和风吹着两张年轻的脸,少奶奶灯芯的心慢慢随山色荡漾成一片。走不多时,她忽然唤石头,让他也骑上来。石头扭捏着,最终还是红着脸跃上了骡背。骡子再走时,一股陌生的男儿气息便扑扑地涌来,激荡着心扉。少奶奶灯芯忍不住抓了石头的手,让他环住自个的腰。

抱紧了哎——她在心里唤了一声。

骡儿噔噔,心儿扑扑,一路,竟是那般的美好。

33

窑头杨二是让一句着实惊吓的话唤回去的。

一日,后山半仙刘瞎子无意间转到了南山青石岭上,他是南山老财主陈七斤拿枣红大马驮去禳眼的。七斤老婆跟姑娘久病不起,吃了中医李三慢半年中药,还不见好转。半仙刘瞎子花了七天时间,灶台换了位,院门掉了向,烟囱高砌了二尺七,还说院里有阴气,像是从山上刮来的,便让老财主陈七斤陪他山上走走。刚到青石岭,半仙突然止了步,鼻子四下嗅嗅,大叫一声,阴脉在此!遂轰然倒地。半日醒神,惊道,此处必有阴宅一座,阴屋七间,可恨小人在此宅做下手脚,阴血浸山,风卷四漫,青石岭家家不安,每二年发一小丧,三年一大丧,女眷尤甚。此宅不挪,非但该姓后人不得安宁,还要殃及青石岭整个无辜。

云毕,似大病一场,嘴角抽筋,四肢冰凉。南山老财主陈七斤急唤家丁抬他回去,上书房静缓二日。半仙刘瞎子忽然提出告辞,说此处地脉如此险恶,不敢久留。早有闻声赶来的众乡亲跪地磕头作揖,求他尽心禳眼,还青石岭乾坤朗日。阴宅后人更是惶恐不已,生怕半仙一走丧事临门,半仙不答应便长跪不起。

没办法,半仙刘瞎子经不住众人恳求,答应留下来替青石岭安脉降阴,不过他提出一个要求,如果他说了,整个青石岭就得照做。众人早让他说得胆寒心惊,哪还有不依的道理,纷纷点头说是。半仙刘瞎子这才让众人走开,关起门来发神,半天,便有神灵附体,他借二郎神的口说,这地阴宅压住了阳宅,凶气四散,惊动了玉皇,玉皇将派十五个天兵,前来捉拿染了凶气的人,两月之内如果不迁阴宅,不把凶气除尽,青石岭将会连办十五起丧事。云毕,二郎神脱了体,一道青烟冲天而去。

半仙几近虚脱,躺炕上缓了一夜才见好转。

青石岭上顿时乱作一团。

半仙所说阴宅正是杨二家祖坟,杨二兄弟这才急急差人将杨二唤回去。杀鸡宰羊招待一番,半仙刘瞎子拿出罗盘,四山定位,择了新茔,但说迁坟必在七七四十九日以后正午,其间杨姓一脉不得外出,日日须烧香拜佛,将亡灵一一召唤回来,才能永久安息,若要漏掉一个亡灵,青石岭必将遭更大报复。半仙一说,青石岭更惊,老财主陈七斤生怕杨家不守规矩,祸及四方,便日日前来,看贼一样看住他们。

这下,杨家便有好戏看了。

管家六根陷入了惶惶不安之中,果果刺的事没弄成,令他大为扫兴,一场黄粱美梦转眼落空。马巴佬紧赶慢赶,还是没把事情拦住,嫁的要嫁,娶的要娶,他奈何得了?不过,他跟管家六根说,果果刺嫁的绝不是什么家底殷实的人家,是穷得叮当响的老管家和福的外甥。

和福,你好狠啊!管家六根根道。

果果刺带来的不安还未消除,又听说窑头杨二家出了事,管家六根顿叹老天不开眼,硬是跟他作对哩。这天,又听和福在窑上大兴土木,还把南山煤窑掌控在了自个手中,更是气得他咬牙切齿。和福,你等着,我要不给你点厉害,我就不是爹娘养的!

管家六根走进下河院,东家庄地抱着烟壶打盹,听见脚步连头也不抬。他默站片刻,想退出来。东家庄地懒懒地说:"来了?"

管家六根说:"想跟你说说油坊的事儿。"

"油坊又咋了?"

"没咋。"

"没咋说甚?"东家庄地这才睁开眼,看得出他憔悴了不少,眼皮松弛着,脸色蜡黄,眉宇间都是一股松散劲儿。

管家六根试探着问:"身子不舒服?"庄地哼了声,手摆了摆,示意叫他坐。管家六根一时无话,他本是来探听消息的,少奶奶灯芯窑上的作为令他大吃一惊,她居然不顾女人不能上窑的禁忌到窑上大耍威风,还让和福停了新老两巷的煤,白日黑夜在老巷瞎折腾,他猜想这不是东家庄地的主意。

"窑上的事你都听说了?"管家六根还在斟酌词儿,东家庄地倒是问上了。

"才听说。"

"你咋个看?"东家庄地目光盯他脸上,那目光似真似假,一时让管家六根猜不透心思,只好模棱两可说:"少奶奶上窑,多少欠妥,不过事已至此,东家也不必太在心上,让和福多操心就是。"东家庄地咂口烟,像是不愿听少奶奶灯芯的名字。管家六根摆出一副诚惶诚恐的样子继续说了些担忧的话,见东家庄地眉头紧在了一起,这才微微一笑说:"我这话兴许是多余,还是不说的好。"东家庄地抬起头,像是憋足了劲地忽然问:"老窑咋回事儿?"

六根吃了一惊,想不到庄地问这个,忙说:"老窑的事我才听说,都怪杨二不上心,不过我想他兴许有他的道理。"

"你不是常到窑上去么,一点不知道?"

"看你,知道能让他这样?窑上的事我不大在行,不比油坊……"六根还想解释。庄地制止他说:"算了,现在说也晚了。"估摸着再坐下去不会有好话,管家六根想走,就听东家庄地满是关切地问:"招弟几个月了?"

"快过生日了。"

"哦。这是老三吧?"

"是老四。"

"老四?哟嘿嘿,看我这记性,真是老糊涂了,这都老四了。快快快,引我去看看,过年连压岁钱还没给哩,走、走。"东家庄地说着话拉起六根,唤奶妈仁顺嫂拿东西,一口一个"这都老四了,老四了呀,天老爷,老四!"往六根家去。

再看六根,脸跟白菜帮子样,青得没一点血色。他坚信东家庄地绝不会老到这个程度,老三满月时他还张罗着要喝酒,他这是故意,瞧他说老四时那个激动样,恨不得把满胸腔的气都用到"四"上。这个下午着实让六根煎熬了一番,东家庄地的热情超出他的想象好几倍,他里外转悠,不时指手画脚说这儿该修了那儿该拆了,还当着柳条儿面说六根真是好气力呀,都弄出四个了,瞧瞧,多招人喜欢。最可气的是村巷里不时拉住人的手,瞧我这记性,只当生了三个,老四这都会笑了。人们起先惊讶,当东家庄地真的犯了糊涂,等明白过来时全都意味深长地笑了。

管家六根恨得咬牙切齿。

天刚擦黑,他耐不住心里的火,想去下河院发泄一通,你有多大本事,娶三房女人下一个半命仙,今儿不知明儿,敢拿我羞辱。路上碰到日竿子,非要拉他上屋,进门就听日竿子说:"得忍,忍字头上一把刀。"

"我恨不得宰了他。"

"看你,气量小了不是?犯得着鸡毛蒜皮跟他斗,小不忍乱大谋,不能上他当。"劝了半天,才把六根火压住。日竿子拿出一瓶白干,二人喝了,六根说:"我要弄不垮下河院,我他妈不是爹娘养的。"日竿子接话道:"庄地有啥心机,是和福。"

二人便编排着将和福狠狠骂了一通,骂完,日竿子说:"不能由着他,这事你交给我,我就不信他和福是铜捏下的烟锅子,还宝贝得不成了。"

从日竿子家出来,夜已很静,六根心里窝着火,就想找地儿发泄,不由自主来到了下河院,喊开车门,进了院。白日喧闹的下河院此时睡死了般,昏黄的马灯映出院子的轮廓,若明若暗,六根禁不住想起刚进院里当长工的情景。那是爹死后不久,因为欠了下河院棺材钱,庄地让他放三年羊顶了。那年他十二,清清楚楚记着爹死时说的话:"娃,爹是给下河院开新巷累死的呀……"冥冥中觉得爹活了过来,站他面前,手抚着他的脸。他忍不住说,我要把老巷新巷全毁了,全毁了呀!

风卷起来,吹得身子发抖,六根站了好久,才想起进屋,往耳房拐的一瞬,忍不住朝西厢房巴望一眼,倏地,一个影子闪眼里,从北墙豁落跳进来,眨眼不见了。六根当下一惊,心想真还有贼,瞬间便明了不是贼,血一下涌上来,没做犹豫就往西厢院走,越墙进去,果然听到屋里有动静,像是两人争吵,还有推搡声。等听清是二拐子跟灯芯,管家六根的心便跳了起来。

管家六根揣着狂跳不安的心摸回自个的屋,左睡右睡睡不着,西厢屋里撕撕扯扯的声音不但让他逮到了一个置后山女人于死地的新把柄,而且,那声音,一下让他的身子兴奋起来。管家六根好久都没偷听过窗根了,那根困乏的神经这一刻竟无比的活跃。他情不自禁地就穿衣往外走,巷道里转来转去,脚步竟鬼使神差又到了叔叔日竿子家。管家六根正要喊门,忽然听见里面有窸窣声,日竿子大约是喝了酒,这夜也出奇地活跃。管家六根遂像幽灵一般将耳朵贴向窗棂,天呀,屋里发出的,竟是婶婶疯了般的浪叫。管家六根再也控制不住自个,舌头舔了一下,窗户烂出一个洞,里面的景儿,顿时惊得他目光发直。

34

日竿子骑着毛驴南山走了两趟,什么都清楚了。老管家和福花一月时间,将老巷重新加固一番。巷扩了三尺,连窝头都能直起腰进人了。树没了一大片,窑客们身上脱了一层皮。

两趟里日竿子完成一件事,大事。等着吧,这回,我让他把血哭下来。

管家六根不露声色,他心里还就那句话,我要把它毁了,全毁了。日竿子又说了遍,听得出他心里有多快活。见六根不吱声,不满地说:"你在听不,人家跟你说话哩。"管家六根这才点点头:"听哩,听哩,我一直在听。"日竿子又要拿酒,六根脑子里哗地跳出那夜看到的景儿,扑哧一声,笑道:"喝不成,喝上出事哩。"一句话说得日竿子摸不着头脑,埋汰道:"瞅你,脑子里一天不知尽想个甚?"

一场巨大的灾难就在管家六根跟日竿子喝过酒的第五个日子发生了。

东家庄地和少奶奶灯芯闻讯赶去时,整个南山已让悲痛笼罩住。

水是半夜时分冒出来的。和福已经睡了觉,还骂玩牌的人早点睡,赶明儿要张罗着出煤哩。人全睡了后他却睡不着,老是想哪儿还不对劲,想来想去就记起是窝头的几个柱子,后响他到出煤的窝子里查看,见二拐子几个斜躺横歪着,并没按二瘸子的话把柱子支稳当。他骂了一顿,把事儿安顿给二拐子。吃夜饭时他问过二拐子,二拐子竟说记不清了。这狗日的,整天丢了魂似的,三天两头山下跑,事不当个事,这么想着起身就叫二拐子一同下去,二拐子推说肚子痛,还说你不要命我还要哩,明儿个再去。和福骂了声猪,自个提马灯下去了。

二拐子一觉醒来,见天已薄明,起身喂驴,喂完驴想跟和福说一声,今儿个不想下窑,想好了还说肚子痛。进去不见和福,问了几个人都说没见,二拐子慌了,按说支几个柱子早该上来了,还能睡在巷里不成。忙唤了窑客下巷,一进巷口就觉湿扑扑的,疑神疑鬼下到一半处,水就汹汹地上来了。跑出巷口,惊呼冒水了呀,巷淹了呀。一听冒水,窑客们顿做惊鸟散。

等二瘸子打另架山上过来,事儿就大了。

老巷让水淹了。

汹汹大水从老巷里涌出来,卷着黑煤,卷着木头,泄满了整个煤场。二瘸子望了一眼,就天呀地呀地叫起来。二瘸子到另架山,是看风巷,明儿个就要出煤,风巷的通风就是关键。没想……

巷里冒水是常有的事,但都是小水,窑客们自然有办法应付。这么大的水,却是头一次见,而且,这绝不是简单的冒水,要么,是窑冒了顶,要么,就是打通了偏巷。二瘸子吓得嘴都紫了。

东家庄地和少奶奶灯芯看到的是一片狼藉,整个老巷不见了影,水淹巷塌,几辈子的老巷毁了。

老管家和福没了。

少年石头哭喊着扑过去,一口一个爹呀,叫得山抖。

东家庄地瞪住灯芯,想骂句什么却终是没骂出口,不过心里不住地诅咒,你日能呀,你威风呀,不信神不信鬼,这回呢?

少奶奶灯芯忍住悲恸,仅仅一眼,她便啥也明了,担心的事儿还是发生了。可此时,她又怎能说出口?默站了片刻,她知道自个不能久留,这阵儿,窑客们都在火头上,弄不好会把所有的气撒她头上,硬揿起石头下了山。二拐子贼眉鼠眼跟过来,瞅瞅四下无人,说:"你还是少说话。"灯芯一见他这副嘴脸,猛就发了火:"滚!"二拐子吓得一个趔趄,朝后缩了几步,想说甚,看了看灯芯,没敢,灰溜溜走了。灯芯的恨当下就转到他身上,心想我千叮咛万嘱咐,让你夜里守在新巷口,老巷出煤前一个人也不能让进,你个懒死鬼家的,说过的话当饭吃了?

恨了一阵,灯芯不甘心,唤来二瘸子。二瘸子早吓得脸色瘆白,嘴唇抖着,站都站不住。

灯芯黑着脸问:"跟你咋交代的?"

二瘸子泪如雨下,出了这样的事,他知道自个罪责难逃,可还是忍不住道:"少奶奶,怪我不好,我二瘸子负了你的厚望。可你哪能猜想到,这窑,比你想的要糟好几倍啊。不单是老巷不成了,风巷也给堵得一塌糊涂。我捞个瘸腿,顾了老巷顾不了风巷,顾了风巷……"

少奶奶灯芯从二瘸子话里,听出一些东西,她收起怒,好言道:"你起来吧,我不怪你,知道你也尽了力,只是,我这心……"说着,滚滚泪水已淹没了她。

二瘸子顾不上跟少奶奶灯芯多说话,东家庄地还在窑上喝神断鬼地大骂哩,捞着瘸腿,叫上人设法儿抬和福的尸首去了。

石头一家陷入了巨大灾难,凤香一听和福出了事,当下昏死过去。灯芯忙唤草绳几个帮忙,掐住人中,后又拿尿灌醒,屋子里一下爆发出山洪般的号啕声。少年石头目光痴痴呆呆,打窑上下来,他就成了这样。

少奶奶灯芯忍着的泪再一次流下来。

春末夏头的这一个月,下河院经历了非同寻常的一场打击。东家庄地和少奶奶灯芯的关系因为南山煤窑的冒水几乎崩溃,一家人现在连话都不说。这场灭顶之灾里东家庄地一下老去好多,痛失老管家和福和南山老巷的双重打击令他差点一命呜呼,等整个事情了结后重新走出下河院时,沟里人发现他老得连头都抬不起来了。

少奶奶灯芯是抵抗这场灾难的唯一人物。关键时候她再一次显出男儿风采,泼辣和干练令一沟人刮目相看。她先是请众乡邻帮忙,杀猪宰羊给老管家和福发大丧,丧事的规模超过了沟里任何一个死去的人,就连东家庄地三房老婆,也没享受到这等厚葬待遇。南北二山两套道班全请了过来,吹吹打打整整七天,下河院全部的白布拿了出来,孝布从下河院一直拉到老管家和福院子里,过往帮忙的人无一例外给老管家和福顶了孝,此举深得人心又令沟里人大开眼界。一口纯柏木棺材就是沟里人辛苦一世也未必能挣来,老管家和福不单睡了还多了椁,一棺一椁这在沟里沟外听过的人都很少,别说见了。丧事花去的银子赶得上下河院一年的开销。

接着她又打发了南山煤窑所有的窑客,包括死心塌地的二瘸子,发清工钱还赏了他们每人五斗煤,只留下草绳男人和二拐子做伴在山上喂驴。窑客们走时无一例外给下河院磕了头,问灯芯啥时新窑出煤定要言喘一声,少奶奶灯芯冷冷盯住每一张窑客脸,目光如利剑出鞘,终于有一个叫窝耳朵的窑客受不住那目光,腿软了下来。少奶奶灯芯不露声色,暗中让下人问下窝耳朵的家,赏给一石煤走了。

做完这些她再次去了南山,这次没石头陪,一个人策马行在山道上,少年石头被悲恸洗劫一空的目光萦回眼前,挥之不去的内疚让她刚烈的心发出锤击般的钝响,欠下石头的就是拿出整个下河院也无法还清。

193

少奶奶灯芯要下新巷的疯狂举动吓坏了二拐子。天啊,她也能想得出,就是站在这巷口上,二拐子都觉浑身抽凉气,还敢下巷?二拐子觉得女人疯了,为个老管家和福,值得再把自个命搭上?他退缩着,支吾着,说什么也不肯一道下去。他本想拦挡女人的,见女人鬼催似的要往巷里跳,就说要下你下,我还没活够。少奶奶灯芯让他的话激起一股火,忍着没发作,心里,却对二拐子彻底失望了。这个贪生怕死的孬种,自己居然将希望寄托在他身上,真是瞎了眼。

草绳男人提了马灯,走在前面。新巷远比老巷要好走,东家庄地半生心血打下的这巷的确凝聚了他的智慧和汗水,一进巷便让人感到他天生是吃窑饭的命。巷里一石一木布局合理且充满想象,远比他新建的下河院北厢房让人神往。灯芯跟着草绳男人,很快到了巷垴头,草绳男人让她小心,进了小巷便是上坡,果然费起劲来,不多时她便接不上气。草绳男人担忧说,要不回去?灯芯歇缓片刻说,再上。草绳男人用力推她,手撑着她屁股,两条胳膊奋力用劲,折腾了几次,总算爬了上去。进了煤槽,草绳男人刚要喊就听哧溜一声,灯芯滑了下去,重重地摔煤上。腿失去知觉。草绳男人在她的呻吟里跟下来,摸黑抱起她,用力在腿上揉半天,慢慢疼起来。灯芯说挖煤真是碗不好吃的饭呀,怪不得说一脚在阳间一脚在阴间。草绳男人说,世上哪有好吃的饭,你当东家就好当?一席话说得灯芯眼圈湿了,拧拧鼻子说,再上。

终于爬到了窝头,还好,窝头里通风,呼吸不是太费劲,两人分开摸寻,一袋烟工夫,草绳男人喊,找到了。灯芯顺着声音摸过去,见草绳男人正在一个废弃的小窝头里蹲着。

窝头里啥也看不见,草绳男人却让她屏住气听,果然,就有细小的风声进来,脸贴到窑壁上,湿润的水汽能感觉出来。草绳男人说,不会错,人就是这儿进去的,那头定是老巷。灯芯还要进,草绳男人呵斥道,不要命了,踏错一步就是鬼门关,快上。连拽带拉将她弄出小窝头,草绳男人已是一身的汗。

爬出新巷已是半夜,二拐子傻傻地坐在驴圈门口,知道彻底惹下女人了,果然问了几声女人都不吭声,伤心地回到屋里,一头倒在炕上。

二拐子想,他跟女人之间是彻底地完了。

草绳男人分析得没错,定是个知道底细的人,清楚老巷的水路,提前从新巷穿进去,将岩壁松动,等和福下去一用劲,不冒水也得塌顶,人是活着出不来。

这也是个拿上命赌的下家。草绳男人最后说。

灯芯脑子里再次冒出窝耳朵黑瘦的脸来。

惩治窝耳朵的行动还未来得及实施,下河院又让乌云罩了顶。窑毁人亡的惨痛悲剧终是没能放过东家庄地,他在日复一日的伤痛中不幸病倒,剧烈的咳嗽令他接不上气,说话都很费力。

下河院陷入惶惶不安中。

少奶奶灯芯一头关照男人命旺,一头,心扯在上房公公身上。公公不肯吃药的怪诞行为令病情日益加剧,过了半月,瘦得皮包骨头,不忍目睹。奶妈仁顺嫂精心熬了人参汤,一勺一勺喂给他,灯芯炕头前默立一会儿,心事重重出来了。

白日里管家六根的嚣张气焰这阵又浮上心头,下河院接二连三的不幸令管家六根心花怒放,不时要来骚扰院里的主人。白日他把羊倌木手子扇了顿嘴巴,说他把牛料喂给了羊。其实这是灯芯发了话的,羊料没了,水磨还不能用,石头整日神不守舍,灯芯怕他再有个闪失,就让水磨先停了。木手子问她,她顺嘴说先拿牛料喂几天。管家六根不分青红皂白发了火,木手子刚要顶嘴,嘴巴已挨到嘴上。望着木手子委屈的样,灯芯啥话未吭,从后院出来了。

此时,管家六根一双幸灾乐祸的眼睛就闪她眼前,黑夜下极似狼的眼睛,发着悠悠蓝光,她闻到狼的气味,充满整个院子。孤独无援的灯芯这时恨不得有三头六臂,对付眼前发生的事。

一个太阳异常燥热的傍晚,派去打探消息的下人回来了,带来的消息令少奶奶灯芯沮丧万分。窝耳朵死了,是自己上的吊。窝耳朵将赏的一石煤和发的工钱拿到南山家中,在瞎眼娘的炕头前默默坐了两夜,然后到两个弟弟家转了一圈,回来就把脖子挂到了早拴好的绳套上。弟弟发现时,人已经臭了。

下人说窝耳朵自幼死了爹,是瞎眼娘一把屎一把尿拉大了兄弟三个,窝耳朵十四上跟着杨二背煤,拿力气给两个弟弟换了媳妇,盖了房,能过起日子了,自个跟瞎眼娘还睡在破草棚里。村里人说窝耳朵想今年给娘盖间房,正在张罗着买料。灯芯听到这儿问,没难为他家吧?下人说我们把事儿说了,他娘哭着求我们,放过他家,还把窝耳朵挣的工钱给了我们。下人正要掏麻钱,灯芯猛地黑了脸说,谁叫你们拿的,没心没肺的东西,还不送去?当下便骂着下人连夜返回,顺便还让拿了丈五青布,说是给他娘将来做老衣的。

看来他真是个孝子呀。

这已是葬了和福两个月后的日子,窝耳朵以命还命,表明良心还在,可没良心的人呢?一想这些,灯芯的牙就咬得格格响。

酷暑晒得人身上发馊,菜子却像铆足了劲地疯长。东家庄地年前的话没说错,今年的确是个好年景。少奶奶灯芯有心思到地里转时,菜花早已满山遍野,满目的灿黄顿时让她阴着的心一片晴朗,像是一只箱子里困久了的蜜蜂,见着花香便不管不顾。踩着青青草地,循着一片一片的菜花往深里走,果然见放蜂人早在沟里摆好了蜂箱。放蜂人来自遥远的南方,却对这神秘的沟谷有着割舍不下的情感,每年大雪纷飞收拾起蜂箱远走他乡,等菜花的味道漫过沟谷时便又神奇地出现。放蜂人是一对中年夫妻,远远冲灯芯招手,脸上的笑跟菜花一样灿烂。灯芯大胆走过去,却听他们说一口地道的沟里话,心一下近了许多。这个下午她是在愉快的谈话中度过的,来时手里多了罐蜂蜜。放蜂人说蜂蜜清咳化痰,清火利尿,有着中药的神奇疗效。

饭后,安顿奶妈仁顺嫂将蜂蜜跟枸杞一块熬了喂公公喝,自个快快出了门,朝沙河沿杨树林走去。

沙河水浅了许多,河底石子清晰可见,浪花打着朵儿欢快地跳跃,落日映出的波光一晕一晕,沙河就像一条长长的飘带,舞着动着,飘向远方。脚下的青草没过脚踝,每踩一步,身子都会软软打出一个颤儿,披满霞光的杨树林微风中婆娑起舞,墨绿的叶子泛出荧惑的光芒。落日让一切变得美妙,云烟氤氲中灯芯一步步走近水磨房。

当年东家庄地一怒之下轰走老管家和福,连工钱都没给他算,老管家和福没一句辩解之词。终有一天,东家庄地差人带话,让老管家和福去水磨房。磨房共有两盘磨,一盘磨牲口饲料,一盘磨面。这是庄地叔叔置下的产业,当年据说是拿五匹枣红走马换下的。和福到磨上后,终日闲不住,便在磨房四周植起了树,到现在,阔大的杨树林已能掩住水磨房了。

少年石头立在磨沟上,盯着水发呆。灯芯从身后轻轻挪步过去,猛一下捂住石头眼睛,顽皮样像个孩子。石头并不惊吓,知道姐姐来了,便轻轻捏住那双手,好久不丢开。进了磨房,灯芯问:"咋不吃饭去?"

和福死后,少奶奶灯芯将凤香接到下河院,由奶妈仁顺嫂照管了一月,现在帮后院做些零活,娘俩的饭都在下河院吃。石头说了声不饿,便又勾下了头。灯芯佯装生气说:"再要是不去吃饭不理你了。"少年石头抬头望着灯芯,眼里是一片感激。要不是姐姐灯芯,这段日子他真是顶不过来。现在好了,悲痛烟一样散去,目光也渐渐变得清澈。少奶奶灯芯伸手将他揽怀里,两个人站在磨房门口,望着夕阳点点下去。

石头说:"管家六根来过。"灯芯问:"他来做甚?"

"他让磨房转起来。"

"还说甚了?"

"还说,我要不好好听话,他撵了我。"

"哦。"灯芯心里诅咒一声,嘴上却问,"磨啥时能转起来?"

石头说:"齿轮叶子坏了,我修不好,管家又不让别人修,还骂我看了这久的磨房连齿轮也不会修。"石头眼里的委屈渗出来,修齿轮是大人干的活,石头下到磨溏里,连齿轮都够不着。

少奶奶灯芯安慰他:"不要紧,明儿个我让人来修。"

这个黄昏,少奶奶灯芯让石头带着她从水磨后面钻进去,一个巨大的齿轮闪在眼里,她问了许多,才弄清水磨是怎么回事。原来水从磨槽里快速冲下来,打转齿轮,大齿轮带动木轴,木轴再带动磨盘,咯吱咯吱的水磨声才能响起来。

灯芯望着齿轮发了会儿呆,想不到那山谣般好听的曲儿是这样发出的。还在后山的时候,她曾无数次听爹谈起过水磨,爹像是对水磨情有独钟,每次谈起总会闭上眼陶醉半天。爹的述说里水磨已变成她今生的一个心结,仿佛只有到这里,只有沉浸到山谣般动听的声响中,她的心才能宁静下来,幸福才会将她簇拥。现在水磨里多了可爱的少年石头,灯芯的心便牢牢跟水磨拴在了一起。

齿轮下面是深深的磨溏,听石头说,日子久了磨溏里会生出水獭,前年他爹还抓出一个哩,给了东家,东家高兴坏了。

石头还在高兴地说,灯芯却神思恍惚地不知想什么,心思像是飞到了别处。水槽的水噼噼啪啪打下来,打在齿轮上,溅到灯芯脸上,头发湿了一大片,两个肩膀也让水淋湿了,石头怕她着凉,硬拽着她回到了磨房。

一连几天,少奶奶灯芯的脚步不由得就停在了水磨前,跟以前不同的是,来了便站到水磨后,盯住磨溏发怔。

　　这个夜晚,灯芯没睡着,脑子里总是老管家和福的惨状和少年石头忧郁的眼神。后半夜奶妈仁顺嫂跑到西厢房说,东家越发重了,要是一口气接不上,人怕是要过去哩。说完就流下了清泪。少奶奶灯芯突然发了火,哭什么丧,下河院还嫌眼泪不够么?

　　第二天她骑马去了后山,公公一日不好,心里就一日不得踏实。

　　几乎在灯芯策马上路的同时,一条消息秘密到了管家六根耳朵里,磨房水塘里有水獭,石头天天夜里抓哩。

　　传这话的正是当初把迷魂粉儿撒了一半的三杏儿。

第七章
除　恶

35

　　后山中医刘松柏让少奶奶灯芯硬拽来给公公强行号脉的举动激怒了东家庄地，中医刘松柏刚伸出手，东家庄地怒不可遏地说："走远些！"骂声过后，一连串的咳便响起来。中医刘松柏手在空中画了个伤心的弧，无奈收回了。冲自家女儿望一眼，黯然伤神道："他这脾气倔着哩。"少奶奶灯芯冲躺着的公公道："谁想害你哩，家你不要了，儿子你不要了，连孙子你也不要了？"

　　一听孙子两个字，东家庄地闭着的眼猛地睁开，惊坐起来问："你说甚？"

　　少奶奶灯芯掉转身子，没理公公，噌噌噌出来了。东家庄地一把抓住奶妈仁顺嫂："真的有了？"

　　奶妈仁顺嫂茫然地摇摇头，她真是不知道，这阵儿她的心思全在东家庄地上，哪还能顾得了灯芯。这时就听中医刘松柏说："灯芯有了身孕，三个月了。"

　　东家庄地蹦地跳下炕，抓住亲家手："真的呀?！"

　　中医刘松柏再次点点头，东家庄地哇一声蹲地上哭开了。"天老爷，你总算长着双眼啊！"哭完，一把抓住中医刘松柏，"我喝，我喝还不成么？哟嘿嘿，你看你，还亲家哩，这大的事也不早说！"

　　他的病瞬间好去了一半。

　　下河院关于中药的禁忌就在这激动人心的热闹声中轻轻松松给打破了。不出半个时辰，一股子药味从厨房腾起，久久地，久久地弥散在这百年老院上空。也许是禁忌了几十年的中药对这座院落有一种解不开的情结，这一夜，院里的中药味竟是那般的浓，一沟人都闻见了那股药香。

这个夜晚发生的事远不止这件,半夜时分,就在东家庄地喝了中医刘松柏亲手熬的中药睡下后,一条神秘的黑影儿打沙河沿那边摸出来,穿过迷蒙一片的杨树林,摸到了水磨房。一条水獭值一匹走马钱,管家六根可不想放过这个绝好的机会,跟日竿子他都保密着没说。睡在磨房的石头让踹门声惊醒,听是管家六根的声音,没敢磨蹭,开了门就听管家六根让他闸水。石头犹豫了一阵,这深的夜,闸水做甚?可他不敢问,管家六根的话就是圣旨,问得不好就是一嘴巴。虽有灯芯疼他,可见了管家六根石头还是怕,跑到水槽口放下木闸,水槽的急流不见了,齿轮咯咯呀呀停下来。

月儿很亮,墨蓝的天上浮着几朵云,石头望了会儿云,忽然就想起关于水獭的传闻,正犹豫着要不要跑去跟少奶奶报个信,就听磨溏里发出声响,跑后头一看,管家六根不见了,巨大的齿轮射出明晃晃的光,磨溏里响起扑腾扑腾的声音。

管家六根真是抓水獭哩,这可咋个是好,水獭可是宝贝啊,要是真让他抓走,少奶奶知道了还不得骂死。正急着,就听管家六根从磨溏里喊,过去把闸看好!

石头从后头绕过来,心里忽然就发出一声咒,淹死才好!他站磨沟上发了一会儿呆,心里蓦地就浮出爹惨死的场面,那场面石头一辈子也忘不了。想着想着,手不由得就摸到了闸上。熟悉水磨的石头再也清楚不过,只要他猛地一提闸,就算有十个管家六根,也会让那巨大的齿轮搅个粉碎。他站着,身子有些发抖,扶着水闸的手发出一哆儿一哆儿的颤跳,就在他觉得自个快有力气提起水闸的一瞬,另一个影子跳出来,那是他的娘。爹是让人害死了,可他跟娘还得活人。这么一想,十六岁的少年石头无力地松开手,往磨房走。心里,却是比泪还猛的东西。快要进磨房的一瞬,一个影子倏地一闪,石头刚要叫,嘴让手捂上了,绵绵的手,一股幽香沁进心肺,石头心里知道是谁了,人一下踏实。少奶奶灯芯松开手,悄声问:"下去了?"

"谁?"石头没听明白。一望眼神,旋即领会了似的点头,就听少奶奶灯芯说:"开闸呀,愣着做甚?"

石头吓了一跳。等弄清这声音就出自少奶奶灯芯的口中时,冷汗嗖地冒出来,头发都竖了起来。不相信地冲少奶奶灯芯眨了几下眼,等看清少奶奶灯芯坚硬如铁的目光时,他的心就不只是抖了,只觉脑子里一晕,险些跌倒。沟里的水已涨了老高,此时那已不是水,是火,是刀,是比刀比火还猛的东西。少奶奶灯芯见他还没反应,来不及犹豫,自个跳过去,使足了力气,猛地一提,水像困极了的兽,呼啸着冲进水槽,急流飞泻而下,静止的齿轮受惊似的一叫,立刻打起旋儿。石头惊叫一声:"使不得呀。"呀字还未落地,就听磨溏里发出一声惨叫,极恐怖,极凄厉。

整个夜刷地蒙上了一层暗黑。

等石头和灯芯赶到后头时,齿轮已带着管家六根旋起来。管家六根大骂石头:"石头,不要命了呀,快把水闸了。"管家六根喊出这话的同时,吃惊地发现,血一般的夜色下,站石头边上的竟是少奶奶灯芯。

他的头轰一下,到这时才猛然明白是上了当。可是迟了,他的衣服已卷进齿轮,紧跟着是腿。管家六根边挣扎边冲月色下狰狞的女人喊:"蝎子,你是蝎子,比蝎子还毒呀……"

管家六根做梦也不会想到,自己会上下河院女人的当。他多聪明的人呀,怎就会输在女人手里呢? 到现在才明白,他太小看这个女人了,当他从奶妈仁顺嫂口里得知女人到现在还没跟命旺同房时,便轻而易举唆使东家庄地给儿子添二房。二房的阴谋没得逞,管家六根灰心了一阵子,可那个夜晚看到的秘密又让他兴奋,只要女人一开怀,他立刻就把二拐子跟她的丑事端出来,到那时,女人不死也由不得她了。可谁知,女人会给他下这个套哩。

管家六根惊恐地瞪住女人,撕心裂肺地喊:"关闸呀。"叫声响彻在空旷的沟谷里,响彻在哗哗的水声中,黑夜很快将它咬碎,他看见大片大片的血从天空中落下来。他是多么的不甘心呀。女人站在离他很近的地方,凶残的目光如一把锋利的刀子捅进他的心。管家六根知道女人预谋这一夜已经很久了,都怪自个,咋就那么轻易地相信有水獭呢? 不——我不能死! 管家六根挣扎着伸出手,想把恶毒的女人拉进来,一同下地狱,可他的手很快让齿轮绞了进去。剧烈的疼痛撕咬着他,他没手了,他亲眼望见齿轮像狼一样咬住他的手,很快像榨油一样榨出浓浓的血。一低头脚也没了,先是左脚,只觉咯吁咯吁几下,紧跟着右脚又绞进去他那纵横南北二山的脚便不见了。管家六根想喊,我的脚呀,可他的头发让一双大手扯住了,硬要把他的头也要绞进去。管家六根使出全身的力气,挣扎着,呼喊着,他不想死呀,死在这个下贱淫毒的女人手里是多么的耻辱!

血从齿轮里流出来,那不是血,那是让仇恨染红了的菜油呀。管家六根绝望地看着女人,终于喊:"不要呀……"

这个时候,他的脑子里浮出窝耳朵,浮出日竿子,那是多么绝妙的计划呀,天衣无缝。终于,他看见了和福,老管家和福蹲在地狱门口,笑吟吟说,你咋个也来了?

他甚至看见了三房松枝,三房松枝像个厉鬼,还未等她进门,就一把扯住他,我让你搬弄是非;我让你……

"不要呀……"

少奶奶灯芯坚定地站着,不让自己发抖。这一天她真是等了很久,无数个梦里,她都想亲手宰了他,可一旦梦醒,一旦真实地面对这个贪得无厌的男人,她就没了法子。他把下河院牢牢地拴在手上,随便一动都能扯出一大片不宁。她忍啊忍,心想总有一天,他会自个良心发现,能少做一些坏事。可这近乎是痴想,她求过和福,让他帮她除了这恶人,没等和福答应,就已做了他的刀下鬼。在为和福发丧的日子里,这个狠毒的男人将她堵院里说,你少得意,有一天会让你死得比他还难受。她忍住恨,忍得心咯嘣咯嘣响,她知道,他一定又握下了把柄,保不准就是她跟二拐子的事。一想这个,少奶奶灯芯便知道不能再等了,再等,死的就不只她一个。终于,老天让她等来了机会,没想一条水獭,仅仅一条水獭,就帮她除了这害。

可这只是一条水獭么?

我让你贪,我让你坏,我让你做黄粱梦,你个恶贯满盈的东西!少奶奶灯芯看着男人一点一点让齿轮吞进去,忍不住哈哈大笑,笑声穿过杨树林,穿过黑夜,飞向那神秘无垠的天穹。

血,多么真实的血呀,从手上,脚上,胳膊上,扑扑地喷出来,染红齿轮,染红磨溏,染红整个夜晚,染红一沟两洼的菜子。那是你的血么?那是下河院的菜子和清油呀,那是老管家和福的血呀。少奶奶灯芯大笑着,和福呀,你一定看到了,你看他死得多难受,没手了,看以后怎么挖墙脚,没脚了,看他以后怎么踏别人脚后跟,快看,他的头也让绞了进去,多美呀,修好的齿轮像个手艺老到的屠夫,把这只猪吊起来,一层一层剥开,一快一快剐下来,你看他死得多难受,多痛苦,多让人可怜呀。

少年石头早吓成一摊泥,扑在灯芯怀里不敢掉头,灯芯一把扭过他:"害怕是么,你知道你爹怎么死的,你睁开眼看,看看他的下场。"石头哆嗦着,死死地抓住灯芯胳膊,不敢扭头。灯芯只好将他揽怀里,用力抱住他,不让他跌倒。

管家六根的眼睛睁成两个巨大的圆,死死地瞪住灯芯,他清楚地听到自己的头在齿轮里发出清脆的响声,那是齿轮挤压的声音,声音从他心里发出来,砸向魔鬼一般的女人。他知道生是不可能了,死在一步步拥抱他,半个头牢牢卡在齿轮里,血从头发里渗出来,火一般的血,只要有根洋火,他就能烧掉整个下河院,他是多么想烧掉它呀。这个让他祖祖辈辈打长工卖命的地儿,这个让他望一眼都热血沸腾的地儿,眼看就成他的了,却没命享受。他多么不想垂下头,可齿轮太狠毒,硬是把整个头吞了进去。

灯芯看到一个没头的男人在冲自己张牙舞爪,齿轮飞速的旋转里,男人的声音已完全消失,可目光仍在,那是多么不甘心的目光呀。忽儿发着红光,忽儿发着蓝光,忽儿又像火一样喷出,就是不肯灭。灯芯在火光里微微颤抖了下,很快便挺起身子。这一刻起她再也不能怕,再也不能对任何敢跟她作对的人心软,她要牢牢记住这目光,牢牢记住这个夜晚。

一圈,又一圈,男人一点点少下去,最后少得只剩下一把骨头,还有撕不断的衣衫,她这才发现,人还不如布结实。男人的头发沾在布上,黑夜里发出奇亮的光,她冲那光笑笑,你能把我怎样?

一切静下来后,整个磨溏血红一片,血水在月色下平静地流淌,穿过杨树林,穿过草地,溶进沙河……

36

管家六根淹死的消息着实让沟里恐慌了好一阵子,有人说管家六根叫鬼迷了路,黑灯瞎火的拿磨溏当成了屋。有人说打油坊出来,就让野鬼缠上了,一脚踩空,掉磨沟里淹死,水冲他进了磨溏。传言纷纷扬扬,极尽恐怖。

不信的,只有两个人。一个是日竿子。第二天一早,人们望见日竿子站在沙河沿上,面色很凝重,他望着的方向,正是管家六根的泥巴小院。那时柳条儿还不知道,日竿子想必是知道了,他站了一阵,并没去告诉柳条儿,而是脚步一拐,进了三杏儿家。

另一个,据说是二拐子。二拐子本来在窑上,但是很快他就出现在沟里,这个一向听见什么便咋咋呼呼的家伙,这一次居然出奇地沉默,而且面目更是恐怖得很。有两件事证明了他对此事的怀疑,一是他跟草绳男人说过这样一句话,走路要小心啊,这年月,谁能辨清哪个是鬼哪个是人,没准哪天个一开门,鬼就扑来了。草绳男人恨道,放心,不做亏心事,不怕鬼敲门。二拐子猛地抬头,逼住草绳男人,你放的哪家的臭屁,再放一遍?那样儿,像是要打架。还有,二拐子回到沟里,头件事儿就是扇了奶妈仁顺嫂一巴掌。奶妈仁顺嫂正要急慌慌往下河院去,说东家今儿个病又反弹了,二拐子转身就给了当娘的一巴掌,骂,这都啥时候了,刀架到脖子上,你还心里想着别人。

但是不管咋样,管家六根是切切实实死了。

东家庄地是在第二天晌午听到的,太阳照得上房很暖和,他想抽烟,奶妈仁顺嫂不给,两人正僵着,下人进去报信。东家庄地腾地坐起身,不敢相信,直到下人说少奶奶已帮柳条儿打理后事去了,才猛然醒悟似的说,传我的话,厚葬!下人刚出去,奶妈仁顺嫂还没从惊吓中醒过神,东家庄地突地一抱子抱住她,我想干,我好想干呀……

上房睡屋里立刻发出一片子欢腾。

少奶奶灯芯这次遵了公公的话,厚葬。不过跟老管家和福比起来,这厚葬就差得远。

柳条儿还没怎么哭够,丧事已办完。三伏天太阳毒,人又成了一把骨头,有什么可哭的。少奶奶灯芯再一次在沟里人面前展示了她指挥一切的果决和干练,她的大仁大礼像太阳的恩泽布满沟里人的心田。

管家六根带给下河院的阴影乌云一样散开,菜花纷纷落地的这个下午,东家庄地在三十八岁的奶妈仁顺嫂搀扶下走出下河院,人们见他气色好多了,身着新做的夏衣,脚上一双青布圆口鞋。目光矍铄,面容灿灿。奶妈仁顺嫂也像喜事染了身,不停地跟人们说笑着。菜花一谢,硬硬的角便顶出来,沟里溢出一股接近草药的苦香味儿。骄阳下沟谷油绿一片,旺盛的生命力鼓荡着人们的心气,忍不住都想吼喊两声。人们看见东家庄地,不由得想起前些日子六根说的话,老东西怕熬不过这个夏天。没想庄地平安无事,他自己倒先去了。真乃人生无常。

东家庄地最终在草绳家地埂上停下来,草绳男人还在窑上,地里只她一人拔草,东家庄地喧了几句,扭头跟奶妈仁顺嫂说,回头让下人们过来帮个忙,地里的草不能等,草猛了欺庄稼。草绳说不用,自个能行。庄地又站了会儿,突然说,灯芯有了,赶过年我就能抱上孙子了。

地里抖出草绳一片子尖叫,准是带把的,她爹那么有本事,东家呀,你可真有福气,娶这么好的儿媳妇,心善得跟菩萨样,老天爷都帮着让她早生贵子哩。

东家庄地笑着的心越发舒展,满沟溢满对儿媳的夸赞,以至他怀疑是不是太苛刻她了。

这个后晌,东家庄地破格叫儿媳灯芯一块吃饭,奶妈仁顺嫂也坐到了饭桌上,三个人边吃边说,乐不可融。少奶奶灯芯瞅了一眼奶妈,见她面色越发红润了,头发高高绾起,额前还飞了刘海儿。忍不住心里笑。想想过年时她的样,更是多了番感慨。

饭后,东家庄地让灯芯留下,柜子里取出一红布包,层层打开,竟是一玉镯。

这是你奶奶留下的,三房女人我都没给,今儿个你收下,你要好好爱惜。东家庄地声音里带股复杂味儿,眼睛竟也湿润。少奶奶灯芯双手捧玉,心里一片湿。

三杏儿就是这个夜黑哭哭啼啼跑进西厢的,进门就说:"我不活了,活不成了。"

"咋了?"少奶奶灯芯收起玉镯问。

三杏儿泪一把鼻子一把,说日竿子天天到她家,问水獭到底是咋回事?还有,他跟我打听二拐子舅舅的事。

"二拐子舅舅?"

就是窑上干了活的那个瘸子。

三杏儿不说,少奶奶灯芯还把王二瘸子给忘了。当下惊起耳朵问:"他咋打听的?"

三杏儿抹了把脸,哽咽着道:"老不要脸的一口咬定,是二瘸子害了和福,反倒让六根背不是。"

"他放屁!"灯芯忍不住就骂了脏话。

"我也说他放屁哩,可,可,可……"

"你倒是说呀,尽可个甚?"打三杏儿脸上,灯芯似乎看出甚,心猛地紧起来。

"可他说六根是我害死的,还说他夜黑里听见六根的魂在我家院里叫,少奶奶,你可得帮帮我呀,这些个日子,我连觉都没法睡。"

灯芯心里哗一松,担心的事总算没发生。不过,三杏儿这样哭哭啼啼,也不是个事。遂说:"你先回吧,赶明儿让四堂子去后山,就说我说的,拿马把半仙驮来,禳眼禳眼。"

三杏儿一听,顿时破涕为笑:"真的?"

次日,四堂子打院里牵了马,一早就去了后山。公公正好给望见了,问灯芯,他牵院里的马做甚哩?灯芯实话实说,公公居然没怪她,还说:"等半仙来了,先接院里,我要好好答谢他哩。"

后山半仙刘瞎子这一次说甚也不进下河院,还说他这号人,有鬼捉鬼,无鬼绕门而行,哪有乱进人家的道理?东家庄地听了,也觉他说得有道理,遂安顿媳妇,等半仙给三杏儿家禳眼完,记着牵匹活羊,拿两块茯茶,送给他。灯芯哦了一声,忙忙地到三杏儿家去了。

半仙一到沟里,立刻引得众人围了来看,灯芯冲院里院外黑压压的人说:"不就捉个鬼么,有啥看景致的,看得不好鬼渣子溅身上,我看咋个是好?"一句话说得,众人顿做惊鸟散,生怕跑得慢让鬼给撵上。半仙笑着说:"没想你现在越来越会说话了。"灯芯羞答答道:"让他们围着,三杏一家心里越发慌了,到时候有个甚,还说你没替他们捉尽哩。"三杏两口子忙着找东找西时,屋里就剩了半仙跟灯芯,半仙沉下脸道:"往后,这种有影儿没影儿的事,你少替我揽,也不怕人知道了戳脊梁骨。"灯芯伸伸舌头道:"不是我招揽,是她心里本来就有鬼哩。"

"你还犟嘴,这四堂子,一看就是个实委人,可不能拿实委人欺负。"

"知道了,往后不敢。"

正说着,四堂子来了,问灯芯说甚哩。灯芯说还能说甚,我让半仙叔给你把法场做大点,活鬼死鬼一次全抓了。四堂子没听明白,头一抬就望见日竿子正隔着院门朝里巴望,忙唤,日竿爷啊,屋里进。

不进了,不进了,日竿子一个溜秋跑远了。

法场连着做了两天,鬼抓住没抓住不知道,不过在面柜后头掏出一窝老鼠倒是真的。三杏儿说,怪不得天天夜黑吵得人睡不着呢,原来……

吃过喝过,半仙找个借口将三杏两口子支开,单独跟灯芯坐下拉谎儿。

"闺女,管家六根是死了,按说,叔该给你道喜哩,可叔这心里,还是堵得慌。"

"叔,有话你就说,我听着哩。"

"闺女,我见过二瘸子了。"

"哦?"灯芯忙坐直了身子,听半仙往下说。

"当初,我也不知你咋想的,按说打发谁也不该把他打发了。那个人,虽说是仁顺嫂的娘家兄弟,可人实诚着哩,他跟二拐子,不一样,对你,他也是实打实贴上心干哩。"

"叔,我懂。"

灯芯心里,哗地就涌上旧事。按说,她是不该草草打发掉二瘸子的,二瘸子屋里的情况,她也听说了,等米下锅哩。可不打发行么?窑上一出事,所有的眼睛都盯她身上,二瘸子又是她请来的,当初还说是她娘家人,出事又在窝头里,要是有人拿这话跟公公编排是非,不但二瘸子得撵走,弄不好,对石头娘俩,她也不好交代。再者,她也是替二瘸子着想啊。你想想,六根是谁,他能冲老管家和福下手,难道就会饶过二瘸子?

灯芯忍着悲,将心里的苦楚跟半仙说了,半仙这才哦一声:"闺女,你把话说清楚,我也就明了,还是你想得周到啊。你放心,这话我会带给二瘸子的,想必他听了,也该感激你。"

"感激不感激我倒不图,只要不骂我就成。"

"咋会?我听四堂子说,这沟里,说你好的不止一两个人,闺女啊,活人千万要记住,要想叫人说好,就得自个行得端,立得正,当然,人欺负你又是另回事。"半仙说这儿,突然一转,"闺女,有句话不知叔当问不当问?"

"叔,还有甚问不得的,只管问。"

"老管家的死,你真就当是窝耳朵所为?"

灯芯一惊,这话可有点太是意外。

半天,她颤着声:"叔,咋讲?"

"那个窝耳朵家,叔也去过,他上吊死后。我总觉得,窝耳朵不像干那事的人,他没胆量,也没那个狠,他是个孝子呀,天下哪有孝子乱害人的?"

"可他跟日竿子……"

"这事我也想过,日竿子找归日竿子找,窝耳朵干不干主意在他心里,我是说……"

"难道……我冤枉了他?"

"你想想,你再想想,到底窑上还有没有人跟老管家有仇,没仇没恨的,做这事,怕是轻易下不了手。"

灯芯心里,一下就给迷茫了。要说老管家的为人,在沟里是数一数二的,除过日竿子跟六根,他还能开罪下谁哩?

"闺女啊,往后遇上事,千万别轻易下结论,结论这东西,不是好下的,下不好,就把一个好人给害了。"半仙说到这儿,再也不往下说了,留下大片的空白,让少奶奶灯芯猜。

直到拖着疲软的身子回到西厢,少奶奶灯芯还是没猜出,谁,除了窝耳朵,还会是谁?

37

转眼到了秋季,少奶奶灯芯挺着肚子,东家庄地不让她干一把活,还让凤香专门侍候着,这令她不安。凤香已从悲痛中走出,人比先前还胖了些,跟灯芯一起最多的话题便是石头。灯芯倒是爱听她说,说多少也不烦。自从管家六根死在磨溏后,灯芯让后院的下人轮着给石头做伴,多的时候却是她亲自过去,石头阴沉的心在少奶奶灯芯无微不至的关怀下慢慢晴朗,两人在磨房里说话或是打闹,快乐的声音便响出来。石头非要摸小宝宝,灯芯躺下给他听,手摩挲着他头发问,听到没?石头一脸孩子气地说,他在笑哩。一股浓浓的幸福燃遍灯芯全身,幸福地闭上眼说,他要是有你机灵就好了。

没了和福,石头便是凤香唯一的寄托,一天不见,心就慌。这天,灯芯让凤香陪了自个,去磨上。远远见石头光着膀子,站在沟沿上挑淤泥。他越发横实了,肩胛上已隆起肌肉,太阳下发出油黑的亮。灯芯愣神望了会儿,禁不住脸兀地一红。到了跟前,说,都秋日了,还光膀子,衣裳哩?口气里,分明有股嗔怪的味儿。听得凤香怪怪地投过来目光。石头努努嘴,示意衣裳洗了晒草上。凤香捡起衣裳,借故往树上晒,躲开了。灯芯的目光便大胆地投过去,盯在那油光发亮的肌肉上。磨房里正在磨面,石磨发出咯吱咯吱的声响,磨得人心里痒痒。秋风掠过树林,树叶瑟瑟作响。整个沟谷呈现出一派特有的宁静,仿佛万物都在期待丰收的来临。

这个夜晚,灯芯坐灯下给石头缝衣,摇曳的灯光映红她染满希望和梦想的脸,脑子里闪出跟少年石头一起的情景,心里灌满了蜜。半夜时分,一阵细微的敲门声吵醒她,侧耳一听,知是二拐子从窑上跑来了。躺炕上没动,敲门声又响了会儿,知道不理他不行,隔窗说:"三天两头你跑来做甚,跟你说多少遍了,咋个不听?"

二拐子说:"开了门再说,我想你,忍不住。"

灯芯说:"再乱说我割你舌头。"

说完,心哗地黑下来。这个冤家,咋就说死也不听哩。欠你的已还了你,睡也让你睡了,该沾的全都让你沾了,咋还没个完,这院里,是你天天来的地儿?想着,又骂:"你不走我喊人,看你还敢来!"

二拐子也是较了劲:"喊谁也不走,就要跟你说话儿。"

灯芯说:"休想。"

二拐子不言声了,灯芯当他怕了,走了,没料半天后又听见声音:"你真就这么狠心?"灯芯沉沉说:"没啥狠不狠的,往后你规矩点,甭昏了头连命也不要。"

一听命,二拐子果真怕了,像是挨了一刀,咬牙越墙出去了。

这事是该了结了,再不了结,怕是夜长梦多,迟早要犯他手里哩。可咋个了结,一下两下能了结掉?灯芯越想越觉怕,怕到后来,竟恨恨咬了牙,大不了……

次日早起,少奶奶灯芯挺着身子到后院,跟下人说,北墙有个豁落,夜里有狗跳进来,院里不安宁。下人忙说,我这就泥去。灯芯又跟羊倌木手子说,今儿起你不放羊了,去磨房,以后磨面推料的事归你做,小心照看石头,他还是个孩子。木手子受宠若惊道,少奶奶放心,我会对他好。

这一天还发生了很多事,奶妈仁顺嫂交出了厨房钥匙,凤香拿到钥匙时手使劲地抖,嘴唇哆着不敢说话。少奶奶灯芯说,以后厨房归你管,东家爱吃甚你做甚。凤香诚惶诚恐点头。少奶奶灯芯这才跟奶妈仁顺嫂说,东家身子不方便,你留心侍奉着,闲了多到后院看看,帮着做点零碎。

209

奶妈仁顺嫂嘴张了半天,不知道自个又做错了甚。但自打六根的事发生后,院里上上下下,对少奶奶灯芯,分明是越发敬重了。遂重重地点点头,说了声是。

后晌时分,草绳娘家的弟弟赶了来,跟草绳一道见过少奶奶灯芯,灯芯说,往后你就在院里放羊吧,工钱照木手子发,放得好再赏你羊。草绳弟弟赶忙谢过,进羊圈了。

少奶奶灯芯做这些的时候,并没跟东家庄地言声,东家庄地站上房门口望住她,目光燃烧在她高高隆起的肚子上,至于她说什么,倒是其次了。

下河院微小的调整并没引起啥风波,每个人都从少奶奶灯芯手里得到了喜欢的东西,包括奶妈仁顺嫂,打这天起也不得不对灯芯另眼相看了,毕竟,她有更多的时间和理由跟东家庄地在一起了,比之失去厨房的损失,她心里,还是感到快乐多一点。感激之情溢满院落。

就在第二天,少奶奶灯芯叫上四堂子,悄悄去了趟后山。在半仙刘瞎子家,少奶奶灯芯看到应约而来的二癞子,几月不见,二癞子一下老出许多,还未说话,他的泪先下来了。

少奶奶灯芯扶起他,说:"不急,有话我们慢慢喧,时间长着哩。"

菜子沟下河院度过了它最为艰难的日子,当黎明再次来临时,映入眼帘的,是满沟金黄金黄的菜子。

第八章
天　灾

38

　　一场异常的年景突如其来地降临到菜子沟,令人猝不及防,沟里沟外陷入一片恐慌。

　　正是菜子受粉时节,铺天盖地的飞虫从沟外很远的地方飞来,似乎一夜之间,满沟的菜子就让它咬噬光了。

　　这是一种叫不上名的飞虫,比飞蛾小,肉眼几乎看不见,附在庄稼上,吸血一样能榨干庄稼的精华。经它咬过的庄稼第二天全都无精打采垂下头,太阳一晒,叶子便发黑,菜角和麦穗用手轻轻一捻,冒出霉灰,过不几天,庄稼霉烂一片。

　　飞虫是从凉州城方向飞来的,有消息说,一路的庄稼全都化为灰烬,一场大饥荒就要来临了。

　　东家庄地早早起了身,从天而降的灾难让他比谁都变得谨慎,记得十三岁那年,同样的飞虫就洗劫过沟里,那可真正是个饿死人的年景呀,逃荒的饥民虫子一样朝沟里涌来,他们操着凉州口音,涌进沟里就再也轰不走了,饥民跟沟里人抢夺饭食,拿娃儿换活命的路。早上醒来,会看到后院草房躺满奄奄一息的外乡人,大都拖儿带女,等爹一出现,便跪下喊救命,树皮一样的脸至今还留在记忆里。

　　灾荒总是隔几年洗劫一次。

　　昨儿后晌他已发话,今儿起改吃两顿,大晌午吃糊糊,天黑再吃顿稠的。院里的粮食连夜做了盘点,不出意外度个三五年饥馑还算有把握。这样的年份,甭指望一年两载过去。

　　新管家二拐子早早来了,黑青着眼圈,一看又是没睡好。庄地瞅他一眼,不知怎么心就阴了。见二拐子不说话径直进了后院,庄地迈向后院的步子停下来,发了会儿怔,掉头朝西厢房去。跨过长廊,正要喊门,马驹的叫声从里面响出来,果然,灯芯抱着马驹打里开了门,马驹望见爷爷,一个蹦子打娘怀里挣下来,扑到庄地怀里,嚷着要吃点心。

三岁的马驹每早头件事就是跟爷爷嚷着吃点心。

庄地抱了孙子,却不急着回走,见灯芯脸上又多了道口子,内疚地问:"又抓你了?"灯芯摇头笑笑,没跟公公说实话。庄地叹口气,心事重重折身走开。灯芯兀自站了会儿,听见后院牛哞羊叫的声音,进屋拿了东西,朝后院走去。

命旺跟出来,望着她的背影,脸上浮出一层傻笑。

草绳弟弟天狗正赶羊出圈,灯芯说:"天狗你等等,羊今儿不放了。"牛倌半肠子从牛棚探头问:"牛放不?"灯芯说:"不放。你们都听着,今儿你们去南北二山,打听买主,赶月底把能卖的全卖了。"

"卖?"后院的目光齐齐盯她脸上,连新管家二拐子也吃惊地说:"这事东家知道不?"

"不用问,照我说的做就是了。"灯芯说完进了料棚,料是早早备下的,够牲口吃到过冬,这阵望见了,就觉它不再是料。她跟奶妈仁顺嫂说:"去把木手子跟石头叫来,今儿个有事。"

新管家二拐子愣在院里,不明白女人又吃了啥药,大清早干些没名堂的事,正想着去问问东家庄地,灯芯已骂上了:"愣着做甚,没听见叫你也去呀?"新管家二拐子在心里恨了女人一眼,还是跟半肠子和天狗出了门,经过上房的一瞬,目光在玩耍的马驹身上停了停,快快收回了。

这天的太阳很毒,自打闹了飞虫,太阳一天也没歇缓过,云像是躲起来般,雨的味儿好久没闻了。

正午时分,东家庄地进了后院,见石头和木手子正在装料,就问谁安顿的,石头说了灯芯,东家庄地没吭声,望见牛羊还在圈里,便发作起来,叫石头唤少奶奶过来。灯芯闻声赶过来,东家庄地还在发火,大骂院里没了规矩,牛羊圈着让饿死。等公公发完火,灯芯说:"我想都卖了。"

"啥个?"东家庄地眼珠子几乎惊出来,"这大的事,你也敢做主?"

"你还看不出来,这天爷要收人哩,养着牲口做甚?"灯芯没在意公公的态度,心平气和说。

"收人?能收到下河院头上?没了牛羊还叫下河院么?"

"下河院咋了,天爷不长眼睛。"灯芯让公公的顽固惹躁了,口气硬起来。

"你?!"公公知道她作出的决定挽不回,争几句不争了,不过气还在心里,正好一只鸡跑脚下,一脚踹出老远,鸡咯咯叫,惹得一旁的石头偷着笑,石头的笑感染了灯芯,目光轻轻一碰,闪烁着躲开了。公公瞥一眼灯芯,恨恨地走了。

灯芯真不明白,公公活了一辈子,咋连这点脑子都没,一院的牲口,要吃掉多少粮食?

料装完后,灯芯让他们码到北厢房,说不定哪天这些料就能救命。石头干活真是卖力气,比一个壮劳力还强。望着石头越发健壮的身子,少奶奶灯芯的目光蒙眬起来。

二拐子他们跑了两天,竟没打听到一个主儿,倒是碰着几个往外卖牲口的财主,还说下河院那么大,不如替他们买了算了。灯芯急了,看来都作起了度荒年的准备。这天中医爹忽然来了,说凉州城外收牲口,专给青海马爷的队伍供。这是个好信儿,幸亏听到得及时。灯芯赶忙吩咐二拐子,多备些人手往凉州城赶牲口,二拐子嘟囔着叫人去了。中医爹问:"命旺哩?"灯芯说,怕是又去抓蚂蚱了。十八岁的命旺是过年时好的,眼下能到处走了,只是脑子还不清楚,整天就知道跌跌撞撞跑地里捉蚂蚱,再就是满村子撵着打狗。村里的狗都让他打怕了,一见他就没命地跑。中医爹又问了些院里的事,目光最后搁女儿肚子上,问:"还没怀上?"灯芯躲开爹的目光,心复杂成一片,这话爹问了不止一次,每次都问得她心如刀绞。

有谁知道,一切平静之后,夜成了灯芯又一个灾难。只要一吹灯,一到炕上,命旺就会猴急地爬上来,咬住她奶子。命旺咬奶的功夫越发精湛了,没几下就让灯芯久旱的身子鼓胀,猪拱食般的吮咂中身子在一节节炸开,每个骨节都充满被蹂躏被践踏的渴望。空气里爆响着水汽干裂的声儿,从灵魂到肉体无不处在欲焚欲死的浪尖上。跟自家男人真正有上一次的念头魔咒般让她丢弃一切羞臊与廉耻,恨不得剖开身子让男人掉进去。比猪还笨的男人只知道爬身上咬,东西闲在那压根不会用,手把手教他,还没放地方上就喷泻而出。气得灯芯一把推开他自个动了起来,难抑的欲望伴着舞动的身子渐渐沉入沟底,无边的黑暗罩住生命的光亮,令她再次生出生不如死的绝望。

这些话怎是一个女儿家能跟爹开得了口的,爹在无奈中叹口气说:

"不急,等爹再想想法子。"

爹的话便成了她重新振作的理由,下河院真正意义上的后继无人才是她忍了又忍的唯一解释。

马驹虽然能满院子跑了,可她骗得了别人,骗不了自己。

赶上牲口出门的这天,二拐子突然推说婆娘病了,走不开,灯芯气得一跺脚,婆娘要紧还是牲口要紧?话一出口就觉说错了,只好赌气说:"你不去我去,不信它能死了人。"

说着,真就收拾了东西,要去凉州城卖牲口。此举惊得公公在上房里骂起来:"不是你了,想做甚,那活也是你一个女人家做的?"

"我不做谁做,难道硬等着人家看笑话儿?"这话虽是说给二拐子听的,但也说到了公公的痛处。公公果然不再阻拦,过了一会儿,喊草绳男人进去,定是安顿路上的事去了。

上了路,对二拐子的气就越发大:"不识好歹的东西,就知道吃,多一把活不干,迟早有天吃死你。"心里清楚二拐子为甚,就是悔不过这口气。不就那一口么,偏不让你吃,看你能咋!石头劝她:"算咧,跟他生气犯不着。""哪个犯不着,他当我是甚,有他这么当管家的么?"

石头笑说:"他心思压根不在管家上,瞧他瞅你的眼神,恨不得一口吞下去。"

"瞎说!"一个娃儿家哪学的这话。灯芯嗔怪一句,心却腾地紧起来。如今连石头都看出了他的心机,这院里,还有谁不知?压在心头的不安越发浓了。

同去的共五人,草绳男人连夜打窑上赶来,这阵正追赶乱跑的骡子,木手子跟天狗赶着牛羊,她跟石头走在最后,身后的青骡子驮着来回的吃食。凉州城远,来回怕得十天路程,东家庄地临出门时又撵出来,再三安顿,夜里一定要操心好牲口,甭光顾了睡觉,让贼把牲口赶了。灯芯嘴上说放心,心里还是担着惊。几百头牲口加上五个人,走在沟里也着实壮观,引得一沟人站远处观望。不时地喊话过来,夜里操心啊,早去早回——

头天走的路多,夜黑时他们在一山坳里停下,瞅瞅不远处有个土围子,便将牲口赶进,土围子像是很久前财主家院子,时过境迁,只剩了废墟,不过圈牲口正好。点完牲口,草绳男人忙着生火做饭,石头跟木手子搭过夜的帐篷,灯芯也不敢闲着,过来帮天狗喂草。天狗不单人老实，干起活来更是心细，这三年，多亏了他照管一院的牲口，下河院的牲口数竟然翻了一番，还不算年头节下杀掉的。对天狗，灯芯真是打心底里感激。一边干活一边就扯上话了，灯芯问天狗："凉州城去过么？"天狗摇摇头，说："我连沟里都没多出过，那么大的凉州城，哪是我去的地儿。""那，这趟出门高兴不？""高兴，高兴，咋个不高兴呢？"天狗老实地笑笑，看得出他是真开心。天狗二十了，十七上来的下河院。这两年，草绳一直给他张罗着说媳妇，他自个反倒不上心，灯芯问过几回，才知道他在沟里瞅下个姑娘，是木匠李三的二丫头。灯芯便去李三家问媒，李三两口子见少奶奶灯芯亲自做媒，二话没说就答应了，说好入秋定亲，过完年娶人。天狗自然感激不尽，这阵听少奶奶问话，脸红着说到凉州城想给素儿买个东西，但不知买甚才好。素儿便是他瞅中的对象，灯芯笑说到时我带你去买，保准素儿喜欢。

　　吃了饭天已浓黑，热了一天的天开始吹起凉风，吹得人浑身舒服。草绳男人忙着在土围子四周堆柴火，夜里生起来既防贼又能吓狼。沟里狼多，时不时窜进村子引起一场惊慌。一切准备停当，五个人围成圈说话。草绳男人话少，半天接不上一句，天狗碍着姐夫面不敢乱说，只有木手子话多，他说起了自个小时的事。

　　木手子不是沟里人，他是凉州城外一个叫马儿墩地方的人。六岁那年，飞虫肆虐，马儿墩遇了百年罕见的大灾荒，木手子跟着爹娘逃荒进了沟，半道上娘得了浮肿死了，吃草根吃死的。爹抱着他往前走，到菜子沟时爹剩了一口气，跪在老东家面前求老东家收了木手子，长大做牛做马都行，只要能让娃娃活命。说完爹咽了气。木手子是老东家庄仁礼拉大的，老东家临咽气时还放不下心，没给木手子成个家，抓着木手子手说："娃啊，你要好好跟少东家过日子，娶了媳妇生了娃，没忘了来坟头上告一声。"

　　木手子后来跟沟里小寡妇豆秧儿成了家，生下一男一女，每到年头节下，必要带上儿女去给老东家磕个头。说起那年的饥荒，木手子牙缝里丝丝抽凉气，那可真叫个人吃人呀，他就亲眼见过儿子把饿死的娘一啃几截子。木手子的话让所有人心里都抽凉气，灯芯更是默默祈祷，千万甭让这么大的灾荒来吓人呀。

　　到了后半夜，灯芯实在困得不行，草绳男人让她放心睡，说自个守着。灯芯望望四周，墨黑的夜掩住了一切，沟里越发显得恐怖，她钻进帐篷,让石头也来睡。石头说我给你守着,灯芯说都是自家人,怕甚,不睡丢个盹也行。石头钻进来,紧挨着她,两个人坐干草上却又睡不着,便摸着黑说话。很多个夜里,灯芯就这样搂着石头,像是搂住马驹,有时两人并排躺磨房炕上,一直说话到天亮。石头偶尔也会伏她脸上,手轻轻滑动,眼里扑闪着晶晶的亮。这个时候的石头便会被一股奇妙的幸福点燃,一口一个姐不停地叫,那叫声,能让灯芯忘掉所有的烦恼,仿佛这世上就剩了他俩,怎么叫她也嫌听不够。

日子里凝结着说不清道不明的味儿,那味儿久了,便成了一种依恋,一种贪。想想这三年,若不是少年石头,能熬得过来? 真怕有一天醒来,长大的石头远走高飞,再也唤不回这纯净中暗含了欲望的相依相偎。

石头跟她说了会儿话,到篷外守夜去了,灯芯这才踏实地闭上眼,安心睡了。

39

狼是三更时分窜来的,牛羊的气味嗅进狼的鼻子,从山垴一路寻摸过来。看见火,狼止住步,远远蹲在土围子四周,瞪着绿幽幽的眼,等机会扑过来。

一群狼,领头的是只公狼,蹲在离草绳男人最近处。草绳男人听见黑夜里的响动,赶忙叫醒丢盹的木手子他们。木手子要扑,被草绳男人一把摁住了。

此时,人跟狼对峙着,谁也不敢先发出响动。石头蹲帐篷门口,忍不住哆嗦,这边就他一人,要是狼朝这儿下手,他是抵挡不住的。灯芯梦中惊醒,刚摸出帐篷,让石头一抱子抱住,捂了嘴,生怕她一惊叫喊出声来。看清是狼,灯芯软软瘫在了石头怀里。草绳男人不停地使眼色,让他们甭出声,可石头根本看不见,抱着灯芯的手不停地抖,目光盯住狼,闪都不敢闪。

狗怕石头狼怕蹲,人只要蹲着,狼不敢轻易扑上来。相持了一阵,灯芯能自个挺住身子了,石头腾出手,往旺里挑了挑火。柴火的噼剥声窜起,狼竖起了耳朵,公狼的眼睛挪向这边,大约瞅见石头怀中的女人,嘴巴动了动,试探着往这边挪了几步,土围子边上的人全都屏了息。草绳男人已在拿刀,要是狼胆敢攻击,他会第一个扑过来。灯芯死死抓住石头胳膊,牙咬住他肩,都咬出血了,石头不敢叫,这时候他觉出自个是个男人,应该像草绳男人那样果敢冷静。身边的女人就是他的命,要是狼敢扑她他会用身子堵住狼嘴。一只手里牢牢握根棍子,后悔没学草绳男人那样带上刀子。一只手不停地抚摸女人,给她安慰,给她力量。

墨黑的夜布满了狰狞,人和狼就这样顽固地对峙着,谁也不进攻,但谁也不先放弃。空气呼一口都让人心寒。终于,公狼在一次次试探中摸清了人的底细,觉得人怕它,开始谋算着进攻了。后面的狼群跟着一步步逼近,幽幽绿光像夺命的阴魂。谁的心都提在了嗓门眼上。眼看着公狼一步步朝灯芯这边的帐篷挪来,草绳男人急得几乎要跃起了。木手子捣了他一下,示意他再等等。然后,一步步的,悄悄摸进土围子,将拴在牛腿上的绳索一一解开。牛受到惊吓,开始警觉地往外移动。黑夜里,牛看到了狼的绿眼,嗅进鼻孔的异味顿让四蹄充满了精神,立时,几十头牛竖起了眼,火星味儿四溅,长长的角发出寒光,直直地逼向蠢蠢欲动的狼群。

要是这么相持下去,是能相持到天亮的。

怪只怪花犍,花犍是牛群中最猛的,平日三头牛牴也不是它对手。它能独自拉着犁铧犁掉三亩山地,驮起东西不比骡子少。灯芯本是舍不得卖它,又怕它吃得太多,养不住。牛跟狼对峙中,公狼有点怕花犍,可又不甘心,终于试探着往前挪了几步。花犍以为公狼要进攻它,猛一下窜了出去,尖利的角瞅准公狼肚子抵了过去。本想伺机而动的公狼一看花犍扑向它,凶狠地迎了上来,立时,沟里展开一场搏杀。狡猾的公狼早已具备跟牛对抗的本领,抓住牛转身慢的缺点,在花犍四周打旋,惹得花犍急火攻心,四个蹄子乱舞,踩出一团尘。公狼瞅准时机,狠狠冲花犍脖子上咬了一口,疼痛惹怒了暴躁的花犍,它的生命中哪吃过这等亏,遂瞪圆一双怒眼,直视住公狼,两只长角更像两支锋利的长矛,直直地就冲公狼刺去。

霎时,嘶叫声响彻起来,惊得黑夜抖了几抖。

公狼一出击,整个狼群哗地扑了过来,牛跟着四下散开,跟狼形成一个包围圈。狼被牛围在里面,已没了逃路,只能火拼。就见十几只狼齐齐地跃起,露出狰狞的牙齿,冲牛脖子扑。狼跟牛斗,聪明的牛不会抬头,只是抵住身子死死盯住狼,一等狼发起进攻,瞅准狼肚子将角抵过去,一角就能将狼穿破肚皮挑起来。沟里的狼都经历过搏杀,自然不会轻易上牛的当,可牛也绝不示弱。在沟里,每一个生灵首先学会的就是如何保护自己,生命受到威胁时,发出的反扑往往是致命的,也是超乎想象的。两相争斗中,就有一只狼被挑破了肚子,让牛甩出老远。更多的狼扑过来,齐齐地围住那牛,要给同伴报仇。果然在稍稍的呆慢中那牛让狼咬住了脖子,怎么也甩不开,狼恶毒的牙齿远比刀子锋利,牛发出一声吼,震得山摇地动。

沟谷里寒光逼人,少奶奶灯芯吓得缩在石头后边,魂都出来了。草绳男人趁牛围住狼的空,快快地跃过来,一抱子抱住灯芯,将她护在身下。这空儿就有聪明的狼瞄准他们,想避开牛向他们下手。草绳男人握刀的手忍不住抖,心里一个劲给自己打气,一定要沉住气。可还没等他定下心,一只狼便猛扑过来,草绳男人腾起身子,明晃晃的刀直插狼的心窝。狼一个扑空又折转身子,二次腾起时遇到了花犍尖利的角,花犍见狼冲主人发狠,一个斜刺冲过来,正好对上纵身的狼,只听狼凄厉地嗥叫一声,便让花犍重重甩出五尺远。草绳男人不敢怠慢,趁狼甩昏的当儿,跃过去,一刀结束了狼命。

被狼咬住脖子的那头黑牛还在挣扎着,顽固的狼任凭黑牛怎么甩也不肯松嘴,黑牛殷红的血从脖子里流出,它快要让狼咬断气了。只见花犍狠狠地扑过去,借着甩蹄的劲,一只角斜刺里猛地插入那狼的肚子,扭头就甩。可花犍用力过猛,牛角同时刺穿了黑牛喉咙,就听黑牛发出一声惨叫,轰然倒地。

在所有的动物中,最见不得同类死亡的怕就是牛了。一见黑牛倒下,四个蹄子艰难地挣扎,牛群齐齐地发出一声悲吼,那声音,让整个沟谷都摇晃起来,牛群疯了,完全不顾自个安危,向狼发起猛攻。

沟谷里响彻着绝命的哀号,那是牛群向死去的同伴发出的哀嚎,也是向狼群发出的复仇的声音。这声音到了人耳朵里,就成了悲天恸地的绝唱,成了凄婉哀绝的呐喊。

血腥四溅,咆哮震耳,天地不见了,沟谷不见了,看见的,只是一场血杀,一场生与死的较量……

终于,公狼让三头牛合力挑上了天,牛头一摆,凶残的公狼被分成三大块,血像雨一般降下来。一见领头的公狼毙命,狼群顿时乱作一团,没战几下便仓皇逃命。

218

花犍完全疯了,一双眼睛布满了血,见狼群四散,扬起蹄子要追,草绳男人冲上去拦住它。

天慢慢变亮,东方渗出鱼肚白时,狼群没了踪影,沟谷里血腥一片,惨不忍睹。草绳男人软软地倒在地上,一点力气也没有了。

直等天大亮,灯芯才松开手,石头这才有了知觉,立时疼得大叫起来,草绳男人挣扎着爬起来,到跟前一看,石头肩上的肉几乎就要让少奶奶灯芯咬下来了,两排深深的牙印扎在肉里,一股紫血渗出来。

这天夜里他们失去了两头牛。

第二天夜里,谁也不敢睡,守牲口旁喧谎。灯芯再也不敢让帐篷搭远,紧挨着他们的搭下了,帐篷四周燃了火。木手子吸取昨夜教训,没再绑牛腿,风刮得吼儿吼儿响,夜晚发出的声音令人头皮发麻。几个人缠着让草绳男人喧谎儿,草绳男人想半天,说,我这辈子,就记住一个谎儿,还是老东家喧给我的。一听这话,木手子抢着说,怕又是王哥放羊吧。

嗯,对着哩,王哥放羊。

一听王哥放羊,少奶奶灯芯来劲了,非要草绳男人唱,她知道草绳男人会唱。草绳男人推不过,挠挠头,一咧嗓子,唱上了。

正月大来二月小
王哥放羊过来了
王哥穿的是黄香戴
茵茵姑娘耍人才
你耍人才我不爱
一心心想走个西口外
西口外呀地方大
挣不上银钱难回个家
往前一看是嘉峪关
往后一看是戈壁滩
半碗儿凉水嘛三个钱
你说我王哥难不难
二月里来草发芽
我跟王哥把话搭下
大门道里搭了个话

二门道里说乱话
　　说完珍珠说翠花
　　说了金花说银花
　　王哥王哥你坐下
　　茵茵给你说个心上的话
　　……

　　打正月唱到了十二月,直唱得黑夜里弥漫上一层沉甸甸的心事。少奶奶灯芯早就抓紧了少年石头,莫等草绳男人唱完,她就哭成了个泪人儿,半个身子依在石头怀里。惹得草绳男人说,不唱了,不唱了,一唱,心就恓惶得很。

　　沟谷再次静下来。

　　终是白日里太累的过,加上快出沟了,狼是不会有了,人心便有所松动,半夜时分便都一个接一个打起盹,灯芯头枕到石头怀里睡了,发出均匀的鼾。草绳男人挣扎着抬一下眼皮,还是抵挡不了困意。不知过了多久,木手子头一个醒来,一瞅牲口,吓得大叫起来,惊起的人全傻了眼,一群羊不见了。木手子睡时,还特意拿根绳子,把脚跟头羊拴在一起,心想羊一跑就能醒来,谁知绳子竟给剪断了。

　　羊呢?羊呀!灯芯慌得没了神,扯着声音叫。草绳男人进土围子一看,知是贼趁他们睡着从后头赶走了,不敢犹疑,叫上木手子和天狗,顺脚印追。灯芯懊恼得没法跟个交代,石头抱住头一言不发。

　　夜冰凉冰凉的,瘆人。

　　灯芯不停地绕火堆转磨磨,转得石头想哭,心里想劝劝少奶奶,让她甭着急,可又不敢劝。那可是一百三十只羊呀,要是找不回来,咋个跟东家交代,又咋个有脸回去?过了两个时辰,天都快亮了,才听见远处有说话声,紧跟着传来咩咩的叫声。石头一把抓住灯芯,找来了,找来了呀。灯芯也听见了,一抱子抱住石头,美美在他脸上亲了几口。

　　他们是在南山根撵上贼的,木手子真敢玩命,扑上去当头一棒,一个便趴下了,另一个想拼命,草绳男人掏出刀子,没犹豫就冲心窝子戳去,幸亏躲得及时,没要掉命,天狗拦腰抱住,草绳男人冲面门一拳,打得七窍出血。领头的这才撒腿跑,让天狗一石头打翻了。天狗放羊练就了一手扔石头的功夫,一扔一个准。三人拿绳子将贼一一捆了,押来见少奶奶灯芯。

谁也想不到，领头的会是杨二。

后山半仙刘瞎子南山青石岭上的禳眼几乎让窑头杨二倾家荡产。七七四十九日以后，迁坟正式开始，半仙刘瞎子请来后山一套班子做道场，期间言称大凡青石岭的青壮年不论男女必来参加迁坟仪式，谁家缺人谁家必遭祸端。杨二一家先是感激万分，心想全岭人都来捧场，可见杨家多受人尊重，很快发现仓里粮食少了大半，来人必是在他家吃喝的，顿觉不妙，想辞退，半仙又不答应，只得硬撑。吹吹打打三天后，杨家最老的先人抬进新茔，杨二心想能歇口气了，谁知半仙掐捏半天说，后人太薄淡，先人不乐意，不想走了。惊得杨二问咋个才算厚成，半仙摇头晃脑说，每日宰羊杀鸡，再拉三天流水席，亡人才肯挪动。杨二吊丧着脸哭穷，半仙当全岭人的面竟将杨二家业一一说出，不说不知道，一说吓一跳，这大的家业舍不得给先人花，全岭人不乐意了，纷纷指责杨二不孝。

坟还未迁完，老财主陈七斤的老婆姑娘奇迹般有了好转，吃了后山中医刘松柏的药，一天一个转机，眼看都能出门看热闹了。这大大激发了老财主陈七斤迫使杨家就范的热情，认为半仙刘瞎子神力无比，定能给青石岭造就一方平安。便带着家丁下人，天天坐镇指挥，半仙说啥杨家就得做啥，若敢稍稍怠慢，视为对神灵之不敬。杨家闷葫芦挨匀，吭不出来，只有照办。等整个坟迁进新茔，全岭人已在杨家大吃大喝半月有余，直吃得杨家锅底朝天，再挖不出一个子儿，半仙这才鸣锣收兵，骑着老财主陈七斤赏的青骡子，驮着从杨家挣的银两布匹回到后山。当夜便去拜见中医刘松柏，说完两人哈哈大笑，极为痛快。

让先人折腾完后，杨二丧着脸来到下河院，接待他的是少奶奶灯芯。少奶奶灯芯问了声杨家舅好，杨二客气道，啥舅不舅的，一家人不说两家话，甭见怪就行。少奶奶灯芯绝口不提南山煤窑出的事，只是一口一个舅地拉家常，从大房山里红扯到东家的伤心，又扯到怎么对不住山里红，年年都到坟上去烧纸钱，扯得杨二越听越糊涂，他是来问新巷啥时出煤的，新管家二拐子也不敢做主，让他亲自来问。终于把话题说到正事上，少奶奶灯芯突然拉下脸，你还有脸回来?!

一句话吓得杨二差点尿裤子，就有木手子跟石头几个提着棍棒站门口，少奶奶灯芯忍住心头怒火问，你是白着走哩还是黑着走？杨二战战兢兢问，白哩黑哩咋说？

白就是到和福坟上磕个响头,从此两清,下河院饶过你一次。黑就是跟我下一回巷,你要敢下去窑头还让你当。

杨二忙说白着走,哪有胆子再下巷呀,一看见女人那双眼,魂都出来了。这才到和福坟上磕了响头,灰溜溜走了。

没想时隔几年,他竟领着自家兄弟干起了贼的勾当,又给下河院下此毒手。少奶奶灯芯盯住他说:"杨二,你还记得临走时我跟你说的话么?"

此时的杨二如丧家之犬,早无当年窑头的威风,也是穷途末路才出此下策,哪敢再跟少奶奶顶嘴,忙磕头如捣蒜:"记得,记得,哪敢忘哩。"

"那你当众人面说一遍。"

杨二半天张不开嘴,木手子一脚下去,踩得他哇哇大叫,少奶奶灯芯挡住木手子说:"不打他,不羞他,让他自个说。"

杨二这才说:"当年少奶奶说的是……若敢再动下河院脑筋,自残两腿,永世狗一样爬着。"

"那你还等什么,难道要我亲自动手?"少奶奶灯芯话里丝毫没有轻饶的意思。

嗖一声,草绳男人将刀子丢他眼前,明晃晃的杀猪刀在晨曦里发出逼人的寒光。杨二知道躲不过此劫了。

约莫半袋烟的工夫,就听空旷的沟谷里响出一声狼嗥。大房山里红的弟弟南山窑头杨二这辈子再也站不起来了。

40

终于到了凉州城。乍看上去,凉州城一片繁华,惊得木手子几个哇哇地喊叫。少奶奶灯芯和草绳男人来过,虽是几年前,可凉州城的繁华还深深印在脑子里。

一打听,西门外果真有收牲口的,说是国民军要打仗,前方战事吃紧。几个人绕着城将牲口赶到西门外,就见前方黑压压的,都是赶着牲口来卖的。

卖的一多,这价格就压了下来,草绳男人打听完回来,说,这么低的价,能卖?少奶奶灯芯一听,队伍上收的价也实在太低,一头牛还不如沟里两只羊钱,还挑三拣四的。费了这大的劲,却是这么个结果,灯芯一时心里也难住了。草绳男人说，要不，我上别处打听打听？灯芯说，这兵荒马乱的，天灾又在眼前，除了部队，谁还敢收？正说着，木手子过来了，说有人在部队设的场子外收，出的价比部队高。三个人赶忙过去，就见真有几个人穿梭在人群里，见着卖牲口的主，袖筒筒起来，拿指头在里面讨价还价。看了一阵，还真有人赶上牲口跟他们走。草绳男人想过去，灯芯一把拉住他，我咋看这些人贼眉鼠眼的，不像好人。一句话提醒了草绳男人，三人商量一番，决计先不卖，把牲口赶到客栈，打听清楚了再作决定。

凉州城西的孙家车马店曾是马帮落脚的地方，灯芯小时跟爹来时，这儿人来人往，热闹得很，赶着马驮着盐和布匹的商贩们在这儿一落脚就是一两个月，他们要把盐和布匹换到凉州城，换上这儿的烟土和丫头，再往西走，过了西口，烟土和丫头就成了宝贝，能换来大量的牛羊和口外的饰品。灯芯是跟着中医爹给这儿的马帮帮主云中飞瞧病的。时过境迁，车马店看上去败落了不少，加上隔三间五抓兵的队伍来骚扰，就越发地冷了店里的生意。

一行人住下，将牲口一一点过，跟店家做了交代，还不放心，又找来两个专在店里揽生意的，说好工钱，让他们搭帮着看牲口。没顾上歇缓，灯芯将店里的事一一跟木手子和天狗做了交代，再三叮嘱要把石头带好，自个跟草绳男人分头找人打听去了。

草绳男人要找的，就是早些年跟下河院有过交道的财主跟商户，这趟出门前东家庄地把他喊去，一一给了地址，说是万一有个事，可寻了去。少奶奶灯芯要找的，自然是中医爹给瞧过病的。直到天黑回来，两人都是一脸扫兴。原来，这凉州城，表面上热闹，暗地里，却发生了许多事儿，马鸿逵的队伍守着宁夏，谁知从河州来了个宁夏尕娃，叫马仲英，带着千军万马要打宁夏，弄得马爷坐立不安。一道令下去，凉州城的大小商户还有发财的人家有钱捐钱，有物捐物，没钱没物的捐儿子。这下，凉州城乱了，商户纷纷关了门，财主家带上妻儿老小往乡下跑。剩下跑不动的，正让队伍天天骚扰哩。至于城西收牲口的，两人打听来的消息一样，队伍只收骡马，价钱给的还行，牛羊全是顺手当横财捞了让兵娃们解馋。场子外收牲口的，都是凉州城的大户，想收了牲口献给马爷，表表忠心，价钱虽是高，可收不了多少。

几个人一听，心凉下来，下河院多的是牛羊，牛羊卖不上好价钱，等于是跑这远的路赶着牲口白送来了。

当夜无话,二天早起,灯芯又催着草绳男人出门,说是到城外打听打听,看附近有没有收牛羊的。二人遂披着晨光出了门。等到他们跑了一天的路一前一后赶着回来,这边,就出了天大的事。

石头不见了。

木手子说,上午他见那两个雇来的凉州人不大地道,鬼鬼祟祟的,围着牲口棚转,就多了个心眼,藏在暗处看。果然,其中一个趁另一家住店的不在,跳进棚里就牵了头骡子想溜,正好给店掌柜看见了,骂了几句,重把骡子拴下了。木手子不敢离开,生怕这两人打他们的主意。正疑神疑鬼间,另家棚里的公牛跳出来,想跳这边的母牛,花犍一见,甩着头抵过去,两边的牛便抵成了一团。三喊四喊几个人把两家的牛分开,时间已过去一上午,回到屋里想喝口水,猛发现石头不见了。左寻右寻,到现在还不见个影。

"人呢,人呢,哪去了?"灯芯还没听完,吼声就出来了。

木手子低头说:"附近都找了,没,怕是走远了。"

"那就去远处找啊,窝这里做甚?"

"不是有牲口么,走不开。"木手子也是左右为难,急了一整天,这阵儿,嘴上的火疱都起来了。

"牲口要紧还是人要紧,还愣着做甚,找啊!"说完,少奶奶灯芯几步窜出去,扯开了嗓子喊:"石头,石头——"

这阵儿哪还有石头的影子,人都丢了好几个时辰,要是杀了卖肉,怕是肉都早让人消化掉了。草绳男人跑出来,猛地抱住疯了的灯芯:"你乱跑个甚,这大的凉州城,你跑丢了咋个办?"

"我不管!"少奶奶灯芯一把打开草绳男人,又要跑。眼里,早已是情急的泪。草绳男人二番扑上来,硬拽住她:"先回店,问清了再找也不迟。"

刚回到店里,就见出去寻人的天狗回来了,一见少奶奶灯芯,天狗魂都没了,上气不接下气说:"人可能是让队伍抓走了,这些日子,城里城外抓兵抓得紧哩。"

"抓兵?"少奶奶灯芯眼一黑,一头栽了过去。

当夜,店里乱成一锅粥,草绳男人求爷爷告奶奶,好不容易求动了店家,连夜跑去请医生,等医生请来,给少奶奶灯芯号完脉,开了药,头鸡儿就叫了。

　　店家还算个善心人，一听他们打菜子沟来，这么远的路，不容易，就说："人肯定是让那两个拐走了，八成这阵儿，已顶人当了兵。"原来，那两个掏钱雇来的，是凉州城里的混混，专欺住店的外乡人。因背后有人罩着，店家也不敢言声，只能睁一只眼闭一只眼，操心不要让他们把客家的牲口偷了。

　　"哎，也怪你们，雇人也不跟我言喘一声，这店的人避他们还来不及哩，你们倒好，掏了银子往来里请，你叫我咋个说。"店家的话里也是一片抱怨。

　　据店家说，这两人跟凉州城的斜爷通着，是斜爷放出来的腿子。近来抓兵抓得紧，斜爷便吃起了一道饭，专替那些大户人家和四乡的财主找替身，逢着十几二十的娃，先是盯，然后使个计将人拐走，最后，顶了名儿送给队伍。

　　"那……队伍也不管？"草绳男人越听越害怕，问。

　　"看你这人，咋个说话哩，我瞅你白活了这大的岁数，这抓兵的事，你又不是没经过，队伍只愁着人不够哩，管你这个？"一句话戗得，草绳男人真就觉白活了。

　　看来，石头十有八九就是让那两个腿儿拐走了。细一问，天狗这才说了实话，他跑棚下往里赶牛时，那两个雇来的帮手一前一后进了石头睡的屋，当时他还唤了声石头，一忙，就把这事给忘了。

　　"你呀——"草绳男人恨恨地叹了一声，抡起的拳头复又放下。

　　少奶奶灯芯喝了药，眼睛刚一睁，便又大呼小叫地喊石头。等听完草绳男人的话，猛就扯了天狗："我把你个吃闲饭的，我咋给你安顿的，啊，要是石头找不回来，我剁了你！"

　　现在抱怨谁都是闲的，要紧的是赶紧打听，看石头是不是让顶了兵，凉州城的斜爷可不是个好说话的主。思来想去，灯芯脑子里再次跳出那个人。

　　凉州城斋公苏先生住在雷台观西侧雀儿架下，一座绿树环抱着的小院，六间房。灯芯跟着向导敲开门时，里面探出一张女人的脸，约莫三十出头，长得很标致。灯芯以为是苏先生的家眷，忙唤了声小婶婶。那女子无端地恶了脸，没好气地说："找谁？"

　　灯芯报了姓名，说是专程来见苏先生。

女人拦在门里,口气很不好地说:"我可不管你是打菜子沟还是打麻子沟来的,我哥哥不在!"

灯芯这才知道开门的是苏先生妹妹,忙说:"这位姐姐,我有事急着找苏先生,能否跟我说说苏先生去了哪?"

"凭啥要跟你说!"

门砰的一响,灯芯被关在了门外面。再敲,里面就没了动静。

灯芯急得要哭,眼下除了苏先生,没第二个人能帮她,那些瞧过病的病患家她也想过,但大都是些小户人家,再说了,这事真要是斜爷做的,怕是一般人根本就帮不了这个忙。这么想着,就又抡起拳头,使劲擂起门来。门很快被擂开了,出来的还是苏先生妹妹,见灯芯还没走,努努嘴,指指门口的枯树干,坐那儿等!

有了这话,灯芯心里不那么急了,既然让等,就证明苏先生没走远。打发了向导,孤零零坐枯树干上,心里,哗地就跳出跟苏先生二次见面的情景。

也是在西厢,下河院隆重的祭祀大礼已告结束,中医爹也回去了。公公说,苏先生明儿走,让她到后院张罗着装些上好的酥油,还有两张狐子皮也给苏先生带上。一应事儿做完后,天暗了下来,灯芯拖着疲惫的步子往西厢走,心却不明不白地惦着上房。明儿个就要走了,这一走,又不知多时才能来一次?进了屋,脱了鞋,坐炕上发呆。耳朵,却不敢放过院里一丝儿声息。坐了约莫两袋烟的工夫,院里安静得像贼把声息偷走了,没来由地就跳下炕,跂了鞋,往院外廊里去,刚出西院,就看见了如饥似渴念着等着的人。

苏先生脱了长袍青衫,换了件灰色便装,人看上去一下年轻出不少,浑身透了股书卷气儿,头发也梳得纹丝不乱,目光,更是清澈如水。灯芯只瞅了一眼,顿觉心怦怦乱跳,按捺不住,想想刚才的急切,还有那份莫名的怨,脸便红到了两鬓。再一看自个,头发乱着,裤腿高一个低一个,脚上的鞋竟趿拉着,当下便羞臊得不知脸往哪放。

两人进了屋,也顾不上礼不礼的,慌忙就钻了里屋,半天工夫,才收拾一鲜地出来。见苏先生正双目凝神地给男人命旺把脉,就说:"这些日子,他精神了不少呢。托先生的福,但愿他早日能好起来。"苏先生从炕沿上挪过来,坐在灯芯递过去的凳子上,说:"少奶奶你甭多心,这病,怕是一时半会儿的,好不了。"

少奶奶灯芯脸上的红云褪了一半,声音苦涩地说:"这都是我的命,天天盼夜夜盼,谁知这辈子,还能不能好过来?"

一句话说得,苏先生脸上也染了云,半天,掏出一个白色小瓶,说:"这是西药,怕是沟里很少用,每日早晚各给他服一片,我带的不多,再说,少东家的病我吃得也不是太透。"

少奶奶灯芯自然知道西药的妙效,但更知它的不菲。忙推挡道:"这么金贵的东西,哪是他吃得的,先生快收起来,千万不敢留下。"

推挡中,就听苏先生说:"难道少奶奶怕这药不治病,还是?"

"先生这样说,真是羞死我哩,我哪敢这样想?"少奶奶灯芯不敢再推挡,接过药瓶,感激之情无法言表。联想到那天在院里见着他,他似是无意地说,几张黄裱纸盖个黑碗儿印,就当符咒蒙人,这个半仙,也真能想得出。灯芯一听,就知是公公埋黑柱下的符,这话显然是说给她听哩,可他又那么不露声色。心,忽然就氤氤氲氲的,像是迷满了东西。

接下来,屋里突然一片寂,两人谁也不再说话,仿佛都在等对方先开口,却又怕对方开口。就那么无言地互相等着,目光,忽儿触上了,却又快快躲开,躲开却又忍不住探过来。

油灯剥儿剥儿的,发出一跳一跳的光。这时的苏先生,是真有话要说的。下河院的这些日子,使他对少奶奶灯芯有了一个全新的认识,他真想把这些意思表达出来,说给她听。可他一个斋公,有些话又怎能启开口?这可是他生平第一次对一个女人有倾吐的欲望啊。少奶奶灯芯就更不敢,她眼里,苏先生是多么了不起的人啊,简直就像天上的启明星一样,远远地能看一眼,就很知足了。

终于,苏先生知道不能再坐下去了,叹了一声,道:"凡事,还是往好里想,人这一生,风风雨雨,有太多过不去的坎。可你心里有了亮,再难,还是能挺过去的。"说完,迈开步子,决绝地往外走。

灯芯还怔在一片痴想里,听见脚步,才猛地醒过神。知道先生这一走,便很少再有相见的机会,忙抓起刚才自个放炕头上的东西,往外追。到了月下,一双手颤颤伸过去,一肚子话吐不出来似的,喃喃道:"先生这一走,怕是再也不能听你开导,这双鞋垫,是我赶着做的,我……"

苏先生一看灯芯手里的绣花鞋底,慌作一团,赤红着脸道:"这是女儿家最珍贵的东西,我咋能收,万万不可。"

"先生……"

苏先生犹豫好久,最后说:"实在要给,我倒想要件少奶奶屋里的东西,不知少奶奶舍得舍不得?"

"甚?"

"那把牛角梳子。"

"舍得,舍得。"灯芯惶惶地跑屋里拿牛角梳去了。

……

41

这天直等到天黑,苏先生才从外面回来。苏先生去凉州城民团司令王大麻家做祭祀去了,一看院前枯树干上坐着个人,刚要开口试问,就见黑影腾地站起来:"苏先生……"

苏先生紧忙将少奶奶灯芯请到屋里,先是冲妹妹一通骂。也怪灯芯来的不是时候,苏先生的妹妹正跟丈夫闹别扭,丈夫在队伍上吃粮,还当个不大不小的官,本来夫妻关系就不是很好,这战事一紧,丈夫便十天半月地不沾家,弄得她又气又急,也是跑来找哥哥诉苦的。一听灯芯是贵客,当下赔了很多不是。灯芯自然不敢计较,茶未来得及喝一口,就哭着嗓子先把石头的事说了。

苏先生听了,当下叹出一片子声,怪灯芯太过草率,这年头,哪还敢赶上成圈的牲口到处跑,要是遇上往宁夏开的国民兵,给你一个不剩的抢了!再者,赶到凉州城就能卖个好价?真是蹲在山沟沟里说神话哩。灯芯听苏先生不停地埋怨她,急了:"苏先生,你就甭说三道四了,快替我想想法子,石头要是找不回来,我也没法活了。"说着,又要哭。苏先生赶忙递给她一块毛巾,说:"你先甭急,我这不是正想法子么?"

"我能不急么?"灯芯气耿耿的,毛巾也不接,那样儿,倒像是冲苏先生撒气,看得边上的苏妹妹直纳闷儿,弄不清这乡野女人跟哥哥到底甚关系。要知道,哥哥苏先生可是个洁身自爱,从不拈花惹草的人啊,至今,他还未婚哩。

苏先生也不理妹妹,闷声说:"这斜爷,我是不识得的,不过他的蛮横和霸道却是出了名的,凉州城的人,十个有九个怕他,剩下一个不怕的,准是给他送过银子。这样吧,你先住下,我这就托人打听。"说着就让妹妹收拾房间,还张罗着要给灯芯做饭。

灯芯哪有心思吃饭,一听苏先生也不识得斜爷,越发急了,猛就抓了苏先生的手:"可不能拖呀,苏先生,石头,石头命苦哇……"

苏妹妹一看这乡野女人竟然这般不懂礼节,还敢——咳嗽了一声,横着一张脸出去了。

苏先生搀灯芯坐下,耐心地说:"我这不是拖,今儿个太晚了,找人多有不便。你放心,赶明儿正午,我就给你把实信打听来。"

灯芯这才多多少少心安了些,抹了泪,跟苏先生道过谢,急着往客店回。苏先生留她不住,问清客店的地址,说你明儿哪也甭去,就在客店等着,这边一有信儿,我立马去找你。

灯芯转身出门时,眼睛,猛就瞅到搁在苏先生书桌上的那把牛角梳子。

拖着虚软无力的身子回到孙家车马店,草绳男人等在大门外,见了面,一看脸色,就知道还没信儿,也不敢问,小心翼翼陪她往里走。天狗和木手子抱着头,比死了娘还痛苦,见着少奶奶,更不敢搭话,吓得躲墙旮旯里,看都不敢看一眼。灯芯一看这景儿,就知三个人准是一天没吃东西,便跟草绳男人说:"事情既然出了,愁也不顶用,该吃还得吃,我看门外头有卖猪头肉的,去,切几斤来,再买几个邸家馒头,那馒头蒸得比院里的好。"草绳男人哎了一声,快快去了。灯芯又冲天狗说:"也甭怪我拿你出气,这搭伙出门,就该大的照管小的,咋说你也比石头大几岁,那娃虽说身子骨大,可心,还是个孩子哩,加上又没了爹,你说,我能不急么?"

天狗赶忙认错:"少奶奶,你骂得对,我,我……哎!"天狗美美捶了自个一拳头。

次日,左等右等不见苏先生来,灯芯一下又往坏处想了,急得草绳男人进进出出转磨磨。这当儿就有人找进来,问棚里的牲口卖不卖,他可以帮着跟收牲口的长官通个情,价儿可稍高点,不过,得拿三只羊谢他。

不卖!灯芯冲门甩过去一句,吓得那人话没说完就溜了,边走边嘀咕,赶了牲口不卖,有病啊。草绳男人撵过去,就要揍那人,灯芯一声喝住他,还嫌惹的事不够?

日头刚偏过屋顶,苏先生坐一辆黄包车来了,一看住在这种地儿,就冲草绳男人说:"这种乱地儿也是少奶奶住得的,赶快收拾东西,跟我走。"灯芯诧诧问:"去哪?"

"上我家住,这要是让东家知道了,还不知怎么埋汰我哩。"

"苏先生,你就甭着处不着,不着处乱着了,我这心,正拿火烧哩,住哪儿都跟住刀子上一样。"

少奶奶灯芯眼里,早已没了下河院西厢里那股柔情,一个石头,让她完全忘记了面对的是启明星一样的苏先生,苏先生要是再不说石头的事,没准儿她还要冲他发火哩。

苏先生暗自叹了一声,道:"人真是裹进了队伍里,这事多少有些麻烦,你还得等两天,我正托民团王司令周旋哩。"

凉州城斋公苏先生这次真是费尽了心力,民团司令王大麻找斜爷要人,没想斜爷来了个一问三不知,王大麻知道斜爷背后有国民兵撑着,也拿他没法子。只好跟苏先生说自个无能。情急之下,苏先生又去找凉州府里的曾专员,曾专员虽在州衙里为官,但他大舅子在队伍上,还在青海马步芳手下,说话便有点分量。左托右托,才算把石头给找到,等少奶奶灯芯和草绳男人赶去时,石头已经跟着长长的队伍上了车,要是再晚半步,怕是这辈子能不能见得着,很难说。苏先生跟着曾专员秘书,交了保银,画了押,过了好几道关口,才算把石头给要回来。

少奶奶灯芯再也顾不了什么,猛地扑上去,牢牢就把瘦了一圈的石头给揽在了怀里。

两个人的哽咽声响成一片。

苏先生静静看了片刻,跟谁也没说话,悄悄走了。

石头失而复得,远比骡马卖个大价钱还令人高兴。原来,就在草绳男人跟天狗合着力往开里赶牛时,那两个人忽地跑进来,跟石头说,你家奶奶被车撞了,快跟我们去救人。石头一听,哪还敢怠慢,忙忙就跟着去了,这一去,才知是上了当。

少奶奶灯芯指住他的额头,"你呀"一声,将他搂得更紧了。

次日,少奶奶灯芯便让草绳男人把牲口赶出去,草草卖了。这凉州城,她是一天也不敢待了。细算起来,除去这一路的开销,还有四下托人的银两,加上队伍上的压价,等于那一群羊白白扔掉了。灯芯却不管,张罗着立马回家。

路上,就见天狗死活打不起精神,吃也不吃,喝也不喝,问死他也不说一句话。草绳男人以为他还为石头的事自责哩,正要拿话劝,就听少奶奶灯芯说:"天狗,你也犯不着拿冷脸子给人瞧。"说着话,就让石头从包里拿出一样样东西,一看,竟是她买给各位家里人的。天狗接过买给素儿的玉镯,喜得当下脸上就有了云彩。

草绳男人拿着买给草绳的头巾,还有一盒擦脸粉儿,一对手镯,惊得目光直直地瞪住少奶奶灯芯,真是想不起,她什么时候出去买的?

42

颗粒无收的秋季刚过,人心越发浮乱起来,恐慌瘟疫般在沟里沟外蔓延。尽管灯芯做主减免了一年的租子,沟里人还是让持续不断的灾情吓乱了神经。

入秋以后,旱象并没有缓解,持续不降的高温热得人日夜汗流不止喘息难定。沙河的水终于在人们的张望中干涸,树叶早早枯死,只留下冒着青烟的树干。不少人家已开始断粮,揭不开锅的困窘加上满沟的谣言,弄得整条沟里人心惶惶。少奶奶灯芯开始挨家挨户奔走,一边安定人心一边把粮送去。她的举动遭到东家庄地和新管家二拐子的强烈反对,反对的理由是不该向众人施舍,下河院一时也陷入人心不齐各打各的算盘的困窘。

二拐子未经东家庄地同意,就让家眷进了下河院,老婆芨芨带着两个丫头终日在院里吃吃喝喝却又一把活不做,连奶妈仁顺嫂都看不过去,张口要训却遭到儿媳猛烈的抨击。

事实证明,当初决定给二拐子盖房娶妻的举动不但轻率还带有某种致命性错误。事情发生在三年前秋天,下河院没有管家的缺陷在秋收打碾季节充分暴露,怀有身孕的灯芯自然不能天天跟沟里人收菜子,东家庄地更是大病初愈经不起折腾,决定新管家的事不得不提到桌面上,公公关于二拐子的提议一开始遭到灯芯的强烈反对,断然不肯将大权交给一个让自己伤心透顶的男人。无奈公公执著得很,任灯芯怎么反对就是不改初衷。僵持中公公反问儿媳,这院里上下除了他还能挑得上谁?一句话令灯芯哑口无言。是啊,院里总共才几人,羊群里挑骆驼挑来挑去还是无可奈何地落在了二拐子头上。

事后灯芯才知道,其实早在几年前公公就有意要成就二拐子,无奈二拐子是扶不起的阿斗。公公让他跟着管家六根,本意是让他早点学到本事,也好将来派上用场,谁知他让管家六根一把麻钱哄到了中医李三慢赌房里,从此玩得天昏地暗,哪还有心思想别的。

公公和儿媳作出这个决定时各自感伤了一番,最后不谋而合地想到先该给他说房媳妇。草绳男人担负着媒人使命前后奔走两趟,每次回来都是一言不发,对方倒是着急得很,皮匠王二亲自来了一趟下河院,跟东家庄地叙了一番旧情,亲事定了下来。从问媒到迎娶二拐子表现出惊人的沉默,仿佛这是一件与己无关的事。新人落轿时刻,人们猛发现二拐子不见了,草绳小跑着赶来跟灯芯报信,却惊见二拐子跟少奶奶灯芯扭在一起,草绳使出杀猪的力气才将二拐子从西厢房轰出去,听见二拐子边走边说,迟早有一天会让你跪下求我。

少奶奶灯芯最大的错误就是把希望寄托到了新媳妇芨芨身上。原想有了芨芨,二拐子会将她渐渐淡忘,再假以管家角色,他应该知足,谁知坏事就坏在芨芨身上。这个女人从踏进二拐子家第一天起就像跟灯芯结下了千年仇恨,三天后前来拜见居然敢跟下河院的少奶奶顶嘴,口气俨然这里的主人。少奶奶灯芯一声不吭忍了,她抚摸着肚里的孩子,目光哀伤地落到二拐子脸上,二拐子冷着表情,仿佛他带来的只是一只狗。

怪只怪他们没在草绳男人沉默的脸上看到内容。

女人芨芨的梦想一直是嫁个命旺一样的金矿,那样便可一劳永逸地过上衣食无忧的生活,再也不用闻皮子沤熟的腥臭味。皮匠父亲夜里睡不着觉跟她描述下河院的富贵奢靡时,芨芨不由得就将自己置身进去,幻化成某个大富大贵的角色而恣意享受一番,她天天做梦盼着灯芯这个女人早死或被下河院一脚踢出门去,那样她做填房的美梦便可成真。后山半仙刘瞎子冲三次的预言一直像蒙在驴眼前的那把草给她无穷无尽的向往,她渴望成为最后一个,女人灯芯下面长实的传言令她热血沸腾,下定决心跃过老三提前进入角色,谁料这个长错女人玩意的可恶女人竟能大了肚子,希望顿时灭了一半。草绳男人上门跟二拐子提亲的举动寒霜一样封杀了她全部的梦想,绝望的眼睛盯剑子手样盯住这个丑恶的男人,直到皮匠父亲从沟里带去二拐子将要成为下河院新一代管家的确凿消息,她才忍辱负重答应坐上花轿。新婚之夜她极不情愿地解开衣带,仿佛卖身一样把自己视为金枝玉叶的女儿身子呈现在未来管家面前,不料二拐子非但不知珍惜还在粗莽的冲撞中闭上眼大呼灯芯，自小对男女之事深受熏染的芨芨便在一刻间懂得未来管家跟下河院女人之间定有见不得人的勾当。这个发现令她悲哀万分又忍不住像捞到救命稻草般欣喜若狂，便也扭动身子母马一样欢叫起来，得到十二分的享受后她将卸磨驴样的男人从身上推下去，开始精心盘算，发誓要揭开这个谜底，牢牢握住一把置下河院女人死地的利剑。可惜直到今天仍没有质的收获。二拐子守口如瓶，视秘密比命还重要，精心张开的口袋每每套住男人时，二拐子恶毒的拳头会毫不怜惜砸向她身体最脆弱的地方。跟男人一次次较量中她终于明白，从他嘴里套话比从狼嘴里掏食还难，必须另寻佳径。女人芨芨很快发现，日竿子一家和中医李三慢跟她有着亲人般的热乎，坐在一起总能听到想听的事儿，日子一久便结下手足情感。天灾降临，二拐子在院里大吃大喝，她和两个丫头却顿顿喝着糊糊，日竿子替她鸣不平，凭啥不去下河院吃，管家女人就有这份权力。一句话点拨得她茅塞顿开，憋自个家里怄气真是下策，堂堂正正跨入下河院将气给别人受才是英明之举。

　　女人芨芨现在跟二拐子住在北厢，北厢本是下河院堆放粮食的地儿，当初腾出一间来，安顿了凤香，没想二拐子说，她能住，我咋就不能？东家庄地念他是新管家的份，默许了。谁知他竟把正中两间堂屋腾出来，大落落住了进去，还从后院拿来毡条被窝，炕铺得那个绵软，人陷进去近乎找不着。少奶奶灯芯看了一眼，气狠狠说，也不怕绵死！你猜芨芨咋说？她恨了少奶奶灯芯一眼，就算绵死也比让男人抓死强。

　　那天，少奶奶灯芯正好让男人命旺抓过，脸上还染着几道清新的血口子。

　　芨芨这女人，要说也真不是东西，白吃白住倒也罢了，谁让灯芯跟公公当初眼瞎哩。你猜她咋？她把沟里那些不三不四的人全给引进来，整天坐在北厢院里，好茶好菜地招应着，大话二话编着。灾荒一来，沟里人的日子便格外寡淡，巴不得能有个机会溜进下河院蹭一顿呢。这下好，下河院北厢成了沟里最大的一个闲话窝了。

　　这天，少奶奶灯芯正在后院里忙着，就听草绳边走边骂："吃里扒外的东西，还算个人么？"灯芯问骂谁哩。草绳恨恨道："还能骂谁，是人的不是人的都往来里招惹，这下河院又不是她家的皮货铺子。"

　　"又招来哪一个？"

　　"李三慢！"

灯芯一听,当下停了手里的活,就往北厢扑。"反了你了,不识抬举的东西。"刚进北院,就听中医李三慢恶话连天,好像是说下河院那连年不散的药味儿。"你猜这药味儿跟别人家的药味儿有甚不一样?"中医李三慢问。

"咋个不一样?"有人接话道。

"有股骚味儿。"

中医李三慢刚说完,院里腾地喷出一股子浪笑。问话的女人差点把刚吃进嘴的一块馍吐出来。

少奶奶灯芯在院门口站了站,见苊苊敞着怀,正在给怀里的老二喂奶,一对奶子明晃晃暴露在李三慢眼前。想了想,转身走进后院,拿起铁锨,打猪圈里铲了泡猪粪。没等草绳几个辨明白,就听北院里腾起苊苊挨刀的声音。

少奶奶灯芯把一泡猪粪倒进了苊苊怀里!

苊苊不依了,跳起来,边抖衣裳边吼:"你眼馋了,你心口子不平了,有本事你也一个接一个生啊。"

少奶奶灯芯没理苊苊,转身提起扫帚,冲李三慢坐着的地方扫过去,哗一下,被苊苊抖下来的猪粪一点不剩地扫到了李三慢脸上。李三慢刚要说句甚,就听灯芯冲撵进来的木手子几个喊:"给我打,见一个打一个,我看这野狗野猫的还敢到这院里来。"

木手子几个早就咽不下这口气,一听少奶奶发了话,立马提起手里的家什就冲李三慢扑去。中医李三慢本来还想跟少奶奶灯芯讨个公道,不就到院里坐了坐么,凭甚要往脸上扫猪粪?哪料她来这一手,当下,抱了头逃命。快出车门的时候,还是让撵上去的天狗美美搔了一棒,一个狗吃屎趴车门前了。

事情传到东家庄地耳朵里,东家庄地默半天,跟草绳男人说:"多备几根棒,这院,怕一次两次的,打不尽。"

第九章
人　祸

43

　　天灾整整持续了三年。大旱和疟疾像横扫一切的狂风,不仅粮食连年绝收,连草根树皮都像金子般让人掘尽。沟里人再也无心思操持播种的事儿了,种子没了,牲口没了,旷年持久空前未遇的大旱晒绝了人们的一切希望,只能将目光寄托在下河院身上。野草野菜还未来得及挣出地皮就让人们争抢着挖去下锅,煮熟当饭吃。三年里南北二山的地皮让沟里人揭破了三层皮,草根都让掘尽了。当年老管家和福栽下的杨树未及吐绿树皮就让揭光了,沙河边上所有带绿气的植物全成了救命的稻草。人人脸上泛着绿光,身子骨更是成了一把青皮,走在村巷里,一撞一张绿莹莹的脸,那情景,真就跟撞见鬼一样。

　　更可怕的是从凉州城方向涌来的饥民,凉州那边更是大旱,饥民一拨儿一拨儿往沟里涌,来了就不走,也走不动了,死活都得在沟里,便齐齐地驻扎下来,等着吃下河院的舍饭。

　　舍饭是大灾第二年开始放的,当时涌进沟里的饥民还不是太多,有天早起,少奶奶灯芯看见山洼里有饿死的人,老鸦围着死尸,正一口一口地啄,那景儿,真是不敢看。回来便跟公公商量,要不放些日子舍饭?公公庄地忧心忡忡,对儿媳的话像是未听见。少奶奶灯芯误以为公公同意了,便叫上草绳男人几个,在后院门口支了架锅,放起了舍饭。没想饭还没倒到锅里,公公撵来了,死活不同意。灯芯急得跟公公吵,你就忍心看着他们饿死,都是条命,这白骨满野的你眼里看着舒服?气得公公提了拐棍要打她,没打着,公公声泪俱下说,你当我心狠,我的心是比石头硬?你放,你放,就怕你放不过三天,这沟里就反了!

　　果然,刚刚放了三天,沟外逃荒者便闻声而来,一时,菜子沟像是涌进千军万马,黑压压的将一沟两洼围个严实。少奶奶灯芯这才知道,公公的担忧不无道理,这多的人,就算下河院有天大的本事,也救不过来。

可不放又咋办?总不能真的见死不救?夜里一睡下,灯芯脑子里全是那些饿得皮包骨头的人,白日里她还亲眼望见过,一对夫妇将正在吃奶的孩子丢进了沙河,说是早些让龙王收了去吧,免得跟着他们受这活罪。沙河早就干了,就算龙王想收也收不了,她正要跑去抱那孩子,一群老鸦飞来,抢她前头啄去了孩子的眼睛。少奶奶灯芯最后终于一咬牙,放,救下一个算一个,救下两个算一双!

三年年头,天象不见丝毫好转,院里粮食却频频告急,饥民还在源源不断往沟里涌,这可怕的景儿,大大超出少奶奶灯芯预想。

下河院遭遇了空前的危机!

天色薄明,少奶奶灯芯走出后院,四下一望,天啊,草院子四周密密匝匝码满人,躺的、坐的、卧的、爬的,全都一副表情。那表情是让饥饿赋予的,眼是绿的,发着幽幽的绿光,看见灯芯,全都扑闪着,像看见一块肉,可那扑闪又分明是有气无力的,缺乏必要的生动。再往远看,沟谷里斜三横五躺满尸骨,灾荒已使死人变得极为平常,远路来的饥民还未来得及争一口下河院的舍饭便訇然倒地再也醒不过来了,更有些是一路饥肠而来,冷不丁抢了舍饭,拼命吞下去,结果给撑死了。死人的原因已毫不重要,死得越多反而越让人庆幸,可以少掉一些争抢吃食的人。麻木已到了空前的地步,目光呆滞的外乡人连挪动一下死人的兴趣都没,有些爬不动的索性把头砸在死人怀里,饿急了便啃几口。

沟里充斥着挥散不去的血腥,肥胖的乌鸦睁着一双双血红的眼,整日盘旋在下河院上空,死人让它们的生活充满生机,血红的嘴唇随时可以啄向任何一个瞅准的目标。有些甚至公然蹲在活人身上啄食吃,足足有半只羊大的身子简直就是一座座黑山,气息奄奄的饥民根本奈何不得。

二拐子走出来,手里提根木棍,木棍是他专门对付外乡人的武器。大饥馑使所有人的思想都简单起来,再也不肯争抢什么了,一门心思只为个活字。二拐子跟沟里人保持了高度一致,发誓要将外乡人赶出去。下河院有限的粮食能不能救下沟里人的命都很难说,再要这么任外乡人争吃下去,弄不好谁都会没命。

外乡人确也让二拐子打怕了,打急了,一见他提棒出来,全都把头缩进了裆里。他们已没了力气跑,跑啥呀,跑得越远死得越快,索性不跑了，就让他打，打死倒也不受这份罪了。

二拐子刚要抡棒，看见灯芯打院里出来，收起棒说，得想法儿撵走呀，你看看这人，多得跟蝗虫一样，你能救过来？灯芯瞥了眼二拐子，没说话，只是叹了口很深的气，转身进了院。灯芯一走，二拐子便抡起棒，冲草园子里躺着的外乡人发狠。

外乡人发出的喊叫跟猫一样无力。

后院里，土块垒起的三尺宽的灶台上架着三口大锅，凤香跟奶奶仁顺嫂正指挥着沟里女人做舍饭。舍饭越来越稀，谁也舍不得多放一把粮食了，清荡荡的舍饭能照见人的影子。就这，三锅也得耗掉不少粮食。饿得睡不着觉的沟里人从自家出来，胳膊底下夹个碗，冲下河院走来。二拐子的威力在三年饥荒中得到空前发挥，他决意赶走外乡人的行动赢得了沟里人一致赞同。沟里人在吃舍饭这点上表现出惊人的自觉，全都按二拐子的指令排好队，一人一碗，舀了端一边吃。

沟里人蹲院里吃饭时，后院和草园子里齐刷刷探进青幽幽的目光。舍饭的清香飘在空气里，很快让外乡人一嗅而尽。没等沟里人放下碗，外面已蠢蠢欲动了。一闻见这股饭香，昏死在沟里的外乡人本能地跃起身子，朝下河院拥来。这是二拐子一天里最难对付的时刻，任凭棍棒雨点般落下去，仍是不能阻挡住哄抢的力量。外乡人的舍饭是另做的，比沟里人的还要寡淡，前几日还是两锅，眼下已成了一锅，争到的争，争不到的只能饿死。

这个上午，少奶奶灯芯跟新管家二拐子同时陷入思考中，他们的思维慢慢趋于一致，是该想办法了，不能让自己人饿死。

这也是没法子的事，少奶奶灯芯尽管有一千个不情愿，可事实就是事实，她奈何不了。为了这每日三锅的舍饭，她把所有的劲儿都使了出来，可沟里饿死的人还是一茬接着一茬，再饿，就该轮着她了。

夜里，一场空前的行动开始了。沟里人在二拐子带领下，手提棍棒或铁锨，冲外乡人扑去。霎时，沟里扯起一片狼嗥，撕心裂肺，毛骨悚然。少奶奶灯芯搂着马驹，哆嗦着不敢抬头。撕扯声直响到半夜，才渐渐平静下来。少奶奶灯芯一个劲宽慰自己，不是我心狠呀，是老天爷要人命哩……

次日天刚蒙蒙亮，二拐子的惊叫声猪挨刀般响了起来。灯芯闻声赶去，妈妈哟，夜里撵走的外乡人齐刷刷跪在草园子四周，狼群样将草园子围个严严实实。那目光哆儿哆儿的,往外滴血。那是多么骇人的目光呀,少奶奶灯芯吓得掉头就走,再也不敢多看一眼。

外乡人跟沟里人就这样僵持着,夜黑轰走,天明复来,连二拐子都没了办法。

眼见着撑不走外乡人,新管家二拐子不顾少奶奶反对,做主将沟里人的舍饭也由两顿改成一顿,就这,维系了不到两月,包括饲料在内能吃的东西全都光了,除了给东家一家留下的口粮,下河院实在无力了。

迫于无奈,少奶奶灯芯不得不向凉州城的苏先生求助,指望他能从官府或别的地儿弄点粮食,帮下河院度过危难。谁知草绳男人一个来回,带来的信儿非但没让灯芯轻松,相反,心里却越发沉重了。

据草绳男人讲,大灾一到,苏先生在雷台观雀儿架下的小院也成了救济院,六间房全腾出来,让给了逃难者,他自个则整天奔波在官府和大户之间,想通过他的奔走为落难者讨得一口饭吃。无奈灾情太重,官衙里的人也是各顾各,城内城外的大户更是指望不上,苏先生眼下都等米下锅哩。

草绳男人还带来一个信,苏先生的妹妹死了。她男人在往宁夏运兵的途中,车翻人亡,苏妹妹闻知消息,一病不起。虽有苏先生精心照顾,还是在半年前闭了眼。

灯芯叹口气,大灾已让她流不出泪来,只是在心里想,早知这样,还不如不去,不去至少带不回这么多令人心酸的消息,至少……

算了,少奶奶灯芯猛地摇摇头,甚也不敢想了。

这年月,人还敢有别的念想么?

可偏是有人,吃了五谷不干人事,拿着浑身的劲给老天爷胀气。

少奶奶灯芯听到时,事儿已经发生了。公公气得在院里指天骂地,外乡人则虎视眈眈,一副鱼死网破的架势。

新管家二拐子把一个外乡媳妇糟蹋了。

而且当着外乡人面!

那个外乡媳妇顶多二十岁,怀里抱个三岁大的娃儿。二拐子是在撑外乡人时无意发现她的,棍棒打下去,就听发出软绵绵的一声,低头一看,外乡媳妇正在奶孩子,一双空袋子似的奶子月色下发出树皮的光亮,娃儿吮了几下不吮了,连绿水都吮不到,再吮也是白费力。二拐子正要抡二下,就看到一双凄凄的眼,这眼儿分明是带着求生欲望的,却因了年轻而显得生动,二拐子让眼儿震了一下,手中的棒缓缓垂下。媳妇儿抖抖地唤一声,饭……就晕了过去。

二拐子狠着的心那一刻有点软,要在平日,这是多么好的一道菜呀,说甚也不肯放过。可大灾分明让二拐子这样的人都少了淫心,帮媳妇儿系好怀,悄悄将她藏到草垛后。过了一会儿,二拐子跑后院端来一碗饭,看着媳妇儿狼吞虎咽,二拐子忍不住说,慢些呀,你不要命了。

说不清为啥,二拐子独独将媳妇儿藏起来,藏进草园子一个避背处,每到饭熟,偷偷给她送去。媳妇儿慢慢缓过来,脸上有了活色,能挣弹着说话了。二拐子并不知道藏她做甚,许是媳妇儿那吃了五谷缓过劲来的白生生的奶子感动了他,让他想起了母亲仁顺嫂,也许不是。总之他是藏了。二拐子的秘密没逃过东家庄地眼睛,三年里二拐子不知挨了东家庄地多少骂,近日东家庄地脾气越发乖戾,早也骂晚也骂,二拐子撵外乡人骂,撵不走外乡人更骂,骂得二拐子没法活了。这个午后二拐子刚要吃饭,东家庄地又骂上了,你个挨天杀的,往死里去呀,你瞅瞅你做的事,哪件像人干的?二拐子被骂得抬不起头,他知道东家庄地是让人吃怕了,吃急了,吃后悔了,拿他出气,只好端碗走出来。没想东家庄地跟身后骂,又给你野妈端去呀。二拐子端饭走进草园子,心里恨着东家庄地,想跟外乡媳妇诉诉苦,远远见媳妇儿正把奶子往娃儿嘴里塞,娃儿已饿得没力吮奶了,媳妇儿不甘心,奶子送进去又吐出来,黑枣样的奶头发出晕眩的光,惹得二拐子流了涎水。他想起小时偷看母亲喂命旺的情景,心里突然有了火,跑过去冲娃儿拍了两巴掌。没想就这两巴掌,惹下大祸了,躺在草垛上的媳妇儿突然跃起来,一把撕住他。二拐子正惊讶媳妇儿哪来的力气,脸上就美美挨了几下,血渗出来。二拐子当然不明白,那是天下所有当娘的本能的反应,谁让他敢打她的娃呢?他像是看到怪物似的瞪住媳妇儿,没想连她也敢撕他。自个为她挨骂,舍不得饭吃省下来给她,她竟撕他!二拐子所有的火瞬间喷出来,一脚踹开媳妇儿,骂,你再不知好歹我把你扔出草园子。媳妇儿像是怕了,不敢了,冤冤地望他一眼,垂下了目光。紧跟着,媳妇儿看见了碗里的吃食,比平日好得多,一看就不是舍饭,定是男人将自个的吃食省下给她。媳妇儿像是有点悔,为自个的愚蠢行为后悔,可后悔阻挡不了饥饿,什么也阻挡不了饥饿。媳妇儿猛地扑过来,要抢碗,二拐子突然躲开,这当儿,二拐子目光里就有了东西,那是让饥饿压在心里很久的东西,那是男人在大喜或大怒时最容易产生的东西。

那更是男人面对比自己弱小的女人时极能萌生的一种邪邪的东西。

那东西叫欲望,或叫占有或叫摧残,总之,是跟邪恶有关。

那东西让媳妇儿敞着的怀点燃,一点燃便不会熄灭。

这个午后的太阳有点毒辣,晒得人没处躲。草园子四周的外乡人提着破碗等沟里人吃完,他们已三天没闻着舍饭了,今儿个就是豁上命也要抢一口。忽地,他们闻见了一股饭香,那是怎样一股饭香啊,早被饥荒洗劫得清淡寡味的空气里,忽地就多出一股味,一股奇特的、带着粮食精华的、能把人的胃从胸腔子里掏出来的味儿。那可是真正的五谷味儿呀,比舍饭的味儿要浓,要足,要香,要馋,从草园子深处荡出来,扑儿扑儿的,直往人鼻子里钻。外乡人刷地抬起鼻子,他们是说甚也不肯放过这味儿的,吃不到嘴,能嗅到这味儿,也能多活一天。于是,草园子四周,全都竖起了鼻子,味儿飘出来一点,外乡人吸一点,再飘,再吸。草园子四周,空气一点不落地全都吸进了肚子。心里,发出喜乍乍的声音,真香,天呀,真香。脚步,循了这味儿,一步步的,往草园子来。这时的草园子,就成了外乡人的天堂,外乡人的梦。黑压压的脚步挪过来,黑压压的头全都探进香儿飘出的地方,天呀——

外乡人打死也不敢相信,他们看到的,会是这样一种景儿。

二拐子爬在媳妇儿身上,天灾已让他远离女人快一年了,就是见了少奶奶灯芯,也生不出这份心情,没想外乡媳妇儿激起了他的欲望。我的亲亲哟……我的奶,二拐子动着,嘴咬着奶头,咬得外乡媳妇儿使上劲地喊。二拐子没想能在外乡媳妇儿身上做这么久,太阳映着他宽宽的脊背,映着他瘦长的腿。每动一下他都发出一声叫唤,那叫唤里他把外乡媳妇儿唤成芨芨,唤成灯芯,最后连母亲仁顺嫂也唤出了,才一泄而尽。

外乡媳妇儿手伸进碗里,二拐子剧烈动作时,她拼命给自己嘴里喂食。

二拐子抬起脸,悚然看到一草园的目光,那目光是发着恨的,燃着火的,是能把他烧死淹死药死的。二拐子于惊慌中刚穿好衣裳,就听身后响出闷雷般的一声,挨天杀的呀……

这声音居然是母亲仁顺嫂的。

这个夜里，一场大火燃起在草园子，若不是沟里人赶来得快，百年老院就葬在火海中了。少奶奶灯芯清楚地听到大火中响出一片凄叫，里面还隐隐夹杂着碎娃儿猫一般的哭喊。少奶奶灯芯本是让人扑火里去救外乡媳妇儿的，无奈火势太猛，只好听那叫声一点点弱下去。

　　弱下去。

　　外乡人纵火烧毁下河院的举动彻底激怒了沟里人，等大火灭完，沟里人便提着家什扑向外乡人，这次外乡人没得到任何怜悯，鬼哭狼嚎地逃向四野，愤怒的沟里人完全没了仁慈之心，赶天亮将他们全都轰赶到沟西空无人烟处。为防止他们卷土重来，沟里人在离村子不远处筑起一道人墙，天天把守，不上半月，沟西白骨遍野，风卷着刺鼻的腥臭，弥漫在下河院上空。每至深夜，一沟的凄绝之声阴森森冒出来，十分骇人。

　　少奶奶灯芯彻骨地沮丧，想不到倾尽全力还是没能救下饥民。

　　二拐子大病一场，他让东家庄地差点扒下皮来。

44

　　细想起来，南北二院的事端，还是跟二拐子惹出的这场祸有关。

　　这一茬外乡人是饿死了，但跟着，又一茬外乡人涌来。

　　这茬人是从庙上涌下来的。

　　而且多一半不是凉州人，是南北二山或后山一带的。

　　起先，这茬人也想过要跟沟里人争舍饭，可无奈，跟沟里总有这样或那样的牵扯，况且，他们所以到庙上，心里还是有佛的，争或抢的事，做不出。惠云师太更是费尽了心血帮他们度灾荒。

　　大灾初始，下河院对庙里的供给还是有的，东家庄地特意交代过，再省也不能省庙里那一口，草绳男人隔三间五的，驮了粮食和蔬菜去。惠云师太更是将天灾看得清楚，知道靠下河院的供给是度不过这大饥馑的，她带着众信徒，脚步跋涉在山里，为灾荒作准备。果然，灾荒的形势一年比一年严峻，庙里的情况也一年比一年恶，慢慢，下河院力不能济了，要救众生只能靠庙里。惠云师太为了不再给院里添负担，拖着年迈体弱的身体，穿山越沟，四处化缘。先后去过海藏寺，青云寺，白塔寺，甚至最远到了青海塔系寺。所幸天下佛教为众生，大灾面前，佛教众弟子表现出超强的耐力和宽泛的仁慈之心,常有牦牛深夜里驮着吃食抄南山近路赶来,天堂庙里的众信徒这才没饿死。

但,景儿一天不如一天,惠云师太老得不能走动了,妙云法师又要照管庙里的事。再说,沿途洒满了饥民,运送粮食更是难上加难。

同样深重的灾难笼罩在庙里。

大仁大慈的菩萨,也渐渐无力了。

众信徒的心情浮躁起来。

这一天,猛就听说下河院指挥着沟里人,将外乡人活活打死了。跑去一看,天呀,白瘆瘆的人骨,死了几天还怒睁着不肯闭上的眼睛。那惨状,真是比爹死娘嫁人还令人难受。众信徒的心翻过了,怒了。就有人喊了一声,找东家算账去!

于是,两百多人齐刷刷冲下河院扑来,还未到车门前,就有下人奔进去,冲上房喊,不好了呀,庙里的人来了,黑压压的,吓死人啊。

东家庄地正在教训仁顺嫂,骂她养子不教,让二拐子做下这等丧天良的事。少奶奶灯芯也在外面骂,狗改不了吃屎,迟早有一天,他会碰死在女人上。话音刚落,就看见车门口一双双怒眼。少奶奶灯芯眼一黑,知道犯下众怒了。

要说,众信徒是不敢砸开南北二院的,也没那个道理。大灾三年,东家庄地像一条忠实而又警觉的狗,目光和鼻子,始终盯着南北二院,纵是那么多的外乡人涌来,这南北二院,也平平安安,一根草都没让动过。偏是这一天,就有人把心思动在了南北二院上。

众信徒一开始是冲着二拐子的,闻讯赶来阻挡的沟里人一看信徒们怒不可遏,像是要替天讨回公道,就把二拐子供了出去。信徒们也算讲道理,既然事端由二拐子引起,就应该让他站出来说话。这当儿,奶妈仁顺嫂扑通一声就给东家庄地跪下了。使不得呀,东家,我的爷,要让把他支在前头,这命,一准儿就给收不回来了……

奶妈仁顺嫂真是急了,见东家庄地不言声,哭着喊着,爬到了少奶奶灯芯跟前,少奶奶,你行行好吧,救他一命吧,你是个大善人,你出去说句话,求他们放过我家拐子吧。

那一刻,少奶奶灯芯心里突然翻起一股浪。想想这些年二拐子在她身上犯下的孽,想想这些年坐立不安侵扰着自个的那个恶梦,想想不识好歹的女人芨芨,差点就一横心,把人交出去。偏是,挺关键的时候,脑子里突地就冒出那个墨黑的夜,坐花轿进下河院的那个夜。少奶奶灯芯恓惶了,犹豫了很久,俯下身,扶起奶妈仁顺嫂。吐出一句话,我真想让他死啊——

众信徒一听少奶奶灯芯不交二拐子,还说错都在她一个人身上,要打要罚她任一下,难住了。他们纵是有天大的气,也绝绝不敢冲少奶奶灯芯撒。这沟里要是没有她,哟嘿嘿,想不成。

就在信徒们嚷嚷着要罢手的当儿,就有一个声音喊出来,越过信徒们的头颅,掉进了院里。

南北二院还有粮食啊,满满的,下河院坏了良心,粮食捂坏也不让人吃。

喊这声音的是中医李三慢。

奶妈仁顺嫂惊了几惊,隔过人墙就喊,天打五雷轰的,下河院救条狗都比你强。

但,奶妈仁顺嫂说甚也晚了,不管用了。这年头,一听粮食两个字,蚂蚁都能跳起来,苍蝇的眼睛都能睁得比人圆,甭说这些活生生的人了。立时,下河院的车门沸腾了,炸了,一股子洪水冲进来,不容任何力量阻挡,就哗地冲南北二院卷去。奶妈仁顺嫂再要往中医李三慢那边扑时,身子就牢牢踩在了众人脚下。

东家庄地天呀一声,往外扑,一个跟斗绊倒在门槛上。少奶奶灯芯扑过去,抱住公公,就见公公眼仁子翻白,嘴努着,却说不出话。

少东家命旺不知啥时打西厢一颠一颠地走出来,看景儿似的,第一个跑到南院,指住院门笑。

粮食,粮食,他喊。

他后面跟着同样看景儿的庄地的孙子马驹。

此时正是正午,后院的妇女们正在做舍饭,舍饭清荡荡的光映在日头下,锅底里映出鬼影儿似的一张张人脸。草绳男人正好不在,他跟木手子几个去了后山,说是再从中医刘松柏和半仙刘瞎子那儿想想办法。

南院的紫红色门咣一声,撞开了。

撞开了。

谁也没想到,真是没想到,包括少东家命旺在内的所有人,一刻间,全都吓在了门外。

真正吓啊。

就见让阳光罩住的南院里,雾腾腾的,似乎漫着一股水汽,弥着一层青烟,不,是云,紫云。紫云谁见过啊,那是祥云,有时,又是骇人的阴魂。总之,沟里人是没见过的,只在半仙嘴里听过,说这紫云会变,会因地气、脉气,还有人气变。变来变去,它不是仙气就是鬼气,人是万万沾不得的。一沾,准死。

天呀,就听谁个先喊了一声,立时,南院门前乱作一团,少东家命旺和儿子马驹差点让逃命的脚步踩死,若不是草绳和三杏儿拼了命地扑到跟前护,没准,这一天的下河院,就要连着发几场丧。

慢,就在人们拔腿跑时,那笼罩在南北二院的紫云哗地没了,真没了。散得极快,也极干净,等少奶奶灯芯闻声赶来时,院里,白光光一片,除了院正中那口鼎还在冒着忽儿忽儿的青烟,院里四处,寂静得能让人背过气去。

一股煞气腾地升起来,令人头皮发麻。

下河院关了两辈子的南北二院,就这样被人蛮横地撞开了,随着那一声响,这南北二院的秘密,便彻底暴露在了天日下。

少奶奶灯芯硬着性子,在南院门口立了片刻,又折身到北院,北院的景致跟南院不差一二,院里除了森森寒光,望不见别的。

那些带头撞门的人,早已吓得四肢发软,有一个竟神模鬼样的在院里跳起大神来,口中还念念有词,仿佛真在片刻间成了神,跑不多远的众信徒全都停下,因为他们听见了少奶奶灯芯的话。

"谁个敢跑,这院里的冤魂,专追那些跑的!"

难道,院里真的有冤魂?

一个念头嗖地跳到少奶奶灯芯脑子里,莫不如……

要说,少奶奶灯芯对南北二院,也是存了不少疑惑的,自打嫁到院里,她还一次也没进过这两座小院子,每次跟公公提起,总要挨上公公一声骂,你提这做甚,那不是你一个女人家提的!

少奶奶灯芯决计要彻底解开南北二院的谜,也是这个正午突然作出的决定。俗话说人多势众,怕是鬼神都要怕三分,再者,越贱的人命越硬,这院,怕是真得让他们去给冲一冲。这么想着,主意有了,索性就让他们去南北二院闹腾,看他能闹腾出个甚?

但真把话说出来,却没一个人敢进,全都缩着脖子,站后院里发怔。仿佛,一踏入这南北二院,命就真没了。

少奶奶灯芯慎思了一会儿,突然跟管舍饭的草绳说:"今儿个你们把锅抬到南院,就在南院放。"

这一天,就在草绳几个狠着心将舍饭端进南北二院时,南山庙里突然传来悲绝消息,惠云师太圆寂了。

惠云师太坐化升天的那一瞬,正是众信徒撞开南院院门的时辰。那一声响,算是让她彻底解脱了。

阿弥陀佛!

45

六十八岁的惠云师太端坐莲花,将她一生的苦难还有下河院南北二院的秘密一同带了去。其实除了东家庄地和死去的老管家和福,怕是整条沟里,都没人知道她就是当年温柔贤淑的下河院二婶林惠音。包括少奶奶灯芯,也是在事后若干个日子才顿悟到这点。

土匪麻五拿长矛挑死老东家庄仁礼两个弟弟的晚上,二婶林惠音和三婶一道,被土匪麻五掳了去。当日晚上,她们被掳进北山通往沙漠的二道子沟里,二道子沟阴森恐怖,险不可测,土匪麻五在那儿有临时歇脚的据点。土匪麻五早就闻知下河院的二奶奶林惠音貌如天仙,贤惠端庄,垂涎她的美貌已非一日两日,这下好,一家伙掳来两个,喜得麻五当下都不知咋个办才是好。就有手下跑去跟林惠音提话儿,若要活命,乖乖跟着麻五,做压寨夫人,若不然……咔嚓一声,说话者做了个砍头的手势。二婶林惠音尚处在极度惊吓中,对来人说出的话没做一点反应,倒是三婶,当下便将麻五手下大骂一通。

二日,土匪麻五携着两房奶奶又往前走,这次他要去的地儿是平阳川,麻五在平阳川有座宅子,宅子里还有他三房夫人。两房就是掳来的。也活该老天帮忙,半道上突然起了大风,狂风卷着沙尘,打得众人睁不开眼。穿过黄花岗时,沙尘弥漫了整个天空,路被严严实实遮挡了。黄花岗是有名的黑风滩,也是马帮和驼帮最怕的地儿,这儿不但天象险恶,大风一起,飞沙走石打死人是常有的事儿,更有各路土匪神出鬼没,岗上也常常发生黑吃黑的事儿。

土匪麻五活该不走运,做了土匪几十年,还从没遇上过敢跟他下黑手的对头。孰知狂风恶沙中,岗上突然冒出一股土匪,也不问青红皂白,就冲麻五下手,麻五当下毙命,连同他手下一个不留地葬到了黑风滩。厮杀声响起时,二婶林惠音知道没命了,便奋力挣开手上的绳索,撕去嘴里的棉套,刚要扑过去解三婶的绳子,风沙中就见一把刀朝她劈来。当下,二婶林惠音双眼一闭,等死。孰知刀在眼前刷地停下,就听有一个声音穿过沙尘,朝自个响来,我不忍杀你,你逃命去吧,但要记住,这辈子,千万不可再回菜子沟,不能让东家庄仁礼看见你!

隐隐中就觉这声儿有点熟悉,等睁开眼,果真就是平阳川的刀客,人称华一刀的华老五。此人只要收了人的银子,必是一刀取其仇家性命,绝无二刀之说。二婶娘家跟华家有点交情,加上在下河院也曾见他出入,算是相识。当下,二婶林惠音便对下河院突遭的这场血光之灾心中明了。可恨的庄仁礼,先是借土匪麻五除去两个弟弟,然后又让华一刀杀人灭口,他做得真是狠毒啊———一路的猜测一旦得到证实,二婶林惠音顿时万念俱灰,对下河院,对庄家庄仁礼,包括对小她三岁的侄儿庄地,心中顿无半点眷恋,甚至连恨也不再有,伸过脖子说,你了结掉我吧,甭让我带着这深重的仇恨苟活在世上。华一刀刀起刀落,接着丢下一句话,你可以留,她不能留!说完,风一样掠走了。

这场灾难,就因了三婶一句话。有天老三打油坊回来,许是累了,偏巧又身子不舒服,就当着老二一家说了句怨气话,这么没明没夜的,为了甚,挣的家业将来都还不是老大家庄地的,我们图个甚?

老二刚要张口斥责,就听三婶说,咋,你是嫌我们留不下后还是嫌挣的家业太大了,没准你们还想分家不成?

本是一句玩话,偏是让老东家庄仁礼听了去,自此,下河院原有的平静不再,等林惠音带头阻止老东家庄仁礼娶偏房,老二老三合着劲阻止纳妾的事在下河院发生,仇恨,就在老东家庄仁礼心里越种越深。他终是没阻止住心头的罪孽,干下这天理不容的事!

等沙尘彻底退去,黄花岗再次出现太阳的光泽时,已是三天以后,二婶林惠音三天里跌跌撞撞,不知道是逃命还是寻死,一双脚完全是下意识地乱走。她真想就这么走死,径直走进地狱,走进已经死去的男人怀里。可她偏是死不了。家没了,男人没了,就连一同落难的妹妹三婶也没了,她还有甚活头?想着,一头栽进枯井里,再也不想在这血淋淋的人世上多活一秒钟。

二婶林惠音是让一个老羊倌救下的,老羊倌打枯井救出她时,她已不知晓日子过去了几日,或是几十年。反正,她又从阴间回到了阳间,回到了这个再也不留恋的荒唐世界。

枯井里留下了一条小生命。

二婶林惠音自个都不知晓,她竟有了身孕,天呀,她竟有了身孕!

要是远在百里之外的老东家庄仁礼听见这个信,没准就得一头撞死在黑柱上。他还咋活,白白地害去一个后人,他还咋个活?黑柱是甚,八又是甚?八是数字中最最吉利的呀,黑色又是所有颜色中最最能镇得住鬼神的。当初庄家祖先立这八根黑柱,可是煞费了一番苦心哟。

谁知道,谁能想得到!

等想得到时,迟了,老东家庄仁礼只能在南北二院悄悄供起两个弟弟的灵位,逢初一十五,烧香磕头,祈求宽恕。

罪孽一旦植下,又有谁能宽恕得了?下河院南北二院涌进抢舍饭的饥民时,东家庄地一头撞在了黑柱上。

他没能替爹守好二位叔叔的灵位啊……

灾荒还在持续,下河院真的没一颗粮食了,就连大病初愈的东家庄地,也断了锅。

万般无奈中,灯芯跟草绳男人去了趟油坊,油坊早已关闭,包括马巴佬在内的巴佬们年前就打发回家,自个活命去了。油坊尚有不少油渣,丰收年间用来喂牛喂猪的东西这时派上了关键用场,一沟人能否活命全指望它了。

少奶奶灯芯指挥着将油渣一一粉碎,按沟里人头每人每天半碗分下去。院里上下,也都靠油渣度日。少奶奶灯芯又去了趟后山娘家,从半仙手里硬是缠了五升麸皮,还有二升面,让公公和马驹吃。东家庄地却不顾一家老小反对,天天坐太阳下嚼油渣。这时他才明白,当初媳妇做主卖掉牲口的举动多么富有远见。对媳妇儿在大灾面前表现出的仁义和宽怀更是佩服得五体投地,主动舍弃麸皮啃食油渣算是对媳妇无声的支持。孙子马驹一拿到油渣就表现出惊人的好食,扔开命一般金贵的馍,抢着跟下人争夺。

下河院孙子马驹大口吞吃油渣的举动着实令全院人惊讶,放着馍不吃却吃这比毒药还难咽的油渣,真是令人费解。少奶奶灯芯望着三年里身子蹿出老高的儿子,无不悲哀地叹息,兴许天生就是吃油渣的命。

院里大小牲口全都杀尽,唯一的枣红走马数次犹豫中侥幸活到现在,此时它的口粮已成问题。这个秋日的后晌,少奶奶灯芯到沟里走了一趟,狼一样发着幽幽蓝光的大小眼睛再次戳痛她的心,回来便断然作出一个决定。

　　院里的屠夫一听要宰枣红走马,吓得连油渣也拿不住,眼睛里透出的光简直比杀亲爹娘老子还恐怖。少奶奶灯芯无奈地叹口气,让草绳男人去沟里问问,看谁做得了这营生。没想饿红双眼的沟里人一听要宰下河院至高无上的走马,全都哆嗦着逃开了,宁可饿死也不吃这一口呀。

　　这时候就有一人趾高气扬走进来,手提明晃晃的刀子说,他可以帮这忙。少奶奶灯芯瞅瞅满眼绿光的日竿子,心想他来得真是时候。可眼下她已顾不得忌恨日竿子了,走马多活一天,人的希望就少去一天,便不假思索点了头。见日竿子兴冲冲提着刀扑向走马,又说,杀了赏你一付下水。

　　太阳将要落下的一瞬,日竿子在中医李三慢和二拐子女人茇茇的帮忙下终于将马放翻,昔日威风凛凛的高头大马如今饿得皮包骨头,居然连挣扎一下的心思都没,仿佛要成全这三人的好事。明晃晃的刀子照脖子一捅,枣红走马眼皮挣弹着朝东家庄地的方向巴了巴,嘴唇朝西厢房努了努,便幸福地闭上眼。一阵忙乱,血淋淋的肉挂在了案子上,下河院唯一的象征终于在大灾年间离开它的主人。日竿子提着下水出门,草绳男人打身后叫住他,指着血淋淋的肉案说,你把它全拿去。日竿子惊讶地盯住草绳男人,不相信草绳男人会这么大方,你能做主?草绳男人很有把握地点点头。日竿子和中医李三慢高兴疯了,立刻唤来家里大小帮忙,这可是凝聚了富贵大院精气的生灵呀,吃起来定比人肉还香。走时当然没忘给二拐子女人茇茇留一口。

　　日竿子和中医李三慢害怕沟里人哄抢马肉的事实终于没有出现,这让他们既兴奋又百思不得其解,难道眼下还有比这好食的?

　　大灾终于过去,靠了后山半仙刘瞎子和中医爹的数次救济,一沟老少总算活了下来。次年春天天降甘霖的正午,一声雷电划过,下河院发出婴儿的啼哭,少奶奶灯芯顺利生下她和命旺的头个儿子牛犊。这个弱小的生命是大灾三年里全沟上下唯一新添的生灵。

　　接连几场透雨浇遍了沟沟谷谷,老天像做了亏心事似的恨不能一夜间让整个沟谷绿起来。雨过天晴，从饥荒中走出的沟里人纷纷下地，没有牲口，人拉犁铧种起了地。牛犊满月，少奶奶灯芯出门这天，一沟两山的菜子全都吐了绿，晶亮晶亮的绿立时让她傻了眼，今年的菜子比往年苗出得齐出得早呀。

下河院又恢复了往日的尊严，三年大灾救下的不只是全沟人的命，更是下河院至高无上的神圣地位。菜花再次开满沟谷的这一天，下河院少奶奶跟新管家二拐子的矛盾爆发了。

起因是芨芨打了一只碗。灾荒过去，沟里人重新恢复昔日生活秩序后，芨芨并没搬出下河院，而是目中无人地越发在院里骄横起来，她敢擅自闯进下河院东家庄地的灶房，而且公然从草绳手里抢过勺子，争夺东家庄地的饭食。这一举动令东家庄地和少奶奶无法容忍，先后两次向二拐子发话，要他媳妇儿走。二拐子倒是跟芨芨真的干了一架，两口子在北院打得鸡飞狗叫，哭丧声整整响了一夜，第二天早起他黑青着脸跟东家庄地说，这女人他不要了，原水退到原沟里。东家庄地知道他跟女人合不来，便说，先缓一着吧，她爱住就让她先住。嘴上说着，心里却充满了对女人芨芨的厌恶。灾荒虽过，下河院的日子却仍然紧巴，这天芨芨端起碗，一看又是糊糊，眉头一横就冲凤香发火："喂猪呀咋的，顿顿吃这让人活不活了？"凤香早就对这女人厌烦透顶，见她不干活还挑三拣四，没好气地说："你忘了饿死人的时候了，不吃给我放下。"一听凤香拿这种口气跟她说话，芨芨顿觉管家夫人的脸面让她剥了，啪地摔了碗说："烂凤香你听好，往后跟我说话懂点规矩。"两人在厨房吵了起来。少奶奶灯芯进来说："哪来的狗撒野呀，叫这凶，怕没人知道你会咬人么？"

凤香要跟少奶奶告状，少奶奶灯芯止住她说："谁摔的碗谁给我捡起来。"芨芨立着个势子，双手叉腰，凶巴巴瞪住少奶奶灯芯。下河院住的这段日子她受够了眼前女人的歧视，已经掌握婆婆跟东家丑事的她更觉有理由给下河院一点颜色瞧瞧，逼急了她把丑事端到沟里去。遂跳起来说："偏就不捡，有本事你把我们一家都撵走呀。"这话分明带了某种味儿，少奶奶灯芯再是明白不过，这女人不单心胸狭窄，更有股居心叵测的歹毒。白吃白喝不干活倒也罢了，趁她坐月子整日打扮得花枝招展扭着风骚屁股在命旺眼前骚来骚去，软嗲嗲的声音猫叫春般早已让院里上下恶心透顶，今儿个若要不把她调教下来，下河院就没了

249

规矩。

"去呀,唤二拐子跟仁顺嫂过来。"少奶奶灯芯不愠不躁跟凤香说。很快,新管家二拐子和奶妈仁顺嫂站在了厨房里,两个人一看又是苬苬惹事,羞臊得抬不起头来。

"今儿个当你们面说句你们不爱听的话,下河院还没落到让下人骑脖子里拉屎的份,这碗饭要不爬地上舔干净你们谁也甭离开厨房。"说完立到门口,背对着屋里的人,强抑着一腔怒火不让喷出来。

屋里响起二拐子暴怒的声音。女人苬苬先是犟着还嘴,挨了两巴掌后歇斯底里叫起来:"好啊,既然你们六亲不认,甭怪我抖出屎来臭人。下河院什么地儿,老的霸着老的,小的霸着小的,合起来欺负我是不?我叫你们屎盆子扣翻天臭上八辈子。"

奶妈仁顺嫂脸赤一道白一道羞臊得没处放,二拐子除了拳脚没一点办法,只能由女人长长短短把知道的不知道的全倒了出来。这些话,都是三年里她从中医李三慢和日竿子嘴里听到的。少奶奶灯芯掉转身子,目光在苬苬脸上上下扫了几扫,冷冷地问:"野完了没?"女人苬苬看到少奶奶灯芯比狼还绿的目光,忽然打了个哆嗦。

"我今天帮你把家丑都扬出来,下河院是不干净,不干净的地儿还多着哩,就你婆婆那点事,我都不新鲜你还新鲜,亏你还花了那么多心思打听。"少奶奶灯芯顿了下,再次盯住苬苬,"你想听么,耳朵给我。"说着凑过身子,脸贴住苬苬脸:"还想知道甚,我都告诉你。"苬苬让她怪怪的声音吓得不知所措,神态怪异的少奶奶灯芯喷出来的鼻息更令她抖颤,正要扭开身子,少奶奶灯芯猛地伸手扭住她耳朵,手指上尖利的铜指甲锥子般刺进苬苬耳坠,尖利的疼痛立时让苬苬猪一般尖叫。

"给我跪下舔!"

苬苬还想反抗,狠毒的指甲却让她狗一样乖乖跪下,舔起了地上的饭。

二拐子瞅了一眼,脊背立刻如刺扎了般疼痛难忍。

如果到此也就罢了,二拐子不会为受辱的女人鸣半点冤,她是咎由自取,活该。少奶奶灯芯却是气疯了,气炸了,再也容不得女人苬苬在她眼里出现,苬苬舔完饭,刚爬起身子,还没把复仇的目光抬起来,就听少奶奶灯芯说:"来人,给我把那对骚尿泡毁了!"

早已等在外面的草绳男人跟木手子拿根绳子,三下两下就将苬苬捆了,抬出去丢到她霸下的北厢堂屋里,凤香撕开芰芰衣裳,一对白晃晃的奶子弹跳出来,谁能想得到,正是这对不要脸的奶子,灯芯月子里意外地钻进命旺嘴,成了命旺天天夜里念叨的宝贝。

北厢房一片剧烈的抖颤中,女人芰芰坚挺雪白的奶子成了一片血污,再也发不出诱惑男人的光芒了。

整个过程中,二拐子一言不发,紧咬住嘴唇,像是把什么往下咽。少奶奶灯芯真是恨死他了,要是他多少张口求点情,哪怕稍稍给她个台阶,也就罢了,他阴住脸较劲的凶姿势只能让少奶奶灯芯越狠地使劲。

看你硬还是我硬!她在心里说。

夜里,二拐子出其不意地摸进西厢房,一抱子抱住了灯芯。这是他当上管家后第一次向灯芯发起进攻。他也是气疯了、气炸了,再想不出别的法儿。灯芯让他的举动惊愕了,一时忘了还击,任他的嘴在脸上乱亲乱咬,二拐子伸手掀开衣襟的一瞬,愣着的灯芯才醒过神,一把打开手说:"你吃了豹子胆了。"二拐子说:"你打坏芰芰,我就得睡你。"

灯芯咬牙说:"你不怕我唤人废了你。"

二拐子徒然地笑笑:"怕我就不来了,我熬了三年,熬够了,不想熬了。"

灯芯跳下炕,亮出明晃晃的剪子。二拐子只一下就夺了过来,拧住女人胳膊,我再跟你说一遍:"你不要太欺人,兔子急了还咬人,我二拐子的耐心是有限的。"说完一把搡倒灯芯,转身出去了。

灯芯僵在屋里,眼里一片空茫。

46

更深的悲哀笼罩着二拐子。

尽管在灯芯面前耍了威,可心里,还是不由得怕。

二拐子其实是一个最没脊梁骨的男人,这种男人弄点小事儿还行,弄大事,不行。二拐子为此痛恨自己。他真是羡慕管家六根,要是有他一半狠恶问题也就简单了。

女人灯芯身上,二拐子算是尝尽了苦头。再加上东家庄地,二拐子直觉面前横了两座大山,绕不过去。

女人给了他甜头却又牢牢地为他关上了门,这让二拐子陷入欲罢不能的尴尬境地。他曾无数次想过要强行压倒女人,把那夜的感觉找回来。可一触到东家庄地的目光,二拐子坚硬的心便萎缩成一片。这个老男人以无比刻薄的目光摧毁了他的一生,只要那目光轻轻朝他一掠,所有的底气瞬间化成沮丧,令他懊丧得抬不起头来。

　　二拐子至今还记得东家庄地摧毁他的那一天。那是一个阳光暗淡、空气里弥散淡淡腥昧的秋日的下午,没人一起玩的二拐子孤独地站在下河院,八岁的他已懂得惆怅,他不敢动院里的一草一木,稍不留神屁股就成了别人泄气的地儿。屠夫爹死后跟着当奶妈的娘进了下河院,没想竟连娘也顾不上疼他。这个下午院里的人都忙打碾去了,二拐子呆呆站了许久,想到娘干活的厨房去玩。刚到厨房窗下,娘的叫声就响出来,一声连着一声,很紧,很急迫。二拐子吓坏了,心想娘一定是累倒了,厨房门打里扣着,二拐子不敢贸然敲门,为进厨房他挨了不少打,娘安顿千万甭到厨房找她。娘的叫声弱下去,不一会儿又响起来,像是被啥缠住了,挣不开。二拐子爬到窗口想探个究竟,谁知东家猪一般的肉身子正压在娘身上,娘的裤子掉半腿,露出白生生的屁股。东家庄地患羊癫疯似的在娘身上抽风,抽得娘接不上气。二拐子隐隐约约记起死去的爹也这样抽过,第二天娘并没被抽死,心里不那么吓了。可东家丑陋的身子从此便植进脑子里,怎么也挥不走。

　　八岁的二拐子找出爹宰猪用过的刀子,心想东家庄地丑陋的身子要是再敢压在娘上,他就学爹宰猪一样插进他肥滚滚的肚子。终于等到另一个院里没人的下午,听到厨房再次发出娘被挤压出的声音,二拐子提着刀扑进去,瞅准东家肥硕的屁股捅进去,原想东家会发出猪一般的号叫,娘定会帮他要掉肥猪的命。谁知挨了一刀的庄地转过身,一把捏住他脖子,屁股上拔下的刀子滴着血水,八岁的二拐子让殷红的血吓坏了,东家庄地将血刀轻轻搁他脸上,说,你敢戳我,信不信我一刀剜下你眼珠。说着手一用力,二拐子接不上气了,求救的目光伸向娘。谁知娘望都没望他一眼,边提裤子边骂,你个挨千刀的,是不是跟你爹一样不想活了。东家庄地在娘的骂声里得到鼓舞,刀子反复在他脸上蹭,直把血都蹭干净了,凶狠的目光瞪住他,说,往后再敢不敢了?!

　　二拐子吓得缩成一团,比刀子还骇人的目光实在是他想不到的,战战兢兢说,不敢了,不敢了呀。东家庄地蹲下身,一把捏住他裆里的玩意儿,信不信我给你一刀割掉?

二拐子疼得咧上嘴叫，浑身软得再也说不出话来。看到雀雀果然在刀子的摩擦下渗出血，眼一闭昏了过去。

自此，东家庄地的目光成了二拐子永世无法摆脱的噩梦，一触及那目光，下面就疼得要跳起来。

当上管家那天，东家庄地拿同样的目光盯住他，他在一片子抖索中听庄地说，从今儿往后你要规规矩矩做人，管家这碗饭既能撑死你也能药死你，我把它端你手上，怎么能吃得舒服全看你了。

打那天起他便知捧着了一碗毒药。

二拐子断然掐死对灯芯最后一丝迷恋是在新婚之夜离开西厢房的那一瞬。那个夜晚灯芯的目光告诉他，这儿不是他二拐子的地盘，再敢闯进来，说不定他会得到跟管家六根同样的死法。一想管家六根的死，二拐子不能不怕。他想还是忘掉的好，况且他有了老婆，要睡也只能睡芨芨。随后的事实证明，二拐子确是下了一番决心要把一切忘掉的，再者，芨芨的身子不比灯芯差，还很会叫，叫声中二拐子能得到更多的乐趣。他在下河院装得像条巴儿狗，见了东家庄地摇尾，见了灯芯更摇，摇不下去硬摇。他想让他们看出诚意，诚意对下河院是个很重要的东西。有了它做武器，二拐子才能在下河院活下去。

讨厌的是老婆芨芨，这个女人从抬进家门的那一刻起，注定成为他今生的一个灾难。他治不住她，一向在女人面前很有办法的二拐子面对自家老婆却显得手足无措。他对付女人的办法只有两个，一是甜言蜜语，这显然不能给她，所有的甜言蜜语都给了另一个女人，现在她却抛开了他。二拐子发誓再也不用甜言蜜语了。另一个就是拳脚，没想到老婆芨芨竟是一个对拳脚上瘾的贱货，打得越凶她缠得越凶，三天不挨反而着皮肉痒痒，非要折腾着再捶一顿才踏实。

二拐子绝不会喜欢芨芨，事实上最后一次走出西厢房时，他对女人的喜欢已经死去。这是一种很复杂的心理，摊在二拐子身上，就更是复杂得让人想不通。可事实就是这样，那一天起，二拐子心里，喜欢这个词便彻底死了。纵是换上比芨芨贤惠百倍千倍的女人，也只能得到拳脚，这一点他比谁都清楚，所以他并不怪芨芨，只要不坏他的事，爱做甚做甚，爱跟谁一起跟谁一起，他懒得理懒得问，更不会去调教。只当她是个下蛋的鸡，供自己泄火的一堆肉。多的时候他都是闭上眼睛爬上去，闭上眼睛掉下来，那点儿快乐，是属于身子的，不属于他。

出错正是在这种时候,爬在女人身上,脑子里会冷不丁闪出灯芯来,很清晰,很勾魂。平时压着忍着的东西顷刻间全都冒出来,情急了还会喊出名字。新婚之夜就是这样的,最后一丝希望让女人灯芯在西厢房彻底破灭后,他便怀着刻骨的复仇心理压住自家女人,很成功,很令他疯狂,却也犯下了极其致命的错误,他喊出了少奶奶灯芯的名字。老婆芨芨正是在新婚之夜牢牢抓下把柄的。这个贱货,怎么一来就知道抓把柄,把柄是什么,那是毒药,是刀!抓下就不会轻易丢开,弄不好会害死自己。

老婆芨芨像吸食鸦片一样对把柄的痴迷程度令二拐子深深不安,怕终究一天,她会搞到想要的东西。她跟中医李三慢和日竿子的亲密更让二拐子提心吊胆,怕两个歹人帮着搬弄是非,原想搬进下河院住会让她跟几个歹人离得远些,哪知道……

马驹的秘密至死也不能泄露,这可是个天大的秘密啊,要想在下河院混下去,他就必须得替女人守住这个秘密。二拐子太知道这院里泄露秘密的厉害了。六根为甚会死得那么惨,他就是不懂这个啊,还以为捉了把柄,就能把下河院要挟住,傻,二拐子觉得管家六根真傻,拿自个的命闹着玩哩,死得再惨也活该!

况且,二拐子还有怕的,这怕跟老管家和福的死有关。天呀,一想这个,二拐子就觉自个的命不长了。

要是有一天他瘸子舅舅再回到下河院,再回到窑上,那么……

二拐子狠狠撕住老婆芨芨,没命地捶了一顿。

看你还敢给老子惹祸!

第十章
淫　乱

47

　　菜子的长势大大超出沟里人预想，老天把三年的亏欠一年还了回来。地仿佛铆足了劲，加上雨水格外地广，这菜子，就跟疯了似的，往高里野里长。走在沟谷里，四处横溢着比菜香还浓的欢声笑语。

　　灾荒让人们苦焦急了，谁也恨不得把压抑了三年的心掏出来，放在这滚滚绿浪上，让它美美跳上几跳。

　　时令快得令人心悸，还没望够这绿，一眼的黄便跃来，铺天盖地。

　　沟里开镰了。

　　入秋以后，灯芯便张罗着四处买牲口，到这时，已置下三头骡两对牛了，打碾显然不够。沟里人忙收割的日子，灯芯去了趟后山，中医爹没来吃牛犊的满月酒，让灯芯伤心了一阵子，不过也好，免得他听见跟二拐子女人讨气又替她担心。另者，三年的饥荒让石头瘦了不少，虽是补了这大半年，还没缓过劲，正好让爹给号号脉，没准不是染了啥病？

　　两人骑骡子上说话，石头身子虽没长，心却越发成熟了，知道灯芯为二拐子女人的事心里还系着疙瘩，便劝解道："实在不成，就把她赶出沟里，看她还能兴啥浪？"灯芯说："我又何尝没想过哩，可难在二拐子上，他跟以前是大不一样了啊。"

　　石头叹口气，这气明显有恨自个的成分。一日磨房里，灯芯有意跟正在修箩儿的石头说，你要再大几岁多好，也用不着我没日没夜愁了。当时石头没作反应，但这话显然装他心里了。这趟回去，灯芯打算让石头离开磨房，跟自个收菜子，二拐子是越发不敢靠了，只能让石头早点学起。这么想着便说："将来要是让你当管家，你会怎么当？"没想石头不假思索便说："我不当，你也别抱这指望。"

　　"为甚？"灯芯猛地一愣。

"不为甚,我就想看好石磨,要不就跟我妈种地去。"

"要是硬让你当呢?"灯芯听石头不像是开玩笑,越发心急地问。

"那我就到沟外去。"

石头说完不再吭声了,灯芯僵骡子上半天,搂他的手渐渐松开,脑子像被人抽空,好长工夫都醒不过神来。

到了娘家,灯芯跟爹把帮着买牲口的事儿说了,就让爹给石头号脉。这时她看石头的目光还有点怪怪的。

爹把了半天,把得灯芯心都跳出来了,才缓缓放下说:"没啥大碍,胃里积食,久化不开,吃饭不香,睡觉不踏实,虚。"

爹抓了药,灯芯当下就要给熬了吃,石头这才说:"我老觉得肚子里有东西。"

"不是肚子,是胃。"中医爹纠正道。

夜里,中医爹忽然说:"这娃儿你留下,让他住段日子。"

"怎么?"灯芯笑着的脸突然阴住,声音紧张地问,"不会是他胃里有毛病?"

中医爹阴下脸说:"我也不瞒你,娃的胃不好,怕是吃油渣落下的病,在我这调养段日子吧。"

灯芯一把抓住爹的手:"你跟我说实话,要紧不?"

中医爹说:"看把你吓的,又不是马驹,慌个啥,爹尽心医他便是了。"

灯芯还想说甚,却终是没说,后山这一夜让她辗转反侧一眼没合。天麻明便揣着满腔心事跑去见石头,石头尚在梦里,忍不住就抱了他的脸,贴自个脸上暖。

赶打碾时,又有几头牲口赶进棚里,灾荒让沟里沟外的牲口差点灭了种,现在一头值当初三头,就这,还打听不到。菜子堆场上,雨又多,灯芯怕左耽搁右耽搁延误菜子长芽。这天早起草绳男人说,要不我去趟沟外,多跑几个地儿,说不定能弄到牲口。灯芯将银两给了他,安顿路上小心,夜里千万找个好人家睡。草绳男人笑笑,看你,当我是石头了。

一句话说得灯芯怔半天。

日子刚刚有了起色,沟里古儿怪儿的事跟着死灰复燃,最让沟里容不下的男淫女娼接连发生了两起,沟里人按照一贯的惩治方式将奸夫淫妇捆绑起来,等着下河院来人惩治。

老东家手上兴下的规矩到现在还被人们恪守着,下河院独一无二的地位决定了它要在大大小小的事上充当权威。头一起出面的是东家庄地,惩治的是沙河沿的光棍三满子和他的堂嫂。堂哥南山煤窑背煤时压断了腰,终日躺炕上不能动弹,三满子便跟堂嫂勾搭上了。没想奸情竟让堂哥八岁的儿子发现,小家伙也真是机灵,夜里唤来邻居将奸夫淫妇捉到炕上。东家庄地穿着青色长袍,头顶瓜皮帽,威严的目光在奸夫淫妇脸上扫来荡去,淫妇已让捍卫神圣的沟里女人扒光衣裳,一对粉白饱满的奶子在太阳下发出羞涩的晕光。庄地在众人的期盼里清清嗓子,按照老东家传下的说辞讲了一堆三纲五常,亲手接过淫妇八岁儿子递上的毛刺硬刷,照准淫妇粉白的奶子刷下去。这就是沟里惩治淫妇的方式,叫做吃毛刺。立时,声声尖叫震彻沟谷。随着淫妇那一嗓子的喊出,沟里人惩治淫恶的激情被点燃,抡起手中早已备好的家什,朝一对奸人身上乱舞,对罪孽的憎恶和对陌生女人身体的热爱同时燃烧起来,将捍卫神圣的热潮推向极致,偃旗息鼓时奸夫淫妇早已不省人事。

二起事发后东家庄地借故身子不舒服,将神圣权力授给少奶奶灯芯。得到权力的一瞬,少奶奶灯芯惊得张大了嘴,不明白这样的授权意味什么,就听公公又说,把二拐子也叫上。

天呀,这话?

少奶奶灯芯迈着沉重的步履艰难地走进人群,看见十九岁的芒娃子五捆大绑,头勾在裆里。芒娃子是这个夏天跟邻家的四媳妇儿好上的,他们一同下地一同收割菜子的情景没有逃过四媳妇儿一家的眼睛,四媳妇儿十六上嫁给比她整整大二十岁的男人黑老四,嫁过来才知道黑老四跟芒娃娘早有奸情。经过漫长的准备他们终于报复似的睡在了一起,没想头一次就让黑老四一家弟兄五个外加两个十几岁的侄子堵到了炕上。还未等灯芯看清四媳妇儿脸,怒不可遏的黑老四一家就吼喊上了,灯芯抖抖索索不敢抬头,一沟的男女老少却期盼她能来点比东家庄地更狠的。沟里不断爆发的奸情已严重影响人们打碾的积极性,也给一向祥和太平的菜子沟蒙上抹不掉的耻辱。这种事儿咋说哩,虽说沟里这种事儿多了去,可那毕竟是暗处的事儿,真要让人摆到明处,不惩治还由得了你?

这个上午的灯芯像是被人扒光了衣服,众目睽睽下脸色如染了猪血般褐红。众人再三的鼓噪声里硬是抬不起头来,直到二拐子被众人推到前面,耍猴般要他先喊两句。二拐子早被这阵势惊得不敢睁眼,沟里人却恶作剧地不让他离开。灯芯知道再不能犹豫下去,瞪了一眼二拐子就扑向芒娃子,啪啪两嘴巴扇脸上,在众人兴奋的呐喊里夺命似的逃走。

沟里人觉得少奶奶灯芯下手轻了,完全没把威风施展出来,又一想,她那么个大善人,咋下得了手?

于是,他们帮少奶奶灯芯下起了手。这种事儿上,你喊得越凶打得越狠就越能证明你自个的清白,沟里人谁想为了别人给自个染上黑?

芒娃子的哀号锥子般扎进灯芯心里,一回到西厢房便跌坐炕上,双手紧紧抓住胸前的衣襟,垂下无法支撑起来的头。扇向芒娃子的嘴巴其实是扇她自己,意识到终有一天自己也会被推向这万劫不复的深渊,她四肢麻木,浑身冷战。说不清楚的仇恨和愤怒让牙齿咬着嘴唇,直到腥血渗出还是不能平静自己。快近正午时木手子跑进来说,芒娃子让黑老四家打死了,灯芯轰然而起,却又不知该冲向哪里。

同样的恐怖一连数日袭击着二拐子,一想到芒娃子惨死的一幕,二拐子走路的双腿会发出咯噔的声音,他已经好几次不明不白跌地上起不来了。

沟里人发现,二拐子整个变了个人,以前的笑没了,脾气也没了,人说甚都是点头,顶多哼一声。人们便想,他定是因芨芨生不下儿子,才愁成这样。便拿话劝他,急甚呀,娶来才几年,哪能像少奶奶,一生一个准。说者无意听者有心,二拐子顿感心里一片墨黑,一口痰卡胸里吐不出来。

夜里进屋,芨芨炕上躺着,自打被下河院撵出来,她就这样躺着,地也不下,活也不做,好像挣下天大的功劳了。二拐子忍不住想发火,却又压了。转了几个圈,一时又想不起自个想做甚,只好转到炕头前,"还疼?"他闷闷地问。

芨芨其实是在假装,这女人,心计重着哩。一听二拐子拿好话问她,马上翻过身说:"我问你,是不是嫌我生不下儿子?"二拐子真是要气死,哪壶不开提哪壶,可今儿个他实在不想跟女人吵,更不想动手,他心里,难过着哩。一想到沟里人在芒娃子身上的那个狠,二拐子的皮都扎起来了。他伸出手,有点温情地搂了女人,惺惺惜惺惺地宽慰道:"说甚哩,咋个跟别人一般见识,你又不是七老八十,日子还长着哩。"得到宽慰的苃苃马上钻他怀里说:"今儿个日竿子来过,你猜他说甚哩?"

"说甚?"二拐子猛地抱紧苃苃,眼神逼直了问她。

他说六根不是自个掉磨溏死的。

话未完,二拐子一把捂了苃苃嘴:"少听他瞎说,这话传出去你不要命了?"二拐子惊恐的眼神传染给女人,苃苃也莫名地害怕了。

原来,管家六根死后,柳条儿一个夜里突然哭哭啼啼来找叔伯公公日竿子,说家里揭不开锅了。日竿子笑笑,哄外人还行,哄他,哼。柳条儿见他不信,扯他上自家亲眼看,果真面箱子空空如也,仓里一颗粮食都无。日竿子惊奇地盯着侄媳妇儿脸,不相信管家六根捞的银子会没了踪影。侄媳妇儿却又不像是装,泪蛋子挂脸上说,死男人从没给过她一个铜钱。这以后,日竿子便诧异贪银的去向,难道有人图财害命不成?

日竿子和柳条儿翻遍院里的旮旮旯旯,屋里屋外近乎掘地三尺,还是没寻见银子的一根毛,真他娘的日怪了,银子会长腿跑掉?你好好记记,又不是一吊两吊,他从下河院捞了多少,我还不清楚,他平日爱往哪放东西?柳条儿绝望地摇摇头说,我真的想不起来,他平日防我比防贼还紧,哪会叫我见。

日竿子寻找贪银的梦想终于在大灾第二年彻底破灭,能翻的地儿翻了无数遍,连柳条儿想不起的地方他都偷着翻了,两年里近乎没睡过一个囫囵觉。死鬼六根把一个解不开的谜丢给堂叔日竿子和老婆柳条儿,费尽心机巧取豪夺最终却连一个麻钱也没留给四个丫头。日竿子这才怀疑六根是让人害死的,银两说不定早进了仇家腰包。

二拐子听完,阴着的心更阴了。

……那个让沟里人多多少少有些莫名其妙的夜晚,二拐子从南山狂奔下来,少奶奶灯芯怀孕的消息一路燃烧着他,想想就要跟自己未来的儿子见面,二拐子真是要发疯。北墙那个让他重新拆开的豁落像一盏灯,一望见总让他觉得前途光明,纵身跃进去,急不可待想推门进去,没想门紧闭着。

确信女人不在屋里后,二拐子有过短暂的伤神,深更半夜能到哪里去?带着这个疑问二拐子越墙出来,走进村巷时豁然开朗,一定在磨房。女人灯芯跟少年石头特殊的情感并没逃过二拐子眼睛,但他相信跟他的绝不一样,他跟女人才是真正的肌肤之亲。快步赶到磨房,猛听见管家六根呵斥石头,二拐子不敢让六根看见,正想脱身时惊见躲在沟边树后的女人,那个夜晚的一切便一点不落地钻进眼里。

过后的很多天,二拐子都处在噩梦中,想不到一身柔情能化水的女人竟有如此胆量!那可是管家呀,一个多么可怕的男人,竟让她神不知鬼不觉弄掉了。

弄掉了!

二拐子恍然醒悟,女人不是他想象中的女人,更不是……

哟嘿嘿,想不成!

二拐子死死把那个夜晚看到的一切压在心底,生怕不小心漏了嘴招来杀身之祸。管家六根临死时凄厉的叫声时不时会在夜半响起,满身冷汗的他纵是在梦里也逃不开女人的追杀,尤其那双歹毒的眼。二拐子至此已确信,那眼里隐藏着的毒火随时会喷向任何一个敢跟她作对的人。

见二拐子没反应,苂苂又说:"日竿子跟柳条儿不干净。"

啪一个巴掌扇过去,严严实实裹住苂苂嘴:"叫你乱说,叫你乱听!"

苂苂捂了脸,嘴还是不服气,这女人,只要一打,她就兴奋,就来劲,等了半天不见第二下,嘴一鼓说:"人家亲眼撞见的么。"

二拐子心想这女人完了,再也没救了,迟早有一天,她会害掉自己。

这个夜里他再次跃到女人苂苂身上,苂苂大约想起了日竿子跟柳条儿偷情的那一幕,禁不住亢奋成一匹母马,结疤的奶子摇摆中发出令人昏厥的光芒,牙齿咬住男人肩胛,不停地唤来呀来呀用力呀你这牲口!二拐子剧烈的顶撞中反复闪出一个念头,我要弄死这烂嘴贱货。

48

草绳男人从沟外赶来牲口的同时,也引来一个人。站在白晃晃的日光下,男人粉白的肤色如染满菜花,眉眼儿更是俊俏,若要不说明,没准就当女儿家叫了。见男人羞怯中露了一丝不安,手拘谨地绞胸前相互掐捏着。少奶奶灯芯吟笑着问:"你就是七驴儿?"

七驴儿惶惶点头,瞥了一眼问他的人,心慌如跳兔,头勾得越发低。

"多亏他帮忙,要不这骡子还不知哪儿找哩。"草绳男人带着夸赞的语气插话道。少奶奶灯芯目光一动未动盯住眼前的俊人儿，脑子里恍然响起那个夜里落轿后奶妈仁顺嫂的叫声。直到骡子全进了圈，灯芯才记起该看看买来的骡子。

饭是一起吃的，东家庄地自从有了牛犊后，就整日跟两个孙子搅在一起，心好像全让孙子攫了去。少奶奶灯芯知道，公公这是老了，人一老，心思就全扑到孙子上了。奶妈仁顺嫂这阵正张罗着给牛犊喂饭哩，也顾不上说话，饭桌上只剩下灯芯跟七驴儿的声音。

饭后，少奶奶灯芯破例让七驴儿走进西厢房，这个想法是她在饭桌上有的，她突然觉得，这个七驴儿不简单。

命旺扔下碗就去地里捉蚂蚱，天黑才能意犹未尽地回来。这段日子，他又迷上了捉蚂蚱，也好，比前些日子让她省心。自打赶走苃苃，他一下乖多了。

灯芯让七驴儿坐，七驴儿不敢，站主人面前回话。灯芯问了家事，问了灾荒年间他咋过的，又问了今年沟外的收成。问完这些，话题突就转到了他跟马巴佬的关系。七驴儿像是早有准备，回答得干净利落。七驴儿的回答令灯芯多少有些愕然，不过，她装做什么也不在乎地道："油坊的事你真熟？"

"不敢说熟，但凡油坊的活都会点。"七驴儿答得很小心。

"那油辣是咋回事？"

"碾子太细，油挤压得太过辣味儿就有了。"

"这样是不是多出油？"

"是能多出点，但油一辣卖不上好价钱，还是不划算。"

"卖油的路子你可熟？"

"听过一点，没卖过，沟外今年缺油，想必价钱能上去。"

"那好，你拾掇东西去油坊，改日我去油坊看你。"

七驴儿一出门便倒抽一口气，虽是秋凉日子，头上却漫了汗。这一场话问得直叫他后心发麻。幸亏来时的路上，把什么都也想好了。身后的灯芯却是目光楚楚搁他背影上，似乎有所触动，直到晚霞将一切隐去，才依依不舍地把目光收回。

打碾的事还算顺利，各家各户铆足了劲儿，天爷嘴里夺食，雨一来纷纷码了垛，太阳一泻抖开了晒，总算是没芽掉一颗。收粮也是意想不到地顺畅，几乎不用灯芯开口，各家各户便把该交的租子全都拉来了，比往年多，也比往年整齐。大灾初过，报恩还愿的热浪蒸腾在沟里，整个秋季，新管家二拐子几乎成了没事可做的闲人。

菜子打碾完，油坊的事该张罗了。马巴佬是在一个细雨绵绵的后晌走进下河院的，一进门就夸张地抱起牛犊，像，真像，一看就是个小命旺。这话说得几个人脸上没了颜色。东家庄地没在意，知道马巴佬是个粗人，不会说话，便笑着问他三年饥荒的事。马巴佬长叹一口气道，提不成呀，死完了，狗日的天爷，不长眼睛，咋死的都是命苦人哩。

你听这话说的。

东家庄地的脸动了一下，没说甚，手一指上房，里头进。

马巴佬很受尊敬地被请进了上房，心里，哗就亮堂了。关于下河院的种种想法，一刻间淡下去许多，尤其北山一带的传闻，更就让他觉得是人在乱说。这不，我到了院里，还不是受如此礼遇么？

接下来的暄谈中，东家庄地才知道，马巴佬七十八岁的娘死了，姐姐一家死了三口，儿子媳妇还有孙子，就剩了老姐夫，这次也给带来了，说沟外苦焦得没法活，今年虽是雨多，但没种下地，还是没吃的。东家庄地听完心苦成一片，他问桃花男人今年上六十没？马巴佬哑哑嘴，属牛的，虚六十。东家庄地哦了一声，一种岁月的沧桑感苦霜样袭过来，直到马巴佬出门，没再说一句话，他的心完全沉浸到遥远的往事里去了。

四十年前那个空气里弥漫着菜花芳香的日子再次闪出来，那顶大红轿子晃啊晃，仿佛又一次要把他打下河院晃到北山。那张白皙娇美的脸，那匀称的身段和略略后翘的丰臀更是横在眼前不走，更有出门时那勾魂摄魄的一望……东家庄地欹歔成一团，心思，止不住一次次飞到庙上。

青骡子驮着灯芯到油坊的这个上午，沟里又出了事儿。日竿子老婆经过数次努力终于将奸夫淫妇捉到炕上，应声而来的娘家兄弟完全抛开下河院，暴打一顿日竿子后把愤怒全泄到柳条儿身上。这可是真正地乱了纲常呀，叔伯公公让堵到侄儿媳妇炕上，了得！

管家六根的遗孀这日上午被赤条条拖到村巷，身子让刺刷刷得一片污红，两只还算有点样子的奶子涂上狗屎，恶臭斥满村巷，义愤燃胸的沟里女人无一例外吐了唾沫。娘家人的举动赢得一沟人的称赞，就连赶去阻止事态的草绳男人回来也是满腔怒火。乱伦的丑闻让沟里丰收的喜悦蒙了尘灰,灯芯听到后只是轻轻哦了一声,表示对此事不甚在乎。可惩治淫妇的惨烈举动却锥子样锥疼她的心。

七驴儿支下身子,灯芯踩着他的背落地后问:"都好了?"七驴儿说:"好了。"马巴佬迎上来,糊着两个油手说:"几年不榨拾掇起来可麻缠哩。"灯芯没跟他说话,继续跟七驴儿说:"巴佬来齐了没?"七驴儿抬眼瞅瞅马巴佬,没答。马巴佬说:"齐了,就等你发话哩。"

"都哪的?"灯芯突然盯住马巴佬。

"还能上哪找,沟外的呗。"马巴佬低下头,心里纳闷她咋问这。

"沟里没巴佬,南北二山也没?"灯芯揪住话题不放,马巴佬好不尴尬。一到油坊他便将以前的巴佬全打发掉,清一色换成了自己人。

少奶奶灯芯尖利的目光盯在马巴佬满是阴谋的脸上,直盯得马巴佬起了汗,汗从他没有一丝皱纹的光亮的额头上渗出,顺着肥嘟嘟的脸颊流到油腻如猪项圈的脖颈里,这一身油光四射的肥肉怎么也不会让人相信他家饿死过人,说是撑死的还差不多。

少奶奶灯芯并不知道,大灾年间猪满圈粮满仓的马巴佬并没舍得拿出一碗粮食赈济亲人,就连他七十多岁的老娘,也隔三间五地饿肚子,跟他一要他便恶狠狠说,都老成这样了,还吃个甚?老天爷收人哩,老的不走难道叫小的走?他姐姐桃花也就是天堂庙的妙云法师曾在庙上最困难的日子里找过他,你猜他咋个说?他猛地关了院门,骂,哪来的毛鬼神,不跟佛爷要去做甚哩?这阵儿认得你娘家了,迟了!

他姐夫拖家带口的,儿子不幸又染了病,几次告到他们上,一句好话没讨到,还差点放出狗来。这人哪,谁能说得清呢?东家庄地啃着油渣活命的日子里,马巴佬仍然坚持着一日三顿白馍外加两个鸡蛋的美好生活。

三年大灾,别人瘦了病了差点没命了,他倒是养得白白胖胖,活生生一个马佛爷。

"给我全都打发了,换南北二山的老人手来!"灯芯说完这句转身踩蹬,七驴儿忙弓腰抱脚,无意间在灯芯细软如藕的小腿上捏了一把,灯芯低头瞥他一眼,面颊微微一红,上了骡。

当夜,七驴儿带了马巴佬姐夫来见灯芯,这是一个木讷寡言的老男人,一张青筋暴露的脸瘦得跟刀刮了般骇人,干瘪的眼睛空洞而无光,半天不眨一下,听见少奶奶问话,半天才抬起头说,甚?

少奶奶灯芯一肚子话让他这一声甚给甚没了，匆匆说，带去找草绳男人，拿几件衣裳给他换了。

马巴佬姐夫最终没留在油坊，而是跟上草绳男人去了南山煤窑。天灾人祸让南山煤窑变成了废墟，重修煤窑的计划已在灯芯跟草绳男人的心中悄悄酝酿着。

油坊重新开榨的这个早晨，一沟的男女老少自发涌来，他们顶着星辰早早出发，赶少奶奶灯芯的青骡子进院时，已站成一片强大的阵势。

本来，油坊重新开榨是要举大礼的，怎么说让沟里人顶着饥荒活下命的，都是这油坊的油渣。沟里人自发捐钱捐物，说甚也要在油坊开榨之日好好祭奠一番。大灾令少奶奶灯芯改变了对很多事的看法，尤其眼下饥荒刚过，百废待兴，她更不主张铺张。但是，十天前木手子携着天狗，两人悄悄去了趟凉州城。回来说，苏先生是见着了，不过，他眼下忙得很，实在抽不出空来沟里。木手子还带来苏先生一封信，信只有短短几行字，却写得刚劲有力：大地复苏，万物待兴，百事以节俭为原则。另，得知少东家康复，甚感欣慰。苏某因诸事缠身，日程多有不便，还望海涵。

少奶奶灯芯捧着信，连读几遍，感觉到一层从未有过的失落。天狗刚一走，木手子压低声音说："苏先生怕不只是忙……

他……

我听凉州城的人说，眼下城里闹共乱哩，苏先生怕是……"

你是说？

"少奶奶，苏先生有文化，人又仗义，十个有九个，怕是入了共产党。"

"什么？"

这共产党的事，少奶奶灯芯听过，是打半仙刘瞎子嘴里听说的。半仙说这事时，神情相当诡秘，而且语气里有种深深的不安。少奶奶灯芯当下惊得，他咋就？嘴上却说："啥党不党的，跟我们没关联，我们是种庄稼的，只管把地种好。"见木手子诧异，又说："他不来也好，我还愁来了没法照应哩。"

打发了木手子，她却独自在炕上怔了一夜。大灾三年，很多事儿都让人忘了，灾荒刚一过，这心，就又扑腾扑腾的。不过，想来想去，还是叹出一口气，也好，这人啊，该忘的，还是忘干净好，记着，心累，惦着，心更累,倒不如忘个干净的轻松。

大礼虽不举,但也不能太过寡淡。早有众人将供桌摆好,上面献了五谷六草,还有清凌凌的沙河水。香案也一并儿摆好,就等主东家来人举礼。

少奶奶灯芯迎着众人期待的目光,男人样威风八面地走上铺在供桌前的红绒毯子,拱手向大伙作揖,然后学东家庄地磕拜神灵样磕头烧香。香毕,木手子按苏先生吩咐过的,唱,献祭文——

此唱一出,众人皆惊。这沟里,除了东家庄地,可都是目不识丁的呀,这祭文,谁献?

就在众人惊诧间,只见木手子走过来,将一条大红被面披在少奶奶灯芯身上,早有天狗几个,双手捧着供盘,只见黄裱纸里包着的,正是要献的祭文。少奶奶灯芯镇静一会儿,双手捧起祭文,学凉州城斋公苏先生那样,朗声开唱:

至圣洋溢福禄油神之位

考神明之有赖兮　开诸心而茫然　溯福德之济人兮　利泽遍乎山川　仿佛太乙之燃黎兮　辉煌映于华堂　烹调五味之相宜兮　通口莫不充肠　弟子开设油肆兮　赖神为之干旋　多寡取之不竭兮　混混犹如涌泉　沾神恩之高厚兮　宜服应之莫忘　援卜金秋之佳日兮　央士敬上祝章　叩拜祈祷兮　酒肴洁供敬献　祈神明之来格兮　为酒曲之是酱

尚飨

唱音刚落,油坊内便一片哗然,人们真是惊讶死了,天呀,她竟识得字,她竟识得字呀,还会唱这么好的祭文。哟嘿嘿,这女人,了得!

礼毕,开始领羯羊。五只肥硕的羯羊头染红色,牵了过来,许是天意,木手子刚唤了声彻展大领,就见五只羯羊齐刷刷摇头摆尾,好不兴奋。仿佛,极情愿被油坊神领走。

炮仗声震天轰响,少奶奶灯芯匍匐着的身子缓缓而起。

开榨了——

油坊顶上,响起七驴儿尖亮的嗓子。

这一声响,直让寡味了三年的空气瞬间充满清油的泽香。

开榨了。

这个正午,全沟老少在油碾的轰响声中喝着香喷喷的羊肉汤,嘴里却溢满对下河院少奶奶的赞美之词。马巴佬被这阵势完全骇住了,心里扑儿扑儿地乱跳,打早上到现在,少奶奶灯芯正眼都没瞧他一眼哩。往后,这日子可不像预想的那样轻松痛快。

49

　　油香四溢,黄灿灿的清油水一般流向油桶时,马巴佬那颗按捺不住的心又沸腾起来,开榨那天的忧虑像一场小感冒被他轻易扛了过去,跟七驴儿的合作终于再次开始。

　　事前马巴佬做了一场煎心抉择,踢开七驴儿单干的主意是他在来时就打定了的,但这梦想因老姐夫的离去不得不告灭。谁能想得到,马巴佬这次拉老姐夫来,目的就是想给自个找个往外送油的帮手。大灾年间他虽是没施舍给老姐夫一碗水,可毕竟,他是他姐夫哩,如今他孤单单一人,离了他帮衬还咋活?况且,出门那天,他就拍了胸脯说,只要按他说的做,保证让老姐夫跟庙里那看破红尘的妙云法师见上一面。老姐夫也正是冲了这点,才跟着他来,谁知却又让少奶奶灯芯给打发到了窑上。

　　缺少亲信的马巴佬不得不再次将希望寄托到七驴儿身上。七驴儿的能耐够他一百个放心,他不仅路熟而且事情做得漂亮,冒着大雪三天一来回,银子一分不少交六根手上,他的诚信六根临死那天还赞不绝口,可马巴佬隐隐觉得这小子现在不对味儿,试探着问了几次,七驴儿说,饿死胆小的,撑死胆大的,现在不做啥时做,等大权到了灯芯手里,你我喝风都没。七驴儿一席话说得马巴佬眉飞色舞,拍着他肩膀说,兄弟跟我想一块去了,做完今年不做了,够吃够喝就行了,这提心吊胆的日子不是人过的。二人经过一番密谋,决计重走老路,得利五五分成。七驴儿一番推托,硬要自个拿三。马巴佬被他的谦让和诚心感动得说不出话来,心里,再也不犯疑惑了。

　　一连几次都相安无事,少奶奶灯芯像是忘了油坊似的,整个人都缠到煤窑去了,七驴儿跟马巴佬好不得意,遂决定要做做狠点,反正今年菜子多,不在乎少掉一桶两桶,便在骡车上又加了一个桶。直到大雪初降的这天三更,装好车上路的七驴儿突然抱着肚子喊要命,急得马巴佬左一声右一声问,到底能去不?七驴儿疼得地上打滚,咬住牙说,这趟你去吧,我跟人家说好了,坏了信誉日后怕没人要货哩。油已装车上,再往下卸就十二分地舍不得,再说了,七驴儿说得也有道理,这事本来就不是光明正大的,要是坏了信誉,那边不肯要货,往后,还咋个做?迫不得已,马巴佬赶了骡车上路。天嗖儿嗖儿的冷,西北风比刀子还利。马巴佬想,这贼也不是好做的,三更半夜起身,摸黑上路,两头不见天日,还不能撞见熟人。唉,都说福好享,谁个知道这福中的苦哩。这么想着,就觉自个这辈子也真不容易,好不容易学个手艺,谁知沟外又没油坊,多亏了妹妹水上飘,嫁到下河院,要不,就连这碗饭也吃不上哩。一路悑惶着,边走边想,隔空不匀的,还吆喝两声骡子。刚过沙河,猛听黑夜里响起木手子公鸡般的声音,贼偷油呀,打贼呀。

立时,就见潜伏在沙河沿上的十几个男人猛乍起身,不管三七二十一,就冲偷油贼扔起了石头。乱石横飞,马巴佬想躲都躲不掉,连挨了几石头,心想不承认不行了,就扯上嗓子喊,甭打了呀,我不是贼,我是马巴佬。

这叫,就有点迟了。木手子明明白白吼过来一嗓子,管你是马巴佬还是驴巴佬,偷油就往死里打。给我打!

十几个男人见贼弃了骡车,想跑,四下里围过来,抡起棍棒,照头就往下敲。马巴佬爹呀娘呀的喊,哪还有人听他这声音。就听木手子又喝了一声,他还敢冒充马巴佬,狗日的胆子也太大了,打,往死里打,看他还敢冒充不。

棍棒如雨点,疯狂地落下来,等有人喊不要打了时,马巴佬已成了一摊肉泥。

远处,一双眼睛倏地一闪,没了。

天亮时分,木手子惶惶地跑进下河院,跟少奶奶灯芯说:"天老爷呀,马巴佬,马巴佬……"

"慢慢说,马巴佬又咋了?"少奶奶灯芯刚洗过脸,丫头葱儿捧过茶,热腾腾的茶遮住了她的脸面,也雾住了她的眼神。她饮了一口,盯住木手子。

木手子颤惊惊说:"没成想偷油贼真是马巴佬,他咋个是马巴佬哩,天呀,咋个办?"

少奶奶灯芯缓缓放下茶盅,道:"真是做贼做到家了,让四堂子跑一趟,让他家里人来抬尸。"

马巴佬被乱石打死的消息再次震撼了新管家二拐子,打东家庄地的上房出来,目光怔怔地盯住西厢房,有一刻他恍然觉得,遭乱石打死的不是马巴佬,是他自己。女人的目光斜斜穿过长廊,刺他脸上,二拐子连打了几个寒噤后匆匆离开。

夜里,他无不悲哀地爬在自家女人芨芨肚子上,抖抖索索做了一阵,突然软下来,十二分不甘心地抱住芨芨,娘呀一声,狠命在她缺了一半的奶子上乱咬。近来发生的一连串事儿真是让他不安稳,不咬他觉得活不成。

跟二拐子相反的是,七驴儿终于如愿以偿当上油坊大巴佬。站在晴朗的天空下,七驴儿脸上溢满胜利者的笑容。早晨的微风吹过沟谷,也吹给他一大片美好向往。想想十二岁跟上马巴佬学榨油的日子,七驴儿就觉人生真是一场梦,梦里是无止境的搏杀,无止境的追逐,胜者为王败者为寇,打小记住的人生哲学此时比真理还真理地坚定着他野心勃勃的人生信念。

想想每趟回来神不知鬼不觉溜进西厢房将分得的银子一分不少交少奶奶灯芯手上,七驴儿就被自己的聪明和乖巧激荡得心潮澎湃。不过他很快压制住怒放的心情,开始做更富远见的构想。

人生必须得有构想。

这构想,一半是野心一半是谨慎。

还有,就是善于察觉每一个人的心思。

七驴儿发现,少奶奶灯芯看他的目光不一样。

那层目光他似曾在娘眼里见过,十岁死去爹后,娘痛苦得活不成,终日浸沦在泪水里,十岁的七驴儿拖着八岁的弟弟走村串巷,提个打狗棍捧个破碗为苦命的娘讨吃食,半年后他们背着一袋白面兴冲冲扑进家门时却惊讶地发现娘容光焕发面若桃色,一双杏眼总是荡漾着关不住的春色,悲伤早已让春风荡得无影无踪,直到村里小木匠跨进他家院门,娘的变化才得到合理解释。

少奶奶灯芯望他的目光正是当年娘给小木匠的目光。

七驴儿虽然深知目光有毒深知掉进那目光就会招来杀身之祸可还是忍不住就去回味,咀嚼是一种享受更是一种痛苦,唯一的解脱便是彻底掐死它。七驴儿难的是作不出这种选择。可他又必须作出这种选择。

冬日的大雪很快掩住整个沟谷,白茫茫的大地冷不丁让人卑微的灵魂打出一个寒战。圣洁一片的纯净里,新管家二拐子带着下河院大少爷马驹堆雪人,这是严冷的冬季里他获得的又一份快乐,沉浸其中,乐此不疲。经过漫长秋季的精心培养,他和大少爷马驹的关系已十分亲近,六岁的小马驹一日不见他,号叫声就会冲破下河院的天空。

这天他们堆了一个瘦弱多病的老雪人,其状酷似院主人东家庄地。二拐子别出心裁拿柴棍做了个长长的烟斗,插进雪人嘴里,其状就愈发地像东家庄地了。爱堆丰腴女雪人的马驹对二拐子的这一造型十分不满,手持长棍几下就给毁了。二拐子没有阻拦,小马驹毁雪人的壮举令他心血激荡,禁不住抱起来美美哑了几口。小马驹大叫着跳下来,非要他再堆一个女人。

站在西厢房长廊立柱后的灯芯无言地看完这幕,身上起了层冷汗。退到房中,怔怔的目光半天找不到着落。管家六根走了,窑头杨二走了,油坊马巴佬也走了,按说,少奶奶灯芯该高枕无忧,可……

三年大灾,让少奶奶灯芯对仇恨有了另种理解,仇是甚,恨又是甚,比起命来,哪个重要?要不是不思悔改的马巴佬再起贪心,她是说甚也不走那一步的。是他逼的呀!贪,贪,你到底贪个甚?

马巴佬惨死乱石下,比谁都痛苦的是少奶奶灯芯,天天夜里,她坐灯下,翻来覆去地想,到底是对还是错?想着想着,凉州城苏先生二次来时留下的话又在耳畔响起来,人这一生,记住的当是恩,是爱,不是恨。恨是刀,是火,恩才是水。可爱在哪,恩在哪!这院里,难道真的就留不住爱,留不住恩?她泪溢满面,她心痛如焚。可谁能帮她?

男人命旺呼呼大睡,鼾声里透出一股绝望气息,大雪厚葬了他捉蚂蚱的欲望,人便又傻呆炕上不起了。

少奶奶灯芯又是彻夜未眠。

第十一章
错　爱

50

　　重打巷井的行动腊月初一突然中止。草绳男人压坏了腿，骡子驮到下河院后还污血一片。一阵惊吓后，灯芯问清了原委。成垛的木料让冰雪冻住，草绳男人拿撬杠撬，一脚踩空连人带木头滚下来，幸好没伤着骨头。

　　人手再次成了大问题，除了草绳男人，沟里再找不出第二个会打巷井的人。只能养好伤再说。二瘸子那边倒是接连派人催了几趟，偏是他又病着，大灾年间，二瘸子一家靠着下河院暗中接济，算是活了下来，本打算重打巷井时能让他一显身手，谁知疾病偏是在这时候找了他。一连串的事败坏着少奶奶灯芯的心情，觉得自己快要愁死了。

　　后山中医刘松柏在女儿最感无望的时候为她带来了好消息，他骑着一匹骡马，样子颇有几分威风，后面骡子上骑了两个人，一进西厢房，笑呵呵跟女儿说，看你愁的，我把这人给你带来，他可是打巷的好手。来人叫孙六，三十来岁，背有点驼，媳妇儿病了十年，让中医刘松柏医好了，感激得不行，一听下河院打巷缺人，找上门说，要是信得过，他领着打。少奶奶灯芯当下便让后院杀了鸡，说，咋个信不过，爹引见的人，能错？中医刘松柏拍着胸脯说，你就十二个放心，要是孙六敢丢脸，我让他媳妇儿倒休了他。一席话说得孙六红了脸，这个不善言辞的中年男人一顿饭间便让灯芯踏实了心，不是每个人都让她防范。

　　中医刘松柏带来的另一个人却让灯芯阴实了心。

　　石头后山调养几个月后，气色有了好转，人比先前略微胖了些，不过中医爹说，石头这病怕是重着哩，甭看眼下脸色红润，一到春夏，这病弄不好又要反弹。伤愁不由得漫上灯芯心头，石头大约也觉出自个得的不是好病，从回来到现在，一句话不跟灯芯讲，待在娘耳房里，唤他吃饭也不出来。中医爹临走时说,弄条狗炖了给他吃,热狗肉补胃寒。灯芯差木手子当下去办,安顿千万要干净的,四处乱跑乱食的不要。木手子天黑回来说,沟里没拴着养的。灯芯略一思忖,说,把后院大花吊了吧。

使不得呀,少奶奶,大花……

去吧。

次日,驼背男人孙六便去了窑上,按他的估计,一个冬天新巷就能恢复,明年要是年景好,再打条巷,把老巷的煤路连上。

这个年过得有些沉闷,除了二拐子,谁的心都阴沉沉的。凤香自打石头回来,整日苦着脸,没笑过一回。灯芯将北厢房腾开,让他娘俩住。一天过去两三回,去了就抓住手丢不开,眼里郁郁闷闷裹着一层雾状的东西,石头不忍灯芯为他落泪,强笑着劝她,还姐姐哩,我都没愁看把你愁的。灯芯硬撑道,谁个愁哩,姐姐这是想你想的,几个月见不着,姐姐饭都少吃了好多。石头依她怀里,喃喃道,石头也好想你哩。

初一刚过,拜年的人便纷至沓来,也不知啥人出的主意,沟里忽然兴起给下河院拜年的热潮,一向神圣威严的下河院这一年让他们觉得亲切可近,东家庄地更被这意外之举弄得合不拢嘴,抱着孙子牛犊坐椅子上受礼,还不时嚷嚷着让儿媳灯芯发红包。下河院愁闷的空气让吉祥的祝福和欢快的笑声替代了,少奶奶灯芯忙上忙下,指挥着奶妈仁顺嫂和凤香几个给客人端茶倒水,又怕石头冷落,差丫头葱儿去北厢房陪他说话。

热闹一直持续到二月出去。新管家二拐子是唯一站在热闹外观景的人,沟里人莫名其妙的迂腐举动让他冷笑,这些人真是太容易被哄了,完全让那个女人的假象迷惑了。他在心里恨不得让一沟人跟下河院作对,沟里人和下河院的亲近让他孤独的心多出份不安。也不知啥缘由,近来他越发地怀念管家六根,也许人一死所有的罪过也都灭了,二拐子倒是恨不起他了,反觉得自己跟他同病相怜,都是下河院的狗,跟大花没甚两样,迟早有天也会让狠毒的灯芯吊死。怀着这种复杂的心情走进六根家院子,柳条儿正坐在门外晒太阳,四个丫头屋里打得鬼哭狼嚎,柳条儿懒得理,目光痴痴呆呆盯住天上的云,间或伸手怀里抓一把,像是要抓出虱子什么的。柳条儿整个人都垮下去了,浑身看不出一点女人的味道。大丫头引弟听见门外有人,跑出来见是他,拿起扫帚就打,边打边用下流话骂,你个断后鬼,你个白眼狼,操死你们下河院的先人,操死你家苿苿。二拐子本还想问她们几句,年咋过,有肉没,一看这阵势,掉头逃出来了。

后晌苿苿包的饺子,二拐子一点胃口都没有,想起引弟骂他断后鬼的话,目光忍不住就看苿苿肚子。苿苿这骚货,下了两个母蛋突然不下了,凭咋折腾也怀不上,一看她圆溜溜的尻蛋子扭出扭进,二拐子气就来了。你少骚下行不,再扭不怕扭烂?满脸喜庆的苿苿想不到男人会骂,后晌日竿子跟她说,算命先生说过不了清明,下河院必有大难降临,她正为这事高兴哩,男人竟没来由地骂起了她。

就骚哩,就扭哩,看不惯甭看,外头着了气少拿我泄,有本事外头骂去,打去。

二拐子抡起的拳头忽地放下,他看见门口立着一个人,看清是马驹时,一下扑过去,将他揽进怀里。苿苿瞅见这一幕,心里恨恨疼了下,半天后,她奇奇怪怪盯住马驹脸,越看越觉眼熟,愣怔半天,屋里丫头喊锅溢了,苿苿才做了个梦似的摇头进了屋。

马驹想跟二拐子丫头蒿子玩,二拐子正要唤蒿子出来,脑子忽然一闪,跟马驹说,蒿子有臭,不好玩,我带你到巷里玩。二拐子带着马驹,一家一家指给他认,马驹很兴奋,他已不满足整天圈到下河院,渴望着走出来,跟沟里的孩子耍。到了柳条儿家门口,二拐子想绕过去,马驹蹬住腿不走,非要问这是谁家。二拐子刚说了六根的名字,四丫头招弟出来了,手里拿块油渣,边走边啃。一闻着油渣味,马驹不走了,非要拿手里的点心换油渣吃。看着马驹的荒唐举动,二拐子顿觉一脑子的美好希望让油渣毁了。他气急败坏冲马驹屁股一巴掌,马驹故意放开嗓子号叫,引来满巷道找马驹的仁顺嫂。见儿子打马驹,奶妈仁顺嫂惶惶地抱起马驹说:"你咋敢打小少爷,你个吃了五谷不长记性的,不要命了?"

二拐子颓丧地瘫坐在巷道里,心里是说不出的凄凉和憎恨。

日竿子的话不幸言中,这一天下河院突然炸出一个惊人的消息:二少爷牛犊是个傻子。

生日过后牛犊既不说话也不微笑的事实引起奶妈仁顺嫂的怀疑,记忆中这般大的孩子都能站地走路了,一连观察几天,终于发现二少爷牛犊不仅不会笑居然连头都不能抬稳,脑袋老是偏在肩膀上,嘴里还不停地流涎水。战战兢兢将心里的猜疑说给东家庄地，却招来庄地恶毒的臭骂。奶妈仁顺嫂终是压不住心里的担忧，选择一个灯芯有笑脸的后晌单独跟她说了，灯芯起初惊疑地瞪住奶妈仁顺嫂，后来在三番五次抱起牛犊试探后终于记起这么大时马驹确已下地走路了。后山中医刘松柏以最快的速度赶到下河院，西厢房秘密住了十日后，近乎绝望地叹出口气。大家也太疏忽了，这么大的不幸到今儿个才发现确实不像下河院的做派，可事实毕竟是事实，就连中医刘松柏也掩盖不了。夜深人静时他抓着女儿灯芯手说："认命吧，再生十个也是这样。"

少奶奶灯芯还是不肯放弃侥幸，一连说了几遍我不信后赌气似的吼："我还要生！"中医刘松柏立刻拿出父亲的威严："这一个就够你伺候一辈子，你还想要多少拖累？！"

可我不能让下河院绝后呀！少奶奶灯芯再也压不住悲恸地吼道。

"不是还有马驹么？"

"外人不知难道你也装糊涂么？"少奶奶灯芯几乎要诅咒父亲了。中医刘松柏忍住大悲，冷静地说："想生也不能跟他生！"

消息起先仅仅在几个人中间，连东家庄地也让灯芯笑着哄过去了。少奶奶灯芯发下死话，谁说出去谁的舌头割下喂狗。可没过半月，沟里还是有人知晓了。后山兄妹的两个后人弄下一个傻子让东家庄地肥水不流外人田的算计遭到致命的报复，聪明人开始对活蹦乱跳淘气鬼似的马驹带上疑问的目光。下河院真正的灾难也许就在咫尺之间。

二拐子无意中从母亲说漏的话里听到消息，愁闷的阴云一扫而光，莫名的兴奋鼓舞着他，情绪顿然焕发起来。当下便趾高气扬朝西厢房去，长廊里女人特意为他安的栅门静静敞开着，似是迎接他的到来。迈进栅门一刻他的心情有点复杂，第一次女人暗中召他的情景恍然跃在眼前，充满底气的脚步稍稍有点犹豫，都想退缩了，院里命旺的傻傻笑立时给了他鼓舞，抖擞精神，挺着腰杆进去了。

少奶奶灯芯坐里屋纳鞋底，捏长针的两根手指灵巧而白皙，纳一针头发里捋一下。乌黑的头发缩成一个硕大的发髻，上面插一枚绿色翡翠骨朵，炉火熏染着她的脸，发出镇定自若的光亮。二拐子隔窗巴望一会儿，里面的人像是专注在某件事上，头也不抬一下。二拐子难在了院里，一时竟记不起来的目的，难道仅仅是来向她表示幸灾乐祸的么？犹豫中目光触见炕头并排摆着的一对鸳鸯枕头，仿佛那夜眼睛被美美刺了一下,碎花炕单上那摊血瞬间殷红出来,这才想起曾对女人是存过喜欢的,自己男人的第一次正是绽放在这炕上的。眼下自己却视她为敌人,为对手,要从她手里夺得想要的东西。这东西到底是什么呢?他竟让自己搞糊涂了,忽然发现几时心里竟种下了管家六根的影子,像是要帮他完成什么。这么一想便觉害怕,不是怕里面的人,是怕自己。像是洞见一个长久埋伏在心里的秘密,而这秘密又是那么的不能见天日。

他还怔忡着,里面说话了:"进来呀,既然找来了还怕甚?"灯芯并没抬头,目光都未掠一下,纳针的动作还那么专注。二拐子干笑两声,不进了,我来看看凤香,她不在我另处找。说着话倒缩着往后退,不料正好跟傻兮兮瞅他的命旺撞上了,命旺让他一脚踩疼了,扬手给他一嘴巴。二拐子咧了咧牙,这傻子,打人倒是一点不傻。

二拐子终觉得自己不是干大事的料,管家六根脚趾头都跟不上,发现这点他很痛苦,沮丧再次包围了他。

这个夜晚,二拐子家里迎来了客人。苃苃天一黑便出了门,这骚货,骚得一天到晚门都不知道进了。

客人不是别人,正是油坊的新巴佬七驴儿。七驴儿进了门,也不见外,将手里提的礼当放桌上,大模大样就给坐下了。二拐子慌得说:"你看你,来就来,还提个礼当做甚哩?"七驴儿笑着说:"头次来,说甚也不能空着手。"

放了茶,拾了馍,二拐子就坐油灯下等。

按他的判断,七驴儿这是无事不登门,他七驴儿现在是谁?下河院女人的红人,座上客,油坊大巴佬!能平白无故到他家串门?

七驴儿先是不吭声,坐油灯下望,一动不动的眼神令二拐子头皮发麻。眼看望得二拐子坐不住了,才说:"也没什么事儿,就是想跟你喧喧。"

"喧,该喧,是该喧。"二拐子应着声,却不知道该喧甚。

"院里,还过得顺心?"

"顺心,顺心得很。"二拐子连连点头,趁空又给七驴儿续满了茶。七驴儿笑笑:"你看你,手抖个甚,我又不是少奶奶,又不是命旺,看把你吓的。"

"我吓么?"二拐子抬起头,不相信地盯住七驴儿,"不怕,我有甚怕的?"

"你是不怕,可我怕。"七驴儿道。

"你怕甚?"二拐子忽地抬头,一脸不解。

"怕马巴佬,怕六根。"

"他们……"

"冤哪——"

七驴儿说完这句,不说了,专心致志喝茶。喝得那个有滋有味,直把二拐子肠子都喝出来了。二拐子猛就夺过他茶杯:"喝个甚,不就一个茶么,喝个甚?"

"嘿嘿,嘿嘿,你还是怕,比我怕。"七驴儿阴阳怪气说。

"我怕个头,大不了——"

"大不了咋?"七驴儿忙把眼神凑过来。

"不说了,不说了,喝茶,喝茶吧。"

接着又喝。直到巷道里响起芨芨的脚步声,两个人谁也没再说二句话。七驴儿不想见芨芨,起身告辞。临走,突然又丢下一句话。

"这趟回来前,我见了一个人。"

"谁?!"

"你舅舅,二瘸子。"

51

菜子下种的季节再次来临,连着三场透雨润得谁都心里痒痒,恨不能找下河院多租些地种。少奶奶灯芯带着木手子到南北二山洼里走了一遭,见有不少阴坡可开耕,遂发下话,有人手的尽可垦荒,开出的地租子头年免,二年减半。沟里人的热情被极大地调动起来,纵是人手不多的也争着要开耕。二拐子终于被派上用场,给垦荒者量地埂划地皮。沟里人到现在还不大习惯称他管家,仍是一口一个二拐子。下河院这位新管家一开始便让沟里人小瞧,跟六根的威严比起来,二拐子的做派让他们感到滑稽,语气里自然多了戏谑的成分。

沟里人一向爱拿二拐子跟女人的事取笑,这阵把矛头指向芨芨。北山皮匠的女子生下蒿子和腊腊后肚子泄了气似的好久鼓不起来,人们便笑二拐子是不是没了种,要不要帮他弄?沟里人开起这种玩笑一向粗野,说二拐子一定是摸人家媳妇儿摸得流尽了,反让芨芨那么好一块地荒着。众人的玩笑里二拐子渐渐勾下头,心事漫了上来,忍不住冲笑他的人骂,尿拉完了没,不想要地给老子回去。对方当下拉下脸,你算老几,给个棒槌当枕头,还真当是管家了？一句话戗得二拐子怔半天,一声不吭蹲沙河沿上发闷。

沙河水滚滚西去,浪花飞溅,河边的杨树林吐着新绿,风吹枝儿动,树上的雀声唧唧喳喳,磨房的吱扭声更像一首古老的乡曲,吟得人心气怡荡。所有这一切都像灌他耳朵里的嘲笑声,二拐子这个下午经历了一场撕心裂肺的煎熬。

往回走时,脑子里突然又跳出七驴儿那句话——"我见过二瘸子！"

少奶奶灯芯累了一天,回到西厢房想躺一会儿,七驴儿居然坐屋里。西厢房不是随便进入的,灯芯脸上蒙了霜,心里也起了火,正要发作,七驴儿却讪笑着道:"少奶奶千万别生气,我来是有要事说。"灯芯压了火,不快地说:"不操心榨油乱跑甚？"

七驴儿颤惊惊说:"油快榨完了,我来是想跟少奶奶讨个话,巴佬们油榨完没事儿,放回去来年又不好叫,不如想法儿找点活留住他们。"

油坊的巴佬都是冬天来春末去,平日没活干,这也是留不住人的缘由。灯芯打量一眼七驴儿,见他干干净净,一尘不染,跟院里的下人判若两样,整日在油坊却闻不见一丝油味,反倒有股菜子的弥香。灯芯喜欢干净男人,凉州城苏先生已在她心里种下深刻的影子,成了她审视男人的典范。见七驴儿灵眉灵眼,嘴又这么会说话,心里的气去了一半,阴着脸问:"你有甚法儿？"

"我想让他们酿醋,正好油坊有空闲房子,改醋房并不难,醋糟还能喂猪哩。"

"哦？"灯芯有了兴头,让他把话说完。七驴儿这才把心里想多天的话说出来,灯芯听了觉得还真是不错,这沟里沟外哪家不食醋,当下对七驴儿生了好感,要是谁都肯动脑子,院里的事办起来就容易多了。

"那你回去抓紧办,缺的少的只管吭气儿。"说完躺到炕上,她实在太累了。七驴儿知道该告退了,身子却不听使唤地赖在那儿,半天后他说:"少奶奶累了一天,要不我给你敲敲腿？"

灯芯好奇地抬起头:"你会敲腿？"

"会。管家六根在油坊时,每天都给他敲。"

灯芯哦了一声,没说敲也没说不敲。七驴儿犹豫片刻,走过去,跪炕沿下敲起来。你还甭说,七驴儿这一手还真管用,敲着敲着灯芯就感觉不到腿疼了,浑身慢慢舒开,随着敲打的节拍走进一个陌生的境界。风从山谷缓缓吹来,撩拨得人无比通畅,血液伴着雨点的声音汨汨流动,身心花蕾样绽开。灵魂渐渐从肉体脱开,飞向一个神往已久的地方。

七驴儿敲得投入极了,两只灵巧的手像在飞翔,从灯芯修长的腿飞到纤细的腰际,驻足片刻,又飞往脊背,在肩胛处向左右延伸,再没入两条纤纤手臂,落下时绕开美丽的臀,让一片遗憾默默置入两个人心田。

世界静止了,世界又在飞速地旋转。美妙无比的感觉令灯芯有腾云驾雾的幻觉。

而此时,远在五里外的天堂庙山门吱呀一声,开了,蒙蒙夜色下,探出一个人来,老,背弓着,像一棵让风吹打干了的树,脸上更是千沟万壑。男人在山门前默了一会儿,很不甘心,想再次探进头去,山门吱呀一声,关了。男人恨恨一跺脚,下了山。

男人正是马巴佬的老姐夫。草绳男人也是受不住人世间这分分离离的苦,窑上跟庙里来回跑了好几趟,磨破了嘴皮子,妙云法师才答应见男人一面。老姐夫喜得,饭也顾不上吃,骑上一头毛驴儿就下了山,打响午走到大后晌,才看见那座庙。

庙还是那座庙,可物是人非,三年大灾加上惠云师太的升天,这庙里,就多了股悲悲切切的味。

老姐夫被引到妙云法师的寮房,刚一看见妙云,忽啦声音就出来了。

"桃花呀——"

"施主认错人了,我是当家师妙云。"妙云法师双手合十,施礼道。

"桃花呀,我可寻着你了——"老姐夫顿然泪若雨下,这几十年,他东奔西簸,四处打听她的下落,只知道她出了家,去了哪座山哪座庙,却一直没个准信。这下,他算是清清楚楚看见自个女人了。

也不管女人咋个不搭理他,老姐夫扑通一声坐下,一把鼻子一把泪,就把家里的事儿全说了。儿子死了,儿媳妇也死了,孙子没了,除了嫁人的果果刺,就剩了他一个老不中用的。桃花呀,这日子——老姐夫哭成了个泪人儿。

妙云法师紧紧地撑住自己的表情,不让任何尘俗界的悲欢显出来,嘴里,使上劲地念,阿弥陀佛阿弥陀佛阿弥陀佛……仿佛一停下来,她就立马成了俗人!

夜,寂静无声,南山松涛沉默成一片,黑夜里,只有老姐夫下山的脚步在踏出踏响。每走一步,老姐夫就回一次头,眼里,还是抹不尽的泪。他哭了那么多,说了那么多,又问了那么多,她呢,就知道阿弥陀佛。仿佛心里除了佛爷,再也不想这尘世间的一个人,不想这尘世间的一件事。老姐夫心死了,彻底死了,她把他忘了,把儿女们也忘了,把那么多凄凄苦苦的日子也全给忘了。那么,她心里还有谁?

老姐夫不明白,老姐夫也不想明白,都活到了这地步,还明白个甚?不如一头撞到这南山上,不如一脚踩到这悬崖里。可老姐夫不甘心啊!

他就是想知道,当初,凭甚她要把他和儿女抛下,遁入这空门?

能说么?

不能说呀!

老姐夫离开很久,妙云还待在寮房里,双手拨弄着佛珠,嘴里仍念念有词。

心里,却是翻江倒海。

世上哪儿有空门,是谁又逃得过这滚滚红尘?原想一头扑进佛怀里,这尘世间的恩怨,便化作一缕青烟,永世地脱离苦海。哪知……

妙云忽然地泪如雨下了。

那个已经在她脑子里死去的空气里弥散着雨腥味的黄昏哗地跳出来,她感觉自己猛就被那浓浓的雨腥味包围了,浸透了,心,湿润成一片。那是她生下果果刺不久,因为男人在那年里害了场大病,家里日子突然间紧巴得喘不过气,正好有个亲戚想抱走果果刺,桃花一狠心应了。可真的一抱走,心就空了,空得搁哪儿也找不到着落。想来想去,还是来到了下河院。

这一来,就把自个给丢了,彻底丢了,咋都找不回。想想也真是好笑,都三十好几的人了,竟也犯那种傻。年轻时都忍着没犯,却在那一年,突然就给犯了。

不犯由不得她。

其实,心里是一直想犯的。

东家庄地长廊里突然扶住她的一瞬,桃花觉得命定的那一刻到了。打十七上看到他,北山门口望过那一眼,这人,就种在心里。风里雨里,一直没枯没死,活得很倔。只是,因了妹妹水上飘,这活,便成了另种颜色,偷偷的,蹿着苗儿,却不敢往旺里长,不敢往茂盛里来。那一刻,绿在瞬间弥漫了整个下河院,也在瞬间盛满了她的心。她的脚是扭了,真扭,可那一刻,她感觉不到脚的存在,感觉不到身体的存在,有的,只是一种晕乎,一种飘。

那个空气里弥漫着菜花浓浓香味的黄昏,就在下河院长廊里,两个打十几二十遇过的人,瞬间有点分不开,几十年的光阴似乎没有过,仿佛,还在北山那院门前,仿佛,二十岁的东家庄地抱着上轿的,正是手里扶着的扭了脚的人。所以,后来到睡房,拥在一起,搂在一起,压在一起,就都合情合理了。

命该如此!

却又偏偏不是!

睡房门腾地响起时,才知道中间这长长的岁月有过,真有过,这岁月里,北山马家的二丫头水上飘才是下河院的主人,而怀里挣扎着的脚疼的人,却在离下河院很远的沟外一个小村子里,天天翘起了目光盼。

目光嚓地被折断。折断目光的,不是别人,正是自个的亲妹妹水上飘。

被病痛折磨得早已起不了身的水上飘这一天突然充满了力量,不但撞开了门,还径直撞进来,径直撕住她,要往烂里撕……

荡妇,淫贼,不要脸的,下流鬼,贱货,桃花听到了天下所有对贱女人的恶骂。这恶骂,一半响在睡屋里,一半,砸她心上。砸得她再也没法在这世上走了,就在妹妹水上飘撕完自个一头撞向黑柱子时,她看清了自个的未来,一条曲曲折折通向庙宇的路。

这些,咋个向自家男人张口?

52

连续两年大丰收让重振下河院的计划从容实施,这年春季菜子开花的时候,下河院已是万象更新,一派欣荣。南北二山的菜子地扩展了几十亩,菜花盛开,映得满山流彩。闻讯赶来的放蜂人将蜂箱摆在耀眼的菜子中,群蜂狂舞,香气袭人。南山煤窑在孙六和草绳男人的尽心合作下,又打通一条巷井,出煤量较以前翻了一番。驼背男人孙六付出了一条腿的代价,少奶奶灯芯将新开巷井一成的收入给了他,感动得孙六流涕痛哭。草绳男人也分得一成,张罗着盖新房,出嫁闺女。七驴儿不负灯芯厚望,醋坊酿出的醋让沟里沟外啧啧称赞,都说下河院觅了一个能人。

　　石头和凤香搬进了磨房,磨房边上新起了三间房,圈了院子,杨树枝倒垂下来,墨绿的叶子让小院充满生机。院子圈好的那个上午,噼噼啪啪的炮仗声中灯芯将磨房正式给了石头,作为下河院对老管家和福的报答。凤香跪在老管家和福坟头上,哭着告诉他这天大的喜讯。

　　唯一的担忧是石头的病,这个春末,石头看上去比十五时还要瘦小,脸色蜡黄得灯芯一见就忍不住抹泪,更多的时候她陪着石头,两人还像以前躺炕上说话。似乎转瞬间,石头已过了二十,这样的年龄多少让两个人尴尬,可石头一点不觉害羞,常常将头枕在姐姐身上,手抚着姐姐丰润白细的脸,边说话儿边挠姐姐痒痒。二十九岁的灯芯搂着石头时心里难免生出异样,尤其高耸的胸脯不慎让石头触动时,更是气短得说不出话。她常常闭上眼,努力让战栗的身子恢复平静。可努力往往近乎于徒劳,越想平静反倒抖索得越是厉害。这个傍晚,石头再次想躺怀里时,少奶奶灯芯轻轻推开石头,说:"石头呀,往后不能再学娃儿们了,你成大人了,明白么?"石头恋恋不舍,一脸怅然说:"石头不想长大,只想一直躺姐姐怀里。"瘦弱的人儿眼里发出的那恋恋无尽的目光,猛就让灯芯不忍拒绝了,一把揽怀里,脸贴住脸,手在他身上摩挲。

　　摩挲……

　　少奶奶灯芯这两年的日子可谓在油锅上煎熬,自打中医爹说出死头子话,便狠了心不让男人命旺近身。夜里跟命旺分开睡,自个搂了牛犊睡里屋,把男人独独地扔在外屋炕上。可谁知,尝到云雨甜头的命旺压根少不了那一口,一日不吃就发疯号叫,半夜摸进来,硬掀了被子往身上爬。两个人常为这事儿撕扭一起打架,命旺现在有了力气,能挣弹着压倒灯芯,但却解不开灯芯裤子,灯芯将衣裳跟裤子缝一起,任凭命旺怎么叫也不敢松懈自己。三岁的牛犊痴痴呆呆躺一边,一副事不关己样,好像炕上的两人打得越凶,他才越能睡得着。灯芯终是使足了力气,将男人命旺重又推到外屋,还没顾上叹息,就见牛犊迷迷糊糊睁开眼,流出一嘴的涎水。裆里一摸,拉下了。

　　这娃,到今儿个拉屎撒尿还不会。灯芯颓丧地倒炕沿边,精气神忽地就被抽走了,对日子,瞬间没了一点儿信心。

这是活寡啊,老天爷咋就摊给她这种日子!

这阵搂着石头,禁不住春潮漫开,却又死死抑制住自己,不敢有半丝邪恶之想。石头自然不明这些,依旧跟往日样往她怀里蹭,有时还故意在她胸上掐一把。灯芯脸埋在石头怀里,苦着心说:"石头呀,你知道姐姐的苦么?"

"知道。"

"那你说说姐姐最苦的是甚?"

"下河院太大了,姐姐一人累不过来。"

灯芯便无话。苦水淹没了一切,也淹没了她对怀里男人心存的暗想。

这日正午,灯芯正在后院跟木手子安顿给牛配种的事,几头母牛发了情,沟里又没种牛,灯芯让木手子赶了去南山配。发情的母牛一个个伸长舌头,流下长长的涎水,时不时朝别的牛身后舔几下,以示自己的需要。灯芯望了,惹出一脸臊红。木手子牵牛出棚的当儿,院里忽响起丫头葱儿惊乍乍的号叫。跑出来一看,丫头葱儿敞怀露胸,神色慌张往这边跑,边跑边朝后望,命旺狼一样打西厢房撑出来。灯芯一眼便猜到出了啥事儿,扑过去搂住葱儿,冲虎视眈眈的命旺吼:"你敢!"

命旺止住步子,恶恶地盯了眼灯芯,垂头丧气回去了。

这一幕没逃过二拐子的眼。

几年里二拐子寂寞够了,寂寞疯了。下河院大大小小的事,都跟他没份,他像一条被人拿绳子拴在过去里的狗,对现实,对未来,都不许他汪汪两声。难怪七驴儿要说,瞧你这管家当的,连后院二花都不如,二花还天天冲院里吠几声哩。

要不是他可以伺机冲院里瞅几眼,看一些花花事儿,都不知道自个是活着还是死了。

没承想,他终于还是瞅着了东西。

灯芯搂葱儿进了耳房,葱儿要说,灯芯止住她,闻声赶来的奶妈仁顺嫂见葱儿烂了脸,心疼地叫了声,忙找东西给她止血。灯芯跨炕沿上,心里的火很快转成担忧。这阵子,命旺像是吃上啥药了,一日比一日猛,一日比一日急切。夜里躺炕上,会发出公狼般的长嗥,早起叠被,灯芯就会看到大片黏湿。

这都是自个不让他近身惹的！少奶奶灯芯一边怀着忏悔的心情为男人愧疚，一边，却又涌上对丫头葱儿深深的不安。这样下去，怕是早晚要出事。

沙河沿上，管家二拐子心事重重，院里看到那一幕，他便像空气一样无声地飘到了这里。这些年，也只有沙河沿，才肯收留他，才肯听他诉诉心里的憋屈。沙河是条倒流河，水从东边日出的地方一股股涌出，汇集成河，涛涛地流向西天。日复一日的流动中，便听够了管家二拐子的心声，也看够了他的无奈和茫然。更是知道了他心里装着的那些谁也无法窥见的秘密……

此时，管家二拐子再一次沉浸到了往事中，命旺差点干了丫头葱儿的事立马让他对西厢房产生猜疑，二拐子不是傻子，命旺患啥病他比谁都清楚。一想病，八岁时看到的一切便像沙河水一样哗地流出来……

当年，八岁的二拐子把对东家庄地的仇恨悄然转嫁到命旺身上，你爹抽我娘我就抽你，看谁抽得过谁！一瞅着机会，就扑上去冲命旺裆里美美捏一下，傻命旺捏了并不叫，只是龇牙咧嘴露出恐怖表情，二拐子捏得很过瘾也很解气，他想终有一天会给这傻娃子捏碎捏烂，捏成一泡鸡屎！一日手又痒痒，摸到门口，忽然就看见娘的大奶含命旺嘴里，手却在他要捏的地方使劲动。二拐子起初以为是娘替他捏哩，替他解恨哩。伏下身子竟看见小他两岁的命旺雀雀像小火棍，娘越套雀雀越翘，直直地往他眼里扎。天呀，二拐子惊叹娘的功夫，正要怨娘偏心就听娘发着狠说，你不让我生我叫你的也活不好！八岁的二拐子当然不明白娘那句话，但从眼神，看出娘是在跟东家庄地怄气。娘越来越欢的套动中，二拐子似乎隐隐感觉出些甚，一低头看见自己的雀雀竟也翘起来，顶得裤子老高，当下吓得就往远处跑。

报复中成长的二拐子不久之后便坚信一个事实，命旺活不久！

命旺的病一大半是娘给的，长大后二拐子才明白，娘想替东家庄地生，东家庄地不让，娘才使出这么个毒计儿。

毒啊！

长大成人后的二拐子渐渐懂得，娘用了最原始最简单也最让人捉不住把柄的法儿，没想这法儿，却把下河院传宗接代的梦给狠狠地灭了。

天下最毒妇人心，比起娘，东西庄地那点本事算什么?!

二拐子想来想去,最后把心思动到了自个女人芨芨身上。

是啊,那可是一把好毒药呀!

二拐子已好久不干芨芨了,沟里人的讥笑让他在憎恨中对女人渐渐失去信心。生下儿子生不下儿子他已无所谓,他自个都成了这样,恓惶得没法提,生下儿子能咋?他爹青头不是有儿子么,能咋?这夜,他却被莫名的兴奋点燃。一想沙河沿上那个绝妙的想法,就兴奋得想大叫。一把搂过芨芨,没一点前奏便压了上去。芨芨早就荒芜得成一片乱草滩了,再荒下去,下面就会成盐碱地了。猛一见男人发了疯,当下喜的,就像母马一样跃过身子。你不是不动老娘么,你不是不眼热老娘这两疙瘩肉么,看来,你也有受不住的时候啊。

啊啊,啊啊啊——芨芨发出一浪淹过一浪的呻吟,想不到男人会用这么猛的方式补偿她,她被男人顶上了天,暴雨肆虐着久旱的身子,她快要疯死浪死了。

他们一连做了三次,二拐子像是把一生的都做了,怪怪地盯住女人残缺的奶子,咬牙说,想不想报仇?

命旺让二拐子哄到他家的那天,少奶奶灯芯正跟公公怄气,没想公公听了丫头葱儿遭暴的事,竟跑来跟她商量,要葱儿遂了命旺愿。气得她差点把唾沫吐公公脸上。

少奶奶灯芯并不知道,她勒紧裤带的事早已让奶妈仁顺嫂说给了庄地,奶妈仁顺嫂还添油加醋说,她是想憋死命旺哩。

奶妈仁顺嫂说这番话,也是经过久长的一番斗争的。按说,奶妈仁顺嫂对少奶奶灯芯,是有很深的感激存在心里的。想想这些年,她家新房有了,媳妇有了,芨芨纵然再不是东西,可毕竟,也是她家新添的人哩,况且还添了两个孙女。这些,都是少奶奶灯芯给的,奶妈仁顺嫂不能不感激。想想大灾那些个年,一沟的人啃食树皮野草,独独她家跟着下河院吃好的,这心,就越发地知道感恩了。尤其儿子二拐子做了下河院管家,这可是她做梦都没梦到过的。但,恨也因此而生。本来,奶妈仁顺嫂都把心里那藏了多少年的恨给灭了,就想老老实实守着东家庄地,安心享她这份好日子。西厢的事,她再也不想管了,爱咋咋去,跟她扯不上边。可人心这东西,是很能生长草的,尤其日子一富足,尤其心里的雨水一广,这草,便也悄悄冒了头。

奶妈仁顺嫂恨不过少奶奶灯芯那份霸道劲。

不让做管家倒也罢了,该放牛放牛,该犁地犁地,没说的。既然你给了,让做了,就不能再欺负人。你瞅瞅,院里上上下下的事你一个人霸着,就连东家庄地也插不上嘴,这且不论,这是你家里摊子的事,爱谁做主做去。可外摊子里,你多多少少也得让管家说句话呀,瞅瞅,瞅瞅呀,这三年,你让说过一句么?你宁可大事儿小事儿找草绳男人,找木手子,甚至找天狗找四堂子,就是不让我儿沾手。你个母老虎,欺人太甚了!

这一激动,那份恨就复活了,不只复活,比原先更猛更强烈了。

我能把你男人打小弄成这样,我就能把你也弄个半死不活!

这么着,她就添油加醋黑的白的全当枕头风吹给了东家庄地。

东家庄地哪能容忍这样的事在他眼皮底下发生,自个少了这一口都不行,儿子才多大!东家庄地虽说对儿媳灯芯已经无能为力,下河院重整旗鼓的这几年,少奶奶灯芯以不可阻挡的优势取代了他在沟里的地位,垂垂老矣的庄地只能躲在奶妈仁顺嫂的温柔里怀恋失去的岁月。偶尔,也到天堂庙一走,但接连碰了几鼻子灰后,他的心便彻底死了,完完全全落到奶妈仁顺嫂一人身上。一听儿子受这份罪,东家庄地立马不答应,不许了。你再日能,也是我儿的女人!是我拿大红轿子抬你来的,抬来就是让我儿受用的!好,你自个不让受用,我就想别的法。我就不信天下的女人都像你一样!

东家庄地尽管遭了媳妇拒绝,但他并不十分灰心,他本来就没把希望寄托到灯芯身上。他找丫头葱儿,不信葱儿不听他的!

53

就在东家庄地和奶妈仁顺嫂密谋着给命旺和丫头葱儿圆房的时候,阴谋却在另一个院子里发生了。

芨芨敞着怀,两只残缺的奶子鼓圆了劲地舞蹈,命旺露着贪婪的目光,恨不得一口将它们全吞下去。这一天,芨芨的骚浪在自家屋里以更别致的方式发挥出来,不时将奶子从命旺嘴里拔出来,引得命旺狗一样跟她炕上转圈圈。已经成人而且让少奶奶灯芯冷极了的命旺一看见芨芨那两疙瘩肉,便再也不想丢开。幸好,芨芨大方得很,也会勾人得很,命旺有点不管不顾了。

二拐子蹲窗根下抽烟,恶毒的目光不时探进去。对这个创意他非常满意,苦等了三年的二拐子发现自己对下河院女人束手无策,不但报复不了她,管家的地位竟也摇摇欲坠,少奶奶灯芯已公开跟沟里人讲,养着管家不如养一条狗,沟里人已完全越过他跟下河院打起交道,再要拿不出对策,扫地出门就是他的下场。

芨芨这骚货不愧有两下子,没几下工夫就让命旺泄到了裤裆里。看着命旺软沓沓倒下去,二拐子这才进屋。女人脸上的骚浪还是刺痛了眼,恶狠狠地说,你要敢跟他来真的,我捶死你。让命旺弄得火烧火燎的芨芨顾不上跟男人生气,猛地扑上来,咬住男人不放。二拐子一把推开女人,想想刚才她跟命旺的骚样,恨不得将女人脖子拧断。

俗话说,夜路走多了会撞鬼,没想,芨芨真玩出事了。

命旺的变化引起灯芯警觉,接连好些日子,命旺回来便倒头入睡,像一头筋疲力尽的驴,一躺下便再没动静。联想到二拐子近日神神秘秘的举动,灯芯多了个心机。夜里她故意将自个扒光,白生生的奶子晃命旺眼前,命旺惺忪的睡眼睁了一下又合上了,一丝儿兴趣都没。

灯芯心里忽地有了底。

次日,少奶奶灯芯找个借口,将二拐子打发去北山。自个上地里转一圈。回来见院子里静悄悄的,命旺果然不见影儿。一团黑涌上来,脚步忽地变沉。她在院里踩来踩去,最后还是一狠心,走了出去。趁阴凉下山沟里人上地的空儿,灯芯来到二拐子家,门虚掩着,轻轻一推进了院。院子沉静在夏日的闷热中,几只鸡悠闲地觅食,猪在南墙根伸直了腿睡觉,这等的闲静似乎表明没甚事儿,可睡屋紧闭的门立时就让灯芯提紧了心。蹑手蹑脚到窗下,隔着窗眼往里一巴,身子骨软了。

偌大的炕上,芨芨赤条条躺着,命旺像一只癞皮狗,麻秆似的双腿交缠在芨芨身上,手勾着芨芨脖子,流着涎水的嘴拱着芨芨红胀的奶子。事儿已经停下来,想得出炕上刚刚发生了什么,浓烈的腥臊味从窗洞飘出,钻进灯芯鼻子。天塌地灭的感觉瞬间袭上来,整个人在瞬间焚烧了一次。略略一平静,一脚踹开门,逼视着炕上的淫男荡女。芨芨一点惊慌都没,她终于成全了自己的好事,狗日的二拐子,狗日的灯芯,让你们也尝尝老娘的厉害。她缓缓伸直腿,摇了摇命旺,嘴巴一努示意来了人。命旺朝地下望了一眼,理都没理让羞辱和愤怒气得变了形的灯芯,复又俯在芨芨怀里,这儿才是他的梦,才是他安全又疯狂的乐园。

285

灯芯遏制住喷薄欲出的怒火,她知道这阵发火等于输给了对手。

少奶奶灯芯从二拐子家出来,径直进了上房,公公正在奶妈仁顺嫂的侍奉下抽烟,奶妈仁顺嫂母狗般的动作再次激得她怒火攻心,恨不得一把火烧掉这个世界。沉腾腾地丢下一句话出了屋,一进西厢房泪水就像沙河的水狂泻而下。

命旺让芨芨勾引的下贱事雷一般击倒了东家庄地,他在仁顺嫂的搀扶下走进二拐子院子时,炕上的人还没起来,他们赤条条地迎接了又一批前来看热闹的人。仁顺嫂拾起扫帚就打,芨芨躲开扫帚,淫笑着说,兴你老卖不兴我卖。奶妈仁顺嫂在儿媳恶毒的嘲讽里昏厥过去,东家庄地更是让命旺枯瘦如柴的身子击晕了头,一口痰没吐出,一头栽到地下不省人事。

少奶奶灯芯这次表现出惊人的果决,中医爹闻讯赶来要给昏厥的公公把脉时,一把打翻爹面前的茶盅说,你要医他就不是我爹!

命旺让木手子绑了回来,拴狗一样拴在北厢房里,除了一日三餐木手子喂给他外,谁也不得见。

下河院一时乌烟瘴气,下人们都让事态的发展吓傻了。草绳男人闻讯从南山煤窑赶回来的这天,正碰上北山回来的二拐子,二拐子半道便听到动静,一边诅咒芨芨的不耻,一边揣摩下河院女人怎么收场。院里转了几个磨磨,装作没事人似的走进上房。曾经东家庄地显摆威风的椅子上端坐着横眉如刀的灯芯,二拐子抖索的目光刚触上去,就听屋里一声断喝:"给我绑了!"二拐子只觉背上重重挨了一下,身子就不由他了。草绳男人和木手子拿根绑牛的草绳,结结实实将他捆了。

"你还有甚说的?"灯芯吃人的目光刀子般扎他脸上,二拐子心想说甚也没用了,他垂下头,装出一副愿打愿罚的架势。

灯芯复杂的目光在他身上动来动去,有一瞬她想起了那个夺她初红的夜晚,想起了二十二岁坐轿时救她抚她的那双手,面对这个可憎可恶的男人,她实在下不了狠心。犹豫间见马驹扑上来,抱住二拐子喊:"不要捆他,我要跟他玩。"马驹的声音撕裂灯芯,无力地摇摇头,从椅子上弹起跑西厢房去了。

次日一早灯芯作出一个决定,虽然突然但却在下人们的预想之中。

二拐子的管家让灯芯废了。奶妈仁顺嫂跟他一道卷了铺盖,毫无脸面地回到自个家中。

芨芨早让二拐子捶成一摊泥,这阵还躺炕上呻唤。

沉闷的夏天终于过去。秋季到来的第一个日子,灯芯刚要出门,凤香哭哭啼啼跑进下河院说,石头不行了。

少奶奶灯芯扔下手中东西,一路小跑着来到磨房小院。石头蜷缩在炕上,双手捂着肚子,疼得满头是汗。灯芯摸了把额头,灼人的滚烫吓得她缩回手。石头脸色瘆白,几日不见,人瘦得比命旺还吓人。少奶奶灯芯让木手子赶快骑马去后山,等中医爹赶来时石头疼得已说不出话,只是死死地抓住灯芯,不让她走开。中医爹强打精神给石头号了脉,脸色阴得比秋天的云还浓。

石头不行的消息很快在沟里传开,一时之间,众乡邻都提了东西来看,眼泪和着惋惜淹没小院,凤香再也打不起精神,嚎天扯泪唤着我苦命的儿呀。起初几天灯芯还耐着心熬药,亲自一勺一勺喂下去,直到石头再也不肯喝药,难舍的目光弥留在她身上,无力的双手挣扎着想摸她的脸。少奶奶灯芯完全忘了自个身份,不顾一切抱住石头,她是多么舍不下呀。石头脸贴在她胸上,昏睡中微微露出笑容。

沟里众说纷纭,后山半仙也被草绳男人请了下来,大伙七嘴八舌的议论中,灯芯狠着的心再也不敢坚持了。凤香哭着抓住她的手求道,你就行行善吧,兴许能把娃从阴沟里拉回来。

少奶奶灯芯遇到了一生中最难作出的抉择。离开磨房时终于艰难地点头道,那就冲吧。说完这话她躲进西厢房,整整关了三天。一切准备就绪后丫头葱儿来跟她告别,灯芯搂了葱儿,泪水涟涟问,你恨我么?丫头葱儿摇摇头,眼里也是一汪泪。灯芯这才撑起精神说,我把石头交给你了,你要尽上心伺候,能冲好是他的命,冲不好我也不怪你。见丫头葱儿点头,又说,你的委屈我记着,日后再还给你。说完就让草绳引葱儿上轿。

唢呐声划破沉寂的天空蹿入云霄时,灯芯紧紧抱住枕头,强忍着不让悲声发出来。

十七岁的丫头葱儿带着一沟人梦幻般的渴望,从下河院走向磨房小院,石磨吱吱呀呀的吟唱中,开始了她的另一种人生。

这个初秋的夜晚,油坊大巴佬七驴儿一如既往一尘不染地走进西厢房,少奶奶灯芯只有在这种时候,凄伤和绝望的心才能获得短暂的解脱。技艺越发精湛的七驴儿也只有在这种时候才感觉到他跟梦中的女人是如此近。他的手在飞舞中带着梦想和野心在女人身体上放肆而又充满柔爱地奔驰,他渴望着把女人带入云层再也不要醒来,永世安睡在他的敲打之中。

女人渐渐走向迷醉,所有的烦恼和灾难渐渐远离她的肉体,她被一种全新的感觉鼓舞着,激跃着,她渴望永远沉醉在这梦幻般的世界不要醒来。

石头躲过了劫难。当大雪纷飞而至时,凤香一脸喜色走进门说:"好了,娃儿能起身了。"正在往炉里添煤的灯芯猛地丢了煤铲,惊愕地盯着凤香:"真的?"凤香喜滋滋说:"真的。"灯芯一把拉了凤香就要去看个究竟,走到院门口心突然暗下来,面无表情地说:"跟他说姐姐盼着他好。"凤香让灯芯浇了一头雾水,不知道少奶奶为啥变了主意,只好踟蹰着步子回到磨房。新媳妇儿葱儿刚刚给石头喂过热汤,两个人正偎被窝里说话,一对新人少不了亲昵的动作,凤香巴望一眼,忽就想起曾经石头跟灯芯一起偎炕上的情景,立时心里明白过来。怔怔地望住天空中飞扬的雪,不知是该喜还是该悲,半天后莫名其妙冲屋里吼了句:"葱儿,出来扫雪!"新媳妇葱儿跳下炕,穿了鞋跑出来,一看漫天飞扬的雪花落到地上瞬间化成了水,不开心地说:"哪有雪呀。"说完复又跳上炕,屋子里很快响起嘻嘻打闹的声音。

少奶奶灯芯一个人坐门口看雪,孤独和伤感雪花般飘来,很快她就被浓重的心事包裹。下河院突然静下来,少了下人的下河院秋后便多出几分萧瑟,东家庄地整日气息奄奄躺炕上不能动弹更让院里的孤寂染上几分悲愁。马驹自打二拐子走后也变得一蹶不振,处处跟灯芯作对,这阵不知又钻牛棚里捣什么乱去了。灯芯像被整个世界抛弃了般,突然间生出死亡般的恐惧。她拔开脚步,不由分说就朝磨房走去。

磨房小院掩在树枝下,还未落尽的树叶在风的吹打下跟雪花一道飘下来,院里积了厚厚一层树叶。枯黄的叶子发出深秋的光芒,冷漠地瞅着她,灯芯立磨沟沿上静静地望着小院,小院里飞出的嬉笑蜜蜂样蜇着她的心,默站了许久,却鼓不起勇气走进去,只好悻悻踱着步子回来。

一股谣言在沟里隐隐约约传开,木手子这天铡完草,想起自家就要生仔的母猪,脚步子疾疾往屋里走,路上碰到药铺里出来的日竿子。木手子本想避开,日竿子却套近乎地道:"你家母猪要生了?"木手子点点头,没心理他。日竿子厚着脸皮道:"你可得操心呀,小心生出一头象来。"木手子觉得他话里有话,忍不住说:"有啥屁放响堂点。"日竿子这才神神秘秘说:"你看马驹像谁?"

已经蹿了老高的马驹的确越来越像一个人,尤其跟在二拐子屁股后头颠颠颠跑时,简直就像一个模子刻出的。稍稍有点脑子的人瞥见了,就能猜出点什么。木手子啥话没吭,掉头走开了。可自打这次后,关于马驹身世的传言却牢牢攥住他的心,令他无法摆脱。沟里的闲话越来越多,有些甚至说到他面子里。木手子觉得不能袖手旁观了,他清楚谣言就出在药铺,日竿子跟芨芨天天蹲里头,下河院怕甚就编排甚,甚至连老东家庄仁礼的事也抖了出来,沟里一时惊叫四起,下河院的威信瞬间遭到颠覆。

形势已经相当危机,根本不容木手子做任何犹豫。这个时候他想起了老东家庄仁礼,想起了老东家临闭眼时跟他安顿过的一句句话。下河院对他来说,是神圣得不能再神圣的地儿呀,木手子经过一番慎思,终于作出决定,他要让闲话彻底消失。

冬天的夜黑得早,一家人围着火炉吃饭时夜幕已罩住了村子。这天木手子特意宰了只鸡,老婆豆秧儿心疼地说,好端端的杀鸡做甚哩,天天在院里吃还没解掉馋。木手子边给豆秧儿夹肉边说,不就是只鸡么,哪天想吃了,我把牛也宰给你。豆秧儿不明白男人的心思,听他越说越没边,赌气地说,都宰完就剩我了,你也宰了吃掉吧。木手子倏地黑脸道,夹住吃肉。

吃完饭时辰尚早,木手子到村巷里走了一遭,天阴得很实,说不定半夜雪便落下来。家家户户的门都紧闭着,有几家院里已飘出隐隐的叫声,都是些还没儿子的人家,天一黑便急不可待地发出声音。木手子觉得可笑,想想这沟里很多事,都觉可笑。可他笑不出声,他的心被将要发生的事儿牢牢捉住了。那是件可怕的事,但他必须得做。

他在村里一直转到人睡定,这才走进下河院,摸进草房。进草房的一瞬,他似乎犹豫了下,可见他还是不那么坚定。但,他想起了后响在院里见少奶奶灯芯的情景,少奶奶灯芯一定也是听见了谣言,而且,听到的一定比他还多,要不,脸没那么阴。少奶奶灯芯好像叹了一口气,然后,远远地望住后院里玩的马驹,马驹正在围着三杏儿,问野种是个甚?三杏儿一时不好作答,傻傻地盯住少奶奶。马驹又问了声,少奶奶灯芯扑过去,要打马驹,吓得他一把拽住了。

想到这儿,他不再犹豫了,犹豫有时是会出大事的,木手子从没为下河院做过甚大事,这次,他要做一件!

草堆里取出从北山带来的东西,这东西是他从十几个想法中选定的,还是买骡子时在一老财主家看到的,连下河院都不知用这玩意。踩着夜路他顺当地摸到李三慢药铺外,果然亮着灯,门缝里飘出淫荡的笑,还有日竿子的声音。他兴奋极了,拧开桶盖,一股煤油味扑鼻而来。这可是他花四只羊的银两打财主家买的呀,没想,没想用在了这个上!药铺边上是草垛,他先把白日里瞅好的两根木头抱过去,牢牢堵住门,这才极轻极兴奋地把煤油浇上去。门,窗,草垛……他做得细致极了,一点疏忽都不留,一点声响都没发出。一切做完,他狠狠地笑笑,最后才掏出洋火,哧一声,火苗跳起,映出他血光般的脸,这脸,平日是多亲和多谦卑呀,见了谁都笑,见了谁都低眉,仿佛,他的卑微就是刻这脸上的,也仿佛,他生就是一个卑微的人,一个不被任何人看起的人。这都无所谓,要紧的,是他不能容忍任何人玷污神圣的下河院!

扔了火柴,他还在门口站了会儿,本想亲耳听听屋里的惨叫,可熊熊大火很快烧得他立不住,这才提起油桶,放放心心地离开。

大火是半夜时分让人发现的,人们跑出来,本想救火,一看是中医李三慢的药铺,便都掉头睡觉去了。李三慢老婆天啊地啊地叫,边叫边灭火,无奈火借着风势,根本不是她一个女人家能灭得了的,只好跪地上给天爷磕头,求老天爷开恩,放过她家三慢,放过她家药铺。

大火整整烧了一夜,二天早起,人们才佯装着过来救火,李三慢的药铺早已化为灰烬,肥婆娘嗓子已经干哑,嘴张着却发不出声音。日竿子老婆闻声赶过来,起先不敢确定,等人们捞出日竿子烧焦的尸首时,才哇一声放起了哭声。

54

二拐子最后一个赶来,报丧的人敲了好几次门,都让他骂回了。

有谁能想到,昨儿夜这场火本是二拐子要亲手点的,却让别人占了先。

二拐子萌生出这念头,完全是因了奶妈仁顺嫂一句话。他跟奶妈仁顺嫂被轰出下河院的那个夜晚,娘俩破例有了一次长谈,历经半世沧桑的奶妈仁顺嫂忽然发现有点对不住儿子，便在一片欷歔里发出忏悔。二拐子终于发现，母亲是深爱着他的，母亲所做的一切都是为了他能在下河院站住脚。当初母亲执意让他跟上管家六根学本事便是想为日后做谋算，没想机会让他白白浪费了。母亲设法拢住东家庄地，更深的原因也是为了他早日当上管家。谁知命运多舛，母子的心愿还未完成便让人家扫地出门。母亲结束自己的忏悔后忽然又道，娃啊，你做的事他已知道，没准哪天就要冲你下手哩。

尽管母亲含糊着没把事儿说明，二拐子心里却腾的一声雷。怪不得老东西看他的眼神越发不对劲呢。

事实上东家庄地确也在着手这件事，儿媳生下马驹不久，无意中从奶妈仁顺嫂说漏嘴的话里听出点蹊跷，后来便疑神疑鬼地盯住西厢房，终于有一夜，他看到从北墙豁落跳进的男人，东家庄地心里的疑惑瞬间便得到证实。之所以长久忍着是不想让家丑扬出去。但他对二拐子和儿媳的恨却一天天深重，直到生下牛犊，东家庄地惩治淫妇奸夫的决心才坚定起来，谁知老天偏偏不成全他，牛犊三个月时猛地发现有问题，这个可怕的事实完全击懵了他，让他所有的行动都化为叹息。他原本放过这对不要脸的东西，下河院的不幸已让他无法拿出果断的勇气，只能睁只眼闭只眼任事态发展。忽一日他听到沟里有了谣言，这可是足以要掉他命的呀，一想祖祖辈辈挣下的家业有可能落入一个野种手中，东家庄地铲除二拐子的决心便坚硬如铁，对付管家六根他怕，对付二拐子这畜生他还绰绰有余，如果不是儿子命旺突然带给他厄运，说不定二拐子这阵早没命了。

听了母亲的话，二拐子把所有的仇恨都集中到老婆芨芨身上，如果不是这不要脸的东西，也不至于能让谣言响到庄地耳朵里。奶妈仁顺嫂更是痛恨中医李三慢，巴不得他早点撞死。在跟母亲经过一番密谋后，二拐子决定除掉这烂嘴女人。他的计谋跟木手子惊人的相同，去北山的日子，他特意带来一桶煤油，昨天夜黑，他按捺不住铲除奸人的激动，是奶妈仁顺嫂硬拦着他熬到夜深。他提着煤油刚拐过村巷，就见熊熊大火燃了起来，火光映红了整个沟谷，映红了这个夜晚。借着火光他看清点火的是木手子，便牢牢记住这幕回来了。

母子二人彻夜未眠，一致认为是下河院女人灯芯想杀人灭口。

二拐子等到日头出山才走出门，半道上有人拦住他，不让他跟前去,说看了伤心。二拐子扇了来人一耳光,扑到药铺前,一跟斗栽倒不省人事了。

皮匠王二赶来的这天,后事已办完,二拐子平静地跟皮匠王二说,她肚里刚怀了儿子,就跑出去野,臭屎染了我一脸,还得忍着,这下可好,甚也没了。皮匠王二撅撅嘴,屁没放一个走了。

少奶奶灯芯听到这消息,愕然了好久。

咋个这样,咋个会是这样啊!

不该的,不该的呀。老天爷,你放过沟里吧,你饶过这沟里的每一个生灵吧。我怕,我怕啊,老天爷,求求你了,再也不要让血腥出现,再也不要让沟里陷入到没完没了的搏杀中……

少奶奶灯芯的怕是打管家六根死后开始的,等马巴佬让乱石打死,这怕,就又深了一分。三年大灾带给她的感受太深了,打内心,她不想再死人,真的不想,可……

一连几天,她都不说话,说甚哩,还有甚可说?尤其听到烧死的还有日竿子和苡苡,这心,就苦焦成了一片。有时,死人也不是解脱事儿的唯一办法啊。这样解脱下去,不敢想,真不敢想……

她想起凉州城苏先生的话,这心,要是让恨灌满了,就再也进不得阳光,进不得雨露。她想起后山半仙刘瞎子给石头禳眼时说过的一句话,世间万物,都有定数啊。兴许,这就是定数?

她默默地走进北厢房,解开命旺身上的绳索,而后进了上房。

东家庄地爬炕沿上,难受得要死,屋里弥漫着一股臭味,木手子端水进来,望了她一眼,勾头给东家庄地洗身子。这些日子,木手子端屎端尿,精心侍候公公,他沉默的嘴巴跟谁也不说一个字,沟里发生那么大的事,他竟然一句议论也不参与。灯芯看了一眼木手子,忽然发现他的眼睛深陷进眼眶里,像是害了场大病。

公公的痛苦让灯芯心里再次掀起一股难言的浪,她并不想让公公死,还祈祷着他多活几年。她只是咽不下一口气,要给命旺和丫头葱儿圆房的那口气。这阵,她的心突然动了,一股恻隐之情涌上来,毕竟,是她公公啊。她跟木手子说,去叫仁顺嫂吧。木手子犹豫了下还是去了。灯芯站门口呆想了会儿,脑子里再次晃过一个疑问,那场莫名其妙的大火到底是谁放的,难道真会是二拐子?

后山半仙刘瞎子是在快进腊月门时来到沟里的,这次,他跟下河院没打一声招呼。

　　沟里有户人家家里不安稳,老婆娃娃接连闹了几场大病,快进腊月时猪又发瘟死了,就用青驴儿驮他来禳眼。后山半仙刘瞎子老了,腿脚也不那么灵便,他对禳眼的事看上去也不再那么热心,法场做得有一着没一着的,很不成样子。做完,他跟那户人家说,拿醋多熏熏屋子吧,下河院不是有那么好的醋么?

　　少奶奶灯芯闻讯赶去,后山半仙刘瞎子已骑着青驴儿,在回去的路上。山坳里,冷风中,少奶奶灯芯一把拽住驴缰绳:"叔,你不能就这么走啊,来了,说甚也得吃碗饭,喝口水……"

　　后山半仙刘瞎子在驴上犹豫很久,说:"娃,不了,下河院的饭,不是我这等人吃的啊——"

　　"叔——"

　　"娃,听叔一句话,什么事儿也不能过,过头的话说得,过头的事做不得,你还年轻,往后路还长着哩,听叔一句劝,收心吧。"

　　"叔,不是我做的呀,真不是我啊叔——"

　　后山半仙刘瞎子扬起手里的棍,照准驴屁股敲了一下,青驴儿放开四蹄,噔噔噔远去了。

　　一场大雪落下来,纷纷扬扬。

　　这一天,二拐子的丫头蒿子被带进下河院,顶替丫头葱儿伺候起了东家庄地。

第十二章
痛　失

55

　　少奶奶灯芯想，要是那夜抱她下轿的是七驴儿，一切会不会是另番样？每当七驴儿灵巧的双手从身上消失后，少奶奶灯芯就会掉入这怪诞的怔思中。

　　这是寒冬的一个晚上，七驴儿踩着齐脚深的雪消失了，白茫茫的大地扯远了她的思想。本来说好冬日天冷不必来了，七驴儿忠诚的脚步却风雨无阻地给她把迷乱和飞翔一并送来，短暂的迷醉后心顿若掏空般无归无依，只有借这雪的柔情多少寻一点慰藉。

　　腊月二十三小年后晌，院里一片忙乱。少奶奶灯芯得空走出来，四下找寻马驹，惊见马驹爬在北院老树上，不知何年的老树已枯朽如柴，干裂的树枝发出咔嚓咔嚓的声响，惊得灯芯双腿发软瘫在地上。树下，竟站着不知何时跑进院里的二拐子！二拐子咧着嘴，使劲鼓动马驹再往高里爬。少奶奶灯芯挣扎着喊了一声，不要啊……就听二拐子又冲马驹喊，有种你爬树梢上啊，你个吓死鬼。灯芯瘫成一片的目光不敢再往马驹身上看，懵懂中就觉马驹完了，天杀的恶人呀！

　　呀字还未落地，就听咔嚓一声，树枝断了。二拐子接住马驹的一瞬，木手子斜刺里扑出来，抡起铁锨就朝二拐子头上砍。沉浸在快乐里的二拐子哪料想会冒出个木手子，吓得抱头鼠窜，肩胛上还是挨了一下。木手子一气将二拐子追出院门，才恨恨地折身回来。见灯芯还软在那里，扶起她说，你甭害怕，驴畜生再敢动马驹一指头，我剁了他。

　　虚惊过后，少奶奶灯芯的心思集中到木手子身上。

　　木手子近来古怪的行为惹得灯芯常常拿眼看他，越发深陷的眼睛里是一种不为人察觉的光，狗一样敏捷的身子冷不丁从哪个角落冒出来，吓得院里每个人都在躲他。更是他冒着严寒，在西厢往外那个曾经开过豁落的墙头上码了一层土块。灯芯从那怪怪的目光里嗅见一股异味,一日装做不经意地突然提起那场大火,惊得木手子手里的料桶腾地掉地,牛料撒了一地。

少奶奶灯芯终是清楚了。

过年时少奶奶灯芯特意叮嘱后院屠夫,杀了一只猪扛到木手子家。豆秧儿被这过于厚重的赏赐弄得不知所措,颤惊惊盯住男人问,凭甚给你一头猪?木手子一边忙活一边说,给你就吃,问那多不嫌嘴困?

一场瑞雪裹着浓浓的年味降临到沟里,家家户户忙着贴春联扫院子时,凤香上气不接下气跑来说,石头不行了。

丫头葱儿冲喜的壮举最终以失败彻底告终,二十刚出头的石头在这场瑞雪里永恒地闭上了眼睛。少奶奶灯芯赶去时,丫头葱儿的哭声已嘹亮地响起来,石头一脸安宁躺在炕上。突然而至的悲痛让灯芯无法接受,只觉整个身子都随白雪飘起来,晃晃悠悠要把她带向某个地方。

这个年她是在一场大病中度过的,等熬过来时已是春暖花开,百草争绿。芬芳馥郁的沟谷看上去怎么也不像经历了一场生死浩劫,倒像是一切太平,万物呈祥。少奶奶灯芯对大自然这种不知人间悲苦的冷漠恨之入骨,就连一向令她神思飞扬,心血激荡的油菜花也让她关到眼外。终日守着十七岁的小寡妇葱儿悲声叹息,仿佛美丽的日月从此要让她永远堵在门外,暗淡的心情再也不肯为下河院带来一丝一毫的希望。

后山中医刘松柏精湛的医术医得好身子却医不好女儿心事,只能无望地背起药箱,躲到后山采药去了。

草绳男人和木手子像两条忠实的护家狗一刻也不敢松懈地守护着下河院,就连七驴儿这样的常客也让他们拒在了门外。二拐子像条癞皮狗,隔空不匀就要跑车门外闹腾,但是一看到那两双猎狗一样的眼,顿时便沮丧了。

马驹被彻底关起来,再也出不得院门一步。

日子在异常艰难缓慢的步子中缓缓走进六月,小寡妇葱儿夜里无意间说出的一句话突然让灯芯惊坐起来,瞬间悲伤去了一大半。一把抱住葱儿,悲喜交加地说,我的傻丫头呀!

丫头葱儿脱光了衣裳睡觉时间,石头裆里那个硬棒棒做甚的呀?

少奶奶灯芯走出下河院这天,天蓝得透明,一望无际的菜子欢腾着,雀跃着,把勃勃的、抑制不住的生命启示传递给她。站在地垭上,心哗一下开朗,犹如春天解封的大地,新芽拱破坚硬的地皮,奔腾的河水冲开冰封的河谷,天地间汹涌的万物不息的声音穿透心肺,激起一浪一浪的喧响。

栖集在山坳里的鸟趁风翔起,天空一片生动。

少奶奶灯芯想,该到油坊看看了。

一切都朝美好的方向走着,如果不是突然而至的灾难,这年的菜子沟,应该说是很完美的。

两场大火是先后烧起来的,烧得有些怪诞,烧得沟里人心惶惶。

先是草绳家,草绳男人去了南山窑上。草绳夜半起来小解,突然发现火光冲天,等她唤醒众乡邻,大火已吞没了大片房屋。应声赶来的沟里人用尽了力,直到天亮才将火扑灭。新盖的房子毁了,望着化为灰烬的三间廊房,沟里人无不扼腕叹息。草绳家的灾难还没过,木手子家又着了,火从草垛燃起,借着风势,迅猛地燃向整个院子。尽管木手子作了充分准备,面对熊熊大火还是束手无策。沟里人要救火,木手子却冷着声色蹲夜空下,样子沉着得令人发恐。木手子执意不让救火的举动第二天便成为沟里人的怪谈,一致认为下河院几个长工都让恶鬼缠上了。

伏天一过,沟里关于鬼神的谣言传得毛骨悚然。药铺那场大火被人重提起来,传言渐渐趋于一致,说是药铺里烧死的三个冤魂不散,有人甚至说亲眼看见披头散发的芨芨半夜在木手子家草垛前跳舞。跟日竿子和中医李三慢不和的人家整日提心吊胆,生怕一觉睡过头自己也葬身火海之中。木手子带着妻小在大火燃尽的废墟上重新盖房,那夜之后,木手子不再说话,仿佛突然哑了般终日闭着嘴,黑青的脸如大火烧焦般骇人。

木手子家起火的那个夜晚,二拐子摸进西厢房,女人舒展着身子,发出均匀的鼾。月色映照得熟睡中的女人美丽无比,生动的脸庞是他梦里无数次抚摸过的,高隆的乳房傲然耸立,结实硬挺的褚红色奶头是他一生都想咂吮的葡萄。二拐子为这一天等得太久,付出的也太多,现在,他有充足的理由享受这个夜晚,享受这个女人了。屋子里弥漫着撩人心魄的暗香,他以不可阻挡的勇气压住女人,女人粉白的身子仍是那么绵软,温热的肌肤像是刚刚从热水中浸润了般细滑,二拐子喘着粗气说,你不让睡我偏睡,打今儿起天天睡。

梦里的女人正在享受,她躺在如花似锦的菜地,白云悠悠地飘过,盖住羞涩的太阳,恍惚中一张美白的脸倾下来,那一身味儿是她再也熟悉不过却从未亲身领略过的,颤颤地伸出双臂,勾住他白净颀长的脖子。这样的场景女人幻想过无数次,女人情愿醉死在美梦里。猛乍惊醒却见压住她的是二拐子,惊叫一声,剪子明晃晃戳过来,二拐子一闪身,捏住她手腕说,想戳死我,没么便宜,当我是六根,一只水獭就能哄到磨溏里?

灯芯手里的剪子哐地掉炕上,身子雷击了样软瘫下来。生了锈的秘密猛乍让人倒出来,血淋淋的,再往下听,软瘫的身子抖成一团,像是刀插进喉咙,生和死已由不了她。男人得意着把故事讲完,等着她伸展身子,等着她捞稻草般把他拉炕上。灯芯在男人的等待中慢慢冷静,眼前已没第二条路,不稳住男人明儿早起她就臭了沟谷,苦心换来的名声会让血腥冲洗一尽,往后路咋走一点信心都没。

她闭上眼,舒开身子。心里不再有屈,不再有诅咒,诅咒能顶屁用,六根不是天天诅咒她么?

男人兴奋了,一句话能打倒女人实出于料想,本打算还要扯上马驹,那命可比女人自家命还值钱,女人不会不顾。二拐子顺顺当当爬上去,顺顺当当解开裤子,高喊着压向女人的一瞬,一张脸忽悠地打女人身后晃出来。

是骚货芨芨的脸。

二拐子惊得弹起,恐慌至极地叫,芨芨你个死鬼,敢坏我好事,死是你自找的,怨不得我。骂到这儿影子不见了,再俯身又有了,一连几次,二拐子还没挨女人竟自个泄了。

一大摊。浓烈的腥臊味和着尿臭。

少奶奶灯芯突然大笑起来,阴森森的笑声穿破黑夜,像是飞另一个世界去了。

二拐子完全没想到,自个在灯芯面前竟成了废人。一连几晚摸过去,一连几晚泄在了外面。想了近十年的身子白晃晃在眼前,竟享用不到。女人的冷笑总是在半夜响起来,毛骨悚然,不像是灯芯的声音,更像芨芨。二拐子天天深夜拿了烧纸,点给芨芨,只差磕头了,芨芨还是不肯放过他。

半月过后,少奶奶灯芯去了趟后山,回来把一包药丢给奶妈仁顺嫂,说熬了给命旺喝。夜半时分,喝了药的命旺突然通体骚热,热浪把他瘦弱的身子吹起来,不顾一切跳到里屋炕上,抱住女人就像抱住一条河,恨不得全身扑进去浇灭愈燃愈烈的火。女人偏是不让他灭,两个人纠缠在炕上,声音折腾得满院都是。女人听到窗根下的声音,知道等的人来了,一把搂了命旺,疯狂声响得沟里的狗都跟着吠了。

油灯通红的亮,下河院女人不知啥时也用起了煤油灯,灯光映着炕上白灿灿的两堆肉,纠缠声叫唤声呻吟声连成一片,再看炕上的人,那不是人跟人干了,二拐子见过的牛马也没那么凶,他望呆了,望傻了,也把自个望没了。

女人完事后推下命旺,泄了火的命旺倒头便睡,一点不在意炕下突然多出个人。女人故意挺起燃得像火球般的奶子,直直地戳向男人眼,男人让她的身子激怒了,激火了,扑上去想惩罚女人,女人却说,知道他怎么厉害了么?

男人让女人一句话引到歧途里,惊讶和羡慕露上脸,忽然改变主意地俯在女人身边,求她把法儿说出来。女人努努嘴,示意炕头的药碗。男人这才想起女人去后山的原因,跪地上求她道,给我也喝一碗吧,你知道我的心病呀。

次日正午,女人将男人唤到西厢房说,药给你熬好了,这阵喝还是夜里喝你自个拿主意。男人哪能再等,端起碗咕咚咕咚灌了下去。身子立刻有了热,耐不住就想上炕,女人却穿鞋下炕说,到你家去吧,这院里不安稳。女人轻车熟路往前走,男人火烧火燎跟后头。巷道里静极了,沟里人全忙着收割菜子,哪还有闲空满巷里乱窜。

一进屋,男人便烈火烧身般猛扑上去,女人倒也爽快,褪了衣裤让他进,男人下面早烧成火棍,哪还顾得上缠绵,猛午午进去,儿马一样疯抽起来,女人便也发出欢快的叫唤,刺激得男人更是抽风似的全身颤动。腾起的热浪能把房点燃,男人更是让一浪高过一浪的猛火袭击得无法停歇,身子已完全由不得自个,感觉离烧死不远了。

这个正午是二拐子一生中最为精彩的时刻,女人终于让他制服了,终于乖乖躺他身子下。他的思想跟身体一样疯狂抽动着,仿佛过了这个正午他就是下河院的主人,便可永远地骑在女人身上作威作福。这感觉太美妙太动人了。

这时候,就听到女人心里发出一个声音,似乎极痛苦,极不甘心,却又那么的坚定。

不要怪我,谁也不要怪我,都是你们自找的!

你们自找的呀!

二拐子意识到不对劲时,已经太晚了。一股黑血喷出来,溅到墙壁上,头里轰一声,栽女人身上不动了。女人这才收住身子,抬猪一样抬下他。加了十倍乱心子草的中药喝下去,就是头儿马也该毙命。看到男人脸像火炭般渐渐熄灭,泛出焦黑,女人才长出口气,穿衣下炕,很快到了下河院。不大工夫,她换了一身衣裳,有说有笑地去地里看人们收割了。

奶妈仁顺嫂是第一个发现儿子暴死的人,惊叫一声便跌过去,等沟里人发现已是第二天后晌。少奶奶灯芯就像听到一只狗死了样平静,对报丧的人说,买张席子卷了吧。

奶妈仁顺嫂让木手子和天狗抬进下河院,脸上的笑自此永远消失了,她成了真正的傻子,天天坐太阳下瞪着天,怀大敞着,猪尿泡样的奶子露外面,灰垢粘了一层,不出一月便枯萎得没一点样儿了。马驹每打前面走过,总要抓一把灰撒她奶子上。

56

菜子沟下河院少奶奶灯芯终于全面执掌了下河院大权,东家庄地这个秋天里异常地衰老下去,终日搂着傻孙子牛犊,躺在下河院的老树下不起来。男人命旺再次被拴进北厢房,二拐子的丫头蒿子终日伺候着。

木手子新房盖好的这个上午,少奶奶灯芯特意拿了炮仗去贺喜,沟里看热闹的人见她目光灼灼,神采飘然,呼前喝后威风一点不比当年的东家逊色。这个正午一条惊人的消息在沟里迅疾传开,下河院打今年起租子全都减到五成,自垦的荒地收成全部归己。这可是振奋人心的好消息呀,立时,沟里关于新东家灯芯的美言如清油横溢的香味缭绕得整个沟谷风都走不开。

后山中医刘松柏骑马前来的这天晌午,少奶奶灯芯正在惩处一对奸夫淫妇。中医刘松柏缺了一条腿,是在黑鸡岭采药时掉崖下摔断的。那地儿恰是灯芯轿子险些摔下的地儿,本来半崖里一条腿挂在树上,算是救下了命,谁料滚下的石头不偏不倚重重砸在腿上,当时便断了。他挂着拐杖,伙在热闹的人群里,见女儿拿着刺刷无情地抽打下贱的淫妇,眼里完全没了头次代公公庄地惩治时的不安和羞恐,从头到脚让威严和神圣衬托着,中医刘松柏悬着的心踏踏实实落了地。长达半生的努力终于修成正果,走出人群,仰望着妹妹松枝坟茔的方向,长长舒了口气。

　　多年前的往事禁不住浮上心头,后山中医刘松柏骑着毛驴进了下河院,东家庄地不屑的目光打量他很久,看不出其貌不扬的刘松柏有甚特别,居然年纪轻轻就被人唤做神医。引他到了上房,从被窝里抽出二房水上飘细如鸡腿的胳膊,中医刘松柏三根手指捏上去,把了好久,最后缓缓说,五服药下去,估莫着能有转机。

　　没等三服咽下,二房水上飘孱弱的身子竟有了力气,躺炕上能说话了。东家庄地简直不敢相信奇迹,一口一个神医叫得刘松柏惊乱不安。两个人很快成了莫逆,等五服吃完,二房水上飘挣弹着下地时,东家庄地愁云般化不开的心事已在中医刘松柏的运筹中了,于是,十六岁的妹妹松枝在看似随意实则深谋远虑后提到了桌面上,在二房水上飘身上抱了半生期望的东家庄地心终于动了,迎娶三房的事定了下来。

　　三房松枝进门一年后的一个雨夜,一头青骡子急急奔向后山,二房水上飘旧病突发,躺在炕上呻吟不止。中医刘松柏顾不上歇气,急急给病人把脉,这次他的神情远比东家庄地沉重,睡屋出来一言不发,握着毛笔的手抖动不止。东家庄地从他的目光里看到不祥,委婉地说,你就死马当活马医吧。说完便心事重重进了二房睡屋。

　　一服药下去,水上飘疼得满炕打滚,疼叫声让东家庄地心乱如麻,半是猜疑半是认真地问,你下的到底啥药呀?中医刘松柏自言自说,明儿晌午下不了炕,就准备棺材吧。说完跳上青骡子,回后山去了。二房水上飘并没像东家庄地预想的那样很快毙命,次日晌午还挣扎着走到屋外,冲阴沉的天空巴望了几眼,又到后院看着膘肥体壮的马说,人还不如一头牲口,语气里丝毫不掩盖弥留人世时的哀伤恨憾。这样的日子居然延续了五六天,正在东家庄地大叹神医就是神医的空儿,睡屋里一声钝响,二房水上飘一跟斗栽倒再也不说话了。二房水上飘死后浑身青黑的症状让娘家人马巴佬和闻讯赶来吊丧的亲戚一口咬定是中医刘松柏下了黑手，马巴佬的老娘甚至抓着东家庄地的手长久地跪着不肯起来，定要让他答应为冤死的女儿雪仇。

往事如烟，中医刘松柏看到短命的妹妹至死未能悟透的心机终于在女儿身上得以辉煌实现，心血沸腾，神气荡漾，女儿坚定自信的目光再也不用他担忧了。

送走中医爹，少奶奶灯芯在舒暖的阳光下伸了伸腰，心气激荡得她真想做点什么，一抬眼就望见衣冠楚楚的七驴儿，一股薄荷味儿和着男人淡淡的体香嗅进鼻子，望一眼眉清目秀的七驴儿，心血荡漾得已不能自已了。

这个晚上西厢房一改往日的默静，七驴儿飞动的手敲打至一半，就让绵绵的一双玉手握住了。温情四射的西厢房迎来了天天期盼中的事情，两个人陷入一场旷日持久的搏杀，欲望和着阴谋在炕上演绎出一场灵与肉的较量，精熟此道的灯芯牵引着初次探密的七驴儿从一个密穴探向另一个密穴，一波掀着一波，层层叠叠直将西厢房搅得昏天黑地，洪水四溢。

七驴儿尽享云雨完成一番大业后，纵身下炕，穿衣的一瞬，少奶奶灯芯清楚地闻到一股清油味儿。

七驴儿一出门，猛就看到树一样立在墨夜中的木手子。

南山煤窑的丑事再次被端出来已是冬季快要来临的一个日子，全面执掌下河院大权的少奶奶灯芯在秋季里干了许多匪夷所思的事，包括她将南北二院腾出来，专门安置那些临时逃难或逃兵来沟里的人。此举引得沟里惊声四起，那么好的院子竟要让给外乡人住，真是舍得！少奶奶灯芯轻轻一笑说，甚外乡人不外乡人的，细算起来，这沟里，有哪一个不是外乡来的呢？一句话说得，沟里人顿时哑巴了。

接着，少奶奶灯芯亲自去了一趟管家六根家，柳条儿早已没了当年的人样，蓬首垢面，衣冠不整，她被几个丫头合着劲儿抬进了草棚里，过着狗一样的生活。少奶奶灯芯里里外外看了一遍，一点不在乎六根丫头们歹毒的目光。末了，冲四堂子说，把这院扒了，赶着盖院新房。四堂子说，行不得呀少奶奶，这都深秋了，咋个盖房？

我就不信深秋盖不成个房，我还不信癞蛤蟆长不出五条腿来呢！少奶奶灯芯丢下话，脚步一甩又去了中医李三慢家。

一应事儿全都了结掉后,男人孙六被带进下河院。

少奶奶灯芯指着一头早已备好的青驴儿说:"骑上它,回你的后山去吧。"

男人孙六先是沉闷着,脸上赤一道子白一道子,很快,他弄清了叫他来的目的,望着驴上驮的一斗菜子还有两桶清油,扑通一声就给下河院跪下了。

"不是我啊,少奶奶,真不是我,是……"

少奶奶灯芯已进了西厢,草绳男人牵过驴缰绳说:"走吧孙六,念你断了一条腿,甚也不追究了,回你的后山,好好奔日子去吧。"

"不是我啊,少奶奶,不是我——"

一条腿的孙六骑在驴上,还是不甘心地冲下河院吼。

少奶奶灯芯耳朵里,翻来覆去就是后山半仙刘瞎子那句话,你爹,你爹这个人啊——

打发掉孙六的第三个后晌,在家里闷等了几年的二瘸子终于被隆重而体面地请到下河院。吃过喝过后,少奶奶灯芯亲自牵过来一头骡子,备好鞍,要扶二瘸子上去。二瘸子哪能受得了这个!这些年,他等啊等啊,再等,怕是头发胡子全白了。他终于相信,少奶奶灯芯没忘掉他,下河院没忘掉他,可——

二瘸子挣弹开草绳男人,往前一步就要给少奶奶灯芯下跪,灯芯一把扶起他,目光示意他甚也甭说,只管上路就是了。可二瘸子终是耐不住,非要说,嘴唇哆嗦着,压了几年的话不知打何说起。少奶奶灯芯猛地放下脸,二瘸子,甭给脸不要脸,就你那点陈谷子烂芝麻,下河院不想听!

二瘸子吓得,忙忙闭了嘴,骑上骡子去南山窑上了。

二瘸子要说的,就是老管家和福的死。

其实包括草绳男人和木手子,这件事早已心知肚明,之所以久长地压着,就是听了少奶奶灯芯一句话,有些事儿,听见了装没听见,知道了装不知道,这人啊,装得越多,心就越重,心一重,活人就没一点味儿了,你说是不?

老管家和福是二拐子害死的。

南山煤窑大灾的前一天,管家六根找过二拐子。管家六根左等右等,不见窑巷有何动静,终是相信,窝耳朵不是一个干大事的料。于是,他把目光投向放驴的二拐子。

关于下河院屠夫青头的死，就是在那个松涛轰轰作响的黄昏到了二拐子耳朵里的，不过，管家六根提到那包让青头毙命的毒药时，特意地提起了一个人，老管家和福。管家六根说，是他，是他打沟外拿来的毒药呀，还亲自……

二拐子听不下去了，二拐子纵是再不孝，听了这话，心里的火还是腾地燃了起来。所以灯芯说，不该听的，最好还是不听，一听，心就乱了。

窝耳朵不敢做的事，二拐子终是做了，不过，他做得并不密，打新巷出来的一瞬，正巧让自个舅舅二瘸子给看到了。

二瘸子这些年，过得真是不容易呀。要守住这么一个秘密，容易么？

好在现在二拐子没了，奶妈仁顺嫂也成了一口气，二瘸子再进了下河院，就成了真正的孤家寡人。

少奶奶灯芯颓然叹出一口气，为等这一天，她容易么？

57

历经数年风雨的下河院终于走向太平，仿佛不再有任何力量能破坏它的安宁与和谐，雪落雪融，油坊的榨油声从喧嚣走向平静，这个冬天是少奶奶灯芯一生中最温情难舍的日子，她的脚步穿梭在下河院与油坊之间，仿佛那是她生命中最值得奔波的一段路，生命的希望和未来的畅想在日复一日的奔波中被无限拉长，延伸到一个目光无法抵达的远处。

缥缥缈缈的爱情似乎跟白雪一样圣洁而美妙。

它让两个人在下河院和油坊之间，踩出了一条相思的路。

所有的灾难和不幸都为这条路让道，好像一踩到这条路上，幸福便像沙河水一样涛涛不息。

突然有一天，少奶奶灯芯迈向油坊的步子终止了。

路断了。

少奶奶灯芯惊恐地盯住路，不相信自个到现在还能把路看错。

可她确确实实看错了。人世上，有哪条路不是危机四伏，不是险象丛生？爱情，幸福，梦……少奶奶灯芯纵声一笑，感觉自个真是荒唐，人世真是荒唐。

菜子将要榨完的这个后响，少奶奶灯芯忽然叫住木手子，跟他说夜里出趟门。一直被浓重的心事锁紧愁眉的木手子听完少奶奶灯芯的安顿，脸上即刻漾起明亮的笑容，快快收拾好东西，没等天黑就催少奶奶上路。

夜幕低沉，沟色掩在一片黑暗中，少奶奶灯芯跟着木手子朝沟外走去。两个人一路无话，只有沉沉的脚步声洞响在沟谷。天已还暖，冰封的大地泛出湿气，通往沟外的山道曲曲弯弯盘桓在山坳里，像伏在山上的一条巨蛇。这是通往沟外的唯一路径，也是一条让沟里人望而生畏的险要之路。少奶奶灯芯径直将木手子领到目的地，说，就在这挖吧。

木手子放下手中的锹跟洋镐，借着黑夜四下看了看，这儿是一个下坡道，陡峭的山路在坡上拐个弯，急急地朝下延去。路面刚够一辆车过去，往南是直入云霄的陡壁，往北是一悬到底的危崖。单从山势看，这儿比黑鸡岭还险要。木手子抡起洋镐，朝坚硬的路面抛去。冬尽春至的日子，夜风虽寒却有了湿软的春意，吹得人身上痒痒。费力将冻层揭开，下面便是湿土了。木手子越挖越顺手，越挖越有劲。他在脑子里忍不住骂自己，蠢呀，蠢，少奶奶是谁，纵是一沟人合起来算计她，也未必能是对手。

天色薄明时坑已挖好，比屋小比棺材大，木手子左右踏了几次，确信足够了才攀着坑壁爬上来。一堆火映出灯芯孤单的影子，她坐在火边，像在想一个永远没有答案的问题。

木手子卷了根烟，接下来的时间他必须靠烟来平静自己。他知道自己什么也不能问，其实也没问的必要，不是一切都在心里清清楚楚写着么？这个瞬间他想起了自己初到下河院的那个日子，想起了饥饿难忍的目光，后来，后来就想成了一生，人这一生呀，木手子心里发了声长长的叹。

骡子的踢踏声噔噔噔响了过来，木手子收起遐思，顺声音望过去。骡车终于爬上坡顶，过重的车子让骡子出了一身汗，热气升腾在清晨的薄雾里，有一份壮观。七驴儿也是满头大汗，他帮骡子挂了偏套，一条绳搭在肩膀上，那样儿，就像他也是一头骡子。上坡后他歇缓片刻，取下肩膀上的绳套，呼出跟骡子一样的长气，然后，望一眼下坡。这一眼，望得他十分陶醉。七驴儿在晨光里笑了,笑得好不舒畅,好不惬意。纵身跳上骡车,坐在车头上,两腿叉开,裆里是顺坡疾走的青骡子,两手拽着缰绳,吁吁叫着,在清晨鲜活纯净的空气里朝沟底奔去。

车上满载着油桶。少奶奶灯芯再次闻到西厢房曾闻见过的那股清油味儿。

这个早晨的七驴儿看上去格外精神,他被无比美好的愿望燃烧着,想想轻而易举就得到了下河院女人的身心,七驴儿没理由不兴奋。他在跟下河院女人一次次偷情中终于体验到人生的快乐,是啊,还有比这更令人激动的么?一边搂着女人粉白的身子,一边源源不断将下河院的清油运出去,七驴儿觉得他比任何一个想从下河院捞到好处的人都聪明,也都成功。这一刻他无不得意地想起管家六根,想起二拐子,想起马巴佬,谁能有他的计谋和远略哩。下坡的一瞬,他想起等在沟外家里的弟弟,用不了几年,他会给他一个富有的家,娶一房美白如玉的媳妇儿。

坡太陡,走不多远骡子便失去了耐心,沉重的车子以巨大的惯性推着骡子在陡峭的山路上飞奔而下,七驴儿有些惊诧,骡车似乎有点失控,他的叫声开始紧起来,同时,心里也有些后悔,不该装这么多。可这是最后一趟了,油一榨完,想装也没法装了。就在七驴儿吁吁的大叫声中,山道上突然闪出一团红,骡子是最见不得红物的,立时,被油车催命似的撵着的骡子长啸一声,四蹄在山道上发出一片狂,挣脱七驴儿手里的缰绳,不管不顾疯跑起来。

似在瞬间,又似经历了漫长的等待,一声巨响过后,山谷再次恢复了宁静。

木手子挖下的坑里,骡子直直栽断了脖子,七驴儿的身子伏在骡子上,脖子别扭地拧了个弯,将一双不明不白的大眼惊在了外面。油桶沉沉地压住他整个身子,黄澄澄的清油溢出来,淹住他整个身子。

晨光已将山谷照得通亮,寂静的山道上,除了一股尘烟甚也不见。少奶奶灯芯站起身,双手抱着隆起的肚子,朝坑一步步迈去。木手子抢前头拦住她说,回吧,有甚看头。

少奶奶灯芯略显吃力地掉转身子,跟着木手子踏上返回的路。是啊,有甚看头,不用看就能猜想到坑里的一切,看了反而让人心里不踏实。

58

七驴儿走了,他走了,走了呀。一路,少奶奶灯芯就这样念叨着。

他不该走的呀!多么干净一个人,多么聪灵一个人,咋就也走了呢?

她双手抱着肚子,里面的孩子在扑腾扑腾跳,像是要急着扑出来。少奶奶灯芯说,你急个甚哩,这么乱的世界,难道你也急不可待?

木手子一路无话,显然,他比少奶奶灯芯还沉重。

跃过沙河,跃过杨树林,跃过已经封冻的油菜地,感觉来时的路,竟比去时远了许多,也艰难了许多。正要走进村巷里,就听有人喊,不好了呀,下河院出事了呀。

民国二十五年初冬的这个正午,来自凉州城的国民军宪兵队包围了下河院,领头的偏偏也是一个叫麻五的小队长,此麻五当然不是当年拿长矛挑下河院的土匪麻五,但他确实也叫麻五。

麻五队长领着他的人,在菜子沟一片尖叫声中,牢牢封住了下河院,接着,他将垂垂欲死的东家庄地绑起来,将躺在后院里等死的傻奶妈绑起来,还将拴在北厢里的命旺也绑起来。麻五队长恶狠狠的目光里,二十五岁的命旺吓得尿了裤子,命旺看上去比牛犊出生那年瘦多了,黑多了,也傻多了,仿佛一声断喝,就能要掉他的命。

麻五队长没朝命旺喝,也没朝东家庄地喝,他冲自己的人喝,给我搜,挖地三尺,也要把共匪苏子谦找出来!

一向森严壁垒的菜子沟下河院,这个上午遭到了洗劫,搜查一直持续到后晌,本来还要继续,麻五队长已经派人到处找院里的少奶奶灯芯了。草绳男人有经验,忙忙跑到自个屋里,将下河院这些年挣的银两全都拿来,暗中给了麻五队长。麻五队长瞥了草绳男人一眼,骂了句脏话,大约是说一个下人都能拿出这么多银两,这下河院,真他娘的是个金窝子!

木手子两口子牢牢地抱住少奶奶灯芯,不让她出门,生怕这一出去,麻五队长那双眼睛就把她吃了。

麻五队长最后甩下话,要是下河院胆敢窝藏共匪,等着瞧!

少奶奶灯芯重新走进下河院时,已是麻五队长走后的第二个黎明,一夜里,她脑子里就一句话,他成共匪了,他成共匪了呀!放着好好的斋公不当,咋也偏要做匪哩?

而此时,南山天堂庙的山门吱呀一声,开了。山门里探出一个人,倏一下,不见了。

借着晨光,有人看清那人很像是多年前到下河院做过祭祀大礼的凉州城斋公苏先生。

……

尾　声

　　菜子沟下河院经历了无数劫难后终于平静,东家庄地在春暖花开的时日闭上了眼睛,临闭眼时他终于看到第三个孙子。同一天的下午,奶妈仁顺嫂也在后院落了气,她死得很平静,只是那对空落落的大奶咽气的瞬间突然弹跳起来,发出一片暗光。

　　出乎沟里人预想,奶妈仁顺嫂得到东家庄地一样的厚葬,更令人不敢相信的是,她竟跟东家庄地葬进同一座坟里。

　　后山中医刘松柏意外没有得到女儿灯芯的邀请,作为亲家,他失去了为东家庄地送行的机会。断了腿的孙六一回到后山,中医刘松柏便清楚,他跟下河院的关系,算是完了。下半辈子,他只能守着从孙六手里串通来的银子,孤独地打发时日了。

　　可那点点银子,哪是他这辈子的目的!

　　一生算计,最终却落得这么个下场,后山中医刘松柏真是不甘心。

　　不甘心又能咋?都怪他,养了个心硬如铁的好女儿呀——

　　葬完公公,下河院新东家灯芯庄重宣布,将南山煤窑全部交到了草绳男人手上,将油坊交给了木手子。煤窑和油坊的入项,双方五五分成。自此,菜子沟又多出两个小财主。

　　那水磨,新东家灯芯却是怎么也舍不得。每天夜里,她都要去水磨旁站站,那如梦如幻的声音,辗得她心里很难过,却也很舒服。

　　沟里的太阳依旧明媚地照着,一沟两山的菜子将掩不住的芳香送到人间,菜子沟风和日丽,一派祥和。

　　这年油坊开榨时,一个白白净净眉清目秀的沟外小巴佬来到油坊,新东家灯芯怀抱儿子石蛋仔细地盯了他问,叫甚名?小巴佬勾着头,胆小如鼠地说,八柱。那声音,恍然之间就让灯芯想起什么。新东家灯芯"哦"了声,这名好,这名吉利。一旁的木手子还要细问,新东家灯芯说,留下吧,这娃儿细皮嫩肉,白白净净,招人疼爱。

　　三十四岁的新东家灯芯一路念叨着八柱,从油坊回到下河院,下河院掩映在夕阳下,把一幅壮观之美呈现给她,她凝望许久,忍不住在石蛋脸上狠嘬了一口。

穿过长廊时眼睛猛地被廊里意外的场景刺出了血,鲜血汩汩中,看到马驹正在长廊里撵着要脱蒿子裤子。